K. Westerbeck

WEGKREUZ IN DEN ANDEN

Sergio Fabulos erster Fall

Kolumbien-Krimi

Sergio Fabulos erster Fall

Die Region um Callín ist ein Pulverfass. Zwischen kolonialen Bergdörfern, Anden und tropischem Regenwald lagern Rebellen der FARC.

Eine Nummer zu groß, resümiert Comisario Sergio Fabulos, als der korrupte Anwalt Blisovic aus Callín ermordet wird. Was hat der Mord mit dem Unfall der deutschen Journalistin Judith Rauschenberg zu tun? Wurde sie Opfer politischer Interessen, und wo im undurchdringlichen Urwald liegt ihr Leichnam?

Rätselhafte Zeugen, verschlüsselte Botschaften und eine abenteuerhungrige Touristin lotsen den Comisario auf gefährliche Abwege – derweil der Mörder erneut zuschlägt.

Fabulos verliert sich immer tiefer in einem Dickicht aus Geheimnissen und kriminellen Machenschaften, was ihn schließlich dem Mörder in die Arme treibt.

 **K. Westerbeck**, Jahrgang 1968, geboren in Ostwestfalen. Nach einer Hotelausbildung und Tätigkeit im internationalen Tourismus, studierte sie Lateinamerikanistik, Historische Ethnologie, Soziologie, Kulturmanagement und bildete sich zur ADM-Lektorin weiter. Auslandsaufenthalte: Chile, Mexiko und Spanien. Übersetzungen von Lateinamerikanachrichten. Die Autorin arbeitet bei einem Zeitschriftenverlag in Frankfurt am Main. Mit ihrer Familie lebt sie im Main-Kinzig-Kreis.

Weitere Titel der Autorin:
»Oxossis Farben« (2008, Shaker Media)
»Tagebuch der verlorenen Erinnerung« (2015)
»Absturz überlebt!« (2015)
»Joanna im freien Fall (2017)

Zweiter Teil des Kolumbien-Krimis:
»Guerilleras« (2019)

Auch als Ebook
www.kerstin-westerbeck.de

K. Westerbeck

WEGKREUZ IN DEN ANDEN

Sergio Fabulos erster Fall

Kriminalroman / Kolumbien-Krimi

Neu bearbeitete Auflage (Mai) 2019

Bibliografische Information der Deutschen Nationalbibliothek:
Die Deutsche Nationalbibliothek verzeichnet diese Publikation
in der Deutschen Nationalbibliografie; detaillierte bibliografische Daten sind im Internet über www.dnb.de abrufbar.

Coverbild
Roman Giger
www.therealexperience.ch

Lektorat
Kerstin Westerbeck
(ADM-Lektorin)

© 2019 Kerstin Westerbeck
Herstellung und Verlag:
BoD – Books on Demand, Norderstedt

ISBN 9783748147619

In besonderer Erinnerung an
Mario, Francisco und Jorge aus Puñihuil

Anmerkung der Autorin

Callín und die Dörfer Tres Marias, Guajilín und Santa Barbara sind frei erfunden. Ebenso die Handlung, die Menschen und ihre Beziehungen untereinander. Ähnlichkeiten mit der Wirklichkeit sind nur, insofern sie die gegebenen Rahmenbedingungen in Kolumbien betreffen, beabsichtigt.

Ich schreibe aus dem Blickwinkel der Reisenden, interpretiere was ich aus persönlichen Kontakten, familiären Verbindungen, Begegnungen, Literatur, (Lateinamerikanistik-)Studium, ehrenamtlicher Übersetzertätigkeit und Recherche in Erfahrung gebracht habe. Dabei erhebe ich nicht den Anspruch auf vollständige Übereinstimmung mit einer einheimischen Sicht. Die Charaktere mit ihren Eigenarten sind meine Wahrnehmung der lateinamerikanischen Mentalität.

Dieser erste Teil des Kriminalromans entstand in der Zeit *vor* den Friedensverhandlungen mit den FARC in Havanna vom Sommer 2016.

Bilanz des bewaffneten Konflikts
in Kolumbien:

157 getötete Journalisten – zwischen 1977 und 2018

(Quelle: Fundación para la Libertad de Prensa, Bogotá)

24.482 Entführungen verübt durch Guerilla,
2.541 Entführungen verübt durch Paramilitärs
– zwischen 1970 und 2010

(Quelle: Centro de Memoria Histórica, Bogotá)

Prolog

Orkanartig fegte der Wind um die Kathedrale San Bernardino von Callín. Der aufgewirbelte Staub formte einen Schatten; Umrisse einer weiblichen Gestalt. Wie ein Phantom huschte sie an der *plaza* über das Kopfsteinpflaster, vorbei an Dattelpalmen und Engelstrompeten. Judith Rauschenberg-Angeles kam vom Interview mit einem Abtrünnigen der linksgerichteten Guerilla FARC. Juan Jacobo Lecardomi, ein Mann auf der Flucht vor den Todesschwadronen. Heimlich hatte das Gespräch stattgefunden, an einem kurzfristig vereinbarten Ort und dabei kaum länger als eine Stunde gedauert. Zwei Paar Augen in einem düsteren Raum, der in jedem Augenblick zur Falle mutieren konnte.

Während Judith die *plaza* überquerte, ging ihr Blick zu den Wolken. Das Wetter schlug gerade um, drängte zur Eile. Eine Hand steckte in ihrer bunten Umhängetasche, derweil die andere immer wieder den Träger abfing, der von ihrer Schulter zu rutschen drohte. In ihrem Kopf arbeitete es. Eine Maschinerie, die keine Pause kannte. Ein Gedanke jagte den nächsten – unermüdlich, zermürbend. Weshalb sie ihre Umgebung gerade nur mit halber Aufmerksamkeit wahrnahm.

Häufig kam es im kolumbianischen Hochland zu Überfällen und Entführungen. Das allein aber war nicht Grund genug. Judith wusste, worauf sie zu achten hatte – normalerweise. Anders gerade jetzt. Alles konnte passieren, und sie fragte sich, ob sie schnell genug wäre.

Mit trippelnden, nervösen Schritten steuerte sie auf den Eingang der Kathedrale zu. Erste Regentropfen streiften dabei ihre Wange. Hastig nahm sie die zwei Stufen, ergriff den Metallknauf und stemmte sich gegen das schwere Portal.

Kühl war es im Inneren der Kirche. Düster, mystisch. Die Bänke unter einer hauchfeinen Staubschicht. Unterwegs zum Altar zog sie einen Gegenstand aus der Tasche …

Zu ihrer Verwunderung war es auch im Hauptschiff dunkel und staubig. Ein beunruhigender Anblick. Ungewöhnlich für eine Kirche auf dem Land; noch dazu für eine prunkvolle wie diese. Jemand hatte die Kerzen ausgeblasen, gerade erst. Feiner, faseriger Nebel zog unterhalb der Kuppel über die Reliquien hinweg. Stumpf und teilnahmslos blickten die bunt bekleideten Heiligen aus ihren Glassärgen. Daneben die Fresken. Wesen in halb menschlicher, halb engelsähnlicher Gestalt. Ein Windzug wie ein kalter Atem berührte ihren Nacken. Mit dem Gegenstand unter dem Arm faltete sie die Hände, sank zu Boden, um ein kurzes Gebet zu sprechen. Dabei wurde der Geruch intensiver.

Was war das? Copal? Die Hochlandindianer benutzen das Harz bei ihren Riten. Man sprach ihm harmonisierende Kräfte zu.

Judith drehte den Kopf zur Seite, spähte über ihre linke Schulter ... Aber nichts. Keine Menschenseele, außer ihr. Sie nahm die Stille in sich auf, schloss sie in ihr Gebet mit ein. Dabei tastete ihr Blick die nähere Umgebung ab, Gebälk aus kolonialer Vorzeit. Die *Conquista* hatte Spuren hinterlassen.

Sie richtete sich wieder auf, hielt den Gegenstand schützend vor ihren Körper. Eine Holzfigur, der Heilige Antonius, Schutzpatron der Liebenden. Ein christlicher Heiliger im *Ticuna*-Antlitz. Sie zögerte, sah sich noch einmal um. Die ganze Zeit schon fühlte sie sich beobachtet. Hastig platzierte sie die Figur auf einer schmucklosen, seitlich des Altars hervorstehenden Holzablage, unmittelbar neben das Gebetbuch, drehte sich anschließend auf dem Absatz herum.

Die hallende Weite des Hauptschiffs war wie ein Kerker. Ob man die Sklaven damals zum Altar gepeitscht hatte? Fröstelnd bei diesem Gedanken, zog sie ihren Poncho über der Brust zusammen.

Grüßen Sie Ihren Sohn von mir. Lecardomis letzte Worte lagen ihr noch im Ohr. Kurz darauf sah sie ihn in ein Fahrzeug steigen. Ein hellroter Ford mit dunklem Fensterglas. Nur undeutlich hatte man die Umrisse einer Frau auf dem Fahrersitz erkennen können, eine junge Frau. Anschließend war der Wagen mit den beiden davongerauscht.

Judith war nicht viel Zeit für ihre Reisevorbereitung geblieben. Zwei T-Shirts und eine Jeans mussten für zwei Tage reichen. Eine Alpacawolljacke und eine Steppdecke für die kühlen Nächte im Gebirge. Das Ganze auch für Arturo. Sie wollte ihn am Wegkreuz auflesen, etwa zwei Kilometer vor der letzten Tankstelle von Callín. Spontan hatte sich ihr Mann noch einen Termin bei Doktor Pañol geben lassen. Eine Routineuntersuchung, wie er sagte.

Als Judith mit dem Rover am Wegkreuz ankam, stand Arturo bereits da und wartete. Der Regen setzte gerade ein. Zügig öffnete sie die Fahrertür, rutschte auf den Beifahrersitz. Auf dem Land steuerte der Mann das Fahrzeug. Kein Brauch, der unbedingt Vorteile brachte. Der Berg begrub jedes Jahr etliche von Rasern.

»Hast du den Motor überprüfen lassen?«, wollte Arturo wissen.

»Rodrigo hat ihn durchgecheckt. Vielleicht müssen wir nochmal Öl nachfüllen.«

Ihre besonnen klingende Stimme täuschte kaum darüber hinweg: Etwas verbarg er. Sie zog die Stirn in Falten, ihre Finger umklammerten tattrig den Träger ihrer Umhängetasche. Lecardomi hatte nicht alle ihrer Fragen ausreichend beantwortet. Hier und da war er ausgewichen oder hatte in Rätseln gesprochen. Das Material würde dennoch reichen, um die Gegenseite einzuschüchtern. In Gedanken erstellte sie bereits ein Konzept.

Es war nicht leicht gewesen ihn für dieses Interview aufzuspüren. Wochenlang hing sie zuvor an ihm dran. Kontaktaufnahme unter brenzligen Rahmenbedingungen. Lecardomis Name stand auf einer der FARC-Todeslisten, und zweifellos stand er recht weit oben.

»Hast du was zu Essen eingepackt?«, unterbrach Arturo ihre Gedanken. Stumm deutete sie auf ein Paket zu ihren Füßen.

Die Strecke war unbequem. Außerhalb der Dörfer gab es kaum befestigte Straßen. Man musste sich mühevoll über Schotter und durch den Regen aufgeweichte, morastartige Wege quälen, weshalb man nicht gerade zügig vorankam. Im Moment tat sich auch noch der Himmel auf, das Gewitter stürzte in einer Sintflut auf die Straße, produzierte Schlammmassen.

»Was hat denn der Arzt gesagt?«, wollte Judith wissen. Arturos Schweigen war ungewöhnlich.

»Alles in Ordnung«, sagte er und gab vor sich auf die Straße zu konzentrieren.

Ein Gefühl der Fremde überkam sie bei seinem Anblick. Etwas lag im Argen.

Sie schob das Gefühl jedoch beiseite, sah stattdessen erneut Lecardomis eindringlichen Blick vor sich, – aus den so erschütternd müden, schwarzgrauen Augen. Wie ein Flüchtling aus einem Strafgefangenenlager hatte er gewirkt. Abgemagert, schreckhaft und in ständiger Aufbruchstimmung. Seine leise, dabei nicht minder männliche Stimme, hatte sie berührt. Ebenso seine Geschichte. *Grüßen Sie Ihren Sohn von mir, Señora Rauschenberg.* Erst jetzt kam sie dazu sich zu fragen, woher er Marcel eigentlich kannte. Durch wen er von seiner Existenz erfahren haben konnte.

Lecardomis hohen Wangenknochen und die – aus der Nähe betrachtet – feinen Linien seiner Gesichtszüge, transformierten sich langsam vor ihrem inneren Auge, wurden weicher. Der dunkle Teint hellte sich um einige Nuancen auf; er verwandelte er sich in einen anderen, in Marcel.

Derweil Judith versuchte das Bild ihres Sohnes festzuhalten, war das, was in den nächsten Sekunden vor ihren Augen geschehen sollte, bereits nicht mehr abzuwenden. Warum diese Kuh plötzlich mitten auf der Fahrbahn stand und woher sie eigentlich gekommen war, schien ein Werk höherer Mächte. Auf einer Straßenseite stieg die Natur steil an, auf der anderen fiel sie nahezu senkrecht in die Tiefe. Dort unten lag der tropische Regenwald. Arturo hatte die Bremse bis zum Anschlag durchgedrückt. Das Fahrzeug aber raste einfach geradeaus weiter.

Der Zusammenstoß war kurz. Ein Schlag in den Magen; Bersten von Metall, vermischt mit dem Kreischen der Vögel aus dem nahen Urwald.

Anschließend wurde es still. Totenstill. Und das Fahrzeug schwebte, beflügelt durch den Aufprall, durch das Nichts einer unbeschreiblichen Tiefe.

Totenstille

Eins

Anwalt Blisovic galt als habgierig und menschenverachtend. Sein luxuriöses Anwesen, konstruiert aus den teuersten Baustoffen und Hölzern der Region, war eine glanzvolle Unterbrechung tropisch vielfältiger Natur. Im Vorgarten stand ein Pavillon aus edlem Bankirai-Tropenholz, gleich neben dem Pool und zwischen drei unglaublich hohen *Quindio*-Wachspalmen. Abends saß Marie Blisovic dort und las in einem 5oo-Seiten Schmöker, während er über Mandantenakten brütete. Das aber war nichts weiter als gute Fassade – dieses Arbeiten bis tief in die Nacht.

Wenn Marie ins Bett ging, fing sein Leben an. Er kramte nach dem Schlüssel zu seiner Bernsteinvitrine, griff ins oberste Fach und zog eine Flasche Whisky heraus. Dalmore, eins der teuersten Exemplare. Anschließend schob er eine DVD ein, drückte eine Taste auf der Fernbedienung, und schon tat sich eine unsichtbare Tür auf. Der Flachbildschirm, Eingang zur paradiesischen Erotik-Unterwelt, lebensecht in HD, mit irrer Klangqualität. Während sie sich entkleidete, nahm er einen kräftigen Schluck aus der Flasche. Noch einen, und noch einen. Ein heißes, wohliges Gefühl durchströmte seine Kehle. Er räkelte sich genüsslich auf der Ledercouch, während seine Wurstfinger hektisch über den Bauch und weiter abwärts tasteten.

Hier konnte Marie ihn nicht hören. Und wenn sie ihn doch hörte, war es auch egal. Sollte sie ruhig wissen, dass sie es nicht mehr brachte, und dass er sie dafür verachtete. Ihre speckigen Oberschenkel, das welke Fleisch an ihren Knochen. Sie hatte es kaum verdient, dass er sie durchfütterte, ihr dieses kostspielige Leben ermöglichte, das sie sich erlaubte. Ein angesehener Rechtsanwalt war er. Und sie? Wer war sie?

Privat könnte es besser laufen. Schließlich hatte sie nicht wesentlich mehr zu tun als ihm gelegentlich etwas Befriedigung zu verschaffen. Aber nicht einmal dazu war sie in der Lage, zog ihm Tolstoi und Dostojewski vor, *Anna Karenina* und *Schuld und Sühne*. Sie verschwendete ihre Zeit mit ausländischer Literatur des letzten Jahrhunderts. Aber so war sie. Kleinkariert, unwissend.

Seine Hand rutschte tiefer.

Ihr Körper hatte mittlerweile die gesamte Breite des Bildschirms eingenommen. Ein Meter zweiundzwanzig, brilliante Farben. Er streckte die Beine von sich. »Ooooooh … aaaaah«, stöhnte er – mit ihr, als ihr Echo.

Im Patio ging das Licht aus. Das tat es immer um diese Zeit. Marie ging ins Bett. Ein Segen, dachte er.

Sein Blick klebte an der Mattscheibe. Gierig schüttete er den Whisky in sich hinein. Ihre grellpinken aufgepumpten Lippen stülpten sich um ihre Finger mit den künstlichen Nägeln daran.

»Ooooaaah«, entfuhr es ihm mit hochrotem Kopf.

Plötzlich aber hielt er inne. Was war das? Er hatte ein Geräusch gehört. Kurz darauf, ein Schatten. Das Fenster neben dem Bildschirm ging auf den Patio hinaus. Die Gardine war zugezogen.

Blisovic richtete sich auf. War jemand ins Haus eingedrungen?

Seit kurzem litt er unter nervöser Anspannung. Der Fall Rauschenberg machte ihm zu schaffen. Das Mandat war lästig. Am Tag und auch in der Nacht reagierte er überaus schreckhaft gegenüber jeder kleinen Unstimmigkeit. Ordner lagen nicht am gewohnten Platz. Notizen verschwanden. Leichtsinnige Unordnung.

Justina, das Hausmädchen hatte gekündigt. Sie wollte ihn nicht länger ranlassen. Undankbarkeit nannte er das. Ein skrupelloses Scheusal, nannte sie ihn. Frauen.

Wieder war da ein Geräusch. Blisovic trat ans Fenster, zog die Gardine auf. Der Patio war leer.

Wackelig auf den Beinen und unkoordiniert in der Kurve durch den Alkohol, torkelte er zur Tür, tappte in sein Büro.

Tatsächlich lag der Ordner Rauschenberg noch auf dem Tisch. Hastig verstaute er ihn in seinem Aktenschrank, verschloss diesen sorgfältig wieder.

Ein erneutes Geräusch hinter der Tür, ließ ihn herumfahren. »*Diablo!*«, fluchte er.

Auf leisen Sohlen schlich er zur Tür.

Warum hatte er sich noch immer keinen Leibwächter zugelegt? Blisovic traute keiner Menschenseele. Und keine Menschenseele traute ihm. Das waren zwei Gründe, die brenzlige Beunruhigung stifteten.

An der Tür angekommen, hielt er inne. Sein Atem ging schnell. Schweißperlen liefen an seinem speckigen Hals herunter. Das Hemd war durchgeschwitzt. Die Schwüle. Mit einer hektischen Bewegung drehte er den Türknauf herum, zog die Tür auf.

Der Patio war leer.

Mutig trat er zwei Schritte nach draußen, besann sich jedoch kurzfristig und torkelte zurück. Er griff nach der Whiskyflasche und trat wieder in den Patio. Mit etwas in der Hand fühlte er sich besser – wenn es auch nur eine Flasche war.

Als er die Mitte des Patios erreicht hatte, wurde ihm mit einem Mal unbehaglich. In einer Ecke ragten Palmenhälse aus Kübeln. In der Dunkelheit konnte man sie glatt mit einer menschlichen Gestalt verwechseln. Das Gefühl nicht allein zu sein, wurde jetzt noch prägnanter. Dort war jemand.

Er tastete nach dem Lichtschalter, fand ihn auch gleich. Allerdings tat sich nichts, als er darauf drückte. Es blieb dunkel.

Blisovic fröstelte. Das war kein gutes Zeichen. Möglich aber, dass nur eine Sicherung durchgebrannt war.

Gefangen in seiner grenzenlosen Nervosität, taumelte er orientierungslos durch den Patio, fand die Tür nicht mehr, durch die er gekommen war. In jeder Ecke konnte *er* sitzen; er, der unsichtbare Feind. Welche Ecke? Wo war er?

Um ihn herum drehte sich alles. Ein Schatten flammte irgendwo in der Schwärze auf. Schwammig, mit einem Mal jedoch bedrohlich an Schärfe gewinnend. Überdimensional baute er sich auf. Blisovic zitterte am ganzen Körper, stolperte. Die Flasche fiel ihm aus der Hand, zersplitterte am Boden. Dalmore ergoss sich auf teurem Marmormosaik.

»*Hijueputa*«, hauchte jemand ganz dicht an seinem Ohr, »das sind die letzten Sekündchen deines erbärmlichen Daseins. So einen Abgang hast du dir nicht vorgestellt. Die Welt wird aufatmen, wenn sie von dir erlöst ist. Und deinen Kadaver fressen die Geier.«

»Wer bist du?«, stammelte der Anwalt, die Hosen voll bis

zum Bund. »Was willst du? Geld? I-i-ich gebe es dir, nenn mir eine Summe.«

Es war nur so ein Gefühl, aber vermutlich fand Betteln nicht den erhofften Anklang. Hier ging es um etwas anderes.

Er trat ein paar Schritte zurück. Der verzweifelte Versuch einen Hauch Licht ins Dunkel des Tunnels zu bringen. Kannte er diese Stimme?

Die Perspektive wurde jedoch nicht besser. Blisovic sah sich in einer ausweglosen Zwangslage, das war die bittere Realität.

In seiner Verzweiflung bückte er sich, fischte nach einer Glasscherbe. Der Bewegungsradius aber war eingeschränkt, die Sache ging schief. Ein grober Schuh erhob sich aus der Dunkelheit, senkte sich in Zeitlupe und trat mit monströser Wucht auf seine ausgestreckte Hand.

»Aaaaarrrrrgggggh!«, schrie der Anwalt laut auf. Splitter der zerbrochenen Whiskyflasche bohrten sich in sein Fleisch, – was den anderen aber nur zu mehr Einsatz anstachelte. Der Schuh trat zu, bewegte sich dabei ausgiebig hin und her. Der Anwalt schrie, heulte und zappelte in wilder Panik, wie ein malträtierter Fisch an der Angel.

»Für Reue ist es jetzt zu spät.«

Eine Hand griff in die Tiefe, holte anschließend aus …

Das Letzte was Blisovics sah, war ein kurzer Lichtreflex.

Zwei

»Drriiiiidrriiiii …«

»*Carajo!*«, brummte er. Ein mürrisches dreiviertel waches, beinahe schielendes Auge, das andere noch halb geschlossen. War das der Wecker?

Sergio Fabulos war unfähig zu realisieren, wo er sich gerade befand und dass die Nacht ihn in diesem Moment erbarmungslos ausspuckte. Noch dazu, wo er eben erst – nach endlosem sich Umherwälzen – eingeschlafen war.

Vier Uhr früh. Und es war nicht der Wecker. Dieser stand unschuldig auf seinem Nachttisch, tickte leise vor sich hin, was das unmittelbar nebendran liegende und durch seine Vibration halb tanzende Gerät geräuschvoll übertönte. Es war das Telefon.

Schlaftrunken langte er über den Wecker, tastete blind nach dem Mobilteil, gähnte noch einmal. »Fabulos«, nuschelte er in den Hörer.

Am anderen Ende der Leitung blieb es zunächst still. Ein unverständliches Stammeln folgte.

»*Sí*, Fabulos! …?!«, schmetterte Sergio dem ungeduldig entgegen.

Der Andere hatte offensichtlich nur auf ein Schlagwort gewartet: »Fabulos!«, schoss die Stimme wie ein Pfeil zurück. »*El Comisario de Callín* höchstpersönlich.«

»Was gibts denn? Mal auf die Uhr geschaut?!«

»Dein Schönheitsschlaf interessiert mich einen Dreck. Schön wirst du ohnehin nicht mehr. Als der Säufer der du bist, Sergio Fabulos.«

»Bi-i-tte?«, stammelte der Comisario.

»Willst du deinen eigenen Tod verpennen? Dann mach nur weiter so; trink deinen Anisschnaps und hör dir an, was die Leute über dich reden. Hör genau hin! Die Frau ist dir weggelaufen, deine Tochter an einer Lungenentzündung krepiert. Aber du hattest nichts Besseres im Sinn als ihre beste Freundin zu vögeln, kurz nach der Beerdigung. Nennst du das Moral?! Was soll Callín mit einem wie dir?! Einer, der einen so hundsmiserablen Job macht.«

Sergio zuckte bei jedem Wort. Das Bild, das hier von ihm gezeichnet wurde, *madre de dios*, es war alles andere als schmeichelhaft. Woher wusste der Kerl diese Dinge, und wer war er? Jemand aus dem Bekanntenkreis? Ein Neider oder Erpresser?

»Niemand kommt im Leben ungestraft davon, Fabulos, hörst du?! NIEMAND! Aber du hast noch eine Chance. Eine allerletzte.«

Eine Pause entstand, in der Sergio doch einfach hätte auflegen können. Der Hörer aber hatte sich regelrecht an seinem Ohr verhakt, war nicht von ihm wegzubekommen. Er schwitzte. Beißender Schweiß, der zugleich brannte wie eine eitrige Wunde.

»Ich habe einen Fall für dich«, fuhr die Stimme in gleicher Tonlage fort. »Und ich warne dich, vermassel es nicht. Solltest du dich drücken, wars das mit Sergio Fabulos.«

Dem Comisario lag etwas auf der Zunge, eine Antwort. Krampfhaft biss er die Zähne aufeinander, so dass kein Laut dazwischen kam. Sein Zucken wurde zu einem großflächigen Beben. Er grub sinnlos mit einer Hand unter dem Kopfkissen, während die Finger seiner anderen Hand nervös das Mobiltelefon umklammerten. Es war die Entschlossenheit, die aus der Stimme des anderen klang. Da war jemand zu allem bereit.

»Geh an das Wegkreuz zwischen Callín und Tres Marías. Gegenüber dem Wegschild, hinter der Hütte, steht ein Spaten. Grabe direkt unter dem Schild. Du wirst etwas finden. Hast du verstanden, Fabulos?«

Wegkreuz, Holzschild … er hatte verstanden. Sein Atem erlag dennoch dem Schrecken, der ihn fest im Würgegriff hielt. Und nur unter größter Anstrengung, presste er ein mehr als klägliches, röchelndes »Okay« heraus.

»Vergiss nicht, es ist deine *aller*letzte Chance.«

Das Klicken in der Leitung beendete das Gespräch.

Für Sergio aber war es noch nicht vorbei. Verzweifelte Schweißperlen rollten über Wangen und Kinn, in den Kragen seines Pyjamas, wo sie sich zu schattigen Flecken absetzen würden. Sein Atem setzte wieder ein, hastig. Er fühlte sich wie ein schmächtiges Insekt, halb erdrückt von einem wuchtigen

Panzer.

Tres Marias also. Wonach sollte er dort graben, was würde er finden? Eine Sprengfalle? Eine verwesende Leiche? Alles kam in Frage. Und wie er es auch drehte, das Ganze klang reichlich mies, vergiftete den gerade beginnenden Tag.

Sergio legte das Mobiltelefon ab, starrte auf das ausgehöhlte Kissen. Seine sich wie wild überschlagenden Gedanken fanden keinen Ruhepol, änderten nichts an den Tatsachen.

Am Folgetag nahm er den *chiva* nach Tres Marias.

Besagte Stelle lag etwas außerhalb des Ortes. Ein kurzer öder Landstrich. Etwa hundert Meter weiter gab es wieder ein paar Bäume. Man fühlte sich ungeschützt dort.

Der Comisario stand eine Weile halb träumend in der prallen Sonne, starrte auf das Wegkreuz. Die Umgebung behagte ihm nicht. Die flirrende Hitze. Der Staub, den die Fahrzeuge aufwirbelten. Ein Mörder brauchte hier nicht mehr als einen Schuss, um den Gegner zu erledigen. Sergio aber trug keine kugelsichere Weste. Seine Waffe lag in irgendeiner vergessenen Schublade. Im Normalfall würde er lieber sterben als auf einen Menschen zielen.

Der Motor des *chiva* hinter ihm ratterte leise. Ein schrillbunter Kasten. Das Fahrerfenster war heruntergekurbelt und der nackte Oberkörper des Fahrers brütete über dem Lenkrad, derweil die lebhaften Klänge der *cumbia* die Einöde eroberten. Sergio hatte den Fahrer gebeten zu warten und war keine zehn Schritte in Richtung Wegkreuz gelaufen, um sich zu überzeugen. Wovon wusste er selbst nicht, weshalb er seine Aktion bereits nach kurzem Überlegen als sinnlos einstufte und auf dem Absatz kehrt machte. Er eilte zurück zum Bus, erklomm hastig die zwei Stufen, – bis seine Füße wieder auf dem klapprigen Untergrund des Überlandbusses standen, der zwischen Callín und Tres Marias hin- und herpendelte.

So weit also war er gekommen.

In Callín begab er sich auf direktem Weg zu Jaimes Bar »Macondo«, die unterhalb der Kathedrale, in der Nähe des Busbahnhofs lag. Der mit Natursteinen geschützte Eingang war von wilden Rosenbüschen eingewachsen. Der Wirt hatte seine Bar nach dem berühmten Dorf aus Gabriel García Marquez

Meisterwerk *Hundert Jahre Einsamkeit* benannt.

Jaime Orgunzallas lachte, als er Sergio erblickte.

»Serg?! Oder ist das dein Schatten? Sieht aus, als läge eine schlaflose Nacht hinter dir.«

Jaime kannte Sergio Fabulos besser als jeder andere, ein kurzer Blick reichte und er wusste, was lief – er wusste mehr als es dem anderen lieb war.

Sergio ignorierte die Bemerkung, wischte sich die ersten Schweißperlen aus dem Gesicht. »*Aguardiente, por favor*«, verkündete er einsilbig. Auf der Stirn zeigte sich eine steile Falte.

»Was ist denn dir für eine Laus über die Leber gelaufen?« Der korpulente Wirt kramte zwei Schnapsgläser aus dem Regal, stellte sie auf die frisch polierte Theke. Eins hatte bereits einen Sprung, was Jaime jedoch nicht davon abhielt, es ebenfalls bis zum Rand zu füllen. »*Salud!*«

Sergio spülte den hochprozentigen Inhalt mit einem Zug herunter, stellte das Glas geräuschvoll wieder ab und nuschelte vor sich hin: »Keine Ahnung, was mich geritten hat, warum ich da raus musste. Zeitverschwendung war das. Nichts als Zeitverschwendung.«

Jaime schob den beachtlichen Umfang seines Bauches um die Pinienholztheke, hockte sich locker neben den Freund. »Zeitverschwendung? Kommt mir bekannt vor. Du hast *sie* sicher getroffen.«

»Wen?«

»Amelie-Inés.«

Sergio starrte stur geradeaus. Jaime war infiziert vom heimischen Aberglauben. Callíns personifiziertes schlechtes Gewissen, ein Unglücksengel. Seit kurzem war er wie besessen davon, dass sie es auf ihn abgesehen hatte, mutwillig alles zerstörte, was er in die Hände nahm.

»Was hat sie denn ausgefressen?« Sergios Blick streifte das verformte Gitter eines Vogelkäfigs, der ganz unten im Regal einstaubte. Ein paar Hühnerfedern waren alles, was noch auf die Existenz eines Vogels hindeutete.

»Seit Tagen spukt sie hier herum«, fuhr der Wirt fort, »lässt mich nicht in Ruhe arbeiten.« Er deutete auf den morschen Holzabfallkasten im Eck. »Fünf Gläser hat sie mir zerbrochen.«

»Sie schafft Platz für Neues. Oder sie räumt weg, was überflüssig ist. Im Leben alles vermasselt und selbst als Geist noch eine unerträgliche Nervensäge. Das ist ein Los, das du und ich nicht wollen.« Sergio spielte mit dem Glas in seiner Hand, unterdrücke was ihm noch auf der Zunge lag. Ein flüchtiges Zucken war Zeuge seiner Absichten, schaffte es aber nur bis zu einem Mundwinkel. Dort blieb es hängen, war dabei die einzig sichtbare Gefühlsregung.

»Nein, das wollen wir nicht; wenn wir es uns denn aussuchen könnten«, führte Jaime fort, was der Freund angefangen hatte.

Sergio schwieg. Man konnte nicht sagen, dass in seinem Inneren so gar nichts vor sich ging; dass er Worte ganz einfach an sich vorbeiziehen ließ. Gefühle gab es zu viele, – und sie standen ständig im Weg.

Während Jaime seinen Aguardiente leerte, war sein Blick in einen Zustand übergegangen, der dem des Comisario auffallend glich. Seine Hand verscheuchte eine Mücke, die hartnäckig um seinen Kopf schwirrte. Mit einem Platsch schlug er mit der flachen Hand zu, hinterließ einen schwarzen Krümel.

»Ich habe einen merkwürdigen Anruf erhalten«, gab Sergio seinem inneren Druck nach.

»Ein Anruf, was für einen Anruf?«

»Ich war noch im Halbschlaf, als diese Stimme in mein Ohr … Ein Kerl wars. Seinen Namen hat er nicht genannt, aber tyrannisiert hat er mich: *Fabulos Fabulos* … Immer wieder hat meinen Namen wiederholt. Ich soll am Wegkreuz graben. Etwas aus der Erde buddeln. Womöglich eine Leiche, eine Bombe oder … Ausgerechnet am Wegkreuz. Da ist die Erde so trocken, als wäre sie aus Beton. Die Sonne brennt dir das Fell weg. *Madre!* Und wenn sie mich abknallen?! Mitten am Tag. Ein Schuss und es ist vorbei. Das haben schon andere vor mir nicht überlebt.«

Jaime hatte nur die Hälfte verstanden. »Was redest du da, Serg? Nochmal von vorn. Was für ein Anruf war das?«

Sergio kam nicht dazu die Frage zu beantworten. Der Wirt stand plötzlich auf, trabte in die Küche. »Warte«, deutete er ihm im Gehen und begann bereits in seiner winzigen Barküche zu stöbern. In den Schubladen, unter dem Gläserregal.

Irgendwann wurde er fündig.

Als er zurückkam, hielt er ein zusammengefaltetes Blatt Papier in der Hand.

»Was ist das?«

»Lies nur.«

Sergio faltete das Papier auf und las:

Das Übel wächst langsam. Es wächst in und um Callín. Jeden Tag ein bisschen mehr. Aber nicht mehr lange. Wir werden uns auf die Schuldigen stürzen – die, die es nicht länger verdient haben unter uns zu sein.

Da war sie wieder, die Stimme aus dem Hörer. Eine Art Déjà-vu. Wortlos reichte er Jaime das Papier zurück.

»Ich bin nicht der einzige, der diesen Brief bekommen hat«, erklärte Jaime. »Meine Cousins Fabián und Francisco haben etwas Ähnliches erhalten. Flora, der alte Santiago. Das sind nur die Fälle, von denen ich weiß. Hier im Macondo spricht sich einiges rum, wie du weißt.«

Die Falte auf Sergios Stirn wurde zu einer Wucherung. Seine Wangen waren durch den Aguardiente gerötet. Hier meinte jemand ihn mit allen Mitteln unter Druck setzen zu müssen. Was sonst war der Zweck. Die Androhung von Selbstjustiz? Dörfliche Fälle von Raub, Vergewaltigungen, Familiendramen, Misshandlungen – in welcher Form auch immer, fielen in seine Zuständigkeit. Morde außerhalb der Region, verübt von Rebellen und *Paras* dagegen, waren Sache des Militärs.

»Und jetzt? Was wirst du unternehmen?«, bohrte Jaime. »Du wirst doch was unternehmen? Du solltest nicht warten, bis irgendwas passiert.«

Sergio bewegte sein Glas unruhig hin und her. Der Stolz regierte die Brust, die oft vorschnell ein ganzes Stück vorschellte. Zeitgleich aber sank, in einem Anflug von Resignation sein Mut. Es war ein Zuviel an Erwartung, was man in ihn setzte. Und das ganz ohne wirklich auf seiner Seite zu sein.

Der Wirt wandte sich ab, fing an Gläser für das beginnende Abendgeschäft vorzubereiten. Als er sich wieder zu Sergio drehte, hatte dieser sich bereits erhoben, etwas Kleingeld auf den Thekentisch gelegt und tupfte sich den Schweiß von der

Stirn. »Zum Teufel mit der Hitze«, stritt er derweil mit sich selbst, trottete anschließend wie ein getretener Hund zur Tür. »*Pues, hasta luego*«, hörte Jaime ihn von dort in den Raum rufen, ohne sich nochmal umzusehen.

Der Wirt sah ihm kopfschüttelnd nach.

Callíns Straßen lagen im Dunkeln. Die Schwärze der Nacht hing ihm wie ein Dämon an den Fersen, ließ ihn öfter als üblich verweilen und sich umdrehen. Dabei war er kein Angsthase oder Feigling. Normalerweise nicht. Seit der vergangenen Nacht aber fühlte Sergio Fabulos sich verfolgt. Er hatte das eiskalte Metall einer Waffe an seiner Stirn gefühlt; wenn auch nur in Form einer Stimme. Diese Stimme war der Eindringling. Jemand, der seine Privatsphäre betrat, ohne vorher um Erlaubnis gebeten zu haben.

Sergio schlenderte bis zur Ecke, an der ein vereinsamter Kiosk mit heruntergelassenen Rolläden sein Blickfeld blockierte. Ein halbseitig gelöstes Plakat flatterte im Wind. Zügig ging er daran vorbei. Die Casa Violeta lag nicht mehr weit entfernt, es fehlte nur noch eine Abzweigung. Wollte man ihn erschießen, wäre jetzt die beste Gelegenheit. Doch wem war damit gedient, Sergio Fabulos das Grab zu schaufeln? Wer hasste ihn derart abgrundtief? Vermögend war er nicht, ebenso wenig wie einflussreich oder auch nur beliebt.

Ein plötzliches Geräusch durchbrach die Stille. Was war das? Es klang, als wäre jemand auf eine leere Blechbüchse getreten.

Sein Blick schweifte erneut umher, erforschte jeden dunklen Fleck, jeden Ast oder Baum, studierte auch ihre Schatten. Ein Schatten war nicht immer gleich nur ein Schatten. Es konnte alles dahinter stecken. Deutlich mehr als das Auge wahrnahm. Ein Mörder oder auch eine ganze Armee. Unter den vielen undefinierbaren Schatten stach einer hervor. Ein Langer, gespenstisch unförmig; ein langer *feiger* Schatten. Jemand beobachtete ihn.

»Meinen Tod verpennen«, trotzte Sergio bissig der unsichtbaren Bedrohung, »das könnte dir so passen. Das … Vielleicht bin ich in deinen Augen ein Nichts. Aber du wirst schon sehen, was du davon hast, wenn du mich abknallst.

Dann gibt es niemanden mehr, der hier für Ordnung sorgt. Dann kommt der Dschungel zu uns.«

Eine Bewegung war in der Dunkelheit zu erkennen.

Sergio ließ sich nicht beirren. Das Sichern einer Waffe dauerte oft nur Sekunden. Diese Zeit sollte der andere nicht haben.

»Ja, sie ist mir weggelaufen«, fuhr er fort. »Aber ich habe sie geliebt. Ich verrats dir, weil du´s bereits weißt: Ich habe nichts zu verlieren. Meine Tochter Isabel … Sie war mein Leben. Für sie hättest du mich töten können. Und red mir nicht von *dieser* Schlampe, das war nicht ihre Freundin, DIE nicht!«, feuerte er erregt in die Nacht.

Der Wind wirbelte Staub auf. Irgendwo spielte ein Radio. Im gegenüberliegenden Gebäude stritten zwei Frauen in einer *telenovela*.

Abrupt drehte Sergio sich weg, wandte den Bäumen den Rücken zu.

»Also gut. Es reicht«, brummte er leise vor sich hin und hastete weiter. Er sah nur noch nach vorn, konzentrierte sich auf die nächste Straßenlaterne. Wenn der andere jetzt auf ihn zielte, war er ein Niemand. Ein ganz erbärmlicher Feigling.

Die Nacht war feucht und tropfte tropisch frisch von den Palmenblättern, hinter denen bereits die Umrisse der Casa Violeta zu sehen waren. Er ahnte, dass er den Verfolger noch nicht in die Flucht geschlagen hatte, dass er noch immer irgendwo dort hinter ihm lauerte. Er wollte sich nicht zu erkennen geben – noch nicht.

Als die Tür hinter ihm ins Schloss fiel, blieb die Nacht draußen, und zumindest für den Moment wusste Sergio Fabulos, was er zu tun hatte.

Die folgende Nacht verlief ähnlich unruhig. Sergio wälzte sich im Bett. Im Traum sah er das Wegkreuz zwischen Tres Marias und Callín. Dort, wo der Bus ihn abgesetzt hatte, stand nur ein Baum. Ein spitzer Pfeil folgte dem Verlauf des Stammes, bog sich zu einem Galgen. Verzweifelt suchte er nach dem Spaten … Aber da war nichts. Als er erneut den Baum betrachtete, hing dort eine Leiche. Die Augen ausgehöhlt, eine Frau.

Mit einem Ruck saß der Comisario aufrecht im Bett, rieb sich die Augen, er zitterte. Es war nur ein Traum gewesen. Der Schweiß auf seiner Haut hatte bereits Linien gezogen. Kleine Perlen rollten zwischen seinen Brusthaaren, begannen unter seinem schnellen Atem zu hüpfen. Sergio wusste, dass er nach Tres Marias fahren musste, um zu erfahren, was ihn am Wegkreuz erwartete.

Nach dem Frühstück machte er sich auf den Weg. In der Calle Cinco hielt er den *chiva* nach Tres Marias an. Die beiden Ortschaften lagen nur wenige Kilometer voneinander entfernt. Über die unebenen, schlecht ausgebauten Straßen war man jedoch eine gute Stunde unterwegs.

Der bemalte Kastenbus transportierte neben Menschen und überschallenden *cumbia*-Klängen auch Kleinvieh wie Ziegen, Schafe. Die jüngeren Männer quetschten sich oben zwischen das andere Transportgut, bestehend aus Mehl-, Kaffeebohnen-, Maniok- und Matesäcken. Unten saß man ebenfalls beengt. Sergio fand gerade noch Platz zwischen den Kindern einer *Awá*-Familie.

Ein paar Frauen auf dem Sitz hinter ihm, unterhielten sich auf *Chibcha*. Dem Comisario war diese Sprache fremd. Er verstand ein wenig *Quechua*. Allein das Spanische war seine Muttersprache. Er empfand dies jedoch nicht als sprachlichen Nachteil. Die *mestizaje* war keine lobenswerte Errungenschaft, wenn Menschen ihre Kulturen und Sprachen miteinander vermischten. Sein Großvater hatte in Andalusien das Licht der Welt erblickt, und seine Großmutter, eine *Q'ero-Indígena*, stammte in direkter Linie vom königlichen Geschlecht der Inkas ab. So prahlte er immer.

Dennoch fasziniert vom Klang der Worte, den bunten Farben ihrer Kleidung, belauschte er sie, ahnte, dass es sich um Familienangelegenheiten drehte. Die Neugier war Sergio Fabulos penetrantestes Laster. Wie gerne hätte er mehr verstanden und auch noch seinen Senf dazugegeben.

Kurz bevor der Bus in Tres Marias ankam, wenige Kilometer von der Tankstelle entfernt, hielt Sergio den Fahrer an, ihn aussteigen zu lassen. Er wollte das letzte Stück des Weges zu Fuß gehen. Ihm war danach.

Die Vegetation hörte hier schlagartig auf, als hätte man einen Teil der tropischen Landschaft abgetrennt. Es war ein heißer, mückenreicher Tag. Ganze Schwärme waren unterwegs, umzingelten ihre Opfer. Sergio aber mieden sie, was wohl am intensiven Geruch des Lavendelöls lag. Morgens rieb er sich jeweils einen Tropfen hinter jedes Ohr. Ein paar getrocknete Pflanzenreste trug er immer in der Brusttasche mit sich. Das hielt sie von ihm fern.

Als er sich der Weggabelung zwischen Callín und Tres Marias näherte, bemerkte er augenblicklich, dass er nicht allein war. Die schwellende Schwüle des Tages hatte sie zu einer Art Fata Morgana verzerrt. Aber sie war leibhaftig. Die Gestalt, die dort saß war groß, blond und schlaksig. Eine Gringa. So viel erkannte er aus knapp hundert Metern Entfernung. Sie hatte den Kopf leicht geneigt, blinzelte in die Sonne.

Unter normalen Umständen wäre Sergio für jede Frauenbekanntschaft offen gewesen. Diese Umstände aber waren anders – sie waren speziell, denn er war hier, um eine Aufgabe zu erledigen. Und Zuschauer konnte er beim besten Willen nicht brauchen. Dazu kam, dass sie geradewegs an *besagter* Stelle saß.

»*Hola*«, grüßte er, als er sich ihr näherte und dabei möglichst zügig ging. Ein paar Meter weiter lag die Hütte.

»*Hola.*« Sergio überlegte, blieb stehen und drehte sich etwas zu ihr. Ihre Blicke trafen sich.

»*Turista?*«, fragte er.

»*Si. Dinamarca.*«

Dänemark. Ein unscheinbares Land im nördlichen Europa.

»Do you speak Espanish?«, fragte er, dabei zweifelnd, ob sie ihn verstand.

»*Un poco.*« Sie lächelte.

Sergio zwang sich ebenfalls zu einem Lächeln, wenn auch der aus seiner Muskelbewegung hervorgehende Gesichtsausdruck ein bisschen nach Fratze aussehen musste.

»Und was machst du hier?«

Sie deutete in Richtung Tres Marias, auf die Straße. Dazu sagte sie etwas mit ihrem unverständlichen Akzent. Einzig das Wort »Bus« hatte er verstanden. Sie wartete also auf den Bus. Vermutlich nach Callín. Dieser aber würde erst in zwei bis drei Stunden wieder zurückfahren. Das konnte ja heiter werden.

Es war weniger die Sorge um ihre Sicherheit, als vielmehr die skrupellose Eigennützigkeit, die ihn veranlasste zu behaupten: »Ist nicht weit. Warum läufst du nicht und lässt dich unterwegs per Auto-stop mitnehmen? Auto-stop …?« Er machte eine Geste mit der Hand, damit sie verstand.

»*No gracias.*« Das klang freundlich, war jedoch eine glatte Abfuhr.

»Do you understand mi Espanish?«

»Oh, sí sí.« Sie hob den Daumen zur Bestätigung.

»Is it very bad, jees?«, wollte er wissen.

Sie lachte und schüttelte den Kopf. Dabei zeigten sich zwei entzückende Grübchen, in den von Sommersprossen besprenkelten Mundwinkeln. Es verführte sie länger anzusehen. Sie erweckte seine Neugier. Ihr Gesicht war anders als die Gesichter der Frauen, mit denen er normalerweise zu tun hatte. Diese wässrige Augenfarbe, die hellen Wimpern.

»Bitte stör dich nicht an mir«, kündigte er schließlich sein Vorhaben an. »Ich muss hier arbeiten.« Er stiefelte an ihr vorbei, trat entschlossen auf die Hütte zu.

Zu seiner Überraschung war sie aufgestanden und verfolgte neugierig, was er tat. »Arbeit? Hier? Ich kann dir helfen.«

»Nicht nötig«, murmelte er verlegen und gab sich reserviert. Dann fegte er wie ein Wiesel um die Hütte, verharrte an einer Stelle kurz im Schatten. Im nächsten Augenblick griff er nach dem Spaten, der dort lehnte.

»Wann kommt Bus hier?«, hörte er sie hinter sich.

»Oh … das kann dauern. Zwei, drei Stunden.«

Sergio fuhr sich genervt durchs Haar.

»Doch so lange.« Offensichtlich langweilte sie sich.

Er näherte sich ihr wieder mit dem Spaten, blieb neben ihr stehen. Sie war beinahe so groß wie er.

»Ich bin Billa«, stellte sie sich vor, hielt ihm ihre rechte Hand hin. Die andere benutzte sie als Sonnenschutz.

Sergio nahm ihre Hand, wobei er sich reichlich merkwürdig vorkam. »Sergio Fabulos. Pil-ha?«

»Billa.« Sie lachte. Schon wieder dieses Lachen mit ihren weißen Zähnen, Grübchen und Sommersprossen – wie ein weißes Laken voller Sandkörner.

Eine Weile stand er unschlüssig da. Er wusste nicht, was er mit ihr reden sollte, wofür sie sich interessierte. Er konnte ihr schlecht von der alten Amelie-Inés erzählen, ihrem Dorfgeist oder dem Disput, den Jaime gerade mit ihr austrug. Sie hätte ihn sicher ausgelacht. Europäer glaubten nicht an Geister. Dabei war das alles doch mal aus Europa gekommen. Das ganze Elend des untergehenden Mittelalters.

Er räusperte sich, um irgendeinen Ton von sich zu geben. Sie war irgendwie peinlich, die Stille.

Dann gab er sich einen Ruck, zog den Spaten hervor, um ihn ihr zu präsentieren. »Pilha«, jetzt konnte er sie zumindest mit Namen ansprechen, »kannst du dich bitte dort drüben hinhocken?«, rang er sich zu der alles entscheidenden Frage durch. »Ich muss hier graben. Und ich möchte nicht deine schönen Schuhe dreckig machen.«

Er hatte bereits begonnen sich die Ärmel hochzukrempeln und beobachtete sie aus dem Augenwinkel.

»*Por supuesto*«, stimmte sie augenzwinkernd zu, schlenderte gelassen zu ihrem Platz zurück, nahm ihre Fleecejacke und ließ sich ein paar Meter weiter darauf nieder.

Sergio stach mit dem Spaten in die Erde. Er fing tatsächlich an zu graben. Billa verfolgte jeden Spatenstich, jedes Häuflein Erde, das er an die Oberfläche beförderte. Ein holpriger Dialog entstand. Interessiert verfolgte sie seinen wachsenden Aktionismus. Auf ihre Frage, nach was er denn eigentlich suche, hatte sie bislang noch keine eindeutige Antwort erhalten. Der Typ war vom Ehrgeiz gepackt, setzte Bärenkräfte frei.

Eine halbe Stunde verging, eine Stunde.

»Da«, rief sie irgendwann aus und deutete auf etwas am Boden. Fast hätte er es schon wieder mit Erde bedeckt.

Sie grub es mit der Hand frei.

Skeptisch verfolgte er, was sie tat, traute seinen Augen nicht, als der freigelegte Gegenstand zum Vorschein kam.

Es war … Ja, was war das? Eine blechige, leicht zerbeulte Kuhglocke. Kein wirklich glorreicher Fund.

»Weißt du woher das ist?«, fragte sie, fast etwas besserwisserisch. »Das ist eine Glocke von einer Deutschlandkuh, hier …« Sie deutete auf die Gravur. »Made in Germany.«

»Eine Kuhglocke«, korrigierte er. Ihr Spanisch war schlicht grauenhaft. Wie sollte es auch anders sein; einzig ihr Akzent klang ganz entzückend.

Sergio nahm ihr das blechige Etwas ab, studierte es aus der Nähe. Es war wirklich enttäuschend.

»Da ist noch was.« Sie drehte die Glocke in seiner Hand. In dem Lederbändchen, das an der Glocke hing steckte etwas. Ein Zettel.

Sergio stierte auf das Papier zwischen ihren Fingern, welches sie eilig herausgepfriemelt hatte. Sollte es wirklich das sein, wonach er gesucht hatte, wonach man ihn hatte suchen lassen?

Billa entblätterte es bereits.

»He!« empörte er sich, worauf sie es ihm widerstandslos reichte.

Er blätterte den Rest auf, las, – ließ es jedoch nach ein paar Sekunden wieder sinken.

»Was ist?«

»Ich verstehe kein Wort.«

»Du kannst nicht lesen?«

»Sehe ich aus, als wäre ich Analphabet?!«, erboste er sich. »Ist eher ein sprachliches Problem.«

»Ach … Man sagt wir Dänen sind große Sprachtalente.« Sie zwinkerte und hielt ihm die Hand hin.

Er reichte ihr das Papier, verschränkte die Arme.

Eine Weile las sie hochkonzentriert, – oder tat auch nur so, als läse sie hochkonzentriert. »Hmn«, gab sie dann von sich, was Sergio als wichtigtuerisch einstufte. »Es ist auf Deutsch geschrieben. Ich verstehe nicht alles, aber ich kenne eine deutsche Touristin. Sie kann übersetzen, wenn du willst.«

Er hatte kaum mehr erwartet. Aber immerhin war es ihr gelungen einen fehlerfreien Satz zustande zu bringen.

»Gut, von mir aus.« Wirklich recht war es ihm nicht, denn jetzt hatte er sie am Hals.

Er zog ein Kärtchen aus seiner Geldbörse und reichte es ihr. Eine Visitenkarte mit Eselsohr.

Billa betrachtete schmunzelnd das Eselsohr. »Serg-i-o Fabulos, Comisa-ri-o Prin-ci-pal de la Mu-ni-ci-pa-li-dad de Callín«, las sie. »Sowas, du bist Polizei?!«

»Comisario!«, korrigierte er scharf. So schlecht war ihr Spanisch doch nun auch wieder nicht. Gereizt griff er zum Spaten und tappte damit zurück zur Hütte.

Kurz darauf rollte der Bus an und sie stiegen hintereinander ein.

Drei

Bereits am nächsten Tag sollte Sergio schlauer sein. Zumindest was den Inhalt des Briefes betraf. Billa war der Beigeschmack, den er nicht unbedingt gebraucht hatte. Es ging jedoch nicht ohne, und er ahnte noch nicht, dass sie ihm in irgendeiner Form zur Last fallen könnte. Es war halb neun, als sie anrief und für den Nachmittag ihren Besuch ankündigte, um ihm die Übersetzung auszuhändigen.

Und da war sie nun, saß ihm gegenüber. Noch bevor er sie lange hätte mustern oder ihren neugierigen Blicken ausweichen können, tauchte er unverzüglich den Kopf in das beschriebene Papier und las:

Liebster Marcel,
wenn du das hier liest, bin ich womöglich tot. Besser wäre es für dich das Land zu verlassen, – als Vorsichtsmaßnahme. Auch wenn ich nicht davon ausgehe, dass für dich Gefahr besteht. Ich bitte dich, auf dem Landweg über Brasilien nach Uruguay auszureisen. Ich bin sicher, du kannst unbesorgt reisen. In Montevideo melde dich bei Benito Umbral. Er wird dich aufnehmen.
Die Dinge haben sich für mich geändert, und ich kann meinem Job nicht mehr ohne die täglichen Morddrohungen nachgehen. Mit der Pressezensur ist nicht zu spaßen. Sie gefährdet unser aller Leben.
Bitte kehre im Fall meines Todes nicht eher nach Kolumbien zurück, bis die Umstände geklärt sind und Gras über die Sache gewachsen ist. Es ist wie gesagt eine Vorsichtsmaßnahme.
Ich hinterlege diesen Brief an sicherer Stelle.
xxx (halte dich an die Zeichen!).

Ich liebe und umarme dich.
Judith Rauschenberg-Angeles, deine Mutter.

Es war fast fünf, als der Comisario die letzten Worte gelesen und den Brief wieder zusammengefaltet hatte. Billa kauerte in Sergios alten ausgefransten Lehnsessel, der sich in einer Ecke

35

des Büros, hoffnungslos eingeklemmt zwischen Schreibtisch und einem baufälligen Bücherregal, befand.

Vor ein paar Wochen war das Rathaus von Callín, in dem er zuvor dienstlich ein Zimmer bewohnt hatte, geschlossen worden. Es bestand Einsturzgefahr. Das Gebäude hatte einem tropischen Unwetter nicht standgehalten. Der Bürgermeister, Emiliano Pontes García war drei Ortschaften weiter versetzt worden und seine Sekretärin, der man eine Affäre mit dem korpulenten Mann nachgesagt hatte, gleich mit ihm gezogen. Seitdem befand sich Callín in einer Art regierungslosem Zustand, sich selbst überlassen. Sergios eigenen, bescheidenen Räumlichkeiten mussten von nun an – soweit es eben ging – für die beruflichen Belange herhalten. Man konnte dies durchaus als behördliche Schlamperei bezeichnen.

Nachdem das Rathaus geräumt worden war, hatte er seinen geliebten Mahagonischreibtisch in einer Nacht- und Nebelaktion mit ein paar Helfern aus dem Gebäude geschafft. Es war nicht viel, was er hatte retten können. Aber zumindest die Würde eines akzeptablen Arbeitsplatzes war ihm geblieben. Liebevoll strich er über die Maserung des dunklen Holzes, das es noch immer verstand jenen heuchlerischen Glanz zu verbreiten. Sein Körper versank hinter dem Möbelstück. Bei dem spärlichen Licht, das die Schreibtischlampe verbreitete, kniff er die Lider zusammen, sodass man meinte einem verschrobenen Schulbeamten gegenüber zu sitzen.

»Und?« Billa kannte den Inhalt des Briefes mittlerweile auswendig. Ihre Neugier war entflammt, seitdem sie ihn das erste Mal gelesen hatte und jetzt erwartete sie ungeduldig Sergios Reaktion. Diese ließ jedoch auf sich warten.

»Weiß noch jemand von dem Brief?«, tastete er sich vor.

»Nur Julia. Sie hat übersetzt und sie redet ganz sicher nicht.«

Sergio steckte Original und Übersetzung in seine Hosentasche. Er wollte die junge Frau möglichst schnell wieder loswerden. Die Tatsache, dass sie Bescheid wusste, schmeckte ihm ganz und gar nicht.

»So, dann wars das. Nett von dir Pilha, dass du dich darum gekümmert hast, super Einsatz. Aber den Rest musst du jetzt mir überlassen.« Er nahm augenblicklich eine strenge Haltung ein.

Billa war enttäuscht. Sie wollte etwas erwidern, kam jedoch nicht zu Wort.

»Ich habe einen dringenden Fall zu klären, bei dem mir die Zeit davonläuft. *Por favor.* Ich muss jetzt los.«

»Aber ich könnte doch …«

»Nein!«

Erschrocken zuckte sie zusammen. Sicher lagen ihr noch etliche Fragen auf der Zunge, weshalb er sie hastig abfertigte.

»*Pues*, ich begleite dich nach draußen.«

Sergio stand bereits in der Tür. Verstimmt trödelte sie hinter ihm her, folgte ihm anschließend nicht weniger widerwillig durchs Treppenhaus.

Draußen begleitete er sie noch bis zur nächsten Straßenecke. Als sie die Stelle erreichten, an der der *chiva* hielt, nahm Sergio nahezu Reißaus vor ihr.

»Dann machs mal gut, Pilha. Pass auf dich auf«, fasste er sich kurz und ging bereits weiter.

Eine Weile stand sie da, sah ihm irritiert nach. Sie überlegte noch, ob sie ihm eventuell nachgehen sollte, entschied sich dann aber es zu lassen.

Anfänglich behielt Sergio seinen *Es-gibt-keine-Zeit-zu-verlieren*-Schritt bei. Als Billa außer Sichtweite war, wechselte er zu einem gemütlicheren Schritt, folgte den Engelstrompeten und spürte dem Lüftchen nach, das durch die Gasse fegte.

Jaime brutzelte gerade Spiegeleier in seiner winzigen Küche, als er das Macondo betrat.

»He *guapo*!« grüßte er, das Gebrutzel übertönend.

Sergio erwiderte den Gruß mit undefinierbarem Gebrummel, hockte sich wortlos auf einen der lederbezogenen Hocker.

»Es ist vielleicht noch etwas früh für einen Aguardiente. Willst du was anderes?«

»Gib mir ´nen *tinto*.«

Der korpulente Wirt stellte Wasser auf die Feuerstelle, nahm eine Tasse aus dem Regal und rieb sie ein wenig mit dem Küchentuch ab.

Jaimes Kaffee war zweifellos einer der besten in der Gegend. Auch wenn er, wie alle, lediglich *instant* ausschenkte.

Jaimes Geheimrezept war die besondere Gewürzmischung. Eine Prise Zimt, ein Hauch Vanille. Die genaue Dosis war das Geheimnis.

»Und? Hast du was gefunden zwischen Callín und Tres Marias?« Der Wirt lehnte sich über die Holztheke. Sergio gab derweil großzügig Zucker in seinen Kaffee, rührte alles bedächtig um, und ließ den Barbesitzer zappeln. »Ach!«, tat er die Frage ab.

»Also nichts?«

Unentschieden drehte Sergio das Tässchen in seiner Hand, zog dabei die Stirn in Falten. Der Wirt würde sicher nicht lockerlassen.

»Na, was soll man denn da draußen auch groß finden, – außer jeder Menge Staub.«

Jaime wirbelte mit dem Geschirrtuch. »Na, die erwartete Leiche wars dann wohl nicht. Sonst würdest du kaum so entspannt hier hocken.«

»Entspannt?!«

Jaime fing an Mangos zu schälen. Der Duft der süßen Frucht zog Sergio in die Nase.

»Ich kann mir noch keinen genauen Reim daraus machen. Das ist … es scheint … eine Art dummer Scherz.«

»Du sprichst in Rätseln.«

»Hmn. Und ich sage dir, ich gebe mich mit nichtigen Dingen ab, mit absolut Nichtigem! Vermutlich opfere ich nur meine Zeit, schaufele mir die Finger wund – und das völlig umsonst, setzte mich dem Gespött der Leute aus.« Er kratzte sich hinter dem Ohr.

»Spann mich nicht auf die Folter. Und sag nicht, du hast einen ganzen Nachmittag gegraben – ganz umsonst? Dann hat man dich schön übers Ohr gehauen.«

Sergio sah in das runde Gesicht des Macondo Wirtes. »Hörst du mir zu? Lass mich doch mal ausreden. Ich dachte, es wäre absolut nichtig. Aber das war es nicht. Nicht ganz.«

»Also dann. Schieß los!«

Sergio verschränkte die Arme. »Jai, du weißt, das ist Ermittlerwissen.«

»Ach. Willst du jetzt Paragraphen reiten? Was es auch ist, ich schweige wie ein Grab. Ehrensache. Serg, ich bin dein

Freund, und wir wollen doch alle, dass die Straßen sauber bleiben. *Paras* oder Guerilla kommen mir nicht in meine Bar! Keine Überfälle, keine räuberische Erpressung, keine Drogen in Callín! Wenns darum geht, kannst du auf mich zählen, Serg. Immer. Bleibt alles hier.« Er deutete auf seine Stirn. »Und der da …«, er schob ihm einen Aguardiente hin, »geht aufs Haus.« Ein aufmunterndes Augenzwinkern, ein breites gewinnendes Lächeln.

Sergio nahm den Aguardiente, leerte ihn in einem Zug. Jaime schenkte nach. Einmal, zweimal.

Nach dem dritten Glas wackelten die guten Vorsätze mit zunehmender Deutlichkeit. Die Zunge hatte sich vom Gaumen gelöst und völlig außerhalb seiner Kontrolle zu reden begonnen. Unbemerkt war die Übersetzung des Briefes über den Tisch gereist, direkt in die Hände des Barbesitzers. Beim Geiste der *mulata* Amelie-Inés, das lag jetzt in ihrer Verantwortung. Warum schwirrte sie auch hier herum, sorgte für Irritationen. Man wusste ja gar nicht mehr, was man tat.

Jaime faltete das Papier auf und las. Wissbegierig flog er über die Zeilen. Als er fertig gelesen hatte, reichte er Sergio das Papier zurück.

»Dieser Anrufer von dem du erzählt hast, er sagte doch was von einem Fall.« Jaime flüsterte jetzt. Die Bar hatte sich mittlerweile etwas gefüllt. »Das hier, Serg, ist der Fall. *Dein* Fall.«

Der Wirt nickte, drehte sich dann unerwartet weg und begrüßte ein paar eintretende Gäste. Lachen, ein lockerer Spruch oder auch mal eine Umarmung, Schulterklopfen.

Sergio hatte derweil den Kaffee geleert, den letzten Aguardiente, den Jaime ihm hingestellt hatte beiseitegeschoben.

Der Wirt war abgelenkt, schwatzte mit seinen Gästen. Sergio verharrte in seinen Gedanken.

Zwei Männer nahmen unmittelbar neben ihm an der Bar Platz. Der eine etwa Anfang fünfzig mit slawischen Gesichtszügen. Der andere etwas jünger. Er trug dickes schwarzes Haar, das im Nacken zu einem Pferdeschwanz zusammengebunden war. Sergio kam nur der jüngere der beiden Männer bekannt vor. Den anderen hatte er noch nie in Callín gesehen.

Die beiden steckten ihre Köpfe zusammen, tauchten gleich in ein Gespräch.

»Merkwürdige Sache, das mit dem Brief.« Jaime war plötzlich wieder da. »Aber mal was anderes. Ich habe da gerade was aufgeschnappt. Hast du von dem Mord gehört?« Der Wirt unternahm eine abrupte Dreivierteldrehbewegung, wobei der überdimensional große Bauch um ein Haar einige Schnapsgläser mit sich gerissen hätte. »Den *Mafia*-Anwalt hats erwischt.«

»Blisovic?«

»Du weißt also nichts. Nichts gehört? Sie haben dich nicht verständigt. Haben hinter deinem Rücken ...« Jaime rückte noch etwas näher an den Freund heran. »Letzte Nacht wars. Die haben es da drüben gerade erzählt.« Er deutete in eine unbestimmte Richtung.

Sergio warf einen flüchtigen Blick zu den tuschelnden Männern. Sein Körper verspannte sich. Das war es also. Das war die Intrige.

»Denk dir nichts dabei, Serg. Offensichtlich wollen die das gar nicht aufgeklärt haben. Der Typ war ein Dreckskerl.«

»Darum gehts nicht.« Sergio konnte nur mit Mühe seine Wut unterdrücken.

»Verstehe. Angeblich ist die Leiche schon in der Gerichtsmedizin. Sotas und sein Kollege haben ihre neugierigen Nasen da reingesteckt.«

»Mittelmäßige Beamte, die sicher sämtliche Spuren verwischt haben. Damit ich bei Null anfangen kann. Wie ist es passiert?«

»Man hat ihm die Kehle durchtrennt. Mit einer Glasscherbe.«

»Eine Glasscherbe, *dios mio!*«

»So siehts aus. Gott war aber nicht anwesend, sondern nur Whisky vom Feinsten. Der Mörder hat eins der teuren Exemplare geopfert. Blisovic lagert doch nur das beste. Sowas können du und ich uns nicht leisten.«

Sergio nagte an seiner Lippe, starrte ins leere Glas. Verflucht, was ging hier vor sich. Warum hinterging man ihn?!

Jaime fuhr fort: »Hier kann sich doch keiner einen Anwalt leisten; wovon auch? Blisovic hat jeden schmutzigen Fisch an Land gezogen. Umso schmutziger, desto besser. Waffengeschäfte, Drogen, Prostitution im großen Stil. Alles sehr lukrativ.«

Sergio grübelte.

»Sag mal, wegen dieses Briefes«, redete der Wirt weiter in seine Grübelei. »Wie hieß die Frau doch?«

»Judith Rauschenberg.«

»Ist das nicht die Journalistin, die vor ein paar Wochen verschwunden ist? War da nicht irgendwas mit dem Anwalt. Hat sie den nicht auflaufen lassen wollen. Und dann ... Sie hatte einen Unfall. Da stand was in der Zeitung. Sie war mit ihrem Mann auf dem Weg nach Popayán. Jemand hat beobachtet wie das Fahrzeug von der Straße abkam und in die Tiefe stürzte. Eine Kuh soll auf der Fahrbahn gestanden haben. Aber das konnte natürlich auch ein Ablenkungsmanöver gewesen sein.« Jaime richtete sich etwas auf, griff zum Spültuch. »Journalistin, wie gesagt. Man weiß es ja, unsere Schreiberlinge leben gefährlich.«

»*Die* Geschichte also.« Sergio rieb sich über die Stirn. »Aber das ist Politik. Und die fällt nicht in meinen Zuständigkeitsbereich. Aufdeckungsjournalismus. Vermutlich haben sie sie an Ort und Stelle abgeschlachtet. Und dort draußen im Regenwald sucht keiner nach Leichen.«

»Das will keiner wissen. Wie du schon sagst. Das ist Gebiet der *Paras* und Guerilla.«

»Ihr Mann, ist das nicht dieser Politiker?«, erinnerte sich Sergio.

»Arturo Angeles. Ein ehemaliger Abgeordneter, Lokalpolitiker aus Santa Barbara. Mittlerweile hat er sich aus der Politik zurückgezogen.«

Der Wirt war wie immer bestens informiert. Selbiges in Erfahrung zu bringen, hätte Sergio etwas Zeit gekostet. Selten kam er mal dazu einen Fall von A bis Z zu sortieren. Dieser leidige Papierkram über sämtliche Unfälle und Straftaten, denen man im Laufe der Zeit begegnete, führte nicht wirklich dazu, dass er den Überblick behielt. Dabei waren die örtlichen Fälle vergleichsweise Kleinkram. Vorteilhaft war es also, gelegentlich dort zu verkehren, wo sämtliche Neuigkeiten zuverlässig einkehrten: im Macondo.

»Was wird denn so geredet? Wegen Blisovic, meine ich. War sie an was Bestimmtem dran?«, forschte Sergio.

»Das Übliche. Sie hatte sicher einiges auf ihrer Liste, hat

Namen veröffentlicht, Fakten gesammelt. Das mag niemand. Selbst hier in Callín nicht, wo FARC und ELN keinen Zutritt haben.« Jaime beugte sich erneut vor und flüsterte: »Wenn du dich erinnerst, hatten wir hier schon Pressevertreter mit drei Leibwächtern. Die sind nirgendwo sicher.«

»Hmn.« Sergio schmeckte das Thema nicht. Er dachte an seine Arbeit, an den nächtlichen Anrufer. Sollte er tatsächlich seine Nase in die Arbeit einer Journalistin stecken? Das waren keine rosigen Aussichten.

Schnell verdrängte er den Gedanken daher wieder, schaffte lieber Platz für angenehme Dinge. Die kleinen Freuden, die nicht ganz so zahlreich waren.

»Sag mal«, wechselte er das Thema, »weißt du ob Flora da ist?«

»Heute? Heute ist sie *privat*, das weißt du, Serg.«

Jaime polierte Weingläser. Aus dem Augenwinkel verfolgte er leicht irritiert die Reaktion des Freundes; wie Sergio sich durchs Haar fuhr und sein Hemd ungeschickt in die Hose pfriemelte. Er mochte es nicht, wenn er nach Flora fragte, wenn er den Macho raushängen ließ.

»Ach was. Haben die Nutten jetzt das Sagen darüber, wann du ran darfst. Na da ist doch ´ne Ausnahme drin«, behauptete er selbstgefällig.

»Es ist Mittwoch. Der Mittwoch ist ihr freier Tag«, erinnerte Jaime.

Sergio überging die Bemerkung, kratzte sich am Ohr. »Rotzdreiste Mückenviecher!«, schimpfte er, mehr mit sich selbst. Dabei entnahm er seiner Geldbörse einen Schein, legte ihn auf den Tisch. Lustlos erhob er sich und trottete zur Tür.

Jaime schüttelte den Kopf, wie er es in letzter Zeit des Öfteren tat, wenn Sergio plötzlich in seinen Stimmungen umschlug.

Die Umstände waren speziell. Tatsächlich wartete zu Hause keine Menschenseele auf Sergio Fabulos. Die beklemmende Stille, die von seinen vier Wänden ausging, konnte einen erdrücken. Ein Missstand, der ihn schon irgendwie zu einer tragischen Figur machte. Einerseits. Andererseits …

Die Wohnung der Dorfhure lag nur wenige Häuser entfernt,

im ersten Stock eines einfachen Gebäudes. Der Patio war nicht ganz so groß wie in den *backpacker hostales*. Die Innentreppe eher schäbig und baufällig. Der Korridor dagegen, der zu ihrem Appartement führte, war freundlich und mit hellem Holzboden ausgelegt. In einem Regal stapelten sich Berge von alten Zeitschriften. Eine kitschige blaugefärbte Vase schmückte ein Beistelltischchen, unmittelbar neben der Tür zu ihrem Appartement.

Von der Straße aus hatte man nur die zugezogenen Vorhänge erkennen können.

Sergios Klopfen wurde nicht gleich bemerkt. Es dauerte einige Minuten bis Flora mit offenem, zerzaustem Haar und XXL-T-Shirt über den nackten Beinen in der Tür erschien. In Gedanken war er bereits, noch bevor sie die Tür geöffnet hatte, über sie hergefallen. Ganz ohne Vorspiel. Er wollte was Schnelles. Jetzt aber, so von Angesicht zu Angesicht, änderte sich die Situation. Beschämt sah er an ihr vorbei zu Boden.

»Du bists, Serg. Was gibts denn?« lautete ihre kurze, unwirsche Begrüßung.

Beim Anblick ihres Gesichtsausdrucks und dem Ton, den sie angeschlagen hatte, sank seine Hoffnung auf ein schnelles Vergnügen augenblicklich gen Null.

Flora bot weitaus weniger als eine Augenweide. Ihre Hüften waren gut genährt. Die Beine recht dünn und die Brüste baumelten irgendwo Richtung Bauchnabel. Ansonsten aber beherrschte sie ihren Job wie ein alter Profi. Sie rauchte zu viel, weshalb sie ihrem Alter entsprechend älter aussah. Jedoch noch nicht alt genug, um ihr deshalb das junge Gemüse vorzuziehen.

»Du willst eine Nummer. Weißt du nicht, was für ein Tag heute ist?«, kam sie ihm schlechtgelaunt zuvor.

»Ich dachte wir könnten bloß ein bisschen …«

»Ein bisschen?!« Sie stemmte die Fäuste in die Hüften.

Mit einem Mal fühlte er sich klein und jämmerlich, eine mickrige Ausgabe seiner selbst. »Na, ich dachte du machst vielleicht mal ´ne Ausnahme. Für ´nen guten Freund.«

Sie schüttelte den Kopf. »Nix für ungut Serg, aber Ausnahmen sind nicht drin. Bedaure.«

Er wollte etwas einwenden. Doch noch bevor er sich seine

Worte hätte überlegen können, knallte sie ihm auch schon die Tür vor der Nase zu. Er blieb vereinsamt übrig, – wie alte, aussortierte Wäsche.

Einen Moment lang erschütterte die unsanfte Abfuhr sein männliches Ego. Darauf war er nicht vorbereitet gewesen, und es bedurfte großer Anstrengung das unangenehme Gefühl, das sich gerade einstellte nicht weiter zu analysieren. Was im Inneren brodelte wurde schnell oberflächlich retouchiert. Es gab wichtigeres. Sicher. Und wer war schon Flora Morales?! Sie war nicht der Nabel. Nein. Eher war sie ein Niemand, eine bedeutungslose Prostituierte.

Flora kam zudem in die Jahre. Wahrscheinlich rechnete sie mittlerweile anders. Eben wie ein Mann. Das Geschäft mit Sergio Fabulos war nicht ertragreich. Nie hatte er genug Geld dabei.

Strenggenommen aber war Sergios Berechnung auch nicht viel anders. Er nutzte die Ablenkung bei der Prostituierten, um nicht über Dinge nachdenken zu müssen, die derzeit mit aufdringlicher Penetranz seinen Alltag belagerten. Dinge, die so wenig erfreulich waren wie Kopfläuse.

Mit unvermeidlicher Konsequenz. Denn letztlich endete der Blick immer wieder dort, wo er ihn sich am allerwenigsten wünschte. Bei sich selbst. Und was Sergio dort erblickte, war mehr als unbefriedigend. Wie bedeutungslos er doch war, dass nicht einmal mehr Flora sich seiner annahm. Wie wenig galt sein Ruf als Comisario, wenn niemand ihn beim Fund einer Leiche hinzurief.

Sergio liebte sich selbst nicht. Aber er liebte auch keinen anderen. Was ihm soeben widerfuhr, schien wie eine Strafe. Hatte er sie verdient?

Er fühlte wie eine imaginäre Hand sich um seine Kehle legte. Finger drückten sich in seinen Hals. Jeder Finger einzeln. Langsam und fest.

Vier

Zwei Tage lang war der Comisario nahezu durchgehend auf den Beinen. Die Tage und die Nächte inbegriffen. Er ließ sich den Polizeibericht schicken. Die Notizen zu den Beobachtungen zum vermeintlichen Autounfall der Journalistin. Wie üblich hatten die Beamten sich Zeit gelassen, waren erst nach mehrfachem Nachhaken seiner Aufforderung nachgekommen. Viel Aufschluss hatte das Dokument allerdings nicht geliefert. Die Randnotiz: *Kuh auf der Fahrbahn?* wirkte wie ein belangloses Detail, nachträglich hinzugefügt. Am Ende der Akte stieß er jedoch – zu seiner Verwunderung – auf ein paar Aufnahmen vom toten Tier.

Dürftig war die Dokumentation auch im Mordfall Blisovic. Der Gerichtsmediziner hatte keine oder kaum brauchbare Täterspuren an der Leiche sicherstellen können. Natürlich nicht. Ebenso wenig Spuren an den Scherben, welche der Alkohol ohnehin vernichtet hätte. Die Möglichkeiten der ansässigen Gerichtsmedizin waren – davon mal abgesehen – bescheiden. Sergio blieb also nichts anderes als sich der klassischen Methode zu bedienen: der Befragung. Er suchte das Gespräch mit Zeugen vor Ort. Darunter zunächst Witwe Marie Blisovic.

Das Büro des Anwalts war frisch geputzt. Die Akten reihten sich ordentlich im Schrank. Marie befand sich noch unter Schock, weshalb Sergio sich zunächst außerhalb des Anwesens umsah, die nähere Umgebung durchstreifte, Nachbarn befragte, ehemalige Mandanten – die harmlosesten ihrer Sorte. Die Aussagen waren vage bis haarsträubend. Angeblich hatte jemand den Anwalt noch nach dem Termin seines schriftlich fixierten Ablebens (der Gerichtsmediziner hatte dies etwa auf Mitternacht datiert) gesehen. Wie konnte er also am Morgen danach noch quicklebendig aus dem Haus eines Mandanten stolzieren? Wollte man ihn für dumm verkaufen?!

Comisario Sergio Fabulos hatte den Fall übernommen, ganz offiziell, und das obwohl man ihn vorher nicht eingeweiht hatte. Etwas trieb ihn, gebot ihm der Ignoranz erbittert Widerstand zu leisten.

Dazu war Anwalt Blisovic alles andere als ein bedauernswertes Opfer. Im Grunde genommen hatte der Mörder dem Dorf einen Dienst erwiesen, als er dessen überflüssige Figur auf effektvoll unkonventionelle Art entsorgte.

Nach seinem Streifzug hockte Sergio wieder bei Marie. In ihrer zehn Meter langen Luxusküche, schlürfte einen *tinto*, der so schwarz und stark war, wie er selten einen Kaffee getrunken hatte. Über die Witwe erzählte man sich, sie sei eine belesene Hausfrau. Selbst in ihrer Freizeit trug sie nur teures Design, bettete sich auf Samt und Seide. Aber natürlich wusste sie nichts von den Geschäften ihres Mannes. Und sie tat gut daran die betrogene, vernachlässigte Ehefrau zu spielen. Ein beachtliches Erbe stand immerhin auf dem Spiel. Von Zeit zu Zeit spendete sie für sinnvolle Zwecke; für Kinderheime, für die Opfer des Bürgerkriegs und den Wiederaufbau der Region. Ihr Sohn Alejo, Jurastudent, hatte zwei Semester in Oxford studiert, war anschließend an die heimische Uni nach Calí zurückgekehrt. Es gab den einen oder anderen von Blisovics Mandanten, dessen Verschulden in der vertretenen Sache strittig gewesen war, so Marie. Großzügig bot sie Sergio Einsicht in die eine oder andere Akte.

Aber sollte er tatsächlich alte Fälle durchgehen, im Dreck wühlen – um am Ende festzustellen, dass die wesentlichen Informationen bereits im Reißwolf gelandet waren.

Nein. Das eigentliche Thema war ein anderes.

Bestechungsgelder waren auch nicht grundsätzlich zu verurteilen. Wer lebte nicht davon. Als Beamter war Sergios Gehalt nicht eben üppig, reichte nur knapp für die Miete. Und wer wollte das nicht, sich von Zeit zu Zeit einen süffigen Rotwein über den Gaumen gleiten lassen, sich hin und wieder körperlichen Freuden hingeben. Es waren die kleinen Freiheiten, für die Sergio sich auf Kosten des ihm anvertrauten Rechtssystems – gelegentlich – prostituierte.

Jetzt aber … Seit Tagen verfolgte ihn die Stimme des mysteriösen Anrufers. Er wachte nachts schweißgebadet auf, glaubte das Telefon klingeln zu hören. Anschließend tat er kein Auge mehr zu, tappte wie ein Schlafwandler im Zimmer auf und ab.

Sergio ging alte Fälle durch, suchte nach irgendeinem Detail oder Gesicht. Wer war der Mann, der ein so starkes Interesse daran hatte ihn zu bestrafen? War er ein Mörder? Einen weiteren Nachmittag hockte er bei Marie, hörte sich die Geschichten aus ihrem (vermeintlich schrecklich) luxuriösen Leben an. Ihr traurig-unwürdiges Dasein an der Seite eines Mannes, der sie einfach nicht verdient gehabt hatte. Seine Geschäfte hatten sie von jeher angewidert, weshalb sie nie mehr davon hatte wissen wollen.

Als Mörderin kam die Witwe dennoch nicht in Frage. Und auf seine Frage nach ihrem Alibi antwortete Marie: »Was denkst du dir?! Unverschämt! Ich würde doch nicht ... Ich habe geschlafen und nichts weiter als die Mücken gehört. Wenn sie mal in mein Ohr gekrochen sind. Ich nehme Schlaftabletten. Jede Nacht eine. Anders komme ich nicht zur Ruhe. Du stellst dir nicht vor, wie viele Aufgaben da jeden Tag auf mich warten. Dieser Garten ist wie ein Wildgehege. Ich muss immer aufpassen, wieviel die Angestellten wegschneiden, dass sie die Blumen auch ordentlich behandeln. Ohne meinen Schlaf, schaffe ich das nicht. Ich weiß nicht, was er nachts so getrieben hat. Wenn ich ihm nicht immer den Rücken gestärkt hätte ...«, jammerte sie. Sergios Hand lag zur Beruhigung auf ihrem Arm. *Den Rücken gestärkt? Abhängig war sie von dem korrupten Fettsack gewesen,* dachte er. Ganz egal wie mies er sie auch behandelt hatte, sie brauchte seinen Luxus, sein Geld.

Der Tag endete üblicherweise im Macondo. Jaimes Bar war die letzte Zuflucht. Hatte der Tag keine Wunder ans Licht befördert, vermochte nur noch der Freund den verbleibenden Rest zu kitten. Gespräche nährten das Geschäft. Es diskutierte sich ausgelassener bei einem Aguardiente. Für Sergio die beste Medizin. Er wollte nicht darüber nachdenken, dass er noch immer keine Akte angelegt hatte; dass sich Informationen in losen Blattsammlungen auf seinem Schreibtisch türmten. Aber wie sollte er sich auch Respekt verschaffen, wenn man ihn anlog; wenn man ihm Informationen vorenthielt oder seine Aussage ständig widerrief.

Jaime hörte sich all das geduldig an, zeigte wohldosiert sein Mitgefühl. Nicht zu viel, denn Sergio neigte dazu es zu über-

47

reizen.

Der Comisario starrte an die Decke seines schäbigen Arbeitszimmers, während er sich am Ohr kratzte. Auf einem Stapel Akten stand ein abgestandener *tinto*. Eine Fliege schwamm an der Oberfläche. Sein Konzept zum mutmaßlichen Tatverlauf besaß noch immer keine Struktur. So sehr der Anwalt auch zwielichtigen Glanz versprüht hatte, der Mord an ihm machte Sinn ...

Auf dem Tisch lag eine aktuelle Ausgabe der *Noticias de Callín*. Flüchtig griff er danach, blätterte darin. Er suchte Zerstreuung. Auf einer Seite blieb er hängen. Ein Foto erregte seine Aufmerksamkeit, fast hätte er es übersehen und einfach weitergeblättert. Jetzt aber steuerte sein Blick gezielt an *jene* Stelle: Judith Rauschenberg-Angeles. Er las den Text mit der Überschrift: *Persönlicher Brief der Verschwundenen wirft neue Fragen auf.*

Verflucht, was war das?! Wer zum Teufel hatte ...?!

Pilha!, dachte er sofort. Hatte sie nichts Besseres zu tun als ihre Abenteuergeschichten herumzuposaunen. Wütend knallte er das Blatt auf den Tisch. Das hatte ihm noch gefehlt. Natürlich waren seine Resultate bislang minimal, untauglich. *Das* aber musste nun wirklich nicht sein.

Er riss die entsprechende Seite heraus, streifte sich im Gehen ein frisches Hemd über und stopfte sich den Artikel in die Hosentasche. Dann eilte er aus der Wohnung, stürmte nahezu durch das Treppenhaus. Kurz vor dem Ende der Treppe wäre er beinahe mit *ihr* zusammengestoßen.

»*Disculpa*«, murmelte sie, ohne aufzusehen und wollte direkt weiter. Sergio hielt sie am Arm fest. »*Un momentito* ... Du? Du bist doch die, die ... Pilha«, stammelte er.

»Oh ... Signor Comisario!« Sie schien ihn gerade erst zu erkennen. »Ja, ich bins. Zufällig.«

Gerade noch hatte er ihr bezauberndes Lächeln verhindern können. Seine Mimik gefror, formte die berühmte Sergio-Fatze. Am liebsten hätte er sie an Ort und Stelle gesteinigt. Das aber stand nicht zur Option, weshalb er sie unsanft am Arm mit sich zog.

»Auuaah! Was denn, was soll das?!«, zeterte Billa.

Er zerrte sie mit sich auf die Straße. Ein paar Straßenecken weiter, an einer verlassenen Stelle, stellte er sie zur Rede.

»Warum hast du das getan?«

»Was? Was habe ich getan?« Sie sah erbost auf seine Hände, die noch immer fest ihren Oberarm umspannten. Ob er sie gleich würgen würde?

Das Gegenteil war der Fall. Er ließ von ihr ab.

»Was hast du dir dabei gedacht?! Bist du total irre! Wie kannst du brisantes Polizeimaterial einfach so der Presse zuspielen?! Ich könnte dich verhaften lassen!«, fuhr er sie an.

»Verhaften? Miiiich?! Nein nein nein!! Ich habe nichts gemacht. Ich war nur im Internet.«

»Was denn, WAS, *carajo,* hast du im Internet gesucht?!« Sergios Blick hatte etwas Drohendes. Er zog die zerknüllte Zeitungsseite aus seiner Hosentasche, hielt sie ihr unter die Nase.

Billas Blick wanderte fragend hin und her. »Was ist das?«

»Wo hast du es denn noch überall herumerzählt?« Er musste sich beherrschen und seine überschäumende Wut kontrollieren.

»Ich habe nichts erzählt. Warum denkst du, ich hätte was erzählt? *Soy turista. Backpacker.* Glaubst du mein Spanisch würde *dafür* reichen? So gut spreche ich nicht.«

Irritiert nahm sie die herausgetrennte Seite, streifte sie glatt und begann den Text unter dem Foto zu lesen.

»Das ist ja …«, wunderte sie sich, als sie fertig war. »Also dann. Du hast recht. Jemand hat geredet. Aber das kann jeder … Ich nicht! Ich war das nicht!«

Es lag eine bezwingende Ehrlichkeit in ihrer Stimme, was ihn einige Anstrengung kostete, dennoch Zweifel an ihrer Aussage zu hegen. Sie las den Artikel erneut, reichte ihm anschließend das Papier zurück. »Der das geschrieben hat, weiß nicht viel. Er schreibt so und so …« Sie gestikulierte. »Aber was ist *so und so?*«

Sergio betrachtete sie ungeduldig von der Seite, gleichzeitig war er amüsiert von ihrer Art zu reden. Schnell jedoch kehrte die Totengräbermimik zurück.

»Ich meine, es gibt keine Details aus dem Brief. Nur, dass es eben vielleicht kein Unfall war.«

»Ach«, gab er es auf und stopfte sich den Zeitungsartikel

wieder in die Hosentasche, machte dabei Anstalten sie einfach stehenzulassen.

Billa aber ließ sich diesmal nicht abschütteln, lief hinter ihm her. »Ich war im Internet, wie gesagt. Es gibt viele Informationen. Sie ist Journalistin, kommt aus Deutschland. Sie hat Pressearbeit bei Amnesty gemacht und solche Menschenrechtssachen.«

Sergio ging weiter. Er war sich bewusst, dass er sich gerade äußerst unhöflich verhielt. Aber irgendwie war sie ihm lästig. Sie war ja nicht mal sein Typ. So mager und schlaksig. Dazu kostete sie Zeit und Nerven, was er beides nicht hatte.

»Das mit dem Sohn ist so: Sie hat gar keinen Sohn. Ich habe mit ihrem Namen gesucht. Aber nichts. Sie und ihr Ehemann haben kein Kind.«

Plötzlich blieb er stehen. »So und woher weißt du das?«

Billa war erfreut endlich seine Aufmerksamkeit erregt und einen Punkt in Judith Rauschenbergs Biografie gefunden zu haben, der ihn interessierte. »Internetrecherche.« Sie hatte es doch bereits gesagt.

»Und du glaubst tatsächlich, dass das wahr ist, was da im Netz steht?! Die von der Presse sind doch die größten Lügner. Das Internet will lediglich manipulieren, vermarkten. Die drehen dir alles an. Und du weißt nie, mit wem du es zu tun hast. Da sind sie alle unerkannt. Drogenhändler, Pädophile, Nazis, Geisteskranke.« Er schüttelte den Kopf, als hätte sie gerade eine unfassbare Dummheit von sich gegeben.

Billa ging Sergios uneinsichtige Sturheit langsam auf den Wecker. Kein Wunder, dass es in diesem Land nicht voranging, wenn alle so dachten wie er. »Ob es wahr ist oder nicht, es ist eine Information. Du kannst ja nachprüfen, ob es die Wahrheit ist.«

Sicher musste er jeder kleinen Information nachgehen, egal wie mühselig das auch war (wovon sie natürlich nicht die leiseste Ahnung hatte).

»Wenn …«, setzte sie erneut an.

»Dann ist dieser Marcel also ein uneheliches Kind«, fiel er ihr ins Wort. »Sie hat verheimlicht, dass sie ein Kind mit einem anderen hat.«

Billa blies sich eine Strähne aus dem Gesicht. Offensichtlich war das, was sie noch zu sagen hatte weniger von Bedeutung und er zog lieber seine eigenen Schlüsse. Dabei kostete es sie große Anstrengung korrektes Spanisch zu sprechen.

Sergio bemerkte ihren Unmut und entschied sich spontan zu einem Stategiewechsel. »*Pues*, genug diskutiert. Wir schauen mal. Ich meine ... vielleicht darf ich dich erst mal zu einer *batida* einladen?«

Billa war irritiert. Dann aber verformten sich ihre Lippen zu einem Lächeln, was Sergio erleichtert zur Kenntnis nahm. Sie war also einverstanden.

Fünf

Die Casa Violeta, in der sich Sergios Appartement befand, war kein heimeliger Ort. Violett war sie nicht. Nicht wirklich. Eher grau und ein bisschen düster. Die Fensterläden renovierungsbedürftig, ebenso die Wände und Türrahmen. Der Patio vollgestopft mit Zierpalmen, chaotisch. Dazu roch es meist nach fettigem Essen.

Um die Mittagszeit blinzelte die Sonne in die offene Mitte des Gebäudes, ließ die schmiedeeiserne Sitzgruppe, die dort stand, wie rostige Überbleibsel einer Geisterstadt wirken.

Billa hastete die Stufen hoch. Sie musste dringend mit Sergio Fabulos sprechen. Zufällig war ihr in ihrer Unterkunft in Guajilín *etwas* in die Hände gefallen ...

Oben angekommen, blieb sie zunächst stehen um zu verschnaufen. Unter ihr im Patio bewegten sich die Schatten der Palmen. Ein laues Lüftchen spielte mit ihren Wedeln. Sie sah zur gegenüberliegenden Seite, wo eine Wohnungstür offenstand. Eine Frau beugte sich über ein Becken, drehte an einem nassen Wäschestück. Das Wasser spritzte in alle Richtungen. Ein kleines Kind klatschte mit seinen nackten Händchen ins Becken, hatte Riesenspaß dabei. Je mehr das Wasser spritzte, desto lauter quietschte und lachte es. Eine Weile beobachtete Billa das Schauspiel, bis der Kleine davontrödelte und in der Wohnung verschwand.

Billa drehte sich herum. Vor Sergios Wohnungstür stapelte sich noch immer das Gerümpel vom letzten Mal. Ein ausrangiertes Bücherregal verstopfte den Gang. Sperrmüllentsorgung gab es hier offenkundig nicht. Aber gut, das irdische Glück hing von anderen Dingen ab.

Vorsichtig betätigte sie den klobigen Türklopfer.

Niemand reagierte. Sie klopfte erneut.

Wieder geschah nichts. Billa lehnte sich gegen die Wand, ließ sich langsam an ihr heruntergleiten und hockte sich auf den Boden.

Er würde irgendwann nach Hause kommen, war möglicherweise nur kurz einkaufen. Die Dinge des Alltags mussten erledigt werden und Sergio Fabulos lebte offensichtlich allein. Billa warf einen flüchtigen Blick auf ihre Armbanduhr. Was zählte die Zeit. Sie hatte nichts Bestimmtes vor und konnte warten. Warten ... Es machte sie irgendwann schläfrig. Ihre Augen waren schon eine ganze Weile geschlossen, als ein Schatten über ihre Gestalt trat.

»He?«

Sie blinzelte, schielte zu ihrer Armbanduhr. Knapp zehn Minuten waren vergangen, mehr nicht.

»Ausgeschlafen? Ich könnte mir ein bequemeres Plätzchen für ein Nickerchen vorstellen.«

Da war er wieder, der zweideutige kolumbianische Humor. Seine Bemerkung begleitete ein angedeutetes Lächeln, das im grellen Tageslicht verschwamm. Ein freundlicher Versuch, aber eben zweideutig.

Sergio Fabulos war ein sparsamer Lächler. Lieber fletschte er die Zähne und demonstrierte seine am dünnen Fädchen hängende Geduld. Eine Zumutung, sie erneut ertragen zu müssen. Auch wenn man kürzlich noch eine *batida* zusammen geschlürft hatte.

Billa richtete sich umständlich auf.

»Und, was jetzt?!« donnerte er ungeduldig, noch bevor sie wieder auf ihren zwei Beinen stand.

»Es ist was passiert«, setzte sie an.

»Es passiert viel in diesem Land. Jeden Tag. Und vor allem in der Nacht. Soviel kann man gar nicht arbeiten.« Er drehte den Schlüssel herum. Die Wohnungstür stand offen. »*Pues entonces* ...«

In Sergios Büro hatte erneut das Chaos gewütet. Aufgeschlagene Ordner. Notizen mit Namen, Telefonnummern, wild auf dem Schreibtisch und dem einzigen Besucherstuhl verteilt. Er schaffte das Papier beiseite, bot ihr Platz an.

Alles war eng. An den Wänden zwischen den Regalen hingen Gemälde. Stillleben von Gebirgslandschaften. Sergio versank wie schon beim letzten Mal hinter dem wuchtigen Holzschreibtisch, der die Hauptablagestelle für Papier und Ordner darstellte. Unter dem Tisch neben einer alten Schreibmaschine stand eine leere Flasche Aguardiente.

Billa mied es Sergio anzusehen, der noch immer damit beschäftigt war notbedürftig Ordnung zu schaffen. »Es gibt viel zu tun«, nuschelte er als Erklärung.

Billa beobachtete halb amüsiert sein Treiben. Nach einer Weile hörte er auf zu wühlen.

»So. Also dann …« Seine Hände lagen jetzt auf dem Tisch. Er formte sie zu einem Dach, bewegte es hin und her – bis … Dachsturz. »Dann mal los. Du wolltest doch was erzählen. Eine ganz unglaubliche Neuigkeit«, dehnte er ihre Worte unnötig.

Billa schlug die Beine übereinander. »Allerdings. Ich habe einen Artikel von dieser Frau gelesen in einer Wochenzeitschrift. Sie schreibt über die Situation von Menschenrechten in Kolumbien. Sie hat ein Interview mit einem Ex-Guerillero gemacht in dieser Zeitschrift. Er heißt Lecardomi. Sie hat ihn interviewt.«

»Ein Interview, so. Sie ist Journalistin.«

Billa forschte in seiner Mimik, nahm er sie ernst? Interessierten ihn ihre Neuigkeiten? Und falls ja, konnte sie ihm überhaupt vertrauen?

Sergio bemerkte ihr Zögern und bemühte sich um einen freundlicheren Ton. »Weißt du Pilha, hier passieren jeden Tag sehr viele Dinge. Das ist in diesem Land so. Wir führen hier einen langen Bürgerkrieg, das wirst du schon gehört haben. Worum es dabei geht, haben die, die sich bekämpfen längst vergessen. Ursprünglich ging es mal um Rechte. Mittlerweile aber ist das Ganze entartet. Geld, Macht, Drogengeschäfte. Das ist das, was alle nur noch wollen. Politiker werden dafür entführt, Schutzgelder von kleinen Bauern erpresst. Journalisten, die aufdecken werden verfolgt, bedroht oder gar ermordet. Und dann gibt es auch noch die Landminen. Wäre dieser Fall eine ganz normale Geschichte, hätte ich ihn schon zu den Akten gelegt. Aber …« Er überlegte. Was erklärte er hier überhaupt. Sie konnte das alles nicht verstehen. »Nun ist es in diesem Fall etwas anders. Was hier passiert, könnte auf ein Dorf überschwappen. Auf uns hier in Callín. Und wenn ich nicht weiter forsche und versuche den Fall aufzuklären werden weitere Menschen zu Tode kommen.«

Billa sah ihn entsetzt an: »*Weitere*? Ist die Frau tot? Hat man sie gefunden?«

»Die Jounalistin. Nein, noch nicht.« Sergio stand auf, stöberte erneut in seinen Unterlagen. Er hätte sich liebend gerne Luft verschafft, alles rausgelassen. Das, was auf seinen Schultern lastete. Die erdrückende Verantwortung. Pilha wäre in ein paar Wochen wieder weg. Sie war nicht von hier, eine Außenstehende.

»*Pues* ...«, fing er an. Unverhofft versagte ihm derweil die Stimme. Es wollte ihm partout kein Wort mehr über die Lippen. Lediglich Schulterzucken. Schweigen. Sergio Fabulos besaß ein Gewissen, und dieses Gewissen deutete ihm: *Halt sie da raus.*

Billa wartete noch immer auf eine Erklärung der Zusammenhänge. Als sich Sergios Schweigen jedoch endlos fortsetzte, ergriff sie das Wort: »Von Julia habe ich diese Zeitschrift mit dem Artikel. Ihr war der Name aufgefallen. Sie hat doch den Brief übersetzt. Judith Rauschenberg hat auch über Menschenrechte in Kolumbien geschrieben.«

»Ja, das habe ich verstanden. Das sagtest du schon. Und? Wo hast du die Zeitschrift?«

»Das ist ja eben *diese* Geschichte. Er ist weg. Man hat ihn mir aus dem Zimmer gestohlen.«

Sergio zog die Stirn in Falten. »Du meinst, jemand war in deinem Zimmer. In deinem Hostal. Diese Person wusste, dass die Zeitschrift bei dir ist. Irgendwer, der das auch lesen wollte. Ich meine, eine Zeitschrift zu entwenden, das ist ja kein Verbrechen.«

»Das nicht. Aber er hat mich beobachtet. Ich bin ganz sicher. Er hat mich die ganze Zeit beobachtet. Vielleicht sogar verfolgt. Wenn er jetzt denkt, ich hätte was damit zu tun? Er könnte das doch denken. Wegen dieses Briefes und ...«

»Blödsinn. Einer, der eine Zeitschrift stehlen will, denkt doch nicht so weit. Das ist ein simpler Dieb. Pilha, du siehst Gespenster. Jetzt mach dir mal bitte keine Sorgen, du bist eine Touristin. Touristen werden nur im Ausnahmefall mal in was verwickelt; wenn sie ... Aber wie dem auch sei, sei einfach vorsichtig. Vielleicht solltest du die Unterkunft wechseln.«

»Ich habe meine Freunde dort.« Sie dachte an Jeremy, Julia und Igor, mit denen sie die meiste Zeit verbrachte.

»Freunde, gut. Ich meine auch nur, wenn du dich dort nicht

sicher fühlst.«

»Doch doch. Ich glaube auch, ich weiß wer dieser Mann ist, der mir die Zeitung aus dem Zimmer gestohlen hat. Ich habe sein Gesicht gesehen.«

»So, hast du. Und du würdest ihn wiedererkennen?«

»Sicher. Meinst du, dass er ein Mörder ist?«

»Nein! Auf keinen Fall! Eine Zeitung entwenden, wie gesagt, das ist kein Verbrechen. Diese spezielle Geschichte hier im Dorf ist ... sie ist etwas verzwickt«, dachte er laut und kratze sich dabei gedankenverloren am Ohr.

»Ver-verzwickt«, wiederholt sie, »ja, das ists, *los mosquitos*; oh, die nerven. *Cara-cho!*«, fluchte sie in Fabulos-Manier – und mit dänischem Akzent. Es entlockte Sergio ein spontanes Grinsen. Das sprachliche Missverständnis lockerte die Stimmung, war mehr als amüsant.

»Im Internet ...«, fuhr sie derweil unbeirrt fort. »Die ganzen Artikel zum Unfall reden nur um das Thema rum, warum?«, schweifte sie ab und legte ihm ihre Notizen auf den Tisch. Sergios Mimik verfinsterte sich. Was war das jetzt wieder.

»Was soll das Pilha?! Du hast noch nichts von Pressezensur gehört, wie? Man kann nicht alles schreiben«, erregte er sich.

»So, alle halten sich an die Pressezensur? Keinen interessiert die Wahrheit?«

»Nein. Man muss nur überlegen, *was* man *wie* schreibt. Das ist hier in Kolumbien so, das ist unsere politische Realität. Darüber müssen wir nicht diskutieren.«

»Aber wenn man alles so hinnimmt, kann sich doch nichts ändern.«

»Glaub mir, es nimmt niemand etwas so hin. NIEMAND! Für jeden von uns hier, steht immer auch etwas auf dem Spiel. Wir haben hier keine Sicherheit. Die Politiker sind weit weg. Wenn die *Paras* Kleinbauern unter Druck setzen, greift niemand ein. Wir können die *guerilla* bezahlen, damit sie uns beschützt. Aber auch die haben ihre Interessen. Du machst Urlaub, bist hier von niemandem abhängig. Du liest etwas in der Zeitung, hast gleich eine Meinung dazu, ohne zu verstehen, wer das schreibt und warum er es tut. Deine Familie wird nicht erpresst. Und du hast auch keine Kinder, denen man Gewalt androhen könnte. Sie sind alle weit weg, in Dänemark, in Sicherheit. Du musst dich mit der Realität hier nicht arrangieren.«

Sergios Worte waren angekommen. Vielleicht wusste sie tatsächlich zu wenig und verglich zu sehr mit Verhältnissen, die sie kannte.

Sergio für seinen Teil hatte genug. Er wollte das Thema beenden. Die Diskussion kam ihm sinnlos vor. Am Ende stand er noch in der Verantwortung, musste für ihren Schutz aufkommen. Ärger aber hatte er bereits genug am Hals. Er brauchte nicht auch noch eine naive Studentin, die mit ihrem Halbwissen daherkam.

»Belassen wir es dabei. Du machst jetzt Urlaub, hörst du. Nichts weiter als Urlaub.«

Billa fühlte sich abgewiesen, wagte es jedoch nicht nochmal zu widersprechen. Sergio Fabulos strahlte eine natürliche Autorität aus.

Bevor er sie zur Tür begleitete, notierte er sich dennoch die Sache mit dem Artikel, den Namen der Wochenzeitschrift, ein deutsches Blatt. Vorsichtshalber bat er sie auch um eine grobe Beschreibung des Mannes, den sie gesehen hatte. Alles reine Vorsichtsmaßnahme, betonte er mehrfach. Das Misstrauen saß tief.

Als sie gegangen war, fühlte er sich müde und niedergeschlagen. Die Diskussion hatte seine Stimmung kippen lassen.

Ganz dringend musste er jetzt was produzieren, Ergebnisse liefern. Bisher konnte er nicht viel aufweisen, und das Gefühl wurde dringlicher – dass der Mord an Anwalt Blisovic erst der Anfang gewesen war.

Sechs

Sergios Kopf lag auf der Schreibtischplatte, als er gegen neun wieder zu sich kam. Er war eingenickt.

Wann war Billa gegangen? Es musste gegen sieben gewesen sein. Nach den vielen schlaflosen Nächten, überfiel ihn der Schlaf des Öfteren wie ein plötzliches Koma.

Vor ihm lagen die Notizen aus ihrem Gespräch. Er hatte sich auch die Nummer von ihrem Hostal notiert. Er wollte gelegentlich nachhören, dass es ihr gut ging und sie keiner Gefahr ausgesetzt war, wenn sie im Hostal Félices blieb. Felicia Rodó, die Inhaberin, kannte er nur flüchtig. Man sagte, sie hätte sich ein Stück Freiheit von den FARC erkauft. Sie sorgte dafür, dass in Guajilín nicht rekrutiert wurde.

Sergio ging noch einmal vor die Tür. Ziellos schlenderte er durch die Straßen. Callín war um diese Zeit noch recht belebt. Ein paar Jugendliche verkauften illegal gebrannte Musik-CDs. Männer hockten vor einem Flachbildschirm und verfolgten eine Fußball-Liveübertragung. Der Comisario grüßte, feuerte kurz mit an und ging weiter.

Als er die Höhe erreichte, auf der das Gebäude mit Floras Appartement lag, blieb er stehen. Sollte er zu ihr hinaufgehen? Er brauchte jemanden zum Reden.

Hinter einem der Fenster brannte Licht. Die Vorhänge waren jedoch wie immer zugezogen.

Flora verstand die Männer. Zumindest verstand sie es diesen Eindruck zu erwecken. Wenn er reden wollte, hörte sie geduldig zu. Ein guter Ansatz, wenn auch ihr Interesse oft nur gespielt war. Nach dem Akt hatte sie immer diesen undefinierbaren Ausdruck von Langeweile und Trägheit im Gesicht. Ganz so als wäre sie bereits gedanklich woanders, ginge den zu erledigenden Haushalt durch, dachte über staubige Ecken und angefangene Einkaufslisten nach.

Flora Morales erledigte nicht wesentlich mehr als ihren Job. Wenn Sergio seine Stunde verquatschte, stieg der Preis und er erntete ein demonstratives Gähnen. Was in ihr vorging, fragte er sich manchmal. Wie andere Frauen träumte sie vom Luxus.

Vermutlich. Von einer Villa und teurem Schmuck. Konnte man es ihr verübeln? Die *telenovelas* lebten es vor. Schön musste man sein, modelliert. Und dazu reich. Für die Schönheit legten sich viele Frauen unters Messer. Völlig überflüssig, wie Sergio fand. Er wollte keine aufgepumpten Lippen, keine künstlichen Brüste. Künstliches am Körper stieß ihn ab. Er wollte den Menschen so wie Gott ihn erschaffen hatte, sein fehlerhaftes *Original*.

Der Comisario wandte sich ab und trat wieder auf die Straße. Er sah noch einmal hoch zu Floras Fenster, schlenderte anschließend weiter Richtung Kathedrale. Nichts trieb ihn zur Eile.

An der Kirche angekommen, verweilte er erneut, betrachtete die grazilen Blütenkelche der Engelstrompeten. Sollte er die Kirche betreten? Wie lange schon hatte er Gottes Gegenwart nicht mehr gespürt. Sergio empfand sich nicht als Vorzeige-Christ, als jemand, der sein Leben – im moralischen Sinne – im Griff hatte. Aber Gott interessierte das ohnehin nicht. Jeder Mensch war gleich. Gott wusste um die Fehlbarkeit des Wesens, das er erschaffen hatte. Amelie-Inés mochte das Kirchenleben auf ihre Art beeinträchtigen. Gott aber verjagte sie nicht.

Das Portal schloss sich langsam hinter ihm. Nur einen Moment lang wollte er sich im Inneren der Kirche aufhalten. Ein Gebet sprechen, wie er es lange nicht getan hatte. Vielleicht kam ihm dabei eine zündende Idee.

Er durchstreifte die Vorhalle. Das seitlich einfallende Sonnenlicht verwandelte den Staub in goldenen Nebel. Das Mittelschiff mit seinen Säulen wirkte wie der Übergang zu einer anderen Welt. Die Fresken und Heiligenfiguren konnten jeden Moment zum Leben erwachen. Wenn man lange genug auf sie starrte, sah man sie blinzeln. Diese Kirche war nicht irdisch, nicht gewöhnlich. Dieser Ort war anders.

Mittlerweile hatte Sergio den Altar erreicht. Eine einsame Kerze brannte noch, dicht neben dem Heiligen Antonius, der offenbar einem der Glassärge entnommen worden war. Oder er gehörte nicht dazu, war in Ungnade gefallen, man hatte ihn verbannt. Bei genauerem Hinsehen fiel auf, dass es sich bei der Figur um *Ticuna*-Handwerk handelte. Den indigenen Gesichtszügen wohnte eine gewisse Strenge inne. Man hatte den aussätzigen Heiligen zum stillen Wächter der Kirche erkoren. Sergio hielt instinktiv Abstand. Er respektierte jede Reliquie, die man ihm vorsetze. Insbesondere die Mystischen.

Ausgelöst durch die Figur, konnte er es dennoch nicht lassen den Blick nach rechts und links schweifen zu lassen. War noch jemand hier, außer ihm?

Der Geruch nach weißem Copal verbreitete seine Wirkung. Die Hochlandindianer glaubten das Harz verlängere das Leben. Die Beweihräucherung der Kirche fand daher zu jeder Tages- und Nachtzeit statt. Jemand kümmerte sich darum, dass die Seelen der Ahnen in harmonischen Bahnen zirkulierten.

Mit der Macht der Kirche aber war es schon seit Längerem nicht mehr wie zuvor. Der Glaube hatte ein negatives Vorzeichen erhalten. Es waren keine Zeiten, in denen man sich bekreuzigte, ohne gleichzeitig einen Fluch loszulassen.

Sergio stand noch immer auf einer Höhe mit dem Heiligen Antonius. Er sprach ein kurzes Gebet, denn es drängte ihn plötzlich, die Kirche möglichst schnell wieder zu verlassen. Er fühlte sich unbehaglich. Außerdem meinte er tatsächlich: Sie war hier. Amelie-Inés. Natürlich trat sie nicht leibhaftig in Erscheinung. Geister blieben unsichtbar. Er sah sie dennoch. Respektlos thronte sie auf dem Gebetbuch, entblößte ihre Scham über den Gesetzen Gottes, *la bagre.* Sie entwürdigte den heiligen Ort, indem sie die Heiligen achtlos mit ihren verkrüppelten Füßen trat.

Angewidert von dem Bild, das er gerade selbst erzeugt hatte, wandte er sich ab, hastete eiligen Schrittes zurück in die Richtung, aus der er gekommen und aus der jetzt ein kühler Windzug zu spüren war.

Kurz darauf stand Sergio wieder auf der Straße, drehte der Kathedrale den Rücken zu und trottete über die Plaza San Bernardino. Er ließ die Schatten der riesigen Kirche hinter sich.

Nach nur wenigen hundert Metern erschienen bereits die ersten Boten des vergnüglicheren Lebens. Die Lichter des Macondo. Schon von der Straßenecke aus meinte er das

Durcheinander der Stimmen darin zu hören. Das Licht zog ihn magisch an.

Sergio schritt etwas schneller. Keine hundert Meter vom Eingang der Bar entfernt, blieb er jedoch stehen. Die Lust hineinzugehen erhielt auf einmal einen Dämpfer und er fragte sich, was ihn eben noch getrieben hatte. Wollte er sich tatsächlich den Abend mit Alkohol und sinnlosem Geschwätz um die Ohren hauen? Doch was wäre die Alternative?

Billas Besuch von vor ein paar Stunden ging ihm wieder durch den Kopf. Man konnte nicht immer nur jammern, analysieren. Und wenn; besser man war dabei in Gesellschaft.

In der Bar schien die Atmosphäre gedrückt. Licht und Stimmen waren nur ein Lockmittel gewesen. Ein Nebel aus Zigarettenrauch hing in der Luft. Köpfe drängten sich zu einem verschwommenen Ganzen. Kurz fühlte Sergio sich wie ein Eindringling. Jemand, der sich ungefragt Zugang verschaffte.

Jaime schenkte gerade Getränke aus, derweil nahm Sergio unauffällig an einem Ende der Bar Platz.

Es dauerte etwas bis der Wirt ihn bemerkte. »Serg!«, stieß er dann erfreut aus, »Wo hast du die gesteckt?«

»Hatte zu tun. Befragungen, Zeugen, das Übliche.«

Jaime zückte bereits die Flasche, schob ihm ein Glas hin.

»Nur zu.« Zügig war es bis zum Rand gefüllt.

»Und? Irgendwas Neues?«

»Nicht wirklich. Callíns Straßen sind auffallend schattig, bevölkert von Schwärmen hungriger Mücken. Sie warten auf ein Zeichen.« Er warf einen beiläufigen Blick in das Innere seiner Jackentasche. Kein Lavendelöl, so sein unausgesprochenes Fazit. Der einsame Haustürschlüssel steckte neben der ausgeleierten Geldbörse. »Verflucht einsam«, fasste er den gesichteten Zustand zusammen, »ich meine … mein Bett, zum Beispiel.«

Jaime lachte sein überschallendes Lachen. »Na, die alte Matratze kann dich schon nicht mehr sehen, was?«

»Hmn«, erwiderte er, trank sein Glas in einem Zug leer. »Und hier? Hab ich irgendwas verpasst?« Sergio deutete um sich.

»Du hast es tatsächlich bemerkt. Die Schatten sind auch hier drinnen.« Gedankenverloren wischte der Wirt über die Theke. »Ein tragischer Unfall. Ein paar Kilometer östlich von hier. Eine Landmine. Die Frau war mit ihren beiden Kindern unterwegs. Sie haben auf dem Feld gespielt. Sie hatte die beiden von der Schule abgeholt und eine Abkürzung nehmen wollen.«

»Unfassbar.« Sergios Gesichtsausdruck wurde düster.

»Du möchtest nicht wissen, wie alt die beiden Kleinen waren.«

»Nein, möchte ich nicht.« Sergio starrte angestrengt auf das leere Glas.

Der Wirt schüttelte bedauernd den Kopf. Derartige Zwischenfälle waren keine Seltenheit. »Es ist eine Tragödie.«

»Ist es. Aber ...« Sergio schielte zur Seite, »das ist nicht alles, stimmts?«

»Nein.« Jaime schenkte nach. »Leider nicht. Jemand wollte im Mordfall Blisovic eine Zeugenaussage machen, ein ehemals von diesem Verklagter. Später fand man ihn hinter Tres Marias, vollgepumpt mit Drogen.«

»Klingt nach einer Lektion.«

»Eine Warnung. *Pues*, es hat sich natürlich niemand zu dem Vorfall bekannt. Aber das war auch nicht zu erwarten. Danach gab es eine Auseinandersetzung zwischen Flora und einem Freier. Der Kerl hatte eine Waffe und hat sie verletzt. Da wollte wohl jemand Informationen aus ihr herausprügeln. Du weißt schon, Blisovic hat seine Mandanten gerne mal zu Prostituierten geschickt, gehörte zum Geschäft. Blöde Sache für Flora. Man hat sie ins Krankenhaus nach Calí gebracht.«

»Flora ist im Krankenhaus? Aber ich habe Licht in ihrem Appartement gesehen.«

»Eine polizeiliche Untersuchungskommission aus Bogotá hält sich dort auf. Sie ermitteln in einer größeren Drogenangelegenheit.«

»War sie in was verwickelt?«

Jaime zuckte mit den Schultern. »Und wenn. Wofür brauchen wir hier Beamte aus der Hauptstadt?! Was schnüffeln die hier herum. Die interessieren sich doch nicht wirklich für unsere Probleme, suchen eher das Vergnügen oder wollen mal abschalten vom hektischen Stadtleben.«

»Na, da sind sie hier richtig«, bemerkte Sergio bissig.

Jaime tauchte Gläser ins Wasserbad. »Seit dem Unfall der Journalistin hat sich die Situation verschärft. Zehn Prozent Umsatzrückgang. Bald werden die Touristen wieder wegbleiben und ich kann meinen Laden dichtmachen. Unsere Touristenidylle Guajilín hatte gerade angefangen uns Geld einzubringen. Wir müssen uns irgendwie zur Wehr setzen.«

Jaimes Worte gingen nicht ganz an Sergio vorbei. »Es gibt ein Protokoll zu dem Vorgefallenen, nehme ich an. Ich werde es mir später ansehen.« Er leerte seinen Aguardiente. »Solange, gib mir doch noch einen.«

Der Wirt zog eine neue Flasche hervor.

»Man erzählt sich, du hättest was mit einer Gringa.«

»Pilha?! Ach, Geschwätz. Sie saß am Wegkreuz, hat auf den Bus gewartet. Das ist die ganze Geschichte. Touristin eben. Die haben ja nichts anderes zu tun als herumzulungern und ihre Nase in alles reinzustecken.«

»So, sie hat sich dir an den Hals geworfen?«

Der Comisario verkniff sich ein Schmunzeln. Natürlich konnte er die Sache zu seinen Gunsten drehen, – konnte er. Tatsächlich aber war der Radius, innerhalb dessen sich seine Fantasie bewegte, gerade äußerst begrenzt. »Ach.« Er machte eine abwinkende Geste.

»Sie war dabei, als du diese Kuhglocke gefunden hast? Kennt sie auch den Inhalt des Briefes?«

Sergio war in Not. Sollte er besser lügen?

»Sie hat übersetzt.« Er wollte nicht auch noch enthüllen, dass noch eine Touristin davon wusste. »Er war ja auf Deutsch. Pilha kann Deutsch.«

»Deutsch. Na, da hättest du doch auch den alten Kraushaar fragen können.«

Manuel Kraushaar, der Deutsch-Kolumbianer. An ihn hatte Sergio gar nicht gedacht. Kraushaar interessierte sich nicht sonderlich für das Leben in den Dörfern, für das, was dort vor sich ging. Er lebte sein Einsiedlerdasein, abgeschieden im Gebirge, züchtete dort Ziegen und Rinder. Ein echter Sonderling. Sicher, er hätte ihn fragen können.

»Glaubst du, dass sie sich raushält?«

»Muss sie. Ich meine, was sollte sie denn für ein Interesse haben.«

Jaime wechselte ein paar belanglose Worte mit ein paar Gästen, die sich gerade an die Bar gesetzt hatten, wandte sich jedoch gleich wieder dem Freund zu.

»Die Gringos verstehen die Gesetze hier nicht. Für die ist alles Abenteuer. Sie sitzen da, trinken mit uns Mate oder *tinto* und faseln von ihren Weltreisen. Die tun so, als hätten sie uns was voraus. Nur weil sie einmal den Taj Mahal oder die Freiheitsstatue gesehen haben. Die denken doch nicht darüber nach, dass hinter Callín der Dschungel anfängt, und dass es dort mehr als nur wilde Tiere gibt.«

»Señora Rauschenberg kannte den Dschungel.«

»Die war aber auch eine von uns, hockte hier in Callín. Ausgeliefert.«

»Wie meinst du denn das, *hier in Callín?*«, wunderte sich Sergio. Soweit ich weiß, liegt ihr Haus etwas außerhalb von Santa Barbara.«

Jaime biss sich auf die Zunge. Es war ihm versehentlich rausgerutscht. »Ja, das Haus. Sie hatte sich außerdem ein Büro eingerichtet, seit kurzem. Es war nicht gerade publik. Um ihre Sicherheit nicht zu gefährden. Sie hat hier recherchiert.«

»Hier?! Und warum erzählst du das erst jetzt? Was weißt du denn sonst noch alles, was du mir nicht mitteilst?! Hatte sie jemanden im Auge? Und überhaupt, was seid ihr eigentlich für ein Haufen von Idioten, eine Journalistin hier aufzunehmen und ihre und unsere Sicherheit zu gefährden. Habt ihr es noch nicht kapiert, was das bedeutet?! Ich kann doch nicht für die Sicherheit der gesamten *comunidad* aufkommen!«

Jaime wich Sergios Blick aus, als er sich flüsternd rechtfertigte: »Ich habe es doch bis vor kurzem auch nicht gewusst. Was weiß ich, an welcher Geschichte sie dran war. Glaubst du, sie wäre so leichtsinnig gewesen das hier rumzuerzählen? Ich habe es gestern Abend zufällig aufgeschnappt. Ich wollte dir schon Bescheid geben, aber jetzt bist du ja hier. Vielleicht solltest du dich dort umsehen, Serg. In diesem Büro, meine ich.«

Sergio verschränkte die Arme und betrachtete den Wirt kritisch von der Seite. »Hast du zufällig auch mitbekommen, wo sich dieses Büro befindet?«

»Nein. Aber das findest du schon heraus; bist doch ein Fuchs. Ich kann mich auch für dich umhören, wenn du willst.«

»Du willst dich umhören, – bevor andere sich ans Werk gemacht und alles Wichtige entwendet haben …?! Nee, lass mal.«

Sergio zog schlechtgelaunt seine Geldbörse hervor, zahlte und tappte kurz darauf zur Tür.

Auf dem Rückweg schlug er einen weiten Bogen um die Kathedrale. Er sah auch nicht nochmal zu Floras Appartement hoch. Das letzte Stück des Weges war ihm ein streunender Hund hinterhergelaufen. Seine trockene, ausgemergelte Zunge schleifte kraftlos am Boden. Sein armseliges Dasein schleppte sich auf vier müden Pfoten durch Callíns mittlerweile vergreiste Gassen. Der Comisario war stehengeblieben, betrachtete seinen Verfolger einen Moment lang nachdenklich von oben herab. *Was für eine verwahrloste Kreatur*, dachte er und stieß den Hund mit dem Fuß beiseite. »Mach dich ab, Romeo. Hier gibts nichts zu glotzen.« Leise jaulte das Tier, warf Sergio schwanzwedelnd einen bittenden Blick zu … vergeblich.

Trotzig drehte es sich daraufhin weg, dackelte mit eingezogenem Schwanz weiter.

Noch immer stand Sergio unentschlossen da, sah dem Vierbeiner hinterher. Gedankenverloren wühlte er seinen Schlüssel aus der Tasche.

Auf einer der ersten Treppenstufen lag die aktuelle Ausgabe der Tageszeitung. Im Vorbeigehen nahm er sie an sich. In seinem Appartement angekommen, legte er sie irgendwo ab, schlürfte weiter ins Bad, um sich frisch zu machen. Der kurze Spaziergang hatte ihn wieder nüchtern werden lassen.

Nachdem er sich abgetrocknet hatte, betrachtete er sein Gesicht im Spiegel. Schmal war es geworden. Seine Wangen, trotz des dunklen Teints, leicht gerötet. Der Alkohol. Etwas in seinem Kopf brannte wie Feuer, Höllenfeuer. Er nahm das Handtuch und hielt es unter den kalten Wasserstrahl, legte es anschließend auf die Stirn. Wassertropfen flossen wie kühle Tränen über sein Gesicht.

Im Wohnzimmer fischte er nach der Tageszeitung, zögerte, legte sie noch einmal weg und griff stattdessen zum Telefon. Er wählte die Nummer des örtlichen Notdienstes.

»Das Krankenhaus von Calí bitte, Flora Morales. Sie ist gestern eingeliefert worden.«

»*Un momentito,* Señor.« Eine Frauenstimme. Sie wusste nicht gleich Bescheid, ließ ihn warten und erfragte zahllose, unbedeutende Details. Anschließend hing er in der Warteschleife. Irgendwann war sie wieder dran, rede drum herum.

»*Miercoles,* krieg ich jetzt eine Antwort!«, erboste er sich.

»Ja, sie ist in einer Klinik in Calí«, bestätigte sie schließlich.

»Und wie geht es ihr? Ist es ernst?«

»Sie ist außer Gefahr. Voraussichtlich wird sie in zwei Tagen entlassen.« Die Frau lächelte mit der Stimme; wie auch immer dieses Lächeln gemeint war. Dabei hatte sie ganz offensichtlich den Mund voll, kaute. Sergio stellte sich ihren unappetitlichen Anblick vor.

Als er den Hörer auflegte, fühlte er sich nicht wirklich beruhigt, – was wenig verwunderte. Der Abend hatte sich nicht unbedingt wie vorgestellt entwickelt.

Wenig überraschend war auch, dass Jaime sich um die Zukunft des Macondo sorgte. Ein paarmal schon hatte er kurz vor dem Ende gestanden. Der Geschäftstüchtigkeit des Wirts aber war es jedes Mal zu verdanken gewesen, dass es ihm gelang – quasi im letzten Augenblick – das Ruder noch einmal herumzureißen. Sergio kannte niemanden, der sich derart in seine Arbeit stürzte wie Jaime es tat. Seine Frau und seine Töchter bekamen ihn selten zu Gesicht. Barbeta, Jaimes jüngste Tochter, war mit Sergios verstorbener Tochter Isabel zur Schule gegangen. Die Ältere war schon aus dem Haus.

Der Comisario trottete schlaftrunken durch seine Wohnung, auf der Suche nach einer Flasche Wasser. An seinem Arbeitsplatz wurde er fündig. Mit dem Gefundenen tappte er zurück ins Wohnzimmer, griff im Vorbeigehen zu der Zeitung.

Als er wieder saß, blätterte er gedankenverloren darin, dachte dabei an Flora. Er wollte sie in sein Gebet mit einschließen. Im Grunde genommen war sie kein schlechter Mensch.

Auf Seite drei der *Noticias de Callín* fand er den Artikel über das Landminenunglück. Er las …

Wie sinnlos das war. Warum passierten diese Dinge immer wieder. Noch eine Seite weiter wurde über den mutmaßlichen Zeugen im Mordfall Blisovic berichtet. Das Artikelbild zeigte einen jungen Mann, den Freund einer ehemaligen Angestellten des Anwalts. Blisovic hatte offensichtlich eine Affäre mit ihr unterhalten, soviel konnte man zwischen den Zeilen lesen. Wurde hier ein Mörder herbeigezaubert – aus der Luft gegriffen, damit die Bewohner wieder ruhig schlafen konnten?

Genervt schob Sergio die Zeitung beiseite, machte es sich stattdessen auf seiner Couch bequem. Er zog die verfilzte Wolldecke über die Knie, ließ den Körper sacken.

Es war weit nach Mitternacht, als er nach langer Anstrengung endlich in den Schlaf fand.

Fluchtwege

Eins

In einem schäbigen Zimmer mit nicht einmal vollständig verlegtem Teppichboden, stand eine Chaiselongue, notdürftig mit einem weißen Laken überzogen. Dort schlief er. Die Zimmerlampe hing etwas tief, so dass er sich beim Durchqueren des Raumes jedes Mal den Kopf daran stieß. Manchmal flackerte dabei das Licht. Ein kleiner Tisch diente als Ablage für seine Papiere, von denen es in der Tat nicht viele gab. Ein fleckiger Rucksack lehnte an der Tür, bot einen schmuddeligen Anblick.

Juan Jacobo Lecardomi besaß nicht viel. Vor zwei Tagen hatte er dieses Quartier bezogen, bewegte sich kaum vom Fleck. Tagsüber war es hier unerträglich heiß. Nachts sank die Temperatur so weit, dass er unter dem Laken fror wie ein Laubfrosch. Er hatte es nicht gewagt um eine Wolldecke zu bitten, vermied persönliche Kontakte weitestgehend.

Seine letzte Unterkunft war kaum komfortabler gewesen. Zumindest ein Waschbecken hatte es auf dem Zimmer gegeben. Hier dagegen musste er seine Bedürfnisse kontrollieren. Er wusch sein Gesicht mit Wasser aus einer Plastikflasche.

Lecardomi befand sich körperlich am Limit, ausgelaugt. Er verfolgte nur noch das eine Ziel, Kolumbien schnellstmöglich auf dem Südweg zu verlassen. Vier Journalisten waren in den letzten Wochen massiv bedroht worden. Darunter auch Judith Rauschenberg, – und diese galt seit kurzem als verschwunden. Ein Unfall? Es war an jenem Tag passiert, als sie sich getroffen hatten. Unmittelbar nach dem Interview. Er erinnerte sich sie in die Kathedrale gehen gesehen zu haben. Was danach geschehen war … er wusste es nicht.

Das Interview selbst war reibungslos verlaufen. Er hatte alles gesagt, was zu sagen war. Das und noch etwas mehr. Ausreichend für einen Beitrag in einer ausländischen Zeitschrift. Rauschenberg galt als ehrgeizig und zäh unter Journalisten. Ein Profi war sie; wusste genau, wo sie ansetzen musste. Sollte es sie tatsächlich erwischt haben, hatte sie womöglich nur einen Moment lang nicht aufgepasst.

Lecardomi kannte die Schattenseiten des Ehrgeizes. Der Hunger nach Bestätigung wurde schnell zum Risiko. Die Falle konnte leichter zuschnappen, sobald man sich über die Vernunft hinwegsetzte.

In seiner letzten Unterkunft war am zweiten Tag ein bärtiger Typ aufgetaucht. Tarnanzug, die Augen hinter verspiegelten Sonnenbrillengläsern. Rauchend lehnte er an der Hauswand, unterhalb seines Fensters. Lecardomi hatte den Tod gespürt, zwei Meter unter der Fensterbank; weshalb er seine Sachen frühzeitig zusammenraffte und im günstigen Augenblick das Weite suchte.

Der Süden war klebrig schwül, mückenreich, tropisch feucht. Nachts baute er sich jeweils provisorische Schlafplätze. Blätter, und eine Plane zum Schutz gegen Regen und Ungeziefer. Er schlief kaum länger als zwei, drei Stunden im Stück. Die Unruhe trieb ihn stetig weiter. Tabu waren sämtliche Straßen am Rande des Regenwaldes. Immer wieder patrouillierten dort Militärfahrzeuge. Soldaten der *Milica*, die jeden Moment bereit waren auf alles zu schießen, was sich dort bewegte.

Lecardomis Flucht war ein Kampf gegen Schweiß, Stechmücken, Regen, Hunger. Mit der Zeit schrumpften nicht nur seine Kräfte, seine Haut war wund, fleckig; sein Magen unterversorgt. Wovon er sich ernährte, war in der Regel nicht mehr als eine Flasche Wasser, Beeren, Insekten. Im besten Fall trockenes Brot oder Kekse. In der Zeit, die er nun von einer Notunterkunft zur nächsten unterwegs war, hatte er sich einen Bart wachsen lassen. Weit weg lag der Tag seiner letzten Rasur, zwei Stunden vor dem Interview mit Judith Rauschenberg. Sie sollte ihn in einem würdigen Zustand antreffen. Zu dem Zeitpunkt hauste er in einer Absteige in Callín. Der morgentliche Anblick seines Ichs im Spiegel, war ernüchternd gewesen. Sein Das also war alles, was von ihm noch übrig war.

Der Schatten des großen Mannes erhob sich irgendwo in der Dunkelheit des Zimmers. Lang und hager war er, eins mit dem Grau seiner Umgebung. Er wagte es nicht den Lichtschalter zu betätigen. Nicht bevor die Fensterläden geschlossen waren.

Noch war es nicht vollständig dunkel. Unterhalb der Linie

der Andenkordilleren bezog der Nebel sein Nachtquartier. Der Mond hing in den Wolken.

Vorsichtig näherte Lecardomi sich dem Fenster. Sein Blick reichte gerade bis zur gegenüberliegenden Straßenseite. Eine Straßenlaterne verbreitete dort sanftes Licht. Eine Weile beobachtete er wachsam die Umgebung. Kein Mensch war draußen unterwegs. Ideale Voraussetzungen, ideal für einen Hinterhalt. Egal wo er ins Freie trat, spätestens auf der Straße wäre er Freiwild.

Er durfte jedoch auch keine weitere Nacht hier verbringen. Mit der Länge seines Aufenthalts wuchs das Risiko.

Angespannt starrte er zu den tanzenden Mücken im Laternenlicht. Dann zog er das Laken von der Matratze, riss ein Stück davon ab – als Verbandszeug, für alle Fälle. Eilig wickelte er seine paar Habseligkeiten darin ein. Wäsche, Zahnputzzeug, Wasserflasche, Handtuch, stopfte alles in seinen Rucksack.

Eine Weile verharrte er horchend an der Tür, hörte auf jedes Geräusch von draußen. Als er glaubte freie Bahn zu haben, hastete er hinaus.

Dunkel war es auf dem Gang, weshalb jeder Schatten augenblicklich zur neuen Gefahrenquelle wurde. Wie leicht konnte man die Klinge eines Messers übersehen, das Entsichern einer Waffe überhören; es war lebensgefährlich. Seine Augen waren vertraut mit der Dunkelheit. Nervös behielt er die Zimmertüren im Auge. Jede einzelne. Hier und da hörte er Geräusche, Stimmen aus dem Fernseher, Lachen.

Die nächste Tür war nur angelehnt. Gedämpftes Licht quoll auf den Gang hinaus. Lecardomi wagte einen flüchtigen Blick. Eine Prostituierte mit einem Freier. Ihr dickes schwarzes Haar bedeckte sein Gesicht fast vollständig, man erahnte nur was sie taten.

Der Ausgang lag jetzt nur noch wenige Schritte entfernt. Das größte Risiko stellte der letzte Teil der Strecke dar, bis zum Licht der Straßenlaterne. Es war der ideale Ort, um jemanden auf halbem Weg zu erschießen.

Lecardomi wurde unruhig. Seine Hände begannen zu zittern. Dann rannte er los ... Er kam jedoch nicht weit. Das Schicksal war bereits abgemachte Sache. Zu spät bemerkte er den Schatten.

Ein Schuss löste sich, ohne dass er realisierte, woher er kam. Metall flog durch die Luft, streifte seine Schulter. Lecardomi stürzte ins Gebüsch, blieb dort regungslos liegen.

Das wars – vorbei, dachte er. Er kämpfte bereits mit der Ohnmacht … als ein zweiter Schuss die Stille durchbrach.

Seine Lider flatterten, sein Atem flachte ab.

Die Nacht wurde schwarz. Noch schwärzer als sie es bisher gewesen war.

Zwei

Sergio Fabulos wartete vor dem Internet-Café auf Billa. Er wusste, dass sie öfter dorthin ging, hatte sie hineingehen sehen und sachte gegen die Fensterscheibe geklopft.

Kurz darauf stand sie vor ihm.

»Pilha, willst du mitkommen?«, stammelte er.

»Ich? Wohin?«

»Santa Barbara. Jetzt. Es ist wichtig und ich könnte dich brauchen.« Sergio hastete bereits los.

Ahnungslos dackelte sie hinterher.

»Ich brauche deine Sprachkenntnisse.«

»Wofür? Ich meine, was soll ich …?«

Zwei Straßen weiter wartete bereits ein *colectivo*.

»Ich habe eine Adresse ausfindig gemacht. Du wolltest doch ein Abenteuer. Wir sprechen mit einem Geistlichen«, erklärte er. »Und du … na ja, er ist belesen, weltgewandt. Ein Fremdsprachengenie, sagt man. Wie du. Vielleicht will er sich ein bisschen beweisen, dann redest du ein paar Worte Englisch mit ihm, Französisch oder sonst was, sagst ihm wie toll er spricht. So in der Art … egal. Zwei Paar Ohren und Augen sind in jedem Fall besser.«

Billa, zögerte. Sie wusste nicht genau, was er sich vorstellte Schließlich aber siegte die Neugier.

Wenig später fand sie sich neben Sergio Fabulos, dicht an dicht, in einem Fahrzeug, eingezwängt zwischen fünf weiteren Insassen wieder. Vorne plapperte die Stimme eines Radiomoderators.

»Was soll ich dort reden mit …?«

»Pater Benjamín. Wir besuchen Pater Benjamín. Er hat ein paar Informationen über den ehemaligen Abgeordneten Angeles, Judith Rauschenbergs Mann.«

»Informationen? Was für welchen Informationen?«

»Was für *welche*. Es heißt *was für welche Informationen*.« Es war das erste Mal, dass er ihr Spanisch korrigierte. »Ich habe den Polizeibericht zu einer Drogengeschichte gelesen, die sich kürzlich in Callín ereignet hat. Keine schlimme Sache, keine

Toten«, beschwichtigte er gleich. »Dabei bin ich auf was gestoßen.«

»Ach ja. Und was?«

Er antwortete nicht.

Billa ärgerte sich, dass sie sich so leicht hatte mitreißen lassen. Sie hätte den Tag mit anderen Touristen verbringen können. Auf einmal fühlte sie sich unwohl und deplatziert. Das Fahrzeug eierte über eine steile, unbefestigte Gebirgsstraße. Gedankenverloren starrte sie auf den Asphalt. Ob es hier passiert war – hier, wo das Fahrzeug der Journalistin von der Straße abgekommen war? Was wenn Sergio Fabulos sie gerade entführte?

Die Strecke zog sich und die Fahrt wurde zunehmend halsbrecherisch. Die unsagbar vielen Kurven und Schleifen verursachten ihr Übelkeit. Bei jeder nahenden Kurve schloss sie vorsorglich die Augen, kämpfte. Glücklicherweise siegten ihr Wille und die Aussicht auf das nahende Ende der Fahrt irgendwann über den Brechreiz. Als in der Ferne die Dächer eines Dorfes auftauchten, atmete sie erleichtert auf.

Auf den ersten Blick wirkte Santa Barbara wie ein verschlafenes Nest. Es war deutlich kühler als sie es aus Callín und Guajilín gewohnt war. Beinahe stürmisch pfiff der Wind durch die Gassen, vorbei an verbogenen Strommasten, trockenen Pinien, Holzbalkonen und bemalten Hauswänden. Marktfrauen packten ihre Waren aus. Darunter verschiedene Kartoffelsorten, Obst, Gemüse, Kaffeebohnen, Mate und indianische Heilkräuter. Tonschalen, bunte Taschen, Teppiche. Unterhalb des Dorfes lag, unter dicken Nebelschwaden, der tropische Regenwald.

Billa war fasziniert von der mystischen Atmosphäre, die der Ort ausstrahlte. Auf der zentralen *plaza* stand ein kleiner Brunnen. Das Bild erinnerte sie an die mittelalterlichen Dörfer in der südfranzösischen Provence. Eine *indígena* breitete gerade ihre *artesanía* auf einer bunt gewebten Decke aus. Billa blieb stehen, beobachtete fasziniert, sog die Atmosphäre auf. Sie bewunderte die Langsamkeit, mit der man sich hier fortbewegte. Es gab kein Drängeln oder Hetzen. Die Zeit schien stillzustehen.

Wäre da nicht Sergio Fabulos. Dieser war bereits weitergezogen, hatte nicht mal auf sie gewartet.

Billa legte einen Schritt zu, um ihn einzuholen.

Unterwegs kam ihr erneut *dieser* Gedanke: Was, wenn sie irgendwo hier verschwinden würde? Wer würde sie suchen? Hier, an diesem abgelegenen Ort.

Weiter kam sie mit ihren Gedanken nicht. Nur kurz darauf fanden sie sich plötzlich inmitten einer Prozession wieder. Menschen strömten aus allen Richtungen. Vorneweg, die Träger christlicher Reliquien. Maria wurde auf einem Podest getragen. Dahinter folgten die Gläubigen. Zuerst die Kirchenvertreter. Später die Einheimischen in ihren bunten Kleidern.

Sergio lotste Billa durch das Gedränge der Menschen, die sich langsam durch die engen Gassen der Altstadt schoben. Es blieb ihnen keine andere Möglichkeit, als sich irgendwo einzureihen. Die Studentin nahm alles mit großer Neugier auf. Die Geistlichen in ihren weißen Gewändern trugen Kreuze und traditionellen Kirchenschmuck. So mussten die Prozessionen hier seit über vierhundert Jahren abgehalten werden.

Sergio vermied es sich allzu auffällig umzusehen. Er wollte kein unnötiges Aufsehen erregen, was mit Billa an seiner Seite nicht ganz einfach war. Dennoch fielen ihm an einer Straßenecke zwei Gestalten ins Auge. Zwei Männer. Einer der beiden trug sein Haar zu einem Pferdeschwanz gebunden.

Die zwei aus dem Macondo? Zufall? Es sah aus, als diskutierten sie. Sergio folgte ihnen eine Weile mit Blicken, verlor sie jedoch bald aus den Augen.

Die Menge trieb sie weiter. Der Comisario blieb wachsam, allein wegen Billa. Umgeben von Gottes Söhnen und Töchtern jedoch, konnte sie sich nur sicher fühlen.

Als sie den Ortskern erreichten, zog er sie in eine Seitenstraße.

Bartholomé de las Casas las Billa an einer Hauswand. Des Öfteren fand man Namen von Geistlichen in Dörfern. Las Casas hatte die Rechte der Einheimischen verteidigt. Die Tatsache, dass man seinen Namen an Hauswänden verewigte, bezeugte tiefe Religiosität, denn in der Regel waren Straßen nummeriert.

Eine Gasse weiter trafen sie auf Kinder, die zwischen ein paar Holzbrettern spielten. Sergio sprach sie an. »Kennt ihr das Haus von Pater Benjamín?«

Ein kleines Mädchen in einem hellrosa Baumwollkleid antwortete: »Das Rote.«

Er sah in die angedeutete Richtung. Billa interesssierte sich mehr für die Kinder, zog Grimassen und erntete dabei Lachen, neugierige Blicke. Der Ort lag abseits der touristischen Pfade. Europäer bekam man hier selten zu Gesicht.

Sergio war weitergegangen. Das Haus war ziegelrot und offensichtlich frisch gestrichen, mit hohen Fenstern und schmiedeeisernen Gittern davor; es wirkte gepflegt und dabei größer als die anderen Häuser der Straße.

Er betätigte den klobigen Türklopfer.

Kurz darauf stand eine kleine, dunkelhäutige, sehr junge zierliche Frau in der Tür.

»Sí Señor. Señora?« Billa erschien gerade hinter ihm.

»Comisario Sergio Fabulos. Pater Benjamín erwartet uns«, erklärte Sergio auf ihren fragenden Blick hin, »wir sind verabredet.«

Sie lächelte. »*Pues, Señor Comisario,* kommen Sie. Hier entlang, *adelante.*« Sie wartete bis Billa und Sergio drinnen waren. »*Un momentito, por favor.*«

Nachdem sie die Tür hinter ihnen geschlossen hatte, ging sie vor.

Von innen wirkte das Haus noch größer als von außen. Das dunkle Holz schuf eine bestimmte Atmosphäre, mit einem Hauch von Luxus. Schon auf dem Hausflur wurde wenig an der Einrichtung gespart. Es herrschte kolonialer Glanz. Ein einheimischer Künstler hatte eine Wandseite bemalt. Die Szenen erinnerten an die mexikanischen *murales* eines *Diego Rivera.* Klobige Regale und Truhen, fast schon erdrückend viel. Billa war dennoch beeindruckt. Der Geistliche musste über einige finanzielle Mittel verfügen. Der Boden war aus hellem Naturstein. Es roch nach Zimt, vermischt mit Putzmittel.

Die Hausangestellte bat die beiden in einen Raum, vis-à-vis mit dem Patio des Hauses.

»Der *padre* wird gleich da sein«, kündigte sie an und deutete dabei auf eine Sitzecke.

Sergio hatte bereits auf der langen Holzbank Platz genommen. Billa betrachtete fasziniert ein Wasserspiel. Anschließend trat sie ein paar Schritte zurück, setzte sich neben Sergio. Das dunkle Möbelstück wirkte imposant. Ebenso der dazugehörige Holztisch. Kunst war hier mächtiger als der Mensch – der Eindruck konnte durchaus so gewollt sein. Was immer der Geistliche mit seinem Einrichtungsstil bezweckte, Sammlerstücke und Kunsthandwerk waren Zeugen zahlreicher Reisen. Darunter Ikonen, afrikanische Holzschnitzereien und chinesisches Porzellan. Eine Büste der griechischen Göttin Aphrodite und ein seidener Perserteppich. Ein aztekischer Quetzalcoatl aus Pinienholz. Billa bestaunte jedes einzelne Stück. Dabei fragte sie sich natürlich, wie der Mann sein mochte, dem all das hier gehörte.

Aufmerksam registrierte sie auch Sergios Reaktion. Der Comisario war gerade damit beschäftigt seine Notizen zu ordnen. Geistesabwesend, beinahe stumpf starrte er durch den Raum, fixierte irgendeinen Punkt. War er nicht beeindruckt? Was dachte er über *das* hier? Empfand er Neid? Oder doch eher Verachtung?

Billa betrachtete ihr Gegenüber. Unattraktiv war er nicht, dieser Sergio Fabulos. Das schwarze Haar noch voll und frei von Grau. Seine schmalen, mandelförmigen Augen waren sehr dunkel, mit markanten Brauen. Volle Lippen, die Nase eher zierlich. Kein Riese, aber auch nicht muskulös oder stämmig. Selten lächelte er. Dabei hatte sein Lächeln durchaus etwas Gewinnendes, wie Billa fand.

Man schwieg sich an. Pater Benjamín ließ derweil auf sich warten. Geistesabwesend betrachtete Billa ihre Fingernägel, während Sergio eine Fliege an der Wand verfolgte.

Plötzlich jedoch, ganz ohne Vorwarnung, öffnete sich eine Tür. Jemand trat mit dumpfen, schweren Schritten hindurch und geradewegs auf sie zu.

Billa sah auf.

Sein Bart war ordentlich gestutzt. Die Ärmel flatterten, angesichts ihrer Weite und seines forschen Schrittes im selbsterzeugten Wind.

Vor Billa und Sergio stand ein gut genährter Mann in den Siebzigern.

»*Buenas tardes y bienvenido!*«

Neugierig musterte die Studentin das Gesicht des weißhaa-

rigen Mannes. Seine Haut war rosig und gesund. Er lächelte.
»Wie reizend, Sie in Begleitung zu sehen, Señor Comisario.
Señorita.«

»Billa Hartmudson.« Sie reichte dem Pater die Hand, fühlte
sich dabei wie eine Schülerin.

»Hatten Sie eine bequeme Fahrt nach Santa Barbara? Wir
liegen hier etwas höher als in Callín«, wandte er sich an Sergio.

Billa überlegte kurz, ob sie etwas Falsches gesagt oder getan
hatte.

»Ich bin in dieser Region aufgewachsen, kenne die Höhen-
unterschiede. Aber danke, die Fahrt war angenehm«, entgegnete der Comisario, wie Billa fand etwas schroff. Höflichkeit
gehörte nicht zu seinen Tugenden, soviel hatte sie schon mitbekommen. Außerdem, täuschte sie sich oder ignorierte man
gerade ihre Gegenwart? Die beiden taten so, als wäre sie gar
nicht da. Dabei hatte Sergio sich vorhin noch auf ihre Sprachkenntnisse berufen.

»Danke, dass Sie Ihre Zeit opfern, *padre*. Ich sehe, Sie haben
noch andere Verpflichtungen.«

»Die Prozession. Wir feiern heute die heilige Jungfrau Maria. Diese Kirchenfeste sind bei uns so üblich«, bemerkte er an
Billa gerichtet.

Der Geistliche bemühte sich sehr darum, einen bescheidenen, zurückhaltenden Eindruck zu vermitteln, was ganz im
Gegensatz zu seiner klotzigen Einrichtung stand. Die Wandmalereien erzählten die lateinamerikanische Geschichte, die
Conquista, in intensiven, vielschichtigen Nuancen. Hatte er
vergessen, dass die Geistlichkeit einen erheblichen Beitrag zur
Unterwerfung der einheimischen Völker geleistet hatte?

Sergio waren die Wandmalereien ebenfalls aufgefallen. Er
hatte ihnen jedoch weniger Aufmerksamkeit geschenkt. Wer
malte solche Bilder? Ein Kommunist. Für Sergio gehörten
Acryl und Ölfarben nicht auf Haus- oder Zimmerwände.

Während sich allmählich ein Gespräch entwickelte, beobachtete Billa das Hausmädchen aus dem Augenwinkel. Sie
bugsierte ein Tablett mit Teekanne, Tassen und Gebäckschäl-
chen auf den Tisch. Auffallend jung war sie. Wenn sie überhaupt schon volljährig war. Als sie den Tee einschenkte,
sprach der Geistliche im liebevollen Ton mit ihr: »Danke dir,

Carmelita.«

Verwundert registrierte Billa ihre Reaktion. Sie wirkte nervös, gehetzt.

»Arturo Angeles. Sie kannten ihn also?«, ging Sergio geradewegs zum eigentlichen Thema über.

Der Angesprochene saß in aufrechter Haltung da, registrierte aus seiner Position heraus alles, was die Hausangestellte tat. Er wollte gerade antworten, als ein unerwartetes Geräusch, die Aufmerksamkeit aller zerstreute. Es musste aus einem der Zimmer gekommen sein.

»Sie brauchen nicht zu befürchten, dass unser Gespräch hier belauscht wird«, nahm der Pater den Faden gleich wieder auf und griff somit jeder Frage voraus. »Wir sind hier ganz unter uns.«

Wie konnte er da so sicher sein, fragte sich Sergio. War er taub? Andererseits schien das Gebäude derart weitläufig, dass man jedes noch so kleine Geräusch als laut empfinden musste. Natürlich konnte es auch eine Katze gewesen sein. Ein seltenes asiatisches Exemplar fehlte in der Sammlung besonderer Kunstgegenstände noch.

»Um Ihre Frage zu beantworten, ich kannte Arturo Angeles recht gut. Er kam regelmäßig zu mir in die Beichte. Er war überaus gläubig, ein ausgesprochen großzügiger Mensch.«

»Und seine Frau?«, wollte Billa wissen.

»Judith Rauschenberg? Selbstverständlich kannte ich auch sie.« Er faltete die Hände. »Wenn auch nicht so gut wie ihn. Sie hatte eine andere Angewohnheit als er, den heiligen Ort Gottes aufzusuchen. Ich sah sie oft in der Kirche, wenn niemand dort war. In den letzten Wochen vor ihrem Verschwinden hatte sie begonnen zur Beichte zu kommen. Zwei- oder dreimal war sie bei mir. Das letzte Mal kurz vor *diesem* Interview.«

»Sie meinen das Interview mit dem FARC-Guerillero?«, mischte Billa sich erneut ein.

Verwundert zog der Geistliche die Stirn in Falten. »Interessant. Sie wissen davon?«

»Sie hat es in einer Zeitschrift gelesen«, erklärte Sergio, »eine Wochenzeitschrift, die gestohlen wurde. *Gewaltsam* entwendet.« Er unterbrach sie einfach.

Pater Benjamín aber hatte nicht verstanden, worum es ging. »Können Sie mir das genauer erklären? Eine Zeitschrift ist verschwunden. Aber vermutlich kann man den Inhalt doch noch irgendwo nachlesen? Im Internet? Aber wenn Sie *dieses* Interview meinen, das konnte gar nicht mehr veröffentlicht werden. Der Unfall passierte genau an dem Tag, als sie sich zum Gespräch getroffen hatten. Señora Rauschenberg und ... Lecardomi hieß er. Sie erzählte mir davon in der Beichte.«

»Aber ich habe das Interview gelesen. Es wurde veröffentlicht«, ereiferte sich Billa.

»Das ist ausgeschlossen. Da verwechseln Sie was, mein Kind«, beharrte der Geistliche. »Wie sollte das veröffentlicht werden? Sie ist unmittelbar danach verunglückt, wenn man den angeblichen Zeugen Glauben schenken darf.«

Billa fühlte sich angesichts des väterlichen Tons, den der Geistliche angeschlagen hatte, nicht wirklich ernst genommen.

Pater Benjamíns Hände lagen jetzt auf dem Tisch. Nachdenklich starrte er darauf. Offenbar kam ihm dabei ein Gedanke, den er jedoch nicht mitteilte.

»Sind Sie sicher, was dieses Interview betrifft?«, hakte Sergio nach, nachdem das Schweigen anfing ihn nervös zu machen. »Es könnte ja auch sein, dass sie ihre Notizen irgendwo hinterlegt hat. Vielleicht um sicherzugehen. Denn wie es aussieht, hat sie mit einem Anschlag gerechnet.«

»Ja ja, das mag sein. Sie war immer darauf vorbereitet. Darum hat sie einen geheimen Treffpunkt gewählt. Aber natürlich musste sie damit rechnen, dass man ihren Interviewpartner beschattete. Es war ein Risiko. Ich habe mich natürlich gefragt: Kann etwas so wichtig sein, dass man dafür sein Leben aufs Spiel setzt? Aber ich möchte sie keineswegs kritisieren. Sie hat viel Mut bewiesen.«

Billa wollte etwas einwenden. Die Reaktion des Geistlichen verblüffte sie. War ihm das Schicksal der Frau ganz egal? Irritiert hoffte sie auf eine Reaktion des Comisario.

Pater Benjamín betrachtete erneut seine bleichen Hände. Möglich, dass er durch diese Geste seine Anspannung vertuschte. Man sah es ihm nicht an.

»Wissen Sie, sie erzählte mir von diesem Interview, weil sie jemanden einweihen wollte. Sie war in Sorge. Wegen ihres

Sohnes. Sie wollte ihn da nicht reinziehen. Marcel heißt er.«

»Sie wissen von ihrem Sohn?«

»Ja. Sie hat mir in der Beichte von ihm erzählt.«

»Dann kennen Sie auch das hier ...« Sergio zog den Brief der Journalistin hervor, der mittlerweile etwas angegriffen aussah.

Der Pater nahm ihn. »Woher haben Sie das? Das hier, diesen Brief hier ... den hatte sie mir in der Beichte gegeben.«

»Der Brief steckte in einem Lederbändchen, das an einer Kuhglocke hing. Jemand hat es am Wegkreuz vergraben. Sagt Ihnen das irgendwas?«

»Vergraben? Mit einer Kuhglocke? Weshalb? Nein, das sagt mir gar nichts. Ich hatte den Brief für ihren Sohn verwahrt. Falls ihr etwas zustoßen sollte. Ich sollte ihn Marcel übergeben. Aber dazu kam es nicht. Er war plötzlich verschwunden. Jemand muss ...«

»Vielleicht Ihr Mann?«, unterbrach Sergio. »Wusste er von dem Interview?«

»Sicher nicht. Er wusste nicht einmal von Marcel. Señora Rauschenberg war äußerst vorsichtig.«

»Sie hat ihm nichts von ihrer Arbeit erzählt? Und auch nichts von ihrem Sohn?«, wunderte sich Billa. »Hat sie ihm denn nicht vertraut?«

»Das ist keine Frage des Vertrauens, Señorita. In ihrer Tätigkeit als Journalistin musste sie Arbeit und Privates voneinander trennen. Arturo wusste fast nichts über ihre Arbeit.«

»Wissen Sie, wer der wirkliche Vater von Marcel ist?«, fragte Sergio.

»Nein.«

»Nein?« Sergio irritierte die schnelle Antwort. Er hakte jedoch nicht nach. Eventuell war es nicht wichtig.

Billa, die nicht immer gleich dem Spanischen folgen konnte, registrierte die veränderte Mimik des Geistlichen. Warum hakte Sergio nicht nach? Aus Respekt?

Nein. Sergio glaubte lediglich an Gott. Und jeder Vertreter, den dieser auserkor, konnte natürlich auch ein Betrüger sein. Gerade ein Vertreter, der derart üppig lebte wie Pater Benjamín es tat.

»Wegen dieses Interviews, wer, wenn nicht Judith Rauschenberg selbst, könnte für die Veröffentlichung gesorgt haben? Eine dritte Person, die bei dem Gespräch anwesend war? Oder ist es möglich, dass Señora Rauschenberg noch lebt?«

Billa fuhr herum. Das war Musik in ihren Ohren. Die Frau lebte noch. Natürlich. Warum hatte das bisher noch keiner angenommen.

»Halten Sie es für möglich, dass Arturo nicht doch irgendetwas gewusst hat oder gar selbst in Aktionen gegen seine Frau verwickelt war? Das ist ja alles schon vorgekommen.«

»Ausgeschlossen!«, empörte sich der Geistliche. »Sicher war er nicht vollkommen. Das sind wir alle nicht. Arturo hatte ein Vorleben, was er jedoch abgelegt hat. Ich lege meine Hand für ihn ins Feuer. Sein Ruf als ehemaliger Abgeordneter von Santa Barbara war exzellent.«

»Ein Vorleben? Was meinen Sie damit?«

»Sie kennen das Beichtgeheimnis und den Respekt, den man einem Toten gegenüber gebührt.«

»Padre, bei dem Unfall geht es möglicherweise um Mord.«

»Sicher. Daran zweifle ich ebenso wenig wie Sie. Und wenn Sie mich fragen, glaube ich nicht einmal an ein politisches Motiv.«

»Sie glauben nicht, dass Rebellen oder *Paras* ihre Finger im Spiel haben?«, fragte Sergio.

Billa sah erneut fragend von einem zum anderen.

»Nein. Es scheint mir eher eine persönliche Sache zu sein.«

»Persönlich? Intrigen, Rache, Eifersucht …?«

»In der Art.«

»Sie kennen Anwalt Blisovic aus Callín? Haben Sie von seinem Tod gehört?« fragte Sergio.

»Ja. Aber man hat doch den Mörder gestellt.«

»Das sind vorschnelle Ergebnisse. Den Presseleuten darf man die Indizienüberprüfung nicht anvertrauen, die werden dafür instrumentalisiert etwas aus dem Hut zu zaubern, Fakten zu verdrehen.«

»Indizienüberprüfung. Ich nehme an, das ist Ihr Job. Sie waren nicht involviert?«

»Leider nein. Aber Sie glauben doch nicht im Ernst, dass ich solchen Meldungen nachgehe. Meldungen, die derart konstruiert wirken. Die nehmen meine kostbare Zeit in Anspruch.

Was ich brauche sind handfeste Beweise.«

»Sie glauben an eine Verbindung zwischen den beiden Fällen?«, fragte der Pater.

Der Comisario wurde plötzlich unruhig. Irgendwo hatte er schon wieder ein Geräusch gehört. Unauffällig sah er sich um. Die anderen beiden schienen es diesmal nicht bemerkt zu haben.

»Ich bin nicht sicher«, formulierte Sergio es vorsichtig. »Blisovic hat nur Goldesel gemolken. Wenn Judith Rauschenberg verschwinden musste, dann vermutlich, weil sie irgendetwas wusste.«

Die Haltung des Geistlichen wurde zunehmend passiv. »Spekulationen«, entgegnete er.

»Was bleibt mir anderes übrig.«

Plötzlich, als hätte etwas ihn aufgeschreckt, zuckten die blassen Hände des Geistlichen. Gerade noch hatten sie ruhig auf der Tischplatte gelegen. Sein Blick wanderte nervös umher. Unerwartet abrupt stand er auf.

»Sie müssen jetzt gehen«, entschied er aus heiterem Himmel. Was auch immer ihn dazu veranlasst hatte. »Verstehen Sie mich nicht falsch, ich denke nur, dass es besser ist«, entschuldigte er sich im nächsten Moment gleich wieder.

Billa war verwirrt. Sie hatte nicht ganz mitbekommen, weshalb die Stimmung des Geistlichen umschlug.

Sergio hingegen kam ein Verdacht.

»Ich begleite sie hinaus.« Der *padre* erhob sich. Den beiden blieb keine andere Wahl als seiner Aufforderung nachzukommen. Carmelita war derweil irgendwo im Haus verschwunden. In der Küche schien sie jedoch nicht, denn dort war es dunkel, als sie diese passierten. Das Fenster stand offen und der Wind spielte mit der Gardine.

»Carmelita«, rief der Geistliche nach seiner Hausangestellten, »das Fenster«, sagte er leise mit vorwurfsvollem Klang.

An der Tür verabschiedete er die beiden überhastet, reichte erst Billa seine blasse Hand, anschließend Sergio. »Señor Comisario, ich weiß das Ganze mag Ihnen merkwürdig vorkommen«, flüstert er, »aber es ist zu Ihrem Schutz. Was Marcel betrifft, weiß ich nur, dass er aus einer vorherigen Beziehung stammt. Sein Vater ging nach Bogotá. Damals. Aber ob er noch dort ist, weiß ich nicht. Vielleicht finden Sie das heraus.«

Der Pater sprach abgehackt. Seine Stimme zitterte auf einmal, was ihn zugleich alt und gebrechlich wirken ließ. Etwas war in den letzten Minuten geschehen. Er umklammerte den Türknauf, als wäre er eine Gehhilfe.

»Noch etwas, Señor Comisario. Ich nenne Ihnen zwei Namen, die Ihnen mehr über Señora Rauschenberg sagen können. Der eine ist Doktor Ignacio Pañol. Der andere Rodrigo Salazar. Pañol ist der Hausarzt der beiden und ein enger Vertrauter. Salazar ist ebenfalls ein Freund des Paars. Fragen Sie in Tres Marias nach Doktor Pañol. Dort finden Sie auch Rodrigo Salazar.«

Salazar. Etwas sagte Sergio dieser Name. Unterbringen konnte er ihn jedoch nicht.

Die Hand des Geistlichen hatte sich vom Türknauf gelöst, verschwand hinter seinem Rücken. Billa beobachtete ihn.

»Was Arturo betrifft, brauchen Sie nicht weiter in diese Richtung zu ermitteln. Arturo hat nichts mit der Geschichte zu tun. Glauben Sie mir, das wäre Zeitverschwendung.«

Sergio wollte etwas erwidern, der Pater unterbrach ihn jedoch mit einer abrupten Bewegung, drehte sich in die andere Richtung. »Nehmen Sie den hinteren Ausgang. Ich meine nur … nur zu Ihrem persönlichen Schutz. Für Sie und Ihre junge Begleiterin.«

Der Pater hastete bereits los. Sergio und Billa tauschten irritierte Blicke, – bevor sie ihm folgten.

An der Hintertür beeilte er sich zu erklären: »Kein Grund zur Sorge. Es ist, wie gesagt, nur eine Vorsichtsmaßnahme. Seinen Sie beruhigt, Sie sind bei mir sicher.«

Billa war alles andere als beruhigt. Aufmerksam registrierte sie jede kleine Auffälligkeit im Verhalten der beiden Männer. Der Comisario schien gelassen, was aber auch eine Farce sein konnte.

»Wenn Sie die Calle Diecisiete überqueren, gehen Sie stadtauswärts. An der letzten Straßenecke hält der *chiva* nach Callín. Hinter dem Kloster.«

Er bekreuzigte sich, ehe die beiden über den Hinterhof ins Freie traten. »Gehen Sie mit Gott.«

Billa hatte sich noch einmal umgedreht, als der *padre* bereits wieder im Haus verschwunden war. Kurz fragte sich Sergio, ob sie an der Nase herumgeführt worden waren.

Sie liefen in eine andere Richtung als die, aus der sie gekommen waren. Die Gebäude rückten hier immer weiter auseinander. Natur drängte sich dazwischen. Die Landschaft wurde steppenartig, trocken. Das Schild eines Eisenwarenhändlers klapperte im Wind. Bald schon waren in der Ferne die Klostermauern zu erkennen. Sergio sah sich noch ein paarmal um, versicherte sich, dass niemand ihnen folgte. In seinem Kopf herrschte Aufruhr. Er war beunruhigt, versuchte jedoch sich nichts anmerken zu lassen.

Billa presste die Lippen aufeinander, sah angestrengt auf ihre Füße. Heiß war es mittlerweile geworden. Die Sonne brannte.

Sergio hielt sie am Arm, damit sie nicht über das lose Kopfsteinpflaster stolperte. Sie ließ es zu. Natürlich war sie auf ihn angewiesen. Wie sollte sie sich hier in dieser Einöde zurechtfinden. Sie wusste nicht, wann der Bus fuhr oder ob überhaupt irgendein Bus käme.

Als sie die vermeintliche Haltestelle erreichten, ließ Sergio ihren Arm wieder los. Er wühlte ein Päckchen Tabak aus seiner Tasche, rollte mit zwei Fingern einen Streifen Zigarettenpapier aus. Billa beobachtete ihn von der Seite. Er schüttete eine kleine Tabakmenge auf das glatt gezogene Papier, verteilte alles geschickt mit dem Finger und begann vorsichtig es aufzurollen. Dabei schien ihre Präsenz für ihn augenblicklich wieder so unerheblich, wie der umgekippte Mülleimer, über den sie wenige Meter zuvor fast gestolpert wären.

Billa betrachtete seine Hände. Auffallend feingliedrig waren sie, gar nicht wie man sie sich bei einem Comisario vorstellte.

Sergio, mit dem Feuerzeug in der Hand, erzeugte eine kurze Flamme. Dabei schweifte sein Blick zu Billa.

Wie absurd, hier *mit ihr* zu stehen. Er fragte sich, warum er eine Touristin herschleppte; warum er rauchte. Sicher machte sie das nervös. Hastig nahm er zwei, drei schnelle Züge, sah sie an … warf die Zigarette spontan wieder weg und zog Billa an sich. Sie konnte seine Tochter sein.

Die Szene erfuhr eine plötzliche Unterbrechung.

Ein Schuss?

Sergio ließ sie los, fuhr gleichzeitig herum. Seine Hand deutete zum Himmel. »Eine Schallmauer«, erklärte er unvermittelt.

Sie folgte seinem Blick. Jedoch nur kurz, denn sie war überzeugt, das Geräusch hätte anders geklungen.

Eine Weile starrte sie in die Richtung, aus der sie gekommen waren. »Glaubst du der *chiva* kommt bald?«, fragte sie, mehr um sich auf andere Gedanken zu bringen.

Sergio reagierte nicht. Kritisch analysierte er den Zustand der Straße, die nur zur Hälfte asphaltiert war.

»*Pues, sí*«, beantwortete er schließlich ihre Frage. »Er kommt gleich. Du kannst dich dort drüben hinsetzen.« Er deutete zu den Schatten spendenden Bäumen.

Billa ignorierte seinen Vorschlag und ging weiter, um sich die Füße zu vertreten. Die Straße war wie ausgestorben. Dabei hatten sie vor nicht einmal einer halben Stunde noch einer Prozession beigewohnt. Das Bild passte nicht, etwas schien hier faul. Am Straßenrand, in der mittlerweile glühenden Hitze, dösten ein paar Kühe. Sie wurden von einer Horde aufdringlicher Mücken umschwirrt, was sie jedoch gelassen hinnahmen.

In der Ferne der vor ihnen liegenden Gebirgsstraße waren die Konturen einer Frau zu erkennen. Sie trug ein riesiges Bündel mit Stroh und Brennholz auf ihrem Rücken. Wie in Zeitlupe schritt sie in eine Richtung, verschwamm immer mehr zu einem flimmernden Fleck.

Nur wenige Sekunden später, wie aus dem Nichts, tauchte ein weiterer Fleck in der Ferne auf – wurde dabei langsam eckiger. Ein bunter Kasten auf vier Rädern, der *chiva*. Er wirbelte Unmengen von Staub auf. Musik brach in die Stille, wie ein Orchester in der Wüste. Steeldrums, Gitarre. Die Kühe schenkten dem nur ein müdes Hufescharren.

Ein drahtiger dunkelhäutiger Mann sprang von der Ladefläche, bot sich an das Gepäck aufzuladen. Sergio hatte nichts dabei. Billa trug lediglich eine kleine Umhängetasche mit sich.

Als sie eingestiegen waren, setzte der Bus sich wieder in Bewegung. Der Comisario warf noch einen Blick zurück auf die Straße. Niemand sonst war eingestiegen. Er wusste nicht, ob er darüber erleichtert sein sollte.

Nur kurz zuvor

Das Fenster in der Küche war geschlossen, als Pater Benjamín zurückkam. Carmelita verstaute gerade die Teedose. Als das erledigt war, ging sie in Richtung Bad.

»*Mi hijita*«, rief er ihr hinterher.

»*Sí?*«, fragte sie, in die Richtung aus der seine Stimme gekommen war. Missmut und Nervosität klangen dabei mit – ob wegen des geöffneten Fensters oder aus einem anderen Grund, war fraglich.

»Komm her, mein Kind«, zwitscherte die Stimme des Geistlichen aus der Ferne. Die Unruhe, die bei der Verabschiedung von Sergio Fabulos und seiner Begleiterin noch in ihm gesteckt hatte, war wie weggefegt.

Carmelita versteinerte, sah zurück auf den Gang. Dort lag das Schlafzimmer des Paters.

»Lass das Geschirr ruhig stehen, das kann warten.«

Sie zögerte. »Es ist schon abgeräumt.«

»Dann komm zu mir. Komm! Ich bin hier.«

Sie wollte nicht dorthin. Es widerstrebte ihr umzukehren. Sie sah zum Patio hinaus und betrachtete eine Weile das Wasserspiel, träumte sich an einen anderen Ort.

»Carmelita«, rief er erneut. Es wurde langsam lästig.

Das junge Mädchen wagte keinen Widerspruch. Lustlos setzte sie sich in Bewegung, schlug den Weg in die andere Richtung ein. Bei jedem Schritt spürte sie ihren wachsenden Unmut. Sie fühlte sich wie eine Marionette, deren Fäden plötzlich jemand anderes in der Hand hielt. Nicht mehr sie selbst.

»Ich warte auf dich, mein Kind«, drängelte er.

Carmelita überlegte. Sollte sie noch einmal in die Küche gehen, nach dem Rechten sehen. Es wäre ein Zeitgewinn. Mehr als das jedoch kaum.

Als sie vor der geöffneten Schlafzimmertür ankam, erkannte sie die Umrisse der Gestalt des Geistlichen im Halbdunkel. Er saß auf dem Bett. Neben ihm, auf dem Nachttisch, unmittelbar unter dem Jesuskreuz, brannte eine Kerze.

»Setz dich zu mir, mein Kind.«

In seinem Zimmer roch es muffig. Der Duft seines Kölnisch Wassers vermischte sich mit dem Geruch alter Möbel und Gegenstände. Dazu seine eigenen Ausdünstungen. Der Geruch alter Menschen war ihr seit kurzem zuwider. Dennoch kam sie stumm seiner Aufforderung nach, näherte sich. Grundsätzlich mochte sie den *padre*. Aber das, was er hier von ihr forderte, mochte sie nicht.

»Glaubst du, die heilige Mutter Gottes wird mit uns zufrieden sein? Haben wir unsere Pflichten für den heutigen Tag erfüllt?«

»Ja, das haben wir.«

»Das Kirchenfest hält die Gemeinde zusammen. Die Menschen vertrauen auf Gott. Das tust du doch auch, mein Kind, oder?«

»Aber natürlich, *padre*.«

»Gut so. Glaub mir, Gott dankt es dir. Er wird deine Seele bei sich aufnehmen, wenn du dich nur weiterhin gütig ihm gegenüber verhältst. Gott bemerkt jede gute Eigenschaft. Deine Güte und Großzügigkeit, deine Demut.«

»Demut?«, wiederholte sie zögerlich.

»Demut. Du zweifelst doch nicht an den bevorzugten Tugenden des allmächtigen Herrn?«

»Nein. Nein … ich«, stammelte sie. Sie kannte den Ablauf bereits. Erst testete er ihre Gläubigkeit, lobte sie. Anschließend …

»Der Herr verlangt von einem guten Christen, sich keusch und ehrbar zu verhalten. Jungfräulich sollst du in die Ehe gehen. Du verstehst, dass ich dir diese Fragen stellen muss, mein Kind. Du hast doch nicht …?«

»Nein, natürlich nicht«, brach es gleich aus ihr heraus.«

»Das ist überaus löblich. Du bewahrst dich vor dem Herrn. Unbefleckt möchte er dich sehen.«

Er machte eine Geste mit der Hand. Sie reagierte nicht. Als er seine Geste wiederholte, stand sie auf.

»Zeig mir deine Unschuld, mein Kind«, forderte er. »Gott wird mich danach fragen. Ich bin ihm eine Antwort schuldig.«

Schüchtern sah sie um sich. Dann zog sie den Reißverschluss ihres Rockes herunter. Pater Benjamíns Blick heftete sich an ihre Körpermitte. Wieder machte er eine Geste mit der Hand. Sie hob den Rock hoch, so dass er ihr Höschen sehen konnte. Sie trug einfache hellblaue Baumwollunterwäsche.

Fragend sah er zu ihr auf. »Aber mein liebes Kind, was ist denn das?! Wie soll ich mich so von deiner Unschuld überzeugen?«

Carmelita fühlte sich sichtlich unwohl. Nein, sie wollte ihr Höschen nicht ausziehen. Sie wollte *das* nicht! Aber kein Weg ging daran vorbei. Es war die Pflicht eines guten Christenmenschen. Manche Dinge waren nicht angenehm, zugegeben. Gott aber wusste schon, warum er das verlangte. Und der *padre* würde ihr niemals Schaden zufügen. Er war ein gütiger Mensch. Hoch gebildet, ein überaus feiner Charakter.

Das Höschen rutschte über ihre Hüften, fiel auf die nackten Fliesen.

»Ja, so ist es gut, mein Liebes.« Er nahm ihren Arm, zog sie sanft zu sich.

»Öffne mir deinen Schoß, damit ich mich von deiner Unschuld überzeugen kann.«

Von einer Schameswelle überrollt, öffnete sie ihre Beine und bot ihm den freien Blick auf ihre Geschlechtsteile.

»Das machst du wunderbar, mein Kind«, lobte er. Seine Lippen bebten vor Erregung. Seine blassen Finger bewegten sich auf sie zu, wollten nichts anderes als das frische Fleisch, das sich ihm anbot begrabschen. »Ganz wunderbar«, wiederholte er, während er sie befummelte.

»Au!«

»Sei nicht so leidig, *mi hijita*. Wenn es schmerzt, ist es gut. Dann bist du unbefleckt.« Er schob seine Finger tief in sie hinein.

Sie biss die Zähne zusammen. Eine Träne drängte sich in ihr Auge. Gott hat sein Einverständnis hierfür gegeben, erklärte sie sich. Dabei sagte ihr der Instinkt, dass es eigentlich nicht sein konnte.

»Das machst du wirklich wunderbar. Und jetzt sage mir, Liebes, hattest du unsittliche Gedanken in letzter Zeit?«

Carmelita wurde rot.

»Du musst dich nicht schämen, mein Kind. Bedenke, eine Lüge schickt sich nicht vor Gott. Gott weiß um jeden deiner

Schritte. Er prüft dich und auch mich, indem er mich befugt hat, dich von deinen Sünden freizusprechen. Also erzähle *es* mir. Erzähle mir ganz genau.«

Wieder machte er eine Geste mit der Hand.

Carmelita versuchte sich zu beherrschen. Sie verspürte den dringenden Wunsch zu weinen oder einfach wegzulaufen. Aber sie wollte sich nicht die Blöße geben. Sie konnte doch nichts für ihre Empfindungen.

»Scham ist von Gott gewollt«, versuchte der *padre* sie zu ermutigen. »Zeig mir die Früchte deiner Weiblichkeit, damit ich dem Herrn davon berichten kann, was für eine gläubige, ehrenhafte Christin du bist.«

Carmelita öffnete ihre Bluse. Sie trug keinen BH, weil der *padre* es so verlangte. Ihre Brüste waren klein und noch sehr zart.

Außerdem kam es gelegentlich vor, dass er sich auch während des Tages von den Früchten ihrer Jungfräulichkeit überzeugen musste. Gott war offenbar sehr misstrauisch.

Nackt stand sie jetzt vor ihm. Der *padre* nahm gerade ihre Hände an sich, um sie in seinen Schoß, an eine ganz bestimmte Stelle zu legen – so wie es aussah, hatte Gott ihm auch hierfür eine besondere Genehmigung erteilt, – als Carmelita erschrocken zurücksprang. Nicht seine kaum sichtbare Männlichkeit hatte sie verschreckt, sondern ein lautes Poltern. Auch der *padre* zuckte vor Schreck kurz zusammen.

»Was war das?«, fragte sie ängstlich.

Der Geistliche sah zur Tür. Die Unruhe war augenblicklich wieder da. Pater Benjamín aber beherrschte die Selbstkontrolle. »Zieh dir etwas über, mein Kind. Ich werde nachsehen.«

Der Geistliche erhob sich, trat hastig aus dem Zimmer.

Carmelita schlüpfte wieder in Rock und Bluse, sank aufs Bett und wischte sich ein paar Tränen aus dem Gesicht.

Irgendwo verhallten seine Schritte. Er ging sämtliche Räume ab, machte seine Sache gründlich. Schnell wurde es still.

Carmelita nutzte den heimlichen Moment, um zu weinen. Sie sah auf das Jesuskreuz. *Kann es sein, dass dein Vater ... dass Gott ... Möchte Gott denn, dass ich mich schlecht fühle? –* dachte sie. *Ich möchte auch nicht, dass sich ein anderer wegen mir schlecht fühlt.*

Die Tränen liefen über ihr kindliches Gesicht.

Plötzlich durchbrach ein Schuss die Stille.

Carmelita sprang erschrocken auf, eilte zur Tür und lauschte. Es war sofort wieder still, unheimlich still. Eine Bedrohung lag dort draußen, das spürte sie.

Voller Angst verschloss sie die Tür, hastete zurück zum Bett, kroch hinein und zog sich die Decke über den Kopf.

Eine halbe Ewigkeit verharrte sie so, zitternd und in stiller Panik. Das war ein Schuss gewesen. Ein Schuss. Jemand hatte geschossen.

Sie schloss die Augen und zählte in Gedanken. Als sie bei hundert angekommen war, hatte sie sich wieder etwas beruhigt.

Nichts war derweil geschehen. Niemand hatte versucht ins Zimmer einzudringen.

Vorsichtig schob sie die Decke zurück und lugte zur Tür. Diese war nach wie vor verschlossen. Dahinter war es so still, als hätte die Stille den *padre* verschlungen. Sie fühlte sich allein, grenzenlos allein.

Nachdem nichts weiter passierte, entschied sie spontan nach dem Geistlichen zu sehen. Warum kam er nicht zurück?

Noch immer benommen durch den Schreck, öffnete sie die Tür, tappte barfuß hinaus auf den Flur.

Sie betrat zuerst das Bad, suchte die Wohnräume ab. Seltsamerweise war die Tür zur Küche geschlossen. Sie lehnte sich gegen die Tür, lauschte auf das dahinter Liegende. Als sie nichts hörte, klopfte sie vorsichtig an.

In der Küche rührte sich nichts. Merkwürdig. Pater Benjamín musste hier sein. Sie klopfte erneut. »*Padre?*«, fragte sie vorsichtig.

Wieder erhielt sie keine Antwort. Entschlossen drehte sie den Türknauf herum. Die Tür gab sofort nach. Carmelita drückte dagegen, bis sie an einer Stelle gebremst wurde. Sie war gegen etwas gestoßen. Vorsichtig spähte sie durch den geöffneten Spalt.

Maßlos entsetzt blickte sie im nächsten Moment auf das, was dort am Boden lag. Zitternd hob sie dabei die Hände, gab einen schrillen Schrei von sich.

Drei

Nachdem der *chiva* ihn abgesetzt und Sergio wieder zuhause angekommen war, fiel ihm noch etwas zu dem Gespräch mit Pater Benjamín ein und er wählte seine Nummer.

Der Anruf lief jedoch ins Leere. Niemand hob den Hörer ab. Auch beim zweiten Versuch nicht. Beim dritten meldete sich Carmelita mit tränenerstickter Stimme.

»Carmelita? Ist Pater Benjamín zu sprechen?«

»*Dios mio,* Señor Comisario ...« Sie holte Luft. Ihre Stimme wurde abwechselnd schrill, heiser – als hätte sie bereits alle Kraft in Heulkrämpfe investiert.

»Es ist etwas ganz Schreckliches passiert«, winselte sie wie ein Hund. »Der *padre* ... Er wurde erschossen. Man hat ihm in den Kopf geschossen. Es ist grausam. Überall war Blut!«

Sergio versuchte sie zu beruhigen, was ihm nicht ansatzweise gelang. Nicht zuletzt, weil er selbst durch die soeben erfahrene Neuigkeit überwältigt wurde. Er bat sie alles ganz genau zu erzählen.

»Pater Benjamín schickte mich, kurz nach Ihrem Besuch nach Hause«, fing sie an. »Wir haben noch etwas in seinem Zimmer besprochen. Da war ein Geräusch. Er ging um nachzusehen. Als er nicht zurückkam, habe ich nach ihm gesucht. Ich fand ihn in der Küche, am Boden. *Madre de dios ...* das viele Blut!« Sie weinte erneut. »Sie malen es sich nicht aus, Señor Comisario, er war ja so ein guter Mensch.«

»Hast du jemanden gesehen, den Täter?«

Carmelita schluchzte. »Nein, Señor Comisario, ich habe niemanden gesehen. Aber ... die Geräusche, wie gesagt. Und dann der Schuss. Da war jemand im Haus, ganz sicher. Er muss schon vorher dagewesen sein.«

»Hmn.« Sergio erinnerte sich an den Schuss, den sie auf der Straße gehört hatten.

»Hältst du es für möglich, dass jemand ihn bedroht hat?«, fragte er. »Vielleicht sogar erpresst?«

»Wer und warum sollte jemand das tun?«

Sergio strich sich über die Stirn. Richtig, warum sollte jemand das tun; dafür brauchte es einen Grund. Und natürlich durfte er Carmelita nicht weiter mit derartigen Fragen bedrängen.

»Die Polizei war da? Haben Sie Spuren gesichert?«

»Ich … ja. Sie haben mich rausgeschickt. Ich denke, sie haben alles gründlich gemacht. Es ist noch nicht lange her. Was soll ich denn jetzt nur tun, ohne ihn? Zu wem soll ich gehen, Señor Comisario?«

»Ich werde mich darum kümmern. Versprochen. Vielleicht kann Marie Blisovic eine Haushaltshilfe brauchen. Ich werde mit ihr sprechen.«

Carmelita schien etwas beruhigt.

Später dachte Sergio noch einmal an die Unterhaltung vom Vormittag zurück. *Es scheint mir eher eine persönliche Sache zu sein,* waren die Worte des Geistlichen gewesen. Was hatte er noch geahnt und verschwiegen?

Nachdem er mit der Polizei in Santa Barbara telefoniert und den Bericht zum Mord an Pater Benjamín angefordert hatte, nahm er den Bus nach Tres Marias. Er hatte die Adresse der Praxis von Doktor Pañol ausfindig gemacht. Der Arzt besaß eine kleine *consulta* in der Calle Quinto.

Es dämmerte bereits, als er in Tres Marias aus dem *chiva* stieg. Schleierwolken verpackten den abnehmenden Vollmond.

Das Haus, in dem sich die *consulta* des Doktors befand, erweckte einen grauen, unscheinbaren Eindruck. Ein mehrstöckiges Bürogebäude.

Im Dorf hatte man Sergio vorgewarnt, der Doktor sei ein Arbeitstier und brüte oft bis weit nach Mitternacht über seinen Krankenakten. Er verglich Krankheitsverläufe, Symptome und sann darüber nach, an welchen Stellen er die traditionelle Hausmedizin durch moderne Medikamente ersetzen konnte. Dabei trieb ihn weniger der medizinische Gedanke, als vielmehr das Ziel der Kostenreduktion. Die Leute schwammen nicht im Geld, weshalb er teure Medikamente unter Verschluss hielt. Man hatte schon Menschen sterben sehen, die seine Arznei nicht erhalten hatten, weil sie sie sich nicht leisten konnten. So behaupteten böse Zungen in Tres

Marias. Aber Menschen redeten viel. Sergio verschaffte sich lieber einen persönlichen Eindruck.

Lautlos öffnete der Comisario das Eisengatter, das auf einen schmalen, gepflasterten Pfad zum Haus führte, eingebettet von zwei riesigen *Quindio*-Palmen, Rhododendren. Eine seitliche Treppe führte in den ersten Stock.

Schnell fand er die Tür zu seiner Praxis. Ein Schild wies darauf hin: *Dr. Ignacio Pañol.*

Sergio klopfte gegen das massive Holz. Dumpf erklang eine Stimme dahinter: »*Sí.*«

Er bewegte den Türknauf, stand kurz darauf in einem Raum, der nach Desinfektionsmittel und alten Büchern roch. Vermischt mit dem Geruch, den die Schwüle des Tages hinterlassen hatte.

Er entdeckte den Mann nicht gleich, dessen schmächtige Gestalt von der Wuchtigkeit des Schreibtisches, an dem er saß, nahezu verschluckt wurde. Es schien sich um ein ähnliches Modell zu handeln wie jenes, das er vor Wochen aus dem einstürzenden Rathaus gerettet hatte, und das jetzt sein Arbeitszimmer zierte.

»Doktor Ignacio Pañol?«

Der Mann sah auf. »*Quién quiere saberlo?* Wer …?«

Sergio trat an den Schreibtisch des Mediziners. Der Doktor war mit einer Akte beschäftigt und tauchte seine Nase gleich wieder in diese, nachdem er den Eintretenden kurz gemustert hatte.

»Meine Sprechstunde ist bereits vorbei«, nuschelte er unfreundlich, abweisend.

Sergio trat dennoch näher.

Wieder sah der Doktor auf. Eine steile Falte erschien auf seiner Stirn. »Sie haben mich offenbar nicht verstanden«, klang er jetzt verärgert.

»Doch, ich habe Sie voll und ganz verstanden. Sollte ich sterbenskrank sein, komme ich besser morgen – dann, wenn ich schon tot bin. Das wollten Sie sagen, richtig?«

Pañol zeigte sich unbeeindruckt und machte eine abwinkende Geste. »So habe ich das nicht gemeint.«

»Natürlich nicht. Aber Sie haben Glück. Ich komme nicht als Patient.« Er zückte seinen verknitterten Ausweis. »Comisario Sergio Fabulos aus Callín.«

»Fabulos … habe schon von Ihnen gehört.«

»Möglich.« Details dazu, was er gehört hatte, wollte er sich gerne ersparen. Auf das übliche Gerede konnte er verzichten. Der Doktor entspannte sich. Auf seinem Gesicht zeigte sich ein kleiner Triumph. »Von sterbenskrank kann wohl kaum die Rede sein. Sie befassen sich mit dem fortgeschrittenen Stadium, kurz vor der Verwesung, sozusagen die unfreiwillige Variante.« Er lehnte die Fingerspitzen aneinander. »Also, was treibt Sie zu mir? Suchen Sie eine Leiche?«

Sergio konnte sich auf ein Wortspiel einlassen, die Verlockung war groß; er verkniff es sich jedoch.

»Es geht um einen Ihrer Patienten.«

Sein Gegenüber gab sich neutral, nicht sonderlich interessiert. Pañol war etwa Ende fünfzig, sein schwarzes Haar noch erstaunlich voll und glänzend. Auf der steilen Nase rutschte das dünne, vergoldete Metallgestell einer Brille, die er immer wieder mit einer schnellen Fingerbewegung vor dem Absturz rettete.

»Ein Patient? Um wen dreht es sich? Wie Sie wissen, unterliege ich der ärztlichen Schweigepflicht«, schoss er voraus, als hätte er den Satz auswendig gelernt.

»Ihre Verschwiegenheit setze ich voraus. Unser Gespräch ist vertraulich.«

Der Doktor verschränkte die Arme. »So?« Er nahm die Brille ab und deutete Sergio – mehr widerwillig – sich zu setzen.

»Es geht um Arturo Angeles und seine Frau Judith Rauschenberg-Angeles. Sie waren mit dem Paar befreundet.«

»Sie ermitteln in der Sache. Wegen des Unfalls und ihrem Verschwinden. Wer hat Sie zu mir geschickt?« Pañols Mimik gefror. Er klang reserviert, was Sergio irritierte und ihn mit seiner Antwort zögern ließ. Möglicherweise wusste der Doktor bereits vom Tod des *padre*. Solche Neuigkeiten sprachen sich schnell herum. In der Zeitung hatte es wohl auch schon gestanden. Er konnte ihm das Gespräch verweigern.

»Sie kennen Pater Benjamín? Er wurde gestern in seinem Haus erschossen.«

»Bi-itte? Erschossen?!« Pañols Körper versteifte sich. Ein Schatten fiel über sein Gesicht.

Er bewegte sich ein paar Schritte im Raum und starrte Löcher in die Luft.

»Sie haben es noch nicht gelesen«, deutet Sergio seine Reaktion.

»Mein Gott, nein. Was ist denn passiert? Ich meine ...« Er hatte Sergio den Rücken zugewandt. »W-warum und wer?«, stammelte er.

»Noch kann ich Ihnen nicht viel dazu sagen. Wie es aussieht, war der Täter schon im Haus und hat nur auf einen günstigen Moment gewartet. Das Hausmädchen hat den Schuss gehört. Er ist durchs Fenster raus, vermutlich. Wenn er durch die Tür gekommen wäre, müsste er einen Schlüssel gehabt haben. Den besaß aber nur die Hausangestellte. Oder wissen Sie, wer außer Carmelia Rodríguez noch Zugang zu seinem Haus hatte?«

»Nein. Keine Ahnung.« Der Doktor war sichtlich am Boden, so sehr traf ihn die Neuigkeit.

Mit großer Mühe rang er sich einen festeren Ton ab, drehte sich dann wieder seinem Gesprächspartner zu.

»Es ist gut, dass Sie zu mir kommen, Señor Fabulos. Pater Benjamín und ich standen im engen Kontakt, das brachte der Beruf mit sich. Er erwies den Verstorbenen die letzte Ehre. Und was Arturo Angeles betrifft – ja, wir waren befreundet.«

Der Doktor ging wieder zu seinem Schreibtisch, ließ sich kraftlos in den Stuhl sinken und tastete ziellos über seine Schreibtischunterlage, an dessen Rand ein Holzkistchen stand. Er zog es heran, fummelte eine Zigarre heraus. Eine teure Havanna. Auch wenn Pañol nicht gerne Geld für andere ausgab, für sich selbst beanspruchte er offenbar nur das beste.

Großzügig hielt er auch Sergio die geöffnete Kiste hin.

»*No gracias*«, lehnte dieser ab.

Pañol schob das Kistchen wieder weg. »Arturo hat nicht immer nach dem Gesetz gehandelt. Aber er war ein guter Mensch. Er hat es aus Liebe getan.« Pañol zündete sich die Zigarre an, nahm einen langen Zug davon und paffte kleine Wölkchen in die Luft.

»*Was* hat er aus Liebe getan?«

»Arturo war sehr krank. Er litt an einer seltenen Knochenkrankheit. Es blieb ihm nicht mehr viel Zeit und er wollte sie versorgt wissen.«

»Hat sie das gewusst? Das mit der Krankheit, meine ich.«

»Nein, natürlich nicht, nicht von mir. Ihr Job war gefährlich genug. Sie wissen, die ärztlichen Schweigepflicht«, wiederholte er sich.

Der Doktor legte die Zigarre in den Ascher, sah seinem Gegenüber direkt in die Augen. »Er hat sie geliebt – aber … diese Frau! Sie hatte ihn nicht verdient.« Er faltete die Hände.

»Arturo hätte diesen Unfall niemals überleben können, unmöglich, und ich bezweifle ebenso, dass sie es überlebt hat. Bei ihrem Job musste sie ja jederzeit damit rechnen, dass ihr etwas zustoßen konnte. Auch wenn die beiden verschollen sind und man noch keine Leichen gefunden hat. Das sind die Fantasiespiele der Leute, ihre Realitätsfremde. Schauen Sie sich die Hänge dort oben im Gebirge an. Völlig unrealistisch, einen Absturz aus dieser Höhe zu überleben. Wenn es denn überhaupt so war, dass sie abgestürzt sind und man sie nicht bereits vorher …«

»Wir gehen nicht vom Schlimmsten aus. In diesem Fall nicht. Es hat schon Überlebende bei Flugzeugabstürzen über dem Regenwald gegeben«, gab Sergio zu bedenken. »Aber was meinen Sie damit, sie hätte ihn nicht verdient?«

Pañol zog die Augenlider zu Schlitzen. »Ich habe ihn immer vor dieser Frau gewarnt. Sie hatte nur ihre Karriere im Kopf. Señora Rauschenberg war vom Ehrgeiz besessen. Meiner Meinung nach, hat sie dabei völlig den Blick für alles andere verloren. Das Private, den Mann an ihrer Seite. Eine Frau, die selbst ihr eigenes Kind verleugnet.«

»Sie wissen von Ihrem Sohn?«

»Ja, zufällig habe ich davon erfahren.« Er nahm einen erneuten Zug von seiner Zigarre, lehnte sich zurück und schlug die Beine übereinander.

»Es war eine Not-OP. Sie kam zu mir, weil sie starke Unterleibsschmerzen hatte. Bei der Untersuchung habe ich sie dann gesehen: ihre Kaiserschnittnarbe. Sie hat versucht mir irgendeine andere Erklärung dafür zu liefern, aber als Arzt kann sie mir natürlich nichts vormachen. Dann erzählte sie mir von ihrem Sohn. Marcel. Ich habe ihn nie persönlich kennengelernt. Aber Rodrigo kennt ihn. Rodrigo Salazar. Sicher hat

Ihnen Pater Benjamín auch seinen Namen genannt.«

»Wo finde ich diesen Rodrigo Salazar?«

»Er wohnt am Ende der Straße. Haus Nummer 18. Aber Sie werden ihn dort nicht antreffen. Ich habe ihn schon seit ein paar Wochen nicht mehr gesehen. Manchmal taucht er plötzlich auf. Er treibt sich viel herum. Und dann ist er wieder untergetaucht. Sie hat ihn sich aufgezogen. Er hat ihr in der Redaktion assistiert, *Mädchen* für alles. Rodrigo ist ein armer Schlucker, wenn auch kein hoffnungsloser Dummkopf. Leider gebraucht er seine Intelligenz nicht. Er verschwendet seine Zeit mit nutzlosen Recherchen.«

»So, das können Sie beurteilen?«

»Ich habe Augen im Kopf.«

In der Gestik des Doktors lag etwas Überhebliches.

»Wie stand er zu Señora Rauschenberg?«

Pañol setzte sich die Brille wieder auf.

Sergio musterte sein Gegenüber. In Pañols Blick lag Geringschätzung. Er war ein vorurteiliger Mensch. Nachvollziehbar also, wenn Judith Rauschenberg Differenzen mit ihm gehabt haben sollte.

»Das Verhältnis zwischen Rodrigo und der Señora? Schwer zu sagen, in welchem Verhältnis sie zueinanderstanden. Aber es gab *diese* Gerüchte.«

»Gerüchte?«

»Ich gebe nicht viel auf das Geschwätz der Leute, aber es ging das Gerücht um, sie wäre mit ihm ins Bett gestiegen. Rodrigo ist noch jung. Sie haben zusammengearbeitet. Er als ihr Redaktionsassistent, wie gesagt. Rodrigo ist ein Querkopf, leicht zu steuern. Und sie wusste, wie man Männer manipuliert. Er wollte Journalist werden, sie beeindrucken. Aber für mehr hat es vermutlich nicht gereicht. Er hat sich zu viel erhofft. Sie kannten sich übrigens schon vor Arturo.«

»Was wissen Sie aus dieser Zeit?«

Der Doktor zögerte mit seiner Antwort: »Besser Sie fragen Rodrigo selbst.«

»Wann, glauben Sie, wird er wieder zurück sein?«

Pañol nahm noch einen Zug von seiner Zigarre: »Keine Ahnung.«

»Und was ist mit Arturo? Wenn es so war, wie Sie sagen und

sie ein Verhältnis hatten, dann gab es sicher Spannungen. Hat er davon gewusst?«

»Nein. Aber wenn Sie jetzt meinen, hier ein Motiv ansetzen zu müssen«, er legte die Zigarre in den Ascher, »sind Sie auf dem Holzweg. Hinter dem Unfall steckt was Politisches. Waffenhandel, Drogenschmuggel, – so was. Das war doch ihr Thema. Überall hat sie ihre Nase reingesteckt, konnte nicht genug davon kriegen.«

»Pater Benjamín sah das anders. Sie sind sich sicher, der Unfall war ein Anschlag?«

»Deswegen sind Sie doch hier, oder?«

Auch wenn der Doktor sich einigermaßen freundlich gab, aus irgendeinem Grund war er Sergio unsympathisch. Es musste an der Überheblichkeit liegen, mit der er ihn behandelte.

»Gut, Señora Rauschenberg war in Ihren Augen zu ehrgeizig. Aber mal abgesehen von ihrer Arbeit, hatte Sie Neider?«

»Ich weiß schon, worauf diese Fragen abzielen. Die Rolle unserer Journalisten. Sie werden immer als die mutmaßlichen Opfer hingestellt. Opfer der Pressezensur. Wissen Sie welcher Methoden sich diese Menschen bedienen, um zu ihren Ergebnissen zu kommen? Anschläge sind natürlich keine Art jemanden auszuschalten. Doch sehen Sie sich mal die Arbeit der Presse an: Informationsmissbrauch, Interessenskonflikte. Aber das interessiert nicht. Stattdessen reden wir von banalen Motiven, wie zum Beispiel Eifersucht, Rache. Oder eben: eine persönliche Sache. Hab´ ich nicht recht? So wird in diesem Land aufgeklärt. Aber was rede ich, Sie wissen selbst am besten wie das geht, wie man Tatbestände verdreht, Zeugen besticht oder Spuren verwischt.« Er hatte sich in Rage geredet. »Wenn Sie glauben, ich würde Señora Rauschenberg dem Löwen in den Rachen werfen, irren Sie. Sie gehört nicht zu den Menschen, denen ich Hochachtung entgegenbringe, aber als ein Freund ihres Mannes, habe ich sie immer respektiert.«

Sergio war verwirrt. Der Doktor prangerte an, ohne sich selbst zu positionieren. Vielleicht sollte es auch nur den Anschein erwecken, dass er sich für Gerechtigkeit aussprach. In Wirklichkeit misstraute er grundsätzlich jedem. Das aber war es nicht allein, Pañol war feige.

»*Pues*, Señor Comisario, das ist alles, was ich Ihnen sagen kann. Wie gesagt, meine Sprechstunde ist vorbei und Ihrer Dokumentation, habe ich nichts weiter hinzuzufügen. Ich werde mich nicht zum Komplizen der unüberwindbaren Korruption dieses Landes machen. In diesem Sinne, für die Würde meines Freundes, für seine letzte Ehre, – bitte gehen Sie jetzt!«

Sergio ging das Theater, das der Doktor veranstaltete allmählich auf die Nerven. Aber er musste sich gut mit ihm stellen, um noch ein paar Informationen aus ihm herauszubekommen.

»Eine allerletzte Frage, Doktor Pañol. Wissen Sie etwas von dem Interview, das Señora Rauschenberg mit einem FARC-Abtrünnigen geführt hat, Juan Jacobo Lecardomi?«

Der Doktor nahm wieder seine Brille ab. Stutzig sah er den Comisario an. »Bitte? Wer soll das sein? Eines dieser vermeintlichen Opfer. Einer, für den sie Gerechtigkeit bewirken wollte? Sicher nicht.«

»Sie kennen ihn also nicht. Lecardomi ist ein führendes Ex-Mitglied der FARC. Das Interview fand vielleicht nur wenige Minuten vor dem Absturz statt. Merkwürdig ist, dass es veröffentlicht wurde. Wo sie es doch eigentlich gar nicht mehr hätte veröffentlichen können.«

Der Doktor hatte aufmerksam zugehört und wirkte auf einmal nachdenklich.

»Sind Sie sicher, dass dieses Interview überhaupt stattfand?«

»Der Artikel ist in keiner kolumbianischen Zeitung erschienen. Es war eine deutsche Zeitschrift, die ihn abgedruckt hat.«

»Sie wollen damit andeuten, Judith Rauschenberg-Angeles lebt noch?«

»Es ist nicht auszuschließen.«

»Gut, wenn es so sein sollte, dann finden Sie ihren Sohn. Wenn sie noch am Leben ist, wird sie mit ihm Kontakt aufnehmen.«

Sergio spielte mit dem Brief in seiner Tasche. Einen Moment lang war er versucht …

Besser nicht. Er rieb sich über die Stirn.

»Noch eine Frage: Kennen Sie einen Señor Benito Umbral?«

Der Doktor überlegte. »Den Namen habe ich schon mal

gehört. Ich glaube er ist Professor an einer Universität in Uruguay, Montevideo. Ein Menschenrechtsexperten.« Der Doktor hatte einen etwas freundlicheren Ton angeschlagen.

»Eine Adresse haben Sie vermutlich nicht?«

»Nein. Aber ... Warten Sie.«

Pañol stand auf und ging aus dem Raum. Sergio hörte wie er im Nebenzimmer wühlte. Nach wenigen Minuten kam er zurück, legte den mitgebrachten Gegenstand auf den Tisch. Es war ein Schlüssel.

»Es ist der Schlüssel zu ihrem Haus. Ich weiß, das Haus ist noch nicht freigegeben. Aber eventuell finden Sie etwas, das Ihnen weiterhilft. Es liegt ein paar Kilometer hinter Tres Marias, Richtung Santa Barbara. An der Gabelung nach dem zweiten Hinweisschild, geht es rechts eine schmale Straße den Berg rauf. Sie fahren etwa drei Kilometer, dann sehen Sie es nach einer Biegung auf der linken Seite.«

Sergio war vom plötzlichen Sinneswandel des Doktors überrascht. Er hatte nicht damit gerechnet, noch in den Genuss weiterer Informationen zu kommen. Das Haus der Journalistin durfte offiziell noch nicht betreten werden, solange das Fahrzeug des Paars als vermisst galt. Jetzt aber hatte Pañol ihm eine Tür geöffnet.

Wortlos nahm er den Schlüssel. »Ich werde mich dort umsehen. Danke.«

»Nicht, dass Sie jetzt ein falsches Bild von mir bekommen, Señor Comisario, ich würde mich aufrichtig freuen, wenn Señora Rauschenberg noch am Leben wäre.«

Sergio zwang sich zu einem Lächeln. Mit den Worten: »Passen Sie gut auf sich auf«, verabschiedete er sich.

Er überschlief das Gespräch mit Doktor Pañol eine Nacht. Den Abend verbrachte er im Macondo, grübelte, hörte sich Jaimes neusten Geschichten an. Anschließend tappte er lustlos nach Hause.

Am Morgen darauf nahm er schon früh einen *colectivo,* um sich auf den Weg zum Haus der Journalistin zu machen.

Das Taxi setze ihn an der Weggabelung ab. Sergio musste das letzte beschwerliche Stück des Weges, wohl oder übel, zu Fuß laufen. Und er befand sich nicht gerade bei bester körperlicher Fitness.

Der Weg führte in Serpentinen den Berg hinauf. Spontan wählte der Comisario eine Abkürzung, schlug sich querfeldein durchs Gestrüpp, an steilen, dicht bewaldeten Berghängen entlang. Auf diese Art kam er nicht unbedingt schneller voran, der Weg war äußerst beschwerlich. Unterwegs machten sich Mückenschwärme über ihn her. Brüllaffen pöbelten ihn aus der Höhe an, kicherten wie kleine Kinder. Sergio kämpfte und erreichte schließlich, von Kopf bis Fuß vom tropischen Nieselregen durchnässt, die Biegung, an der das Haus des Ehepaars lag.

Eine Weile verharrte er an einer Stelle, gönnte sich eine Atempause.

Das Haus lag an einer wunderschönen Stelle, malerisch in die reizvolle, tropische Landschaft eingebettet – paradiesisch. Palmen reckten ihre Hälse über das Dach hinaus, gaben ihm einen farblich intensiven Rahmen. Die Fassade war braunrot gestrichenen, mit einer ausufernden Holzveranda und hellen breiten Lamellenflügeltüren. Dennoch gab es sie: erste Spuren der Verlassenheit. Die Fensterläden klapperten und die eisernen Halterungen an den Rahmen hatten Roststellen angesetzt. Auf einer Seite des Hauses waren Unkraut und Farn so hoch gewachsen, dass sie beinahe die Mitte des Fensters erreichten.

Sergio ging um das Gebäude herum, spähte an den Brettern vorbei, die quer über das Fenster genagelt waren. Viel konnte er nicht erkennen.

Er ging weiter bis zur Haupteingangstür, die mit einem extra Riegel versehen war, woran ein Schloss baumelte. Er zog den Schlüssel aus der Hosentasche, den Doktor Pañol ihm gegeben hatte, steckte ihn ins Schloss. Mit ein wenig Kraftaufwand gelang es ihm das Schloss zu knacken. Die Tür gab nach. Kurz darauf stand er auch schon im Hausflur.

Überraschend war sein erster Eindruck: Ein Hauch von Leben! Auf der Schuhablage, unmittelbar neben der Eingangstür, häuften sich einige Paar Schuhe. Es sah aus, als wären sie gerade erst durchwühlt worden – oder als hätte Judith Rauschenberg ihr Paar eben erst ausgezogen.

Sergio inspizierte seine nähere Umgebung. An den hellgrün gestrichenen Wänden hingen Kunstdrucke. Moderner Kram.

Schwarz-weiß Fotos, eine Kolumbienlandkarte.

Er betrat das Esszimmer, dessen Mitte ein runder Kolonialstiltisch schmückte. Um ihn herum moderne Rattanstühle mit Kissen aus bunt gemusterten Stoffen, *Wayúu*-Handarbeit. Hinter dem Esstisch thronte eine antike Kommode, worauf sich Mitbringsel aus allen Ecken des Kontinents aneinanderreihten. Bemaltes Porzellan aus Mexiko, guatemaltekische Döschen, Broschen, Holzfiguren. Ein spanischer Fächer, offenbar hergestellt in Argentinien. Alles nicht sein Geschmack, urteilte Sergio. Dennoch konnte er nicht umhin, ein paar der Gegenstände in die Hand zu nehmen und aus der Nähe zu betrachten. Die Dinge waren einfach. Es gab keinen klobigen Glanz wie bei Pater Benjamín. Kein Zurschaustellen von Kunst und Kultur, als hätte man sich nur das prunkvollste herausgepickt. Die Faszination lag in der Art der Anordnung der Dinge. Sie waren sorgfältig aufeinander abgestimmt.

Sergio ging zum nächsten Zimmer, bei dem es sich um eine Art Wohn- und Arbeitszimmer handeln musste. Ein riesiges Sofa nahm fast den gesamten Raum ein. Darauf verteilt waren, kreuz und quer, bunte Kissen und eine Alpacadecke. Als hätte die Journalistin gerade erst hier gesessen. Es folgte ein deckenhohes Regal mit unzähligen Büchern. Bildbände aus der Region, Romane, Fachliteratur zum Thema kolumbianische Kunst, Geschichte, Politik, Essays zum Kolonialismus.

Sergio ließ sich Zeit, betrachtete alles eingehend. Manches durchaus länger. Langsam arbeitete er sich dabei bis zum hinteren Teil des Hauses vor.

Dort gab es einen weiteren Flur, der scheinbar wenig genutzt wurde. Und noch eine weitere Tür. Eine Art Geheimzimmer?

Die Tür war unverschlossen und das, was dahinter lag, unspektakulärer als erwartet: ein begehbarer Kleiderschrank. *Madre de dios,* was wollte man denn mit einem Klamottenzimmer?! *Überflüssig,* dachte Sergio.

Er durchstöberte die Garderobe. Für den Mann gab es erstaunlich wenig Kleidung, die aber war äußerst ordentlich und sauber gestapelt. Sergio streifte weiter.

Was auf den ersten Blick wie eine Schranktür aussah, entpuppte sich beim Ausprobieren als Zugang zu einem weiteren

Zimmer.

Judith Rauschenbergs Arbeitszimmer? Ein Bücherregal, ebenfalls bis zur Decke mit Büchern beladen, bestätigte diese Vermutung. Etwa in der Mitte verstaubte eine alte elektrische Schreibmaschine, zwischen Ordnern und unzähligem anderen Kram. Der Schreibtisch daneben, erschien nicht weniger lebendig als der Schuhhaufen an der Tür. Es gab lose Zettel- und Zeitungsstapel. Eine aufgeschlagene Tageszeitung lag ganz oben auf dem Stapel.

Sergio setzte sich auf den Drehstuhl, durchwühlte oberflächlich die Stapel. Die aufgeschlagene Zeitung war ein paar Wochen alt. Zuletzt hatte sie die regionalen Nachrichten verfolgt. Darunter jedoch war nicht viel Außergewöhnliches.

Nachdenklich lehnte Sergio sich zurück, sah aus dem Fenster. Was er dort entdeckte, faszinierte beim längeren Hinsehen. Der Blick ging in den Patio des Hauses. Eine kleine, heimelige Idylle. Zypressen und Mangobäumchen schmückten den mit Natursteinen gepflasterten Hof, in dessen Mitte eine steinerne runde Wasserschale von etwa einem Meter Durchmesser stand. Bescheiden im Vergleich zu dem, was er im Haus des Geistlichen gesehen hatte. Neben der Wasserschale posierten drei Holzskulpturen. Feingliedrige Körper, offensichtlich Liebhaberstücke. Keine typische Kunst, wie aus dem Museum. Die Stücke hatte offensichtlich irgendein Künstler aus der Region angefertigt. Sergio tauchte für einen Moment in die Welt der Judith Rauschenberg. Er versuchte das hier Versammelte mit ihren Augen zu sehen.

Kunst besaß eine gewisse Faszination, das musste er zugeben. Auch wenn er Señora Rauschenberg nicht unbedingt guten Geschmack zugestand, eher ein Talent fürs Ungewöhnliches. Das Fremde, fast Kitschige hatte auch seinen Reiz.

Je tiefer er in die persönliche Welt der unbekannten Frau eindrang, desto dringlicher wurde das Bedürfnis, mehr aus ihrem Leben zu erfahren. Gab es irgendwo Fotos? Außer den veröffentlichten Aufnahmen, hatte er noch kein einziges Familienfoto entdeckt. Es gab nichts Privates an den Wänden, weder Kinderzeichnungen noch Urkunden. Wer war diese Frau, die eine Vorliebe für indigenen Kitsch hatte, haufenweise Bücher sammelte, zu viel Persönliches jedoch scheute.

Sergios Blick ging die Fensterbank ab, und von dort weiter über die Regale. Der Schreibtisch war ein einziges Chaos. Spezielles, inmitten dieser Unordnung finden? Unwahrscheinlich. Also machte er sich an die Schubladen. Hintereinander zog er eine nach der anderen auf, durchwühlte sie. Angefangene Notizen flatterten ihm entgegen, Zeitungsartikel, Ausdrucke aus dem Internet; Adressen, flüchtig auf Papierschnipseln notiert. Nichts Aktuelles. Kein einziges Foto.

Die unterste Schublade war verschlossen. Er durchstöberte die anderen erneut, auf der Suche nach einem Schlüssel. Erfolglos.

Sergio trat an das Regal. Wo sollte er hier anfangen?

Zwei randvoll mit Krimskrams gefüllte Pappschachteln stachen ihm ins Auge. Eventuell enthielten sie auch Fotomaterial? Er nahm eine der beiden Schachteln heraus, durchstöberte sie. Tatsächlich wurde er fündig. Zwischen Teelichtern, alten Ledergeldbörsen, Rechnungen und Postkarten, befanden sich auch ein paar Fotos.

Auf einer Aufnahme erkannte Sergio die Journalistin. Eine blonde Frau mit zwei Männern. Einer der beiden trug einen Tarnanzug. Den anderen hatte Sergio schon einmal gesehen. Er war wenig jünger als sie, hatte indigene Gesichtszüge und dickes schwarzes Haar. Er kannte den Mann. Es war einer der beiden aus dem Macondo.

Eingehend studierte Sergio insbesondere das Gesicht der Frau, zwischen den beiden Männern. Sie war zugegebenermaßen sehr attraktiv. Wenn auch diese Tatsache natürlich ablenkte. Attraktiv bedeutete schließlich nicht unfehlbar. Ihr Blick vermittelte Verschlossenheit. Sergio überlegte … Verschlossenheit? Ja, das war das richtige Wort. Diese Frau beschäftigte sich mit vielen Themen. Weniger mit persönlichen Dingen.

Er legte die Aufnahme zurück an ihren Platz, überflog kurz die anderen Bilder. Private Aufnahmen von Ausflügen. Arturo Angeles war nur auf einem einzigen Bild zu sehen, das jedoch sehr unscharf. Zwei weitere Aufnahmen zeigten einen Empfang. Menschen in Abendgarderobe lächelten gestellt in die Kamera.

Sergio stellte die Pappschachtel zurück, drehte sich wieder

zum Schreibtisch. Hier musste sich das aktuellere Material befinden, in der verschlossenen Schublade.

Erneut machte er sich auf die Suche nach dem Schlüssel, griff unter die Schreibtischunterlage, suchte Pflanzentöpfe und ihre Unterteller ab. Nirgendwo ein Schlüssel.

Er entschied sich in den anderen Räumen zu suchen. Zuerst in der Küche. Diese lag auf der anderen Seite des Gebäudes. Eine *cocina norteamericana*, mit allem ausgestattet – und noch etwas mehr als man brauchte. Eine schneeweiße Katze huschte um die Ecke, als er die Tür öffnete. Sie verkroch sich unter dem Küchenschrank. Von dort behielt sie ihn im Auge.

Sämtliches Geschirr war ordentlich in Schränken verstaut. Nicht ein Küchenutensil stand herum. Er öffnete ein paar der Schränke, um zu sehen, was sich darin befand. Über der Spüle waren Blechdosen aneinandergereiht. Sergio nahm eine nach der anderen heraus, schüttelte sie. Die meisten waren leer. Eine davon öffnete er, streifte mit dem Finger über den Boden. Feiner weißer Staub. Kokain? Das Detail steckte im Verborgenen. Man musste nur lange genug danach suchen.

Er stellte die Dose wieder ins Regal, fing an die Schubladen hintereinander zu durchforsten. Nachdem er alle durchhatte, machte er sich an die Vasen, nahm sie einzeln aus der Vitrine. Und tatsächlich. In der letzten Vase fand er etwas. Er schüttete den Inhalt heraus.

Zum Vorschein kam ein Schlüssel. Einer, welche der Größe nach zu der Schublade passen konnte.

Sergio ging zurück ins Arbeitszimmer, durchquerte das Ankleidezimmer.

Kurz vorm Ziel jedoch, blieb er wie erstarrt stehen. Was war das? Die Tür zum Arbeitszimmer war auf einmal verschlossen. Sergio war sich jedoch sicher, sie aufgelassen zu haben. Was ging hier vor sich? War ihm jemand gefolgt?

Kalte Schweißperlen rollten von seiner Stirn. Es musste nichts heißen. Es konnte auch der Wind gewesen sein. Oder die Katze.

Er öffnete die Tür, sah sich prüfend im Raum um. Die Umgebung schien unverändert. Er trat an den Schreibtisch, steckte den gefundenen Schlüssel ins Schubladenschloss. Er passte. Er zog die Schublade auf, nahm den gesamten Inhalt heraus und legte alles auf den Schreibtisch.

Kurz lenkte ihn erneut der Blick aus dem Fenster ab.

Verschlossenheit war nicht das einzige, was er in Judith Rauschenbergs Blick gelesen hatte. Nein, da war noch etwas. Überheblichkeit. Ignoranz. Arroganz? Keine Kolumbianerin hätte, mit diesem Ausdruck im Gesicht und mit dieser Körperhaltung, zwischen zwei Männer gestanden.

Er blendete den Gedanken aus, sah wieder auf den Schubladeninhalt. Das vor ihm ausgebreitete Material bestand aus Tageszeitungen. Er durchblätterte alles, studierte Titelseiten. Dabei fiel ihm etwas auf. Nein ... Das konnte nicht sein – war schier unglaublich ... Und doch. Die Zeitungen waren tatsächlich aktuellen Datums. Gleich der erste markierte Artikel zeigte ein Bild von Pater Benjamín. Wie kam *das* hierher? Der Geistliche war doch erst vor zwei Tagen ...

Eifrig blätterte er weiter. Fotos flogen ihm entgegen. Aufnahmen von ... Sergio wurde blass, trat instinktiv einen Schritt rückwärts. Es blieb ihm jedoch keine Zeit. Bevor er sich vergegenwärtigen konnte, wer auf diesen Fotos abgebildet war, bemerkte er, dass er nicht allein war. Jemand hatte die Tür bewegt, – hinter ihm – und unbemerkt den Raum betreten. Ein Schatten fiel plötzlich über ihn ...

Sergio war gerade im Begriff eine Drehung zu vollziehen, als jemand ihm mit einem harten Gegenstand auf den Kopf schlug.

Vier

Billa war mit Jeremy unterwegs, einem der Rucksacktouristen. Er hatte sie spontan überredet einen Urwaldtrip mit dem Jeep zu unternehmen. Jetzt aber, nachdem sie bereits zugestimmt hatte und ihr die Sache nochmal durch den Kopf gegangen war, fühlte sie sich unsicher, ob die Entscheidung richtig gewesen war. Sergio hatte sie zuletzt gewarnt.

Sie schlenderten über die Calle Dieciocho. Jeremy war bester Laune. Die Sonnencreme, die er sich kurz zuvor im Gesicht verteilt hatte, ließ dieses wie eine geölte Tomate in der Sonne glänzen.

Ich weiß nicht, Jeremy. Wollen wir nicht lieber was anderes machen?«, sprach sie ihre Bedenken aus.

»Was meinst du mit *was anderes*?«

»Es ist gefährlich mit dem Rover. Ich meine ... wir kennen uns nicht aus. Was, wenn wir überfallen werden. Oder entführt?! Die FARC lagern dort draußen. Wir sollten denen vielleicht besser nicht in die Quere kommen. Das ist hier ein politisches Thema.«

»Die FARC. Und? Soll´n sie doch – was auch immer – machen. Im Notfall hab ich ´ne Machete.« Er zog ein scharfes Taschenmesser aus seiner Hosentasche, zeigte es ihr.

Einen Moment lang amüsierte sie sich. Er schien es tatsächlich ernst zu meinen. »Na, dagegen sind sie natürlich chancenlos. Gegen das Ding. Daran prallen schlappe Handgranaten und locker ab.«

Jeremy steckte das Messer wieder weg. Gut, der Witz war nicht angekommen. Sie hatten die Straßenecke mittlerweile erreicht, an der der Rover stand.

»Jetzt mach dich mal locker«, versuchte er es erneut mit Aufmunterung. »Wir drehen eine kurze Runde. Was soll da passieren?«

»Logo, ist ja auch nichts dabei überfallen oder entführt zu werden, alles supercool.«

»*What´s going on, Billa*? Wie bist du denn drauf. Ich gehe doch kein Risiko ein. Und wenn es so gefährlich wäre, hätte

Felicia uns gewarnt. Sie hätte uns gar nicht erst rausgelassen.«

»Wie sollte sie? Du hast sie doch total eingewickelt, mit deinem Jungencharme.«

»So, du bist eifersüchtig.« Jeremy spielte mit dem Autoschlüssel in seiner Hand, warf ihr einen neckenden Seitenblick zu. »Komm schon *chica*, jetzt hab dich nicht so.«

Billa beobachtete ihren Begleiter von der Seite. Die Dinge über den Krieg, von denen man hier so nebenbei erfuhr, – wenn man Jeremys Verhalten Glauben schenkte, konnte man der Ansicht sein, all das entstamme lediglich einer Seifenoper. Er spielte sein Backpacker-Abenteuer.

Aber gut. Sie versuchte sich zu beruhigen. Vielleicht übertrieb sie es tatsächlich mit ihrer Sorge, und es war nicht annähernd wie sie dachte. Es war kein Tag, an dem ihr nach einer längeren Diskussion zumute war. Daher gab sie irgendwann nach. »Okay, wir fahren eine kurze Tour. Aber nicht länger als eine Stunde.«

»*Eres el jefe*. Billa, you´re the boss!«

Sie zwängte sich auf den Beifahrersitz. Er zog sich seine Sonnenbrille ins Gesicht und startete den Motor. Seine Augen lagen jetzt hinter dunklen Gläsern, und Billa bezweifelte augenblicklich, dass er sich an die Abmachung halten würde. Was diesen Punkt betraf, verhielt es sich mit Jeremy ähnlich wie mit Sergio Fabulos. Männer sagten oft die Unwahrheit, um ihren Willen durchzusetzen. Allerdings hätte sie sich mit Sergio sicherer gefühlt, denn im Gegensatz zu Jeremy kannte er sich hier aus.

Ortsauswärts war die Straße in einem guten Zustand. Billa hielt ihren Kopf in die Sonne, schloss für einen Moment die Augen. Dann begann sie unruhig ihre Tasche nach dem Sonnenschutzmittel zu durchstöbern.

Nachdem sie sich eingecremt hatte, zog sie ein bunt gemustertes Tuch über den Kopf, band es am Hinterkopf zusammen. Oberflächlich betrachtet, wirkte sie ruhig.

Während Jeremy das Fahrzeug über den nun holpriger werdenden Untergrund lenkte, begann Billa am Regler des Autoradios zu drehen. Sie suchte nach einem Sender, irgendwas zur Zerstreuung, ein möglichst fröhliches Lied. Der Tag verlief anders als geplant.

»*Fuck Billa, isn´t that shit beautiful?!*«, funkte Jeremys Stimme dazwischen. »Das also ist *guerilla land. Hi FARCy! How´re you doing? We gonna have lunch together?*«

Billa versteinerte augenblicklich. Gerne hätte sie gelassen reagiert, konnte aber nicht. Die Anspannung ging bis in die Fußspitzen.

»Mensch Billa, *it´s safe*«, lenkte er ein, als er ihrem Gesichtsausdruck begegnete, »*just kidding*. Aber falls sie mich entführen, was würden sie wohl fordern? So einen Drogenboss, einen *Che Guevara* oder so?«

»*Che Guevara* gehört zur Kubanischen Revolution. Du hast echt keinen Plan. Du meinst *Pablo Escobar*. Und der ist tot.«

»*Escobar*, klar, sag ich doch. Der Drogenbaron.«

Billa lachte bitter. »Dich tauschen sie nicht mal gegen ´nen Joint, so geistreich wie du bist.«

»Aha, geistreich findest du mich also? Dachte ichs mir doch. Du hast ein Auge auf mich geworfen, stimmts?«

»Ein blindes Auge.« Billa lachte heiser, sah dabei aus dem Fenster.

Eine Weile fuhren sie eine gerade Strecke.

Billa hörte auf die Musik, summte mit: »*Oh, Maria Maria, no sabes cuanto te quiero …*«

Die Straße ging in die Kurve. Der Urwald rückte von beiden Seiten dichter an das Fahrzeug heran. Blätter und Äste streiften ihre Köpfe.

»*Mi amor sera eterno, oooh si si, mi querida Maria …*«

Es ging bergauf und wieder bergab. Die Straße wurde eng und war zunehmend schwer einsehbar.

Billa summte leise. Beunruhigt folgte ihr Blick dem Verlauf der Straße. Diese stieg erneut an und hatte sich fast zu einem Schlauch verengt. Wo fuhr Jeremy hin?

Sie fragte nicht, konzentrierte sich auf das, was vor ihnen lag. Auch Jeremy kaute jetzt nervös auf seiner Unterlippe.

Am Ende der Steigung, ein paar hundert Meter weiter, stand etwas auf der Straße, eine Schranke. Die Straße war offensichtlich gesperrt. Jeremy starrte stur geradeaus.

Er muss wenden, dachte Billa. *Sofort!*

Im Radio lief noch immer dasselbe kolumbianische Liebeslied. Plötzlich jedoch trat eine Störung ein. Billas Hand ging automatisch an den Regler. Als sie wieder aufsah, erkannte sie, worauf sie zusteuerten.

»Was glaubst du, was das ist«, fragte er ruhig, noch bevor sie etwas sagen oder in Panik geraten konnte. Billas Blick spiegelte dennoch das wider, was sie augenblicklich empfand: Panik.

»Du musst wenden, Jeremy! Sofort! Schnell!«, stieß sie atemlos aus. »Du bist von der Hauptstraße abgekommen. Du hast nicht aufgepasst!!«

»Doch, hab ich.«

»Wenden, Jeremy, WENDEN!«

»Das geht nicht. Die Straße ist zu schmal.«

Sie hatten die Absperrung fast erreicht. Unmittelbar dahinter tummelten sich ein paar Ziegen auf der Straße.

»Das ist wegen der Ziegen. Vielleicht hört die Straße da auf«, versuchte er sie zu beruhigen.

»NEIN! NEIN! Das ist eine Falle. Du musst irgendwie wenden, bitte!«, schrie sie.

»*Keep cool*, Billa.«

Sie versuchte tatsächlich einen Moment lang cool zu bleiben und lehnte sich vorsichtig aus dem offenen Fenster, um mehr erkennen zu können. Langsam fuhr Jeremy noch ein Stück weiter, bis die Reifen nachgaben, durchdrehten. Jeremy zog die Handbremse an, stieg aus dem Fahrzeug, um nachzusehen, weshalb der Wagen nicht vorankam. Dabei ging er um den Rover herum, inspizierte alle vier Reifen, entfernte ein paar Steine.

»Es ist keine große Sache«, sagte er gelassen, »gleich sind wir wieder frei.«

Er stand noch immer auf der Straße, sah zu der Schranke, die keine hundert Meter mehr entfernt war. Die Straße dahinter fiel wieder ab. Er hielt Ausschau nach den Ziegen, die eben noch dort gewesen waren. Erstaunlicherweise war keine einzige Ziege mehr zu sehen, die Straße war leer. Dahinter drängte sich der tropische Regenwald.

Jeremy ging ein paar Schritte. Er war neugierig. Billa bemerkte es nicht gleich, weil sie aus dem Fenster sah und den Wald im Auge studierte.

Er ging in die Richtung weiter, wo es ganz offensichtlich kein Weiterkommen gab. Als Billa aufsah, war er bereits ein gutes Stück entfernt.

»Jeremy, was machst du?! *Fuck*, komm sofort zurück!«

Er hörte sie nicht. Nervös sah sie sich in alle Richtungen um. Ihre Hände tasteten blind vom Armaturenbrett zum Regler für den Funk. Erneut begann sie einen Sender zu suchen. Der Empfang war jedoch denkbar schlecht. Verzweifelt durch die eigene Hilflosigkeit, schaltete sie das Radio wieder aus. Der Regenwald stellte auf einmal eine unumgängliche Bedrohung dar. Was lag da vorn?

Ihr Atem ging schnell. Sie hatte keine Stimme mehr, um nochmal nach Jeremy zu rufen. Und er würde sie ohnehin nicht hören, denn er war bereits irgendwo verschwunden. Ihr Herz pumpte Blut durch den Körper, als wollte es damit eine Bombe präparieren. Kurz vergrub sie ihr Gesicht in den Händen, sah aber gleich wieder auf und suchte mit Blicken die Umgebung ab. Der Amerikaner war weit und breit nicht zu sehen. Er musste die Höhe der Straße erreicht haben, an der sie wieder abfiel. Möglicherweise war er in den Regenwald gegangen.

Billa überkam eine düstere Vorahnung. Ihre Unruhe steigerte sich langsam zu Panik. Gebannt starrte sie nach vorn.

Nichts geschah. Sie war, in der nun vielmehr bedrohlichen Stille der Natur zurückgeblieben. Hier versuchte sie sich das Bild arbeitender und in einer Linie wandernder Ameisen vor Augen zu führen, wie sie es bei einer Urwaldexkursion gesehen hatte. Diese Natur konnte doch nicht so grausam gegen sie vorgehen und sie hier, auf völlig verlassener Strecke allein zurücklassen.

Sie hätte das Land verlassen sollen, dachte sie an Sergios Warnung. Warum hatte sie nicht auf ihn gehört?!

Instinktiv wusste sie, dass sie in einen Hinterhalt getappt waren. Jeremy konnte es bereits entdeckt haben, zu spät entdeckt haben.

Sie stieg aus dem Fahrzeug. Es blieb ihr gar nichts anderes übrig.

Auf der Straße, am Rande der tropischen Idylle, konnte man sich leicht hinreißen lassen den Frieden zu missdeuten. Der Himmel war graublau und die immergrünen Blätter leuchteten in verschiedenen Nuancen, bescherten ihr zumindest einen

Augenblick der Besinnung.

Es gelang ihr sich zu beruhigen, wenn auch die Lage nicht unbedingt besser wurde. Langsam näherte sie sich der Schranke. Hier tat sich das Herz des Waldes auf. Friedlich war die Natur, und bedrohlich zugleich. Konnte der Mensch hier noch überleben, hatte er es nicht verlernt? Sie sah sich nach Jeremy um, fand jedoch keinen Hinweis auf seinen Verbleib.

»Jeremy?«, rief sie in den Wald. Es kam keine Antwort.

Unterhalb der Straße schwollen die Geräusche zu einem Konzert der Urwaldstimmen an. Vogelgezwitscher, Insekten, Reptilien. Ein Zirpen und Gurren.

Sie trat ein paar Schritte von der Straße weg. »Jeremy?«

Der Frieden war eine optische Täuschung. Sie wusste es. Er war es hier. Er war es oftmals, wenn man nicht mit dem Gegenteil rechnete.

Dann passierte es tatsächlich. Billa blieb keine Zeit um Luft zu holen. Ein kurzes Rascheln … Jemand stürzte aus dem Gebüsch. Ein Mann in Tarnkleidung und mit einem Gewehr geschultert. Ein zweiter stand bereits auf der Straße, kürzte ihr den möglichen Fluchtweg ab; ein dritter trat aus dem Gebüsch; ein vierter …

Freund oder Feind?

Eins

Er lag mit dem Rücken auf einer einfachen Bambusmatte. Der Nebel hing wie ein transparenter Schleier in den Bäumen. Der Himmel bestand nur aus Ästen und Blättern, weshalb es das Sonnenlicht schwer hatte sich seinen Weg zu bahnen. Gelang es jedoch, blendete es.

Er schloss die Augen, spürte augenblicklich die Hitze, wie sie durch seinen Körper kroch. Sein Körper war halb mit einem Laken bedeckt. Vermutlich hatte er die ganze Nacht so verbracht. Er erinnerte sich nicht an Details. Auf dem Boden sammelten sich die Essensreste aus der zurückgelassenen Nacht. Drei leere Blechbüchsen, Krümel von Bananenchips, die Schale einer Guave.

Er fühlte sich wie ein verwundeter Soldat. Jede kleine Bewegung schmerzte. Der Versuch sich aufzurichten war nahezu gänzlich zum Scheitern verurteilt. Was war passiert?

Um seinen linken Arm trug er eine fest geschnürte Armbinde. Wer hatte ihn verbunden?

Unscharf erkannte er jemanden, der sich über ihn beugte, seine Stirn mit Wasser befeuchtete. Ein Schatten schien dort. Die Bewegungen, die von ihm ausgingen, waren jedoch zu schnell, um die Person als Ganzes zu erfassen.

Er wollte etwas sagen. Dabei kam ihm eine andere Stimme zuvor: »Spar dir deine Kräfte, Juan.« Eine junge, männliche Stimme. »Du wirst sie noch brauchen.«

Er kannte diese Stimme. Sie war ihm sogar recht vertraut. Marcel und er hatten bereits zusammen über Politik und Gerechtigkeit philosophiert, sich ein Zimmer geteilt ...

Während der Mann sich erneut über seinen Körper beugte, versuchte er die Augen gerade so weit zu öffnen, dass er den anderen erkennen konnte. Seinen drahtigen, sportlichen Körper, das hellbraune Haar, die Locken; seine geschickten, flinken Bewegungen. Er war es. »Marcel?«

Der Angesprochene reagierte nicht. Er hatte zu leise gesprochen. Lecardomi musste sich anstrengen, um sich bemerkbar zu machen. Als zu matt und kraftlos empfand er seine Glieder. Sein Körper war ausgelaugt und unterernährt.

Da war ein Schuss gewesen, erinnerte er sich. Hatte er ihn getroffen?

»Marcel?«, wiederholte er. Diesmal etwas lauter.

»Streng dich nicht zu sehr an. Du bist nicht kräftig genug.« Marcel kochte Mate auf einer kleinen Feuerstelle.

»Kannst du mir sagen, wo ich bin? Wie hast du mich gefunden?« Lecardomi presste, unter einigem Kraftaufwand, seine Fragen heraus. Marcel sah auf die Flamme. Er hatte alles unter Kontrolle.

»Du bist angeschossen worden. Es war ein Versehen.«

»Was meinst du?«

»Ich war das. Ich habe dich versehentlich angeschossen.«

Der Ältere versuchte sich etwas aufzurichten, erreichte dabei eine Höhe, aus der er das Gesicht seines Gegenübers besser erkennen konnte.

»Hab´ ich das gerade richtig verstanden? *Miercoles!* Du warst das?! Was ist passiert?«

»Es war eine Verwechslung. Wir hätten ihn beinahe gehabt.«

»Wen?«

»Einen Drogenkurier. Er versorgt die Huren hier mit Stoff. Die werden schnell abhängig und dann tun sie alles für die Sucht, und für *die*. Die *Paras*. Die Frauen schaffen quasi gratis an. Für Waffen und Drogen, haben Sex ohne Kondome, riskieren Aids.«

»Du hast ihn mit mir wechselt?«

Marcel schwieg. Er fühlte sich schuldig.

»Es war ein Anfängerfehler. Du kamst wirklich im falschen Moment. Andererseits weiß ich nicht, was passiert wäre, wenn ich nicht ...«

»*Qué?!* Willst du dich jetzt rechtfertigen?«

»Du wärst *denen* direkt in die Arme gelaufen. Ein paar von den FARC waren auch da, zum Vögeln. Sie haben sie angelockt.«

Lecardomi versuchte sich vollständig aufzurichten, so dass er beinahe saß. »Vögeln also, *hijueputa!* Mein Pech, sagst du.«

Er betrachtete seinen eingewickelten Arm. Marcel hatte ihm aus dem zerrissenen Bettlaken eine Bandage mit Armbeuge gefertigte und diese um seinen Hals gelegt. Das Ganze sah recht improvisiert aus, brachte dennoch eine kleine Erleichterung.

»Das nächste Mal vergewisserst du dich besser vorher. Hätte in die Hose gehen können.«

Marcel nahm den kochenden Tee von der Flamme und rührte stumm in der Kanne.

»Gut, dann Schwamm drüber. Die Umstände dich wiederzusehen hätten natürlich glücklicher sein können. Aber es sind keine Zeiten fürs Glück.«

Lecardomi versuchte ein Lächeln. Vorsichtig bewegte er seinen Arm, um zu testen, wie weit dies einigermaßen schmerzfrei möglich war. Leider war er körperlich sehr eingeschränkt und schon bei der kleinsten Bewegung durchzuckte ihn der Schmerz.

»Und dieser Drogenkurier? Woher weißt du davon? Von deiner Mutter? Trittst du jetzt ihr Erbe an?«

»Wie meinst du das?« Marcel schien irritiert. »Ich habe meine Mutter lange nicht gesehen.«

Lecardomi biss sich auf die Zunge. Verflucht, er hatte sich verquatscht. Marcel wusste offenbar noch nichts vom Unfall seiner Mutter.

Er unternahm eine etwas zu abrupte Bewegung, spürte im selben Moment den stechenden Schmerz.

»Du weißt es nicht?«

»Was?«

Jetzt waren Taktik und Feingefühl gefordert. Und das in seinem Zustand. »Du weißt nichts von ihrem Autounfall?«

»Autounfall?« Marcel war verwirrt. »Was willst du mir damit sagen?«

»Es stand doch in der Zeitung. Das Fahrzeug ist abgestürzt. Vor ein paar Wochen war das. Eine Kuh stand auf der Straße. Irgendwer hat die Szene beobachtet und später der Polizei geschildert. Das Fahrzeug ist von der Straße abgekommen. Es gibt nicht viel mehr als das. Du weißt wie das läuft. Die wollen es gar nicht wissen. Und der Regenwald kennt keine Spuren.«

Bedrohliche Stille trat ein. Lecardomi kannte Marcel und seine unberechenbaren Reaktionen. Er war ein brodelnder Vulkan, was seine Emotionen betraf.

»Abgestürzt, sagst du. Aber dann ist sie nicht tot, falls du das andeuten wolltest. Unterschätze meine Mutter nicht. Ein Autounfall … Sie ist viel zu schlau.«

»Man muss realistisch bleiben. Das Fahrzeug ist verschollen. Keine Spur, keine Leichen. Sie hat ein Interview mit mir geführt. Ausgerechnet an *diesem* Tag. Es muss kurz danach passiert sein. Ich glaube sie wollte nach Popayán.«

»Vielleicht ist sie einem geplanten Anschlag ausgewichen.« Marcel hatte bereits eine Meinung. »Ihr könnte jemand gefolgt sein. Sie fühlte sich schon eine Weile beobachtet. Hast du nichts bemerkt? Bei eurem Interview, meine ich. War der Treffpunkt sicher?«

Lecardomi überlegte. Wie es aussah, wollte Marcel sich unter keinen Umständen auf den Gedanken einlassen, dass seine Mutter tot war.

»Der Treffpunkt war sicher. Sie ist danach in die Kirche gegangen. San Bernardino.«

»In Callín? Das passt. Diese Kirche betritt niemand. Sie ist verflucht. Daran glauben die Leute dort.«

Der Ältere legte seinen gesunden Arm auf Marcels Arm. Eine Weile hockten sie schweigend da.

Marcel aber konnte nicht wirklich stillsitzen. Wut und Angst agierten nahezu gleichzeitig in ihm. Er versuchte dennoch seine Stimme einigermaßen ruhig klingen zu lassen: »Ihr habt euch in Callín getroffen?«

»Sie hat dort ein Büro. Ist nicht offiziell. Sie arbeitet heimlich von dort. Sie wirkte ziemlich gehetzt, als ich sie in die Kirche gehen sah. Ich weiß nicht, ob sie sich noch mit jemandem getroffen hat.«

»Meine Mutter liebt alte Kirchen. Abgesehen davon … Wenn sie nur irgendetwas geahnt hat, dann hatte sie todsicher einen Plan.«

»Einen Plan? Was für einer soll das sein? Du glaubst, sie ist untergetaucht.«

»Hältst du das für so abwegig?«

»Nein. Sie wusste einige Namen wichtiger Drahtzieher innerhalb der FARC«, erinnerte sich Lecardomi.

»Vielleicht gab es einen *falschen* Informanten. Ein schwarzes Schaf.«

Lecardomi und Marcel schweiften gedanklich in unterschiedliche Richtungen. Natürlich wollte Lecardomi Marcels Hoffnungen nähren, aber er befürchtete, dass dieser sich mit seinem Idealismus schnell in Illusionen stürzte.

»Ich weiß es nicht, *compañero*. Vielleicht war es doch ein Fehler. Das mit dem Interview. Tatsächlich hänge ich am Leben, auch wenn es nicht mehr viel wert sein mag; es gibt da noch etwas ...« Lecardomi fummelte an seiner Armbinde. »Sie ist auch eine Ehemalige. Na ja, sozusagen.«

Marcel verstand nicht gleich, wovon er sprach. »Du redest von irgendeiner Frau?«

»Semia Bátista.«

»Semia?! Ist nicht dein Ernst. Eine FARC-Schlampe. Hast du das nötig?«

»Übertreib nicht.«

»Lass dich nicht auf eine wie die ein, Juan. Die hat jede Nacht ´nen anderen. Dann hast du hast meine Mutter tatsächlich alleingelassen, wegen einer wie der?!«

»Was hätte ich tun sollen, sie aufhalten? Ihr sagen, dass sie nicht hoch ins Gebirge fahren soll. Kann ich hellsehen?! Ich bin selbst ein Gejagter.« Er zog ein schmerzverzerrtes Gesicht, was von seiner Armbewegung ausging.

Eine Weile herrschte Schweigen.

»Also gut«, gab Marcel schließlich nach. »Wir brechen auf, sobald du wieder fit bist. Ich muss rausfinden, was mit meiner Mutter passiert ist.«

Lecardomi hatte es befürchtet. Er krümmte sich, um seine Resignation zum Ausdruck zu bringen. Seine Augen lagen in dunklen Höhlen. »In der Zeitung stand, sie hätten tagelang die Gegend abgesucht.«

»Ein paar Stunden. Wenn überhaupt.«

»Stunden um Bremsspuren zu analysieren? Man muss sich dort abseilen. Der Regenwald liegt unterhalb der Straße.«

Marcel überlegte. »So steil ist es dort nicht. Man braucht nicht unbedingt eine Ausrüstung. Meine Mutter hat mal bei einem Überlebenstraining mitgemacht. Außerdem ist sie sportlich. Das schafft sie auch so.«

Lecardomi war sich nicht sicher. Er starrte auf seinen verbundenen Arm. Sein Blick schweifte dabei flüchtig zu Marcel, der stumm seinen Mate trank. »Und was ist mit dir, wovon was hast du gelebt in den letzten Wochen?«, wechselte er abrupt das Thema.

»Ich? Gelegenheitsjobs, wenn man so will – ich recherchiere für eine Nachrichtenagentur aus Bogotá, hier und da, Themen fürs Radio. Bringt nicht unbedingt viel. Gelegentlich jobbe ich. Feldarbeit, Tankstelle. Was sich so bietet. Mein Studium ruht, die finanziellen Mittel sind rar.«

»Hmn.« Lecardomi lag eine Bemerkung auf der Zunge.

»Ich engagiere mich in einer pro-aktiven Organisation im Netz. Die Aktivitäten laufen unter dem Decknamen *Operación Mosca*. Viele ehemalige Studenten, so wie ich. Es geht um die Rechte der Landbevölkerung, um den illegalen Drogenanbau. Wir hängen uns an die Social Media Feeds der Rebellen im Netz, verfassen Blogtexte für Aktionen und versuchen ihre Treffpunkte ausfindig zu machen. Die Leute aus dem Netzwerk treffen sich auch vor Ort, sprechen mit der Landbevölkerung, oder ...«

»Oder greifen zu den Waffen?«, unterbrach Lecardomi. »Woher habt ihr die Waffen? War da nicht noch eine andere Person bei dir, als du auf mich geschossen hast?«

»Paco. Ich kenne ihn aus dem Netz. Er ist okay. Wir haben *davor* ein paarmal gechattet. Sie wollten ihn rekrutieren. Er ist Computerexperte, kennt sich bestens mit Programmiersprachen aus. So hat er auch ein Lager des ELN ausfindig gemacht. Dort haben wir die Waffen her.«

»Gestohlen? Seid ihr verrückt! Das ist illegal.«

»Was sie mit den Waffen machen, ist es nicht weniger. Und du weißt selbst, wie sie das Zeug erwerben. Wir benutzen die Waffen nur im Einzelfall, für einmalige Aktionen. Wenn wir einen Tipp erhalten, zum Beispiel. Danach geben wir sie an eine Sammelstelle, wo die Waffen der Guerilla beschlagnahmt werden.«

Marcel war aufgestanden und sprach dabei weiter: »Die *Operación Mosca* findet lokal statt. Sozusagen einmalige Einsätze. Wir wollen Keimzellen lahmlegen. Das geht nur so. Danach soll ein friedlicher Prozess eingeleitet werden. Durch Aufklärung. Ich kenne nur ein paar der Mitglieder des Netzwerkes persönlich. Die Aktionen organisieren wir über kurzfristige

Absprachen, SMS. Es gibt aber auch Leute, die regelmäßig irgendwo zusammenkommen, geheime Vereinbarungen treffen.«

»*Operación Mosca* ... wieder ein neues Wort für Selbstjustiz. Aber nenne es wie du willst, für mich ist es dasselbe. Das stoppt die Gewalt nicht.«

Lecardomi nippte an seiner Teetasse, die schon eine Weile vor ihm auf dem Boden stand.

»Außerdem, bist du dir sicher, dass diese Projekte nicht an anderer Stelle kontrolliert werden? Dass ihr euch nicht zu tief da reinhängt?«

»Ein Risiko gibts immer. Wir haben bereits eine ganz gute Reichweite erzielt. Und wenn sich jemand im Netz auffällig verhält, wird jemand anderes auf ihn angesetzt. So kontrollieren wir uns untereinander. Hier draußen sind wir schließlich auf uns selbst gestellt. Bogotá ist weit weg.«

»Heikel ist das, was ihr da treibt. In einem von Rebellen kontrollierten Gebiet. Die Leute hier zahlen ihren Sold, damit die Rebellen sie vor den *Paras* beschützen. Oder umgekehrt. Dafür haben Orte wie Guajilín Narrenfreiheit. Touristen können dort machen, was sie wollen und in Callín bekommst du jeden Schnaps und jede Droge, die sie von dort über die Grenze weiter schmuggeln. Selbst die Polizei steckt noch mit drin. Es gibt kein Recht in diesen Dörfern. Es geht nur ums Überleben. In Callín geht man nicht einmal mehr in die Kirche.«

»Und? Willst du das etwa verteidigen, soll es so weitergehen?!«

»Wenn du meinst, es wird davon besser, wenn du mit ein paar halbwüchsigen Studenten daherkommst, die irgendetwas von Idealismus faseln und sich mit ihren Theorien, die sie im Internet mit anderen zusammenbasteln, an der Realität auslassen.«

»Warum nicht? Dem *campesino* fehlt es an Bildung. Er kann gar nicht so weit denken, dass die Dinge vielleicht besser laufen könnten, wenn er etwas ändert.«

»Wie soll er denn etwas ändern? Du hast leicht reden. Du hast sie ja, Eltern, die dir deine Ausbildung finanzieren. Gerade du erlaubst es dir zu urteilen. Und dabei ziehst du es nicht einmal durch, brichst das Studium ab, weil du meinst dein Geld für den Idealismus ausgeben zu müssen. Gerade du willst dich hinstellen und den Leuten erklären, wie sie sich besser verhalten sollen. Wundere dich nicht, wenn sie dich nicht ernst nehmen. Was weißt du denn vom Leben mit deinen zweiundzwanzig Jahren! Hast du schon mal dagestanden und musstest dir überlegen wie du deine Familie ernährst? Kennst du das Gefühl, wenn die Angst in dir hochkriecht, bei dem Gedanken jemand könnte dir oder deiner Familie Gewalt antun, weil du dich nicht rekrutieren lassen willst.«

»Sicher, es ist ein Teufelskreis. Glaub nicht, dass ich nicht weiß, wovon du sprichst. Aber irgendwo muss er durchbrochen werden. Und ich habe nicht nur studiert, um Wissen einfach abzulegen. Damit kann ich eine Menge anfangen und überlegen, wie man etwas ändern kann. Wie den Menschen geholfen werden kann, die ihre Rechte ja oft nicht einmal kennen, weil sie an das glauben, was derjenige sagt, der das Gewehr in der Hand hält. Vielleicht ist es sogar besser, dass ich nicht selbst betroffen bin. Was kann ich dafür, dass meine Mutter mir ein Studium finanzieren kann.«

»Ah, ein neuer Ché Guevara. Glaubst du denn, dass sie sich von dir etwas sagen lassen? Viele unter denen können nicht mal lesen oder schreiben. Aber sie wissen von Dingen, die du nicht aus Büchern lernen kannst.«

»Ich bin Kolumbianer. Genau wie du und jeder andere hier. Auch wenn meine Mutter aus einem anderen Land kommt. Ich bin hier geboren. Außerdem ist Idealismus gar keine so schlechte Sache. Vor allem, wenn man andere damit anstecken kann.«

Lecardomi gab es auf. Marcel war um kein Gegenargument verlegen. Auch wenn er vieles anders sah, zurzeit hatte er nur Marcel an seiner Seite.

»Gut. *Pues entonces*, was genau hast du vor?«, tat er den ersten Schritt.

»Wir bleiben noch bis deine Wunde verheilt ist und du dich besser bewegen kannst. Ich werde ihre Spur aufnehmen. Ich muss wissen, was mit meiner Mutter passiert ist. Auch wenn du mich für verrückt hältst, ich werde sie suchen.«

»Nein.« Lecardomi lenkte tatsächlich ein. »Ich halte dich

nicht für verrückt. Sie ist deine Mutter. Und du kannst mit mir rechnen. Lass mich noch ein paar Stunden schlafen. Dann wird es gehen. Wir finden die Stelle, an der das Fahrzeug abgestürzt ist. Wie gesagt, es gibt Spuren dort. Sie haben die Stelle markiert.«

Zwei

Von den Folgen seiner unheimlichen Begegnung war nur ein dumpfer Kopfschmerz geblieben. Der Angreifer hatte bereits das Weite gesucht, als er wieder zu sich kam. Und natürlich waren auch die Fotos verschwunden. Sergio Fabulos musste also davon ausgehen, dem Mörder persönlich begegnet zu sein.

Warum aber hatte dieser ihn mit lediglich einer Schwellung am Kopf zurückgelassen?

Der Comisario war auf dem Weg zu seinem Büro. In Callín herrschte Endzeitstimmung. Keine Musik drang aus den Geschäften um die zentrale *plaza*. Auffallend wenige Fußgänger trieben sich herum. Gähnende Leere auch beim Friseur an der Ecke. Drei Marktfrauen harrten an den gewohnten Stellen aus, boten ihr frisches Obst an. An der Kathedrale huschte eine kleine Gruppe Schulkinder um die Ecke. Nicht ein Köter lungerte auf der Straße. Gespenstisch war das.

Auf dem Weg zur Casa Violeta kam er am Macondo vorbei, das um diese Zeit für gewöhnlich den einen oder anderen Gast beherbergte. Merkwürdigerweise war es auch hier wie ausgestorben, Jaimes Bar noch geschlossen. Die Rosenbüsche schlummerten im Dornröschenschlaf.

Sergio schlenderte weiter zur Casa Violeta, blieb wenige hundert Meter davor stehen und sah sich irritiert um. Aus dem gegenüberliegenden Haus hörte er Stimmen aus dem Fernseher. Hinter der Gardine, die nur halb über der offenen Balkontür zugezogen war, befand sich die gesamte Familie vor der Mattscheibe, die neueste Episode einer *telenovela* verfolgend.

Sergio ging die Straße weiter und erkannte eine Frau aus der Nachbarschaft auf der anderen Straßenseite. Endlich ein Beweis dafür, dass das Leben doch noch in irgendeiner Form stattfand und er nicht als einziger daran teilhatte. Sie eilte bereits auf ihn zu.

»Sergio, was für ein Zufall!«, gab sie sich übertrieben freundlich, als sie ihn erreichte und sich dazu herabließ ihn zu begrüßen. Normalerweise tat sie immer so, als würde sie ihn nicht sehen. Sergio konnte sie nicht leiden.

»Was treibt denn unser lieber Comisario? Immer so beschäftigt.« Die pure Neugier sprang aus jedem ihrer Worte. Vermutlich war ihr der Gesprächsstoff mit den Freundinnen ausgegangen und sie lechzte nach neuen Themen. »Der Mord an unserem korrupten Rechtsverdreher hat ja mächtig für Wirbel gesorgt. Aber so einer wie der hats ja nicht anders verdient. Gibts irgendeine heiße Spur?«

»Ermittlerwissen«, gab Sergio sich einsilbig. Er musste sie zügig in die Flucht schlagen, bevor sie Wurzeln schlug.

»So, aber man redet doch darüber. Was für Bonzen der vertreten hat«, gab sie es nicht so schnell auf.

Sergio schwieg.

»Aha, ja ja … Und sonst?«, wechselte sie nur scheinbar das Thema. »Verbrechen gibts ja genug. Dir ist sicher nicht langweilig.«

»Alles Sache des Militärs. Bei mir gibts zurzeit nur lästigen Schreibkram. Die Behörden fordern Berichte. Berichte, Berichte, und nochmal Berichte. So ist das, langweilig.«

»Ach ja.« Ihr entging nicht ein Wort. Sie fixierte ihn, als wollte sie ihn heimlich foltern. Sergio gab sich gelassen.

Schließlich wich sie – aus purer Verzweiflung – auf das Private aus. Wobei ihr klar sein musste, dass es auch dort nicht viel zu holen gab. »Und *la familia*, alles munter?«

»Alles bestens.« Er setzte eine geschäftige Miene auf. »Ich muss dann mal.«

»Verstehe, der Schreibkram«, bemerkte sie bissig. »Na, der muss ja auch erledigt werden. War nett dich mal wieder getroffen zu haben.«

Sergio brummte irgendwas zum Abschied.

Als die Gestalt der Nachbarin außer Sichtweite war, drehte er der Casa Violeta den Rücken zu. Er wusste nicht recht, wohin mit sich und wollte sich die Zeit vertreiben.

Kühl war es in Callín. In der Luft hing ein Geruch nach … Er überlegte. War das Copal? Scheinbar. Doch es lockte ihn nicht die Kirche ein weiteres Mal zu betreten. Gerade nicht.

Seit dem Erlebnis mit dem nächtlichen Anrufer hatte er ohnehin das Gefühl unter Beobachtung zu stehen. Da brauchte er nicht auch noch Gottes kritischen Blick – oder den einer verfluchten Kreatur.

Dabei gab es ohne Frage viel schlechtere Menschen als ihn. Gott hatte alle Hände voll zu tun. Ihm saß jedoch keine Waffe im Nacken, die ihn unter Druck setzte. Das Leben der Menschheit lag in seinen gütigen Händen. Das allein war auch Verantwortung genug.

Sergio wollte dem Allmächtigen nicht unnötig Sorgen bereiten und wandte sich von der Kirche ab, schlenderte weiter. Wieder in Richtung Casa Violeta – und schließlich an ihr vorbei. Ziellos streifte er durch die Straßen. Im Blick das Haus, in dem er sonst schnelle Zuflucht und körperliche Befriedigung fand. Wenn sie unter seinen Bewegungen gluckste, war das Gleichgewicht kurzzeitig wiederhergestellt. Überhaupt stellte er nicht viele Ansprüche an das Leben, an die Dinge, die er darin benötigte. Ganz sicher benötigte er weitaus weniger als so mancher Europäer. Billa träumte von Reisen und Luxus, wie alle Frauen. Aber sie lebte auch an einem Fleck der Erde, wo sie sich keine Gedanken um ihre Zukunft machen musste.

Sicherheit gab es hier nicht. Und Luxus oder Reisen? Nicht wichtig. Sergio dachte an Frauen. Frauen, und nichts weiter. Er jagte nicht dem Geld hinterher, nicht dem Ehrgeiz oder der Macht über andere bestimmen zu müssen. Er war – eben so wie er war. Und das musste einfach reichen.

Während er das dachte, sah er wieder zu Floras Appartement hinauf. Er sah sich dort mit ihr; sie massierte seine Schultern. Ihr massiger Oberkörper auf seinem. Ihre ausgeleierten Brüste wirbelten über seinem Gesicht, dazu ihr lautes Stöhnen. Es bereitete ihm Lust und es gab den Anschein von *etwas*. Ja, so konnte man sagen: etwas. Und es reichte vollkommen, bestätigte er sich noch einmal, – so wie es war.

Sergio hatte gar nicht bemerkt, dass er schon eine ganze Weile vor dem Gebäude stand. Das Haus war eigentlich recht schäbig. Die rostigen Stellen des Eisenbalkongeländers hatten der Farbe des Hauses zugesetzt. Es war fleckig und von Rissen übersät. Das tropisch feuchte Wetter hinterließ Spuren in Form von dunkel verfärbten Stellen.

Er sah zum Fenster hinauf, hinter dem Flora normalerweise ihre Freier empfing. Die Fensterläden waren zugeklappt. Sie war offenbar noch nicht zurück.

Es spielte keine Rolle. Die Bilder in Sergios Kopf reichten bereits um sie sich vorzustellen. Flora konnte für eine Armee einspringen. An ihrem Panzer prallte alles ab. Sie zelebrierte den Akt wie es Ehefrauen selten taten. Das machte es schwer sie sich im Zusammenhang mit irgendeiner Drogengeschichte vorzustellen. Nicht Flora! Selbst hier auf der Straße, meinte er ihr Parfüm zu riechen. Es war ein minimal ästhetischer Anspruch an die Sache. Und diese Sache war durchaus von Wichtigkeit. Denn hätte es Flora Morales nicht gegeben, wäre es sicher noch schlimmer gewesen mit der Kriminalität.

Seit kurzem wuchs die Konkurrenz. Ein paar junge Prostituierte aus der Hauptstadt hatten sich in Callín als Liebesdienerinnen eingerichtet. Es sprach sich schnell herum, dass sie von anderem Schlag waren. Den jungen Dingern ging es ums schnelle Geld. Sie kassierten vor dem Akt und hielten sich rigoros an die vereinbarte Zeit. Der Traum, irgendwann reich nach Bogotá zurückzukehren, musste ihren Verstand benebelt haben. Ihren Familien gegenüber schwärmten sie von unglaublichen Karrieren als Model oder Schauspielerin.

Anders war es mit den Ecuadorianerinnen. Sie waren einfacher. Der Großteil stammte aus armen Verhältnissen. Sie waren weniger gut organisiert als die Städterinnen, stellten in der Regel bescheidene Ansprüche und traten in offene Konkurrenz zu den anderen Prostituierten. Das stiftete Unfrieden. Gelegentlich kam es sogar zu Keilereien zwischen den Frauen. Das Geschäft mit der käuflichen Liebe wurde immer würdeloser. Und wenn die Goldgräber kamen, wurde es noch schlimmer.

Letztlich profitierten Prostituierte wie Flora Morales davon, denn sie hielten die Branche sauber. Natürlich war es ein Spiel auf Zeit, denn lange würde sich Flora Morales nicht mehr halten. Sie wurde alt.

Sergio drehte dem Gebäude den Rücken zu. Er hatte sich nur wenig von der Calle Dieciocho entfernt, in der er wohnte. Eilig hastete er die Straße zurück und bog am Ende, kurz vor dem kleinen Gemüse- und Lebensmittelladen, den eine entfernte Cousine von ihm betrieb, in die Calle Dieciocho ein. Er steckte den Schlüssel in das rostige Schloss der Haustür, drehte ihn zweimal herum und betrat die Casa Violeta. Gedankenverloren zog er die Tür hinter sich zu, durchquerte zügig den Patio und steuerte die breite Innentreppe an. Etwa auf der Mitte der Treppe, bemerkte er auch hier Befremdliches. Merkwürdig aufgeräumt war alles. Die Fliesen frisch gefegt und die eiserne Sitzgruppe ordentlich zusammengestellt. Doña Luiza, die Putzfrau, lag schon seit zwei Wochen im Krankenhaus. Zwei Wochen, in denen sich niemand um den Dreck geschert hatte. Vielleicht hatten sie eine neue Putzkraft eingestellt.

Er hastete weiter. Die Unruhe war wieder da. Etwas bahnte sich an.

Oben angekommen, schlenderte er über den Flur, derweil seine Augen unbeirrt, über die Brüstung hinweg Richtung Patio schielten. Vielleicht konnte er einen kurzen Blick auf die Person werfen, die hier geputzt hatte. Es bestand die Möglichkeit, dass sie ansprechend war.

Als er seine Wohnung betrat, klingelte bereits das Telefon. Sergio legte eilig seine Jacke ab und wühlte nach dem Telefonhörer, der unter einem Zettelberg vergraben lag.

»*Si* ... Fabulos.«

»Señor Comisario? Hier ist Doktor Pañol. Sie erinnern sich an mich? Sie waren kürzlich hier.«

»Ja, ich erinnere mich.« Sergio fuhr sich durchs Haar. Natürlich erinnerte er sich.

»Ich habe eine Information, die sie interessieren wird. Können Sie in meine Praxis kommen, jetzt gleich?«

»Ja, aber was ...«

»Ich erkläre es Ihnen, wenn Sie hier sind. Es könnte wirklich wichtig sein.«

Der Doktor hatte bereits aufgelegt, bevor Sergio weiter nachhaken konnte. Ob das Gutes verhieß? Wohl kaum, schlussfolgerte der ewige Pessimist in ihm.

Gedankenverloren hastete er kurz darauf aus der Wohnung. Im Treppenhaus war er wachsam. Irgendwo hörte er sie werkeln. Sie musste es sein, die neue Putzfrau.

Sergio erreichte das Erdgeschoss. Neugierig ließ er seinen Blick in alle Richtungen schweifen. Wo steckte sie nur?

Er trat etwas lauter auf als gewöhnlich. Als nichts geschah, ging er ein paar Schritte zurück. Er konnte ja so tun, als ob. Bei der Sitzgruppe angekommen, nahm er einen Stuhl und ließ ihn laut zu Boden poltern. »Ooooh!«, rief er aus.

Das pausbäckige Gesicht einer gut genährten *Awá*, etwa im mittleren Alter, lugte um die Ecke. Sie sagte irgendetwas – wie mit sich selbst redend – und schüttelte den Kopf. Kurz darauf war ihr Gesicht wieder verschwunden. Gut so. Sergio hastete eilig zur Haustür. Er rannte beinahe. Am Ende wäre sie in der Lage ihm die Mafia der Putzkolonne auf den Hals zu hetzen. Sein Typ war sie jedenfalls nicht.

An der Ecke zur Calle Diecinueve erreichte er gerade noch den *chiva* nach Tres Marias.

Die Sonne tauchte in ein dunkelrotes Farbbad, als er in Tres Marias ankam. Ihre über den Anden auslaufenden Strahlen kollidierten mit den weiß bepuderten Spitzen der Anden.

Das Gebäude, in dem sich die *consulta* des Doktors befand, lag an einer beleuchteten Stelle der Straße, nur wenige Meter von dem Fleck entfernt, an dem der *chiva* Sergio absetzte.

Das Gebäude wirkte wie ausgestorben. Nirgendwo brannte Licht. Merkwürdig … der Doktor hatte ihn doch herbestellt. Vielleicht wartete er im Treppenhaus.

Die Gittertür zum Grundstück war nur angelehnt. Schnell huschte er hindurch, über den gefliesten Weg, vorbei an den hohen Palmen. Da es sich um ein öffentliches Gebäude handelte, in dem sich überwiegend Büro- und Lagerräume befanden, war die Tür wie bereits beim letzten Mal unverschlossen. Sergio beeilte sich in den ersten Stock zu gelangen. Ganz am Ende des Ganges, lag die Praxis von Dr. Pañol. Da unten niemand auf ihn gewartet hatte, musste er sich noch in seiner Praxis befinden. Vielleicht war er nur auf die Toilette gegangen und hatte das Licht gelöscht. Sicher war er ein Geizhals und Stromsparer. Das sah ihm ähnlich.

Sergio trat vor die Tür zu Pañols Räumlichkeiten, legte ein Ohr an die Holztür. Dahinter war es verdächtig still. Vorsichtig klopfte er an. Niemand antwortete. Nach einer Weile, die er zögernd davor ausgeharrt hatte, drehte er am Türknauf herum. Die Tür sprang auf.

Der Raum dahinter lag im Halbdunkeln. Die Beleuchtung

von der Straße drang nur spärlich herein. Das Fenster war zur Hälfte von einer Gardine bedeckt. Sergio tastete nach dem Lichtschalter und fand ihn unmittelbar neben der Tür. Wie durch ein Wunder wurde es hell.

Nervös ließ er den Blick schweifen. Das Zimmer wirkte recht aufgeräumt. Schwer zu sagen, ob der Doktor sich bis vor kurzem noch hier aufgehalten hatte. Aber auch auf dem Gang war ihm nichts Ungewöhnliches aufgefallen.

»Doktor Pañol?« fragte er vorsichtig in den Raum.

Niemand antwortete. Nachdem er eine Weile abgewartet hatte, ging er weiter. Und wenn der Doktor ihn gar nicht von hier aus angerufen hatte? *Carajo*, er hätte ihm die Adresse mitteilen müssen. So vertrottelt war ihm der Mediziner gar nicht vorgekommen.

Er schloss die Tür hinter sich und ging bis zum Fenster, das sich unmittelbar neben dem Schreibtisch befand. Hier hatten sie bei seinem letzten Besuch das Gespräch geführt. Vielleicht gab es irgendeinen Hinweis auf Pañols Abwesenheit? Der Comisario nahm den Schreibtisch des Mediziners ins Visier, prüfte die Ablage und …

Abrupt blieb er stehen. Was war das?! Hinter dem Möbelstück, das von einem Pappkarton bedeckt wurde, lag etwas am Boden. Besser gesagt lag dort *jemand*.

Sergio bekreuzigte sich. »*Madre de dios*, Pañol!«, rief er aus.

Der Doktor regte sich nicht. Seine Starre deutete es unweigerlich an: Doktor Ignacio Pañol war tot.

Erschrocken tastete sich Sergio rückwärts zurück. Taumelnd schlitterte er auf den Gang hinaus, suchte zunächst Halt zwischen den Wänden. Dann stürzte er zum WC, das er glücklicherweise nur wenige Türen weiter fand. Ohne das Licht anzuschalten, betrat er den kleinen Raum, verriegelte die Tür und lehnte sich über das Becken. Ein flaues Gefühl schaukelte die Magensäfte, sog sich die Speiseröhre hoch. Er würgte, atmete schnell und stöhnte dabei. Auf seiner Stirn trat eine vollständige Armee aus kalten Schweißperlen. Er schüttelte sich. Fahrig drückte er auf den Lichtschalter, zückte anschließend sein altes Mobiltelefon, das er nur selten und auch nur in Notfällen benutzte, wählte die Nummer des Polizei-Notrufs.

»Hier spricht Fabulos. Ich möchte einen Mord melden. *Co-*

mandante de Policia de Callín Sergio Fabulos. Ich brauche jemanden zur Tatortbegehung und Spurensicherung.« Zitternd gab er die Adresse und eine grobe Beschreibung des Gebäudes ab.

Als er anschließend wieder auflegte, wurde ihm plötzlich bewusst, dass er eventuell vorschnell gehandelt hatte. Instinktiv hatte er von Mord gesprochen. Wenn er es sich aber genau überlegte, hatte er den Doktor noch gar nicht aus der Nähe inspiziert. Vielleicht war es auch nur ein Schwächeanfall gewesen. Oder ein Herzinfarkt.

Dabei schied eine natürliche Todesursache schon aus rein logischen Gesichtspunkten aus. Fraglos wäre es ein etwas zu großer Zufall. Sergio konnte sich des Eindrucks nicht erwehren, aus genau diesem Grund herbestellt worden zu sein. Er sollte Pañols Leiche finden.

Der Comisario betrachtete den hell gefliesten Boden und hatte augenblicklich das Gefühl, ein dunkles Loch täte sich genau dort auf, vor seinen Füßen.

Er stürzte sein Gesicht in die Hände. Ihm war zum Heulen zumute. Ja, am liebsten wollte er heulen. Heulen und schreien, wie ein verflucht hilfloses Blag, denn genauso fühlte er sich.

Aber es half nichts. Er konnte sich nicht derart gehenlassen. Er musste weitermachen.

Nachdem er sich wieder einigermaßen gesammelt hatte, kroch er langsam aus seinem kurzzeitig gewählten Unterschlupf heraus, verließ das Bad und kehrte in die Praxisräume des Doktors zurück. Die Polizei konnte jeden Moment eintreffen. Bei Mord waren sie manchmal erstaunlich schnell.

Doktor Pañols lebloser Körper lag noch an derselben Stelle, an der er ihn zurückgelassen hatte. Es war wohl zwecklos festzustellen, ob er noch lebte. Dennoch tastete er nach dem Puls, fand jedoch alles wie erwartet. Kein Puls. Am Hinterkopf entdeckte er eine Platzwunde. Ob ein einziger Schlag gereicht hatte?

Das Blut war noch frisch. Wie lange mochte der Mörder weg sein? Lange sicher nicht. Vielleicht hatte er ihn nur um Minuten verpasst. Sollte er das Gebäude durchsuchen lassen? Aber bis dahin wäre er sicher längst über alle Berge.

Oberflächlich durchblätterte er die auf dem Schreibtisch verteilten Unterlagen, überlegte nach was er suchen sollte.

Vielleicht eine Notiz. Irgendetwas.

Nur wenige Minuten später trafen zwei Beamte der örtlichen *Carabineros* ein. Allem Anschein nach hatten sie ihr Essen wegen des Einsatzes unterbrechen müssen. Spritzer einer blutroten Soße zierten das weiße Hemd eines der beiden Beamten.

Die Begrüßung erfolgte stumm, kopfnickend. Man kannte sich vom Sehen und ging sofort zum Formalen über: die nähere Betrachtung der Leiche.

»Ist ja einiges los zurzeit. Man kommt gar nicht mehr zum Essen, so schnell bringen sie sich gegenseitig um die Ecke«, bemerkte der Beamte mit den Soßenspritzern.

Der jüngere der beiden Beamten wandte sich an Sergio: »So haben Sie ihn gefunden?«

Sergio bestätigte kopfnickend.

»Sie sind der Kollege aus Callín, stimmts?«

»Comisario Sergio Fabulos.«.

»Comisario, oha! Callín, ja ja. Das Macondo von Jaime Orgunzallas – man kennt sich.«

»Kannten Sie Doktor Pañol persönlich?« wollte der junge Beamte wissen, der bereits damit beschäftigt war die Leiche zu inspizieren.

»Flüchtig.«

»Was wolltest du dann bei ihm?«, forschte der andere Beamte und ging, nachdem er das gewisse Bekanntschaftsverhältnis über das Macondo hergestellt hatte, wie selbstverständlich zum »du« über.

Kein Respekt, dachte Sergio. Der Mann mochte um die fünfzig sein. An seinem Ringfinger trug er einen klobigen, vergoldeten Ehering. Die Bartstoppeln sprossen an den Seiten, dort wo sich zwischen Kiefer und Halsansatz, ein ausladendes Doppelkinn wölbte. Wenn er lachte, sah man seine nicht unbedingt geraden Zähne, die jedoch, im Kontrast zu seinem immer noch vollen schwarzen Haaren, relativ weiß waren.

»Er hat mich herbestellt und …« Sergio zögerte. Sollte er weitersprechen? Eigentlich gingen die Kollegen seine persönlichen Recherchen im Fall der vermissten Journalistin gar nichts an.

»So, er hat dich also herbestellt. Weshalb denn?« Der Beamte sah Sergio prüfend an: »Hat er nicht gesagt, worum es ging?«

»Nein.«

»Wir werden die Sache untersuchen, Señor Comisario«, bemerkte der andere Kollege, der sich offensichtlich nicht traute Sergio zu duzen. Er war noch immer bei der Leiche. »Fabulos, das ist doch Ihr Name?«

Der Mann erhob sich und musterte den Comisario aufmerksam. Er mochte in den Dreißigern sein, trug einen kleinen Schnauzbart und hatte seine glatten, schwarzen Haare nach hinten gegelt. Insgesamt wirkte er etwas seriöser als sein älterer Kollege.

»Ja, Comisario Fabulos«, wiederholte Sergio.

Der Mann hielt etwas in der Hand, das er am Boden gefunden hatte. Einen Brief? Mit den Worten: »Dann ist das wohl für Sie«, drückte er Sergio das Papier in die Hand. Dieser nahm es mit fragendem Blick entgegen.

Auf dem Umschlag las er seinen Namen: Sergio Fabulos, Comisario.

Was war das? Pañol hatte ihm eine Nachricht hinterlassen. Er faltete das Papier auf und las:

Fabulos, du hast noch immer nichts begriffen.
Sei dir sicher, deine Strafe wird bald kommen.

Stumme Wut. Es drängte Sergio das Papier einfach zu zerknüllen oder wegzuwerfen. Wieder war er *hineingetappt*, hatte dem Täter die Genugtuung beschert, sich auf der sicheren Seite zu wiegen. Eine bittere Niederlage. Eine zu viel.

Hastig faltete er das Papier zusammen und steckte es in die Hosentasche. Der Mörder spielte ein mieses, feiges Spiel mit ihm.

Zugegeben, die Ziele, die Sergio sich gesteckt hatte, lagen, was die Erreichbarkeit betraf, meilenweit entfernt. Dabei bemühte er sich aufrichtig um Aufklärung. Seine schlaflosen Nächte, die Unternehmungen der letzten Tage. Eine Lösung des Falls rückte näher, das spürte er. Der Mörder war noch nicht weit gekommen. Beim nächsten Mal würde er ihn stellen.

»Ist es ein Abschiedsbrief?« wollte der rundliche Beamte wissen.

»Nein. Es ist auch nicht von Doktor Pañol.«

»Sind Sie sicher?«

Sicher konnte man sich natürlich nie sein. Aber warum hätte Pañol so etwas schreiben sollen. Der Brief war von demjenigen verfasst, der sich kurz vor ihm hier aufgehalten hatte, vom Mörder. Er hatte dem Comisario aufgelauert, um Pañol im richtigen Moment zu erwischen. Ein kurzer vergleichender Blick auf die Notizen des Doktors, bestätigte seine These: Es war nicht Pañols Handschrift.

»Das liegt doch auf der Hand. Glauben Sie allen ernstes an Selbstmord? Meinen Sie tatsächlich, er hätte mich herbestellt, wenn er sich hätte umbringen wollen? Machen Selbstmörder das jetzt so, sie bestellen sich vorher den Comisario ins Haus, damit der gleich mit der Arbeit loslegen kann. Wobei Selbstmord meine Anwesenheit nicht einmal gerechtfertigt hätte.«

»Ha-ha«, lachte der Ältere, »der war gut. Den kannte ich noch nicht.«

Der junge Beamte hielt einen Gegenstand in die Höhe. Ein Briefbeschwerer, geformt aus einem gläsernen Fruchtbarkeitssymbol – mit spitzen Kanten.

»Da hätten wir die Mordwaffe.«

»Dann hat er dich also herbestellt, weil jemand in seiner Wohnung war«, mutmaßte der korpulente Beamte und fühlte sich offensichtlich sehr schlau mit dieser Erkenntnis.

»Was haben Sie damit vor?«, ignorierte Sergio das Gesagte.

»Das wird nach Fingerabdrücken untersucht.«

»Sie sollten Handschuhe benutzen. Und ... das Ergebnis hätte ich gern. Schicken Sie es mir nach Callín, *por favor.*« Er drückte dem jungen Kollegen seine Telefonnummer in die Hand.

»Gut, dann. *Adelante y a trabajar, compañeros!*«, forderte er die beiden Beamten militärisch streng zur Arbeit auf und verabschiedete sich.

Eilig verließ Sergio das Gebäude.

Drei

Billa lag auf nacktem Waldboden. Bäume waren hier zuvor gerodet worden. Es roch nach verbranntem Holz.

Sie lag auf die Seite gerollt und konnte, aus der Position, in der sie lag, nicht mehr erkennen als schwarze, verkohlte Baumstümpfe. Am Himmel brannte die Sonne. Unermüdlich. Sie hatte den Boden ebenso ausgemergelt wie Billas Kehle, in der sich nur noch wenig Speichel befand und die Zunge am Gaumen klebte. Was in den letzten vierundzwanzig Stunden passiert war, wollte ihr nicht gleich in den Sinn. Entführung. Jemand war aus dem Gebüsch gestürzt, zwei Männer. Sie hatten sie mit sich gezerrt und ihr irgendetwas eingeflößt, Drogen? Seitdem sah sie die Dinge nicht mehr klar, stand im Nebel. Besser gesagt, *lag* im Nebel. Die Laute in der fremden Sprache, auch wenn es zwischendurch das Spanische war, brachten ihren Kopf zum Dröhnen. Über Stunden ging das nun schon so.

Allmählich aber wurde es besser. Aus dem Nebel formten sich Umrisse. Sie fing an ihre Umgebung wahrzunehmen. Dabei wurde sie sich des ausgewrungenen Gefühls bewusst, das ihren Magen umspannte. Auch in ihre Finger, in denen sie über Stunden nur Kribbeln verspürt hatte, kehrte langsam das Gefühl zurück.

Vorsichtig versuchte sie ihren Kopf zu drehen. Es konnte nicht sein, dass man sie ganz allein hier hatte liegenlassen.

Aus dem Augenwinkel erkannte sie eine Gestalt, die etwas abseits auf einem Baumstumpf hockte. Sie drehte den Kopf zurück, sammelte Kräfte. Ihr Körper spannte sich. Sie ballte ihre verbundenen Hände zu gefühlten Fäusten. Mit Schwung drehte sie sich herum und landete auf dem Rücken.

In dieser Position konnte sie den Mann deutlich erkennen. Er schnitzte an einem Stück Holz. Als er Billas Bewegung bemerkte, sah er auf. Sein Gesicht war jung. Vielleicht war er nicht einmal zwanzig.

Sie studierte ihre nähere Umgebung. Nur ein Teil der Landschaft war karg und verbrannt. Dahinter drängte sich in üppiger Fülle der tropische Regenwald.

Der junge Mann hatte seine Schnitzerei an die Seite gelegt, kam auf sie zu. Mittelgroß war er, schmal. Sein Gesicht dagegen rund; er hatte schön geschwungene Lippen, mandelförmige Augen mit dunklen Brauen.

Nachdem er sie eine Weile von oben herab betrachtet hatte, kniete er zu ihr nieder, griff unter ihren Arm und zog ein Stück des Seils hervor, das um ihre Gelenke geknotet war. Aus dem Nichts fischte er ein Messer, mit dem er sie durch zwei Schnitte von ihren Fesseln befreite.

Sein kurzer, unbeteiligter Blick streifte Billas Gesicht. Die Studentin lag jetzt mit dem Rücken auf dem Erdboden, konnte sich ein wenig entkrampfen. Von den Schultern bis hinunter zu den Armgelenken fühlte sie die Verspannung. Unter Anstrengung gelang es ihr sich aufzurichten. Erschöpft lehnte sie sich gegen einen Baumstumpf. Eine Weile döste sie vor sich hin, versuchte einen klaren Gedanken aus den Erinnerungsfetzen zu fassen.

»Warum bin ich hier?«, fragte sie irgendwann.

Der junge Typ war zu seinem Platz zurückgekehrt, sah von seiner Schnitzerei auf, mit der er gerade wieder begonnen hatte. Der Gegenstand in seiner Hand nahm bereits Form an.

»Musst du Pasquale fragen. Er und Coquín haben dich hergebracht.«

»Was wollt ihr von mir?«

»Keine Ahnung. Bist du denn was wert?«

Billa sah ihn verständnislos an.

»Maschinenpistolen? Stoff?« Er lachte. »War ein Witz. Wie gesagt, keine Ahnung.«

»Ich komme wieder frei … oder?« Offensichtlich war er nur ein Handlanger.

»Das ist doch so, oder?« hakte sie nochmal nach.

Er hielt in seiner Schnitzerei inne, sah sie mit einer Mischung aus Gereiztheit und Belustigung an. Dabei zog er die Nase hoch. »Sicher.« Es klang beunruhigend nur so dahergesagt. Schwerfällig richtete er sich anschließend auf, zog eine Wasserflasche aus dem am Boden liegenden Rucksack und reichte sie ihr. »*Toma agua.*«

Wortlos nahm sie die Flasche, trank eine Weile gierig.

»Ich heiße Fabio. Und du?«

»Billa.« Sie reichte ihm die Flasche zurück.

»Pilhá?«

»Billa«, korrigierte sie.

»Ja, hab ich verstanden«, entgegnete er barsch.

Sie blickte zu Boden, betrachtete die verbrannte Erde zu ihren Füßen und versuchte einen Themenwechsel. Etwas Belangloses und zugleich Fundamentales. Etwas, das der pure Überlebensinstinkt von ihr verlangte: »Gibt es etwas zu essen?«

Fabio reagierte gleichgültig, musterte sie von oben bis unten. Ihre halb zerschlissene Kleidung. Er beugte er sich erneut über seinen Rucksack, zog etwas heraus, das er ihr reichte. Eine Tupperdose mit Reis.

»Danke.«

Sie würde wohl mit Fingern essen müssen. Es war nicht anzunehmen, dass er Besteck für sie hatte.

»Woher kommst du?«

»Aus Dänemark, Europa.«

»Europa. Wow! Und was machst du in Kolumbien? Bist du Studentin?«

Billa nickte, nahm den recht klumpigen Reis zwischen zwei Finger und aß.

»Reisen«, wiederholte er. »Du warst in Guajilín?«

»*War* ich.«

»Ist ganz schön da. Früher waren dort viele Touristen.«

»Früher, ja? Jetzt nicht mehr. Na, woran das wohl liegt.« Billa legte es drauf an.

»Woran das liegt? Ha, schau dich um. Gefährlich ist es hier, oder? Sowas schreiben sie in der Zeitung, im Internet. Aber es erwischt niemanden, der es nicht auch verdient hat.« Er zuckte mit den Schultern, als ginge ihn das nichts an.

Sie wusste nicht, ob sie überrascht oder wütend sein sollte, über so viel gespielte Unschuld.

»Verdient?! Ich habe es also verdient?! Und das hier gerade, dieses Seil … das ist ein normaler Zustand?!«

Sein Gesichtsausdruck wirkte erschreckend unbeteiligt. »Ich habe doch gar nichts gemacht. Hier, du hast was zu essen, was zu trinken. Ich habe dir alles gegeben. Aber ich bin kein Hotel. Und auch nicht deine Mama. Wir sind im Kampf. Wie soll man durchsetzen, wofür man kämpft, wenn es dabei keine Opfer gibt.«

»Mein Pech also.«

»Wir müssen erreichen, dass sie uns zuhören«, ignorierte er sie, »dass sie wissen, was Sache ist und wie mächtig wir sind!«

»Geht es nur um eure Sache?! Was soll ich denn darüber denken? Ich habe mit euren Problemen nichts zu tun. Ich werde am hellen Tag verschleppt, von zwei Männern. Ich. Und mein Freund«, erinnerte sie sich plötzlich an Jeremy.

»ICH ich ich. Das ist alles, was du sagst. Sie werden dir nichts tun, okay? Es geht nur um Gerechtigkeit, um Freiheit. Politik eben. Wir sind keine Banditen.«

»Politik?«, Billa kaute lange auf ihrem Reis, ehe sie ihn herunterschluckte. Er war zäh wie trockenes Brot und schmeckte nach nichts. Dabei erinnerte sie sich daran, was Felicia über die FARC erzählt hatte: Ihre politischen Ziele schlugen vielfach in Gewalt um.

»Was habt ihr mit Jeremy gemacht? Wo ist Jeremy?«

»Wer ist Jerri-mí?«

»Er und ich, wir waren mit einem Jeep unterwegs, als mich deine Männer entführt haben.«

»So?«, Fabio schnitzte gleichgültig weiter. »Was weiß denn ich, was mit deinem Freund ist. Ich soll auf *dich* aufpassen.«

Billa war verzweifelt. Dieser halsstarrige, wenig eigenständig denkende Typ war wenig kooperativ.

»Ich habe keinen Hunger mehr.« Sie reichte Fabio den Plastikbehälter, den sie fast leergegessen hatte zurück. Anschließend versuchte sie aufzustehen. Er beobachtete sie aus dem Augenwinkel – was Billa nicht entging.

»Und was ist deine Aufgabe genau? Du gehörst doch auch zu denen«, wollte sie wissen, als sie sich wieder gesetzt hatte.

Er neigte seinen Brustkorb etwas vor. »Ich bin ein Freiheitskämpfer. Kennst du Ché Guevara oder Marx? Und Trotzki? Sie haben gekämpft für ihre Revolutionen.«

Viel mehr als diese Namen wusste er offensichtlich nicht. Und dieser Selbsterkenntnis war es aller Wahrscheinlichkeit nach zuzuschreiben, dass seine Körperspannung plötzlich nachgab. Sein Rücken krümmte sich, als er sich wieder hinhockte, um weiter zu schnitzen. Allerdings konnte er schnitzen. Und das sogar ziemlich gut.

»Du kämpfst auch für *diese* Sache. Wie Ché. Freiheit, sagst du? Und was ist das, wenn du das genauer definierst, was für eine Freiheit ist das?«

»Was stellst du denn so viele Fragen ... Pilhá?«

»Bil-la« korrigierte sie bissig, was ihn nicht minder reizte. Es war diese herablassende Art, in der sie mit ihm sprach. Sie war die Geisel. Aber sie behandelte ihn von oben herab, fühlte sich überlegen.

Stumm richtete er sich auf, zog etwas vom Boden, das hinter dem Rucksack gelegen hatte, ein Gewehr.

Billa zuckte erschrocken zusammen, fing sich jedoch schnell wieder. Es war besser, sich nichts anmerken zu lassen. Er sollte nicht auf die Idee kommen, Macht über sie zu besitzen. Ob er schon mal einen Menschen getötet hatte?

Fabio inspizierte die Waffe. »Pilhá, du hast keine Ahnung von nichts hier, glaub mir. Du bist eine Gringa. Du verstehst nichts von meinem Land, von unserer Politik. Ich glaube es ist besser, wenn du jetzt die Klappe hältst.«

Das hatte sie doch schon mal gehört. Sie war verwirrt und zugleich abgestoßen von Fabios demonstrativ aggressiver Reaktion. Ob er wirklich das Gewehr auf sie richten würde?

Irgendwie kam er ihr hölzern und abgestumpft vor. Einen Moment lang fragte sie sich, ob er sich freiwillig hatte rekrutieren lassen.

»Wo ist denn deine Familie?«

Fabio reagierte nicht. Billa bemerkte jedoch, wie er sich nervös am Hosenbein rieb. Was wohl in seinem Kopf vorging und ob er eine Freundin hatte? Ob jemand ihm ein bequemes Bett bereitete oder gelegentlich ein gutes Essen.

»Keine Ahnung« kam, mit einiger Verzögerung, die Antwort, »hab sie länger nicht gesehen.« Er versuchte gleichgültig zu wirken.

»Hast du Geschwister?«

»Ja, eine Nutte von einer Schwester.«

Billa rückte etwas von ihm ab. Erneut war sie abgestoßen von seiner derben Art.

Die Schnitzerei lag an der Seite, er hatte sich eine Hand voll

Kokablätter in den Mund gestopft und kaute.

»Kommst du hier aus der Region?«

»Nee, von da oben.« Er deutete Richtung Anden.

»Da oben gehst du vor die Hunde, sage ich dir. Nur Koka und verpisste Indios.«

Er stand auf und spuckte auf den Boden. Billa betrachtete ihn von der Seite. Zweifelsohne war er ebenfalls indigenen Ursprungs. Seine Klamotten waren alt. Unter seinen Fingernägeln bröckelte der Dreck. Eine warme Dusche hätte ihm gutgetan. Frisches Wasser, was er lange nicht gesehen hatte.

»Das geht dich alles gar nichts an! Wenn du frei bist, interessiert dich das ohnehin nicht mehr. Dann hast du deine Eltern, deine Karriere. Und vielleicht wirst du sogar berühmt, schreibst deine Memoiren. *Mein Leben als Geisel*, oder so. Wie die *Betancourt*. Aber wer interessiert sich für mein Leben? Keine Sau.«

Es war das erste Mal, dass Fabio beinahe einen Diskurs gehalten hatte. Er war durchaus in der Lage seine Gedanken zu formulieren, auch wenn er im Vokabular eher danebengriff.

Billa versuchte einen Ausdruck in seinen Augen zu finden, die sich wieder auf etwas anderes richteten. Sie fand jedoch keinen.

»Aber deine Eltern leben doch, oder?«

»Möglich. Sie sind Bauern. ordinäre Bauern. Nichts wert. Vielleicht haben sie sie auch schon abgeknallt, die *Paras*. Das sind Schläger, Verbrecher. Darum kämpfe ich bei den FARC. Für die Freiheit.«

»Aber welche Freiheit denn?«

Fabios Augen funkelten. Er beherrschte sich jedoch, umklammerte den Lauf seines Gewehrs.

»Pilhá, ich sage dir, du hast einfach keine Ahnung. Also halt die Fresse!«

Das war deutlich.

Nach einer Weile aber war die Neugier wieder da und sie unternahm einen letzten Versuch: »Und wie finanziert ihr eure Freiheitskämpfe? Mit Koka und Entführungen?« Das war gewagt, aber sie musste es einfach wissen.

Fabio sah sie mit seinem trostlosen, drohenden Blick an.

»Wir haben unsere Regeln. An die halten wir uns«, war alles, was er dazu sagte.

»Aha.« Billa verstand diese Welt nicht, wollte es auch nicht. Die Trostlosigkeit, welcher der Mensch sich hingab. Jemand wie Fabio würde niemals eine Universität von innen sehen; es sei denn er betrat sie, um darin ein Blutbad anzurichten.

Sie betrachtete ihn aus der Distanz. Fabio und seine Schnitzerei. Er war kaum dem Teenageralter entwachsen. Neben ihm lag die Waffe. Er konnte nicht anders konnte, als nur das ausführen, was man ihm beigebracht hatte.

Aber er war auch ihr Entführer, beraubte sie ihrer Freiheit. So gesehen durfte sie sich nicht auf seine Seite schlagen. Im Gegenteil, sie musste ihm irgendwie entkommen.

Fabio hatte wieder aufgehört zu schnitzen. Er sah in eine Richtung, hielt nach irgendetwas Ausschau. Vielleicht wartete er auf jemanden. Eine Ablösung oder jemanden, der sie abholte.

Billa streifte sich den Poncho über, der neben ihr auf dem Boden lag. Darunter zog sie die Knie an den Körper.

Fabio war zu den Büschen gegangen, keine hundert Meter weiter.

Plötzlich, als hätte er soeben etwas entdeckt, drehte er sich nervös wieder um, eilte zu ihr zurück.

»Okay – *adelante! Vamos!*«, forderte er sie zum Gehen auf, deutete dabei Richtung Hochland. Dorthin, wo der Urwald mit seiner monströsen Größe zwischen den Hügeln klebte.

Angstvoll und voller Respekt vor der Natur, blickte Billa in die angedeutete Richtung. Das war kein gutes Zeichen.

Vier

Sergio war schon gegen sechs Uhr früh auf den Beinen, kochte sich den ersten Kaffee, der kaum scheußlicher hätte schmecken können.

Gegen acht ging er kurz aus dem Haus, um sich an der Straßenecke die aktuelle Ausgabe der Tageszeitung zu kaufen. Jemand hatte seine aus dem Postfach gestohlen, was gelegentlich vorkam.

Wieder zurück, hockte er sich in die Küche, nahm nochmal einen Schluck Kaffee, verzog dabei das Gesicht.

Mit der Zeitung in der Hand, schlenderte weiter von Raum zu Raum. Seine Beine fühlten sich dabei schwer an, als würde er an jedem Fuß einen Zementsack mit sich schleppen.

Ende seiner Reise war der Lehnsessel. Erschöpft ließ er sich in ihn sinken.

Seine Gedanken kreisten um die Zeilen des bei Pañol gefundenen Briefes. Er ärgerte sich, den Mörder nur knapp verfehlt zu haben. Es war wie verhext, dass er einfach nicht weiterkam. Die gerichtsmedizinischen Berichte waren durchweg lückenhaft. Dr. Albién lag wegen einer OP am Blinddarm im Krankenhaus. Ein angelernter Hilfsmediziner war eingesprungen. Menschliche Leichen aber hatte dieser noch nie seziert. Sein Fachgebiet waren lebende Krummbeiner: Frösche, Kröten. Lurche aller Art. Es war zum Verzweifeln. Mit all den Halbwahrheiten konnte man einfach nicht arbeiten.

Aber wen interessierten die Umstände, unter denen Sergio Fabulos ermittelte. Höchste Zeit, dass ein neuer Bürgermeister nach Callín kam, der sich der Missstände annahm. Wie sonst sollte wieder Ordnung in das dörfliche Miteinander kommen. Sergio kämpfte auf einsamer Strecke, versuchte aus dem Nichts etwas herbeizaubern; irgendeine Erkenntnis. Seine nagenden Selbstzweifel machten die Sache nicht besser. Aus seiner Haut heraus aber konnte er nicht.

Wie ein verirrter Pilgerer trottete er zurück in die Küche, legte die Zeitung irgendwo ab. Vom Kühlschrank tappte er zum Regal, betrachtete flüchtig den Staub darauf. Während er in sich hineinhorchte, fürchtete er einen Moment lang, sein Atem könne aus dem Rhythmus geraten und nicht mehr in den normalen Zustand zurückfinden. Mit den gefühlten Zementsäcken an seinen Füßen, schleppte er sich wieder ins Büro, kramte die gesammelten Zeitungsausschnitte hervor, breitete alles auf seinem Schreibtisch aus und überflog erneut die Texte. Er verglich die Schriften der Briefe miteinander. Sowohl die Schrift von Señora Rauschenberg, als auch die Schrift des Briefes, den der Beamte bei Doktor Pañol gefunden hatte. Sie stimmten natürlich nicht überein. Konnten sie auch nicht. Letzterer wäre mit dem Drohbrief, den Jaime erhalten hatte, zu vergleichen gewesen. Hier hätte er eventuell einen Treffer gelandet. Dieser aber lag bei Jaime, und der Freund würde sicher über ihn lachen, wenn er jetzt danach fragte.

Sergio zückte einen Notizblock. Fünf Leichen gab es. Judith Rauschenberg und ihren Mann konnte man noch nicht wirklich dazu zählen. Die beiden waren verschollen. Also blieben diese drei: Blisovic, Pater Benjamín und Dr. Pañol.

Er kratze sich am Kinn. Da saß sie, eine Steckmücke, saugte gierig sein Blut. Zack, gab er sich eine Ohrfeige. *Das hast du davon, du Miststück*, dachte er triumphierend.

Sein Blick war wieder bei den angefangenen Notizen. Begonnen hatte alles mit diesem Anruf. Ob der Anrufer am Verschwinden der Journalistin beteiligt war. Ein Auftragskiller?

Dann waren da noch die Fotos der Leichen. Der Mörder dokumentierte, was er tat.

Sergio fuhr sich durchs Haar. Er musste an Billas ominösen Zeitschriftendieb denken, – was ihn spontan auf die Idee brachte Felicia Ródo anzurufen. Bei der Gelegenheit konnte er sich gleich nach der Studentin erkunden.

Entschlossen griff er zum Hörer, wählte die Nummer vom Hostal Félices. Es klingelte zwei- oder dreimal. Während es klingelte, kamen ihm erneut Zweifel und er legte wieder auf. Die Unruhe überfiel ihn wie ein plötzlicher Platzregen.

Er sammelte seine wenigen Dokumente und Notizen, steckte alles in einen Umschlag und diesen in seine Tasche. Gedankenverloren hastete er aus der Wohnung.

Etwa eine halbe Stunde später nahm Sergio den *chiva* nach Santa Barbara. An der Abzweigung zu der Straße, die zum Haus des Ehepaars Angeles-Rauschenberg führte, stieg er aus. Es regnete in Strömen, ein tropisches Gewitter. Sergio suchte Schutz unter Bäumen. Die Straße wuchs hier langsam von beiden Seiten zu. Die Natur holte sich das zurück, was man ihr an anderer Stelle nahm, Lebensraum. Der Nebel verwischte die Linie zwischen Bäumen und Himmel. Dahinter versuchte auch die Sonne ihr Glück, vergoldete den Dunst und verwandelte das entstehende Gemisch in schimmernden Staub. Es verlieh dem Wald jene Mystik.

Trotz mieser Wetterbedingungen, kam Sergio recht zügig voran. Bereits nach einer knappen halben Stunde erkannte er von weitem den rötlichen Anstrich des Hauses.

Hier wimmelte es nur so von Mücken. Sie umschwirrten seinen Kopf, krochen in sein Ohr, was sehr lästig war. Der Regen hatte den Erdboden aufgeweicht. Immer wieder blieb er mit seinen Schuhen halb im Schlamm stecken. Einmal musste er mit einigem Kraftaufwand den Schuh herausziehen, der im Morast steckengeblieben war – so sehr versuchte der Boden ihn an sich zu ziehen.

Nach einer Weile wurde der Untergrund fester. Das letzte Stück bis zum Haus war asphaltiert.

In der Hosentasche trug Sergio den Schlüssel mit sich, den Pañol ihm gegeben hatte.

Als das Haus in unmittelbare Sichtweite rückte, riss der Himmel noch mehr auf. Der goldene Glitzer war im Begriff sich aufzulösen.

Sergio fand das Schloss offen, was nicht ganz verwunderlich war, denn *jemand* – außer ihm – war bereits hier gewesen. Die Polizei hatte sich zwischenzeitlich, offensichtlich, nicht blicken lassen. Warum auch. Es gab keine Nachbarn, die ein Eindringen hätten melden können.

Kurz darauf stand er bereits im Hausflur. Das Sonnenlicht begleitete ihn. Staub wirbelte unter seinen Füßen.

Wie beim letzten Mal vermischten sich die Eindrücke. Verlassenheit und Leben. Wobei der zweite Eindruck diesmal überwog: Leben. Es war jemand hier gewesen.

In den persönlichen Räumen des Ehepaars schien alles unverändert, gegenüber dem letzten Mal. Zügig durchquerte der Comisario das Ankleidezimmer, näherte sich dem versteckten Arbeitszimmer von Señora Rauschenberg. Verwundert registrierte er, dass etwas anders war; etwas Gravierendes war anders. Hier war jemand, genau hier. Er musste ihn beim letzten Mal unterbrochen haben – *ihn*, oder war es eine Frau?

Sergio tastete sich möglichst geräuschlos voran, lauschte einen Augenblick lang an der Tür. Dann stieß er vorsichtig gegen sie, so dass sie sich ein paar Zentimeter bewegte und er einen Blick in den Raum werfen konnte.

Seine Entdeckung wollte ihm augenblicklich eine hitzige Reaktion entlocken, was er gerade noch unterdrücken konnte. Auf Momente wie diesen, war er irgendwann einmal vorbereitet worden. Auf Situationen, in denen man normalerweise das Weite suchte oder möglichst schnell reagierte. Der Schreck jedoch lähmte seine Reaktionsfähigkeit.

Am Schreibtisch von Señora Rauschenberg hockte jemand. Ein potenzieller Mörder? Er musste erst einmal davon ausgehen. Die Schreibtischlampe brannte. Der Mann drehte ihm den Rücken zu.

Offensichtlich war Sergio noch nicht bemerkt worden, ein Vorteil. Der Comisario wagte es nicht sich zu bewegen. Jeder Laut konnte den anderen alarmieren.

Die Person, die dort saß, war recht groß. Haare und Haltung vermittelten ihm darüber hinaus: Der Mann war ihm irgendwie bekannt. Sollte er sich bemerkbar machen? Wie hoch war das Risiko, dass der andere eine Waffe trug?

Gut, irgendwann musste jeder sterben. Noch aber war er nicht nicht so weit.

Sergio begehrte gegen die düsteren Gedanken auf, die ihn bedrängten. Man musste sich positionieren, bevor der Vorteil auf der anderen Seite lag.

Sergio dachte nicht länger nach und trat einfach hinter den Mann, räusperte sich.

Der Unbekannte fuhr herum.

»Ach … Sie?! Sie schon wieder.«

Ein Augenblick der Sprachlosigkeit verging, in dem beide sich gegenseitig anstarrten.

»Ich … Also … Ich habe einen Schlüssel«, rechtfertigte sich

Sergio schließlich – nicht gerade originell.

Der Mann war aufgestanden. Die vermeintliche Gefahr schien gebannt, denn der Comisario erkannte in ihm jetzt, den Mann, der ihm schon zweimal über den Weg gelaufen war. Einmal im Macondo und einmal während der Prozession in Tres Marias. Der Mann mit den slawischen Gesichtszügen.

»Umbral«, stellte sich dieser mit Namen vor. Sergio kannte den Namen aus dem Brief der verschollenen Journalistin.

»Comisario Sergio Fabulos. *Comandante Principal de la Policia de Callín.*« Angesichts der Umstände durfte man auch etwas dicker auftragen.

»Wir hatten schon mal das Vergnügen. Ich erinnere mich.«

»Oooh ja, und ob. Ein verdammt guter Schlag.«

Der Mann schien fast etwas beschämt. Auf seiner Stirn trug er eine Denkfalte, wie man sie von Menschen kannte, die sich vor allem mit Wissenschaften und Büchern beschäftigen. Er mochte etwa im mittleren Alter sein. Vielleicht Ende vierzig. Haare und Augenbrauen waren sehr dunkel. Wangen und Nase dagegen besaßen jenen bereits erwähnten slawischen Einschlag.

»Sie arbeiten hier?« Sergio deutet auf den Schreibtisch, *ausgerechnet hier*, dachte er und grübelte kurz über den Verbleib der Fotos.

»Ja. Und nein. Jemand muss den Stein ins Rollen bringen. Tut mir leid, wegen dem letzten Mal. Man lebt gefährlich. Die Fotos, die Sie aufgespürt haben ... Ich hatte sie weggeschlossen. Die sind nicht von mir. Jemand muss sie hier deponiert haben. Ich wusste nicht, ob ich sie der Polizei zuspielen sollte.«

»So, Sie haben sie *hier* gefunden?«

»Unter der Fußmatte. Absicht oder Nachlässigkeit, darüber sollen wir vermutlich rätseln.« Benito Umbral taxierte sein Gegenüber, sein Blick wanderte zu dem Schlüssel, den Sergio noch immer in der Hand hielt.

»Ist das der Schlüssel von Doktor Pañol? Wie kommen Sie daran?«

»Er gab ihn mir. Aber falls Sie jetzt denken ... es war vor seinem Tod. Ich schätze Sie sind informiert.« Er deutete Richtung Schreibtisch. »Sind Sie ein Bekannter der Familie Rauschenberg?«

»Könnte man so sagen. Die Umstände sind nicht gewöhnlich, aber ... Umbral ist eine Art Deckname. Mein wirklicher Name ist Arturo Angeles.«

Sergio, der sich zu einem angedeuteten Lächeln hatte hinreißen lassen, gefror mit einem Schlag die Mimik. »Bitte?« Er hatte sich wohl doch verhört. »Ha! Guter Witz! Arturo Angeles, der Verschollene. Sie sind also von den Toten auferstanden.«

»Fast könnte man es so nennen. Nein, ich bin nicht derjenige, mit dem sie hier lebt. Ich bin ihr Ex-Mann.«

Sergio fiel ein, dass der Doktor erwähnt hatte, Arturo leide an einer unheilbaren Knochenkrankheit. Dieser Mann aber, wenn auch im Augenblick etwas blass um die Augen, erweckte ganz und gar nicht den Anschein, ein dem Tode geweihter Patient zu sein.

»Und der Mann, der mit Señora Rauschenberg ... – eine zufällige Namensgleichheit?«

»Nicht ganz zufällig. Es ist verständlich, dass Sie jetzt verwirrt sind. Ich las heute Morgen von Pañols Tod. Sie waren befreundet. Ich meine, meine Ex-Frau und ihr neuer Mann. Ich recherchiere über den Unfall, versuche herauszufinden, was passiert ist. Judiths letzten Kontakte und so weiter. Vermutlich wie Sie auch.«

Sergio konnte noch immer nicht ganz folgen. »Wenn Arturo Angeles mit dem Fahrzeug abgestürzt ist und Sie sich *ebenfalls* Arturo Angeles nennen ... Hmn, ich nehme nicht an, Sie sind der große, unbekannte Zwillingsbruder?«

»Nein.« Er lachte. »Benito Umbral ist eine Zweit-Identität, wie gesagt, eine Art Deckname. Ich gebe zu, die Dinge sind kompliziert. Aber manchmal erfordern ungewöhnliche Lebensumstände, ganz ungewöhnliche Aktionen. Ich bin Journalist, arbeite für die kolumbianische Presse, mittlerweile kann man sagen, im Untergrund.« Er lachte erneut. Diesmal etwas bitter. »Die Presse, das wissen Sie selbst, lebt nicht selten von der Inszenierung. Wenn Sie Idealist sind und noch dazu ein bisschen lebensmüde, gehen Sie unbequeme, steile Wege. Aufdeckungsjournalismus gehört zu den gefährlichsten Jobs in Kolumbien.« Er sah Sergio prüfend an – ob dieser ihm folgen konnte.

»Die Presse kann zum Beispiel Dinge oder Personen erfinden, die es eigentlich gar nicht gibt. Sie müssen nur die eine oder andere Behauptung aufstellen. Ein überzeugendes Argument, ein kleiner Beweis. So etwas nennt man Manipulation oder eben auch einen Deckmantel für bestimmte Investigationen.«

Er deutete Sergio an, sich zu setzen. Dieser griff nach dem Hocker, der neben dem Regal stand.

»Sie wollen sicher wissen, worum es hier eigentlich geht.«

Sergio Fabulos war bis dato nichts weiter als ein gewöhnlicher Comisario gewesen, ein *deputivo rural*. Dieser Fall aber hatte von Anfang an im Verdacht gestanden, eine Nummer zu groß zu sein – zu groß für einen gewöhnlichen Beamten, ohne *gewisse* Kontakte. Was hier vor sich ging, griff weiter als es in seinem normalen Alltag der Fall war. In einem Alltag, der aus Kleindiebstählen, Dealereien, Familienfehden und Eifersuchtsszenen mit Gewaltanwendung bestand.

»Ich werde Ihnen die ganze Geschichte erzählen«, begann Arturo Angeles. »Es fing so an: Ich habe bei einem kleinen Sender in Bogota gearbeitet. Das war Anfang der Achtziger Jahre. Damals habe ich mich mit der Menschenrechtslage, insbesondere der Situation der *campesinos* in Kolumbien beschäftigt. Judith kam frisch von der Uni, als wir regional hierher versetzt wurden. Für sie war es ein Auslandsaufenthalt. Sie war jung, neugierig und suchte das Abenteuer. Natürlich haben die Männer im Sender sie umworben, ich inbegriffen. Aber ich habe mich zunächst zurückgehalten. Irgendwann ergab sich die Gelegenheit, wir wurden zusammen zu einem Interviewtermin geschickt, sie und ich. Dabei stellten wir fest, dass uns die gleichen Themen interessierten. Erst war es nur eine geheime Affäre, denn im Sender wurde es nicht gern gesehen, dass man auch privat miteinander verbandelt war – Sie wissen, was ich meine. Es sollte auch eine Affäre bleiben. Dann aber wurde sie ungewollt schwanger. Und jemand wie Judith Rauschenberg treibt nicht ab, das war gegen ihre Prinzipien, ihre Weltauffassung. Sie entschied sich für das Kind, und natürlich habe ich es ihr nicht ausgeredet. Ich wäre ein schlechter Liebhaber gewesen, der nicht zu seiner Verantwortung steht. In dieser Zeit nahmen unsere politischen Aktivitäten zu. Ich hatte ein paar Dokumentationen in Vorbereitung, die im Zusammenhang mit einer Jahresfeier der FARC ausgestrahlt werden sollten. Ein Aufklärungsbericht. Wir erhielten massive Drohungen. Jemand im Sender hatte Informationen verkauft. Der Sender war im Begriff von linken Gruppierungen der Guerilla unterwandert und kontrolliert zu werden. Dann ging Judith in Mutterschutz. Wir haben geheiratet, damit es mit dem Neugeborenen keine Probleme gab. Es waren weniger romantische Motive, müssen Sie wissen. Judith und ich waren immer so etwas wie Verbündete. Wir haben gemeinsam für eine Sache gekämpft. Darum ging es in erster Linie. Die Aktivitäten machten die Situation in dieser Zeit immer gefährlicher, auch – oder vor allem – weil ich mich weigerte Informationen an die Rebellen zu verkaufen. Ich hatte meine journalistischen Prinzipien: die Wahrheit. Ich halte viel von ihr und wenig von Verschleierung. Aber mit dieser Haltung steht man schnell in der Schusslinie. Drei Anschläge wurden auf mein Leben verübt. Ich wusste, dass ich einen vierten nicht überleben würde. Judith bekam unser Kind. Ich ging zurück nach Bogotá und von dort ins Exil nach Uruguay. Ich erhielt eine Stellung an der Universität in Montevideo. Wir waren getrennt. Ich habe den Jungen einmal gesehen. Natürlich hat sie mir Fotos geschickt.«

Sergio sah dem Mann in die Augen, der für einen kurzen Moment den Kopf zur Seite geneigt hatte. Schmerzlich musste das sein, was er bei diesen Worten empfand.

Der Comisario hielt sich dabei seine eigene Geschichte vor Augen. Ein Kind zu verlieren, unter welchen Umständen auch immer, das war, als hätte man ständig ein Messer in der Brust.

»Sie nannten sich Benito Umbral – *deshalb*?«

»Diese neue Identität war zu unser aller Sicherheit. Marcel war drei Jahre alt, als er in einer Nacht entführt wurde. Drei Tage blieb er verschwunden. Es war die Hölle. Sie glauben nicht, was wir in dieser Zeit durchlebt haben. Ich hatte den Flug bereits gebucht. Dann aber erhielt Judith einen anonymen Tipp. Die Frau eines Kommandanten, wie sich später herausstellte. Sie war das Risiko eingegangen, weil sie selbst Mutter war und ihr Kind hatte weggeben müssen. Judith entschied, Marcel bei Pflegeeltern zu lassen. Ich sollte in Uruguay bleiben. Bei den Pflegeeltern konnte sie ihn jederzeit besuchen. Natürlich alles diskret, heimlich. Damit es sicher für ihn war. Nach ein paar Jahren im Exil wollte ich zurückkehren. Dann aber kam alles anders als geplant. Judith hatte eine Affäre mit einem Mann. Er gab sich als Arturo Angeles aus. Der Name ist nicht unbedingt selten, aber ... Der Verdacht lag natürlich nahe, dass es nicht sein richtiger Name war. Er kam von der Küste, wurde dort wegen kleiner Drogendelikte gesucht. Angeblich keine große Sache. Judith ließ sich auf ihn ein. Sie hatte sich verliebt. Er war ehrgeizig, wollte in der Politik Fuß fassen, seine Vergangenheit begraben – was ihm tatsächlich gelang. Schon nach kurzer Zeit hatte er sich als Kandidat für eine regionale, politische Vertretung aufstellen lassen und wurde gewählt. Die Sache mit ihm und Judith wurde enger. Ich hatte keine Chance mehr bei ihr, war abgemeldet. Damit musste ich mich arrangieren. Was Marcel betraf, war meine einzige Bedingung, dass der Neue nicht von ihm erfuhr. Marcel war unser Kind. Ich wollte ihn in Sicherheit wissen. Sie ging auf diese Bedingung ein. Der Kontakt riss ab. Judith hatte, wie gesagt, kein Interesse mehr an meiner Rückkehr. Unsere Ehe wurde geschieden. Kurz darauf stieg sie wieder voll in die politische Berichterstattung ein und arbeitete frei. In erster Linie als Auslandskorrespondentin für ein paar deutsche Blätter. Gelegentlich war sie auch in das ein oder andere regionale Projekt involviert. Vor ein paar Wochen dann, rief sie mich plötzlich an und bat mich – für alle Fälle – ein Auge auf Marcel zu haben. Viel mehr hat sie nicht gesagt. Sie wirkte ungewöhnlich unruhig. Ich gehe davon aus, dass es einen konkreten Anlass gab.«

Arturo Angeles legte abermals eine Pause ein, in der sein Blick nachdenklich durch den Raum schweifte. Er betrachtete die persönlichen Gegenstände seiner geschiedenen Frau.

»Als ich von ihrem Unfall erfuhr, war das ein Schock. Ich habe sofort einen Flug gebucht. Noch am selben Tag. Und hier bin ich, seit knapp zwei Wochen.«

Angeles sah aus dem Fenster in den Hof, den Sergio schon beim letzten Mal bewundert hatte. Was mochte ein Zurückgekehrter empfinden, der vor Jahren seine Familie aufgegeben hatte, Frau und Kind. Der nicht freiwillig zurückgekehrt wäre, denn die Konfrontation mit der Vergangenheit bedeutete großen Schmerz. Empfand er Groll gegen den anderen, der nahtlos seinen Platz eingenommen und ihn somit zum Alleinsein verdammt hatte? Sergio versuchte das Ausmaß seines Elends zu erfassen.

»Dann hat sie hier mit *ihm* gelebt. Weitestgehend abgelegen von der Zivilisation.«

»Ja. Soweit ich weiß, gab es eine Alarmanlage. Möglicherweise ist sie ausgeschaltet. Aber wie dem auch sei, ich glaube kaum daran, dass sich lediglich ein Unfall ereignet hat.« Er deutete stumm auf die, auf dem Schreibtisch ausgebreiteten Unterlagen. »Deshalb meine Nachforschungen hier.«

»Sie wissen von den Mordfällen in Callín, Santa Barbara und Tres Marias?«, fragte Sergio.

»Natürlich. Ich sehe da einen Zusammenhang. Was denken Sie?«

»Noch ist alles etwas undurchsichtig. Die Ermittlungen laufen.«

»Pañol und Benjamín waren mit Judiths neuem Mann vertraut. Ich kenne sie nicht näher. Ich vermute aber, dass die Morde indirekt mit ihm zu tun haben, und natürlich mit ihrer Arbeit.«

»Ich habe mit beiden noch kurz vor ihrem Tod gesprochen. Sie hielten Arturo Angeles für vertrauenswürdig und absolut unbeteiligt. Insbesondere Pater Benjamín war in diesem Punkt sehr beharrlich.«

»Sie ermitteln also ernsthaft?«

Sergio war irritiert: »Wie meinen Sie das?«

»Oh, ich wollte Sie nicht beleidigen.«

Er hatte die steile Falte bemerkt, die sich augenblicklich auf der Stirn des Comisario abzeichnete.

»Sie wissen selbst, dass es in diesem Land kaum wirkliche Aufklärung gibt. Daher bewundere ich Ihren mutigen Einsatz. Sie sind ein Don Quijote, müssen gegen Windmühlen kämpfen.«

Das schmeichelte Sergio, – solange keine heimliche Kritik dahinter schlummerte.

»Kennen Sie Anwalt Blisovic aus Callín? Wissen Sie etwas

über den Angriff auf die Prostituierte Flora Morales? Ich nehme an, Sie haben das aktuelle Material hier gesammelt.« Sergio deutete auf die Zeitungen.

»Oh, ja. Ich habe in den letzten beiden Wochen alles ganz genau verfolgt. Der Zusammenhang erschließt sich einem nicht gleich. Aber es gibt ihn. Wissen Sie, *wen* Blisovic vor Gericht vertreten sollte?«

Sergio zupfte an seinem Ärmel. Er hatte keine Ahnung. »Blisovics Ruf war denkbar schlecht.«

»Richtig. Und er musste dringend sein Image aufpolieren, das Vertrauen wiederherstellen. Er hatte kaum noch Verbündete – außer *denen*. Darum wurde sie seine Mandantin. Judith. Ein kleiner Rechtsstreit mit dem Militär, ein Interessenkonflikt. Judith hatte Räume für die Presse beansprucht, die vom Militär beschlagnahmt worden waren.«

»Interessant.«

»Soweit ich das in ihrer E-Mail-Korrespondenz rekonstruieren konnte, wollte Blisovic aber ganz plötzlich – unter fadenscheinigen Gründen – abspringen, sie sitzenlassen. Vermutlich wurde es ihm zu heiß, er geriet zwischen die Fronten. Sie hat ihn unter Druck gesetzt, nahezu erpresst. Mit ihrem Wissen über unschöne Details aus seiner Biographie. Dafür nahm sie sich das Büro in Callín, um in seine räumliche Nähe zu rücken. Das hat ihm sicher nicht geschmeckt. Blisovic stand unter anderem im Verdacht Ex-FARC-Mitglieder für die Armee unter Druck gesetzt zu haben. Eine dieser Zielpersonen war auch Juan Jacobo Lecardomi. Er ist flüchtig. Meine Ex-Frau verfügt über wichtige Kontakte nach Bogotá. Damit wurde die Zusammenarbeit zu einem Risiko für Blisovic. Seine Zulassung als Anwalt stand auf dem Spiel. Er musste sich gut mit Judith stellen. Andererseits – Sie werden jetzt schwerlich noch irgendwelche Akten zu dem kaum begonnenen Fall bei ihm finden. Ich gehe davon aus, dass nach dem Unfall meiner Ex-Frau, alles fein säuberlich vernichtet wurde.«

»Woher haben Sie all diese Informationen?«

»Aus Judiths Aufzeichnungen. Ich war in ihrem Büro in Callín. Sie hatte mir den Schlüssel hinterlegt. Dort fand ich viele ihrer Notizen und Recherchen.«

»Wo befindet sich dieses Büro?«

»Ich werde es Ihnen verraten. Später. Diese Information ist offensichtlich noch nicht bis zu Ihnen vorgedrungen? Weil man hier dichthält. Niemand möchte, dass es zu Übergriffen auf Callín kommt. Die Menschen wünschen sich nichts sehnlicher als den Frieden.«

Sergio stimmte kopfnickend zu.

»Wenn Sie mich fragen, war auch das Geständnis zum Angriff auf Flora Morales nichts weiter als eine Farce. Es sollte lediglich von der richtigen Fährte wegführen«, sagte Angeles.

»Da sind wir einer Meinung. Aber warum Flora Morales?«

»Oh, die Morales ist kein unbeschriebenes Blatt. Er hat sie regelmäßig besucht.«

Sergio blickte betroffen auf seine Schuhe. *Das* wollte er sich nicht vorstellen, wie der fette Anwalt die Prostituierte bestieg, und das vielleicht sogar kurz bevor er … Nein. Ekelhaft.

»Ob sie mit seinen Geschäften zu tun hatte, weiß ich nicht. Vielleicht hat sie auch nur für ihn spioniert, Informationen über potenzielle Mandanten geliefert. Für wertvolle Informationen hat Blisovic gezahlt. Ihre Geschäfte gingen nicht mehr so gut. Es gibt genug junge Konkurrenz in und um Callín.«

Die neuen Informationen klangen äußerst unerfreulich in Sergios Ohren. Sollte Flora auch ihn ausgehorcht haben? War sie vielleicht der Schlüssel?

»Wissen Sie von den Briefen, die in Callín kursierten?«, fragte er.

»Briefe?«

»Jemand hat an bestimmte Personen im Ort Briefe verschickt. Merkwürdig formulierte Drohbriefe. Flora Morales und Blisovic waren unter den Empfängern. Zuletzt tauchte *dieser* Brief hier auf. Bei Pañols Leiche.« Er reichte dem Mann die beschriebene Seite. »Pañol hatte mich zu sich bestellt, weil er mir irgendetwas sagen wollte. Ich traf ihn nicht mehr lebend an, wie gesagt. Sehen Sie, erkennen Sie die Handschrift?«

Angeles studierte die Zeilen und überlegte. »Ich müsste sie vergleichen. Haben Sie noch mehr als das?«

Sergio zögerte. Konnte er dem anderen trauen? »*Pues*, es fing mit einem Drohanruf an. Ich sollte einen Brief am Wegkreuz finden. Er war an einer Kuhglocke befestigt. Ein Brief Ihrer geschiedenen Frau. Soweit ich das bisher herausfinden konnte, hatte sie sich Pater Benjamín anvertraut und ihm während einer Beichte diese Zeilen für ihren Sohn übergeben.« Sergio zog das mittlerweile stark angegriffene Stück Papier aus einer Seitentasche seines Jacketts. »Sie können ihn behalten.«

Angeles faltete das Papier auf, überflog die Zeilen. »Kommt mir bekannt vor. Mit Fremdsprachen hab ich es nicht so.« Er lachte. »Meine Ex-Frau ist Deutsche, mein Sohn würde das verstehen. Er ist auf eine Deutsche Schule gegangen. Aber danke.« Er steckte das Papier weg. Was er noch sagen wollte, behielt er für sich.

Sergio wühlte in seiner Tasche, zog den Umschlag mit den gesammelten Papieren hervor, darunter die Übersetzung, und reichte sie seinem Gegenüber. »Das hier verstehen Sie.«

Angeles überflog das Geschriebene.

»Ja ... also, wie gesagt, ich kenne das. Aber was mich interessieren würde, sind Sie noch im Besitz dieser Kuhglocke? Mir ist dazu noch etwas eingefallen.«

»Die ... äh ... Kuhglocke, ja.« Verlegen kratzte sich Sergio am Kinn. In Gedanken durchstöberte er die angehäuften Stapel auf seinen Schreibtisch, in der Küche. »Ich habe sie in meiner Wohnung. Irgendwo. Wenn es wichtig ist, können Sie mich jetzt gleich in mein Büro begleiten.«

»Danke, aber ich denke ich bleibe noch etwas hier. Geben Sie mir Ihre Telefonnummer. Dann melde ich mich bei Ihnen.«

Sergio zog eine seiner vergilbten Visitenkarten aus der Geldbörse.

»Es ist vielleicht besser, wenn Sie nicht noch einmal hierherkommen«, warnte der andere plötzlich, nachdem er die Karte weggesteckt hatte. »Nur zu Ihrem persönlichen Schutz. Wer auch immer hinter den Morden steckt – man weiß sicher um jeden Ihrer Schritte. Sie sollten nicht allein ermitteln. Das ist zu gefährlich, glauben Sie mir. Wenn Sie möchten, bleiben wir in Kontakt. Ich halte Sie auf dem Laufenden, quasi als Ihr Informant.«

Sergios Zweifel verflüchtigten sich. Somit kam ihm der Vorschlag des Mannes sogar entgegen. Arturo Angeles schien ihm ein kompetenter Partner. Sie vertraten die gleiche Seite. Außerdem schien der Mann, ebenso wie der Comisario selbst, ein Einzelkämpfer.

»Du willst also noch bleiben?«, wechselte Sergio daher unkompliziert zum »du«.

Arturo betrachtete den Schreibtisch und dachte kurz über die gestellte Frage nach.

»Also gut. Im Prinzip reicht es für heute. Ich gehe mit dir«, entschied er spontan, knipste die Schreibtischlampe aus. »Kann ich dich ein Stück im Wagen mitnehmen?«, bot er Sergio an.

Ein Wagen war dem Comisario gar nicht aufgefallen.

»Nicht nötig. Bewegung tut mir gut. Ich muss den Kopf frei bekommen.«

Sie wechselten noch ein paar Worte vor dem Haus. Anschließend trennten sich ihre Wege.

Der Comisario schlug sich querfeldein durch den Wald. Seine Kondition war, dank der Anstrengungen der letzten Wochen merklich besser geworden. Bald schon gelangte er zu der Abzweigung, an der der *chiva* hielt.

Fünf

Das Klingeln des Telefons riss ihn aus dem Schlaf.

»Sergio Fabulos?«, fragte eine weibliche Stimme.

»Ja.«

»Hier ist Felicia Rodó aus Guajilín. Es geht um deine Freundin Billa. Billa Hartmudson.«

»Ja«, nuschelte er, noch leicht verschlafen, warf dabei einen flüchtigen Blick zur Uhr. Es war kurz vor neun.

Sergios Blick wanderte zur Zimmerdecke. Etwas war von dort oben auf seine Stirn getropft, ein Wassertropfen.

»Sie ist verschwunden. Sie und Jeremy Wilson, der junge Amerikaner. Ich befürchte Schlimmes.«

»Verschwunden? Was sagst du da?!« Sergio saß augenblicklich aufrecht im Bett. Die Füße bereits am Boden. »Wann war das? Ich meine, wie lange ist das her?« Mit einem Satz sprang er auf. Schwer zu sagen, ob wegen eines erneuten Wassertropfens oder vor Schreck.

»Sie wollten eine Tour mit dem Rover machen, Richtung Süden. Wir haben noch geredet, und ich hatte Jeremy beim Frühstück ermahnt. Dann sind sie los. Das war vorgestern, gegen Nachmittag. Sie wollten nach einer Stunde wieder da sein. Als sie nicht kamen, habe ich gleich die Polizei aus dem Nachbarort verständigt. Viel haben die nicht unternommen, war auch kaum zu erwarten. Ich kenne Rigoberto Sotas und seinen Kollegen. Die gehören nicht zur schnellen Truppe.«

Felicia redete ohne Punkt und Komma. Sergio hörte nur noch halb hin. Die Neuigkeit löste sowohl Panik in ihm aus, als auch Wut. »*Madre,* warum hast du sie nicht aufgehalten?! Das ist doch viel zu gefährlich für Touristen!«

»Ja, vermutlich hätte ich das tun sollen. Jeremy hatte mir versprochen auf der sicheren Strecke zu bleiben. Ich denke, er hat sich nicht dran gehalten«, bedauerte sie.

»Gibt es sonst irgendwelche Anhaltspunkte? Reifenspuren?«

»Nichts.« Ihre Stimme wurde fester, fordernder: »Ich muss jetzt hier weitermachen. Wirst du etwas unternehmen? Dann bitte jetzt gleich. Bring sie mir unversehrt zurück. Deine Kollegen hier sind dazu nicht in der Lage.«

Sergio hielt den Hörer noch am Ohr, als Felicia bereits aufgelegt hatte.

Das war ein derber Rückschlag. Billa, entführt! Schlimmer konnte es nicht kommen. Ein Albtraum. Er war das Vieh, das man zur Schlachtbank führte. Der Schlächter hatte den Kittel angelegt. Jetzt gings ans blutige Eingemachte. Völlig benommen von der unfassbaren Neuigkeit, stolperte er durch sein Schlafzimmer, streifte sich im Gehen Hemd und Hose über. Kurz darauf schloss er die Tür hinter sich.

Im Treppenhaus stieß er unerwartet auf die Putzfrau. Sie schleppte gerade einen Eimer Wasser, vermischt mit stark parfümiertem Putzmittel. Als er in seiner Eile gegen die Wucht ihrer körperlichen Fülle prallte, schwappte etwas von dem Putzwasser über.

»Oh Señor!«, stieß sie aus.

Auch das noch. »*Miercoles!*«, erwiderte er ihren Ausruf, half ihr aber gleich den Putzeimer abzustellen. Als dieser sicher am Boden stand und sie noch ein paar Flüche auf *Quechua* abgelassen hatte, machte sie sich sofort daran, das übergeschwappte Wasser aufzuwischen. »*Ay Señor, que pena, el agua.*« Sergio beeilte sich ihr zu helfen. Dabei tätschelte er freundlich-höflich lächelnd ihre Schulter. Verlegen sah sie zur Seite.

Nachdem alles erledigt war, richtete er sich auf, hauchte ihr ein kurzes »Halb so schlimm« dahin, und hastete eilig weiter.

Verwirrt sah sie ihm nach.

Er hatte gerade alles andere als verschüttetes Putzwasser im Kopf ... Billa. Möglich, dass sie dringend seine Hilfe brauchte. Im entscheidenden Moment war er nicht da gewesen, hatte nicht auf sie aufgepasst.

An der Straßenecke stieg er in den *chiva* nach Tres Marias. Die Sonne brannte bereits. Staubige, klebrige Luft zog durch das geöffnete Fenster. Laute Musik beschallte die Insassen. Aber nicht die Klänge der *cumbia* und auch nicht die Umgebung konnten den Comisario aus seinen Gedanken reißen.

Er wollte am Wegkreuz aussteigen und anschließend zu Fuß weiterlaufen. Es war der Ort, an dem er Billa das erste Mal getroffen hatte. Er hoffte dort etwas zu finden – wenn auch aller Wahrscheinlichkeit nach nicht sie. Er hoffte auf irgendeine erhellende Erkenntnis oder Eingebung. Eine Spur zu ihr.

Kurz vor der Weggabelung stoppte der *chiva*, wobei eine riesige Staubwolke aufwirbelte. Sergio stieg aus. Der Bus fuhr gleich wieder ab. Mit ihm das laute Gedudel der *cumbia*.

Schlagartig fand sich Sergio inmitten der einnehmenden Stille der öden Landschaft wieder. Hier oben war es felsig, karg. In der flirrenden Schwüle meinte man, die Straße schwämme einem davon.

In der Ferne erkannte er jemanden, eine Person auf der Straße. Eine Frau. Ihre langen, schwarzen Haare waren zu zwei Zöpfen geflochten, ihr Rock wippte bei jedem ihrer Schritte.

Sergio sah noch einmal zurück in die Richtung, in die der Bus verschwunden war, verfolgte wie die Staubwolke am Boden zerfiel.

Benommen setzte er seinen Weg fort. Die Hitze lähmte ihn. Staub und Schweiß vermischten sich auf seiner nackten Haut, umzingelten seinem Atmen, um diesen langsam zu ersticken.

Er befand sich nur wenige Schritte vom Wegkreuz entfernt. Dort, wo zwei Straßen sich kreuzten. Zwei Straßen, die in unterschiedliche Höhen- und Klimaverhältnisse führten. Die eine ins Gebirge. Die andere verlor sich im nahtlosen Grün des tropischen Regenwaldes.

Erschöpft lehnte er sich gegen das Wegschild, wischte sich über die Stirn, seufzte laut in die Stille. Er wollte einen Moment lang verschwinden. Ganz ins Nichts dieser kargen Landschaft eintauchen, die Realität vorbeiziehen lassen. Er schloss die Augen, begab sich ins gedankliche Vakuum. Meditation – der Versuch das Gleichgewicht wiederherzustellen. Dabei geschah etwas mit ihm.

Statt Licht sah er plötzlich Schatten. Düstere Bilder stiegen aus dem erzeugten Vakuum. Ein schmerzverzerrter Schrei …

Endstation? Das Leben wurde zur Wüste, wenn man anfing davor wegzurennen. In der Wüste gab es nur Sand und den eigenen Schatten.

Sergio Fabulos war noch nie in der Position gewesen, sich die Rosinen rauspicken zu dürfen. Er gehörte nicht zu denen, die vom Schicksal begünstigt wurden.

Er würde Billa nicht wiedersehen. Das war ebenso Gewissheit, wie die Tatsache, dass sie aus unterschiedlichen Welten stammten. Was zwischen ihnen lag, war weitaus mehr als eine Sprache, eine Geste. Es war ein ganzes Universum. Sie hatte ihn an seine Tochter erinnert. Isabel. Auch Isabel war jetzt in einer anderen Welt, weit entfernt. Unerreichbar. Man musste im Staub lesen können, um mit ihr zu sprechen. Und der Staub war ihm mindestens ebenso unangenehm, wie die unerträgliche Hitze des kolumbianischen Sommers.

Sergio Fabulos stand in der Mitte seines Weges. Er hatte für einen Augenblick das Ziel aus den Augen verloren und hoffte jetzt auf ein Zeichen der Erleuchtung. Dieses jedoch blieb aus. Lediglich kurze Lichtblicke trieben ihn voran, wie die Begegnung mit Arturo Angeles. Sehr viel mehr als das aber gab es nicht, was seinen Mut noch retten konnte.

Langsam drehte er seinen Kopf, blinzelte durch die schmalen Schlitze seiner Lider. Goldgelb leuchtete die Straße im glühenden Sonnenlicht. Der Asphalt floss dahin, löste die Abdrücke seiner Schritte langsam auf. Sergio ging wie auf einem gasförmigen Planeten. Es gab nur diesen einen Punkt in der Ferne. Das Zentrum seines Fokus löste sich aus der Atmosphäre, wurde zu einer Gestalt. Der Gestalt einer Frau. Sie schwebte über dem Boden. Doña Amelie-Inés – war sie es? Natürlich musste sie ihm gerade jetzt erscheinen, ausgerechnet. Es war nicht der richtige Zeitpunkt.

Sergios Schritte wechselte die Richtung. Er unternahm eine Vierteldrehung. Auch hier, in dieser veränderten Perspektive, passierte etwas. Jemand kam auf ihn zu, weniger schwebend. Die Person, die er sah, war bereits sehr nah. So nah, dass sie unmöglich auf einer Einbildung basieren konnte. Wie versteinert blieb er stehen, rührte sich nicht vom Fleck. Ein Mann war es.

Und auch *sie* war plötzlich wieder da, schwebte neben ihm. Als würden seine Schritte sie aus dem Staub formen. Vielleicht kam sie aus seinen Gedanken.

Sergio duckte sich, damit die Imagination über ihn hinwegschwebte. Sie tat jedoch nicht, wozu er sie in Gedanken zwang. Sie folgte nicht seinem Willen. So war es immer.

Sein Körper tauchte in eine unglaubliche Schwere. Die Beine gehörten nicht mehr dazu. Sie waren von ihm abgetrennt.

Er fühlte wie Gleichgültigkeit seine Angst einweichte. Kaum hatte er sich bisher von der Mitte der Kreuzung entfernt. In seinen Ohren vibrierte ein Ton, der zu einem Schrei wuchs. So laut, dass er sich die Ohren zuhielt. Das alles kam aus seinem Inneren. Der Schrei einer Frau. Sie schrie nicht nur, sie heulte. Sie durchbrach gleich mehrere Frequenzen. Er hörte sie zittern, betteln, in panischer Angst vor dem, was sie erwartete ... »Paaaaaaapaaa, nooooo ....«

Dabei hatte sie nicht einmal mehr schreien können. *Sie*, Isabel, seine verstorbene Tochter. Er betrachtete sie im Moment ihres Todes. Still, schweigend. Dabei war ihr komplettes, kurzes Leben an ihm vorbeigerauscht. Er hatte danach greifen wollen, es festhalten. Aber es rann ihm durch die Finger, als wäre es niemals wirklich gewesen.

Das Gesicht unter dem Schleier des Todes, sah aus wie sein eigenes. Sein Fleisch und Blut. Er hätte dort liegen sollen. An ihrer Stelle.

Sergio ging langsam weiter, trat dem anderen entgegen.

Was war es, was ihn derart behinderte, Stolz? Ohne ihn fühlte er sich nackt. Er war alles, was ihn aufrecht hielt. Nur worauf konnte er eigentlich stolz sein?

Der Mann hielt etwas in der Hand ...

Es waren seine Gedanken, die ihn beherrschten, ihn völlig aus dem Geschehen herausrissen. Er ballte seine Hände zu Fäusten, spürte dabei jeden Muskel, und wie dieser den gesamten Körper in Anspannung versetzte. Muskeln, die insbesondere sein Herz umklammerten, es fast zerdrückten.

Sergio Fabulos blieben nur noch wenige Schritte. Die Sonne nahm ihm die Sicht. Die Welt war ein greller Fleck. In dessen Mitte lag das Jenseits. Ein Wegweiser deutete dorthin: eine Stimme in seinem Ohr. Man hatte ihn gewarnt. Er aber hatte nicht darauf gehört.

Metall löste sich aus dem Lauf einer Waffe, schwebte durch die Luft. Anschließend wurde geräuschvoll nachgeladen.

Die Kugel schwebte auf ihn zu, durchbrach in Zeitlupe die Wolke, von der Sergio Fabulos eingehüllt war. Die Welt hörte auf zu rotieren. Das Leben war ein Geschenk, ein unfassbares Wunder, das an ihm passiert war. Er hatte mitten im Leben gestanden. Und in der Schusslinie.

Die zweite Kugel fegte über den Asphalt, schlug auf Stein, prallte davon ab ...

Sergio sank in die Knie, fasste sich ans Herz, – er war fest davon überzeugt, dass es blutete.

Kleine Geheimnisse

Eins

Flora Morales lag auf dem Bauch. Jemand hielt ihre Handgelenke auf den Rücken gedrückt. Sie stöhnte und heulte selbstmitleidig.

Einer der beiden Männer saß in einer Zimmerecke. Sie konnte ihn nicht sehen. Der andere drückte ihr Gesicht seitlich ins Kissen. Er wollte sie keineswegs ersticken. Der Griff war dennoch hart und fordernd. Die Zeit saß ihm im Nacken.

»Jetzt mach den Mund auf. Wer hat das alles angezettelt? Wo hatte Judith Rauschenberg ihr Büro? Du weißt es.«

Marcel warf einen Blick in die Ecke des Zimmers dorthin, wo der andere saß. Lecardomi bewegte sich nicht.

»Du irrst. Ich hab keine Ahnung«, stammelte sie. Es war ihrem Tonfall zu entnehmen, dass sie log.

»Weißt du etwas über die Morde? Wer steckt dahinter? Mach das Maul auf. Sag, was du weißt!«

»Ich weiß nichts, das schwöre ich.«

Lecardomi trat einen Schritt aus der Zimmerecke. Er hatte bislang geschwiegen, so dass sie annehmen musste, es befände sich nur ein einziger Mann im Zimmer. »Lass gut sein«, mischte er sich ein. »Sie wird schon noch reden.«

Marcel ließ von ihr ab. Flora drehte ihr Gesicht in die andere Richtung, so dass sie sich aufrichten und Lecardomi direkt in die Augen sehen konnte. Seinem Gesichtsausdruck war zu entnehmen, dass er jede Drohung wahrmachen würde, ganz egal welcher Art.

»Du hast für Blisovic angeschafft, er hat dir Kunden vermittelt. Dafür hast du die Leute ausgehorcht. Was weißt du über den Unfall von Señora Rauschenberg und ihren Mann?«

Er wartete auf eine bestimmte Reaktion. Diese blieb jedoch aus.

»Sei dir sicher, dass er dich benutzt hat. Ebenso, dass er für den Anschlag auf dich verantwortlich ist. Er hat die *milicia* gekauft.

»Was weißt denn du, du willst mich nur einschüchtern. Außerdem ...« Sie musterte den hageren Mann. »Ich kenn dich doch. Du bist doch der – der, den sie suchen.«

Lecardomi ging nicht auf das Gesagte ein. »Überleg mal ganz genau. Der Herr Anwalt hatte eine unbequeme Mandantin. Er braucht dich um sie loszuwerden. Was meinst du hätten die danach mit dir gemacht? Um das Schicksal einer Hure schert sich kein Schwein.«

»Wen meinst du denn mit *die*?« Flora gab sich cool. »Schmierige Anwälte wie der haben Kontakte bis in hohe Kreise.«

»Teures Design, Schaumwein und ein guter Joint«, mischte Marcel sich wieder ein, »braucht man für die schöne Fassade. Das kann er sich leisten. Wer mischt da wohl mit? ELN? AUC?«

»Ich hab keine Ahnung.« Sie drückte ihren Oberkörper nach vorn, als wären ihre gepolsterten Brüste eine Waffe.

»Ich hatte nichts mit dieser Frau zu tun, dieser Journalistin.« Flora war nicht leicht zu knacken. Marcel machte das nervös. Er ahnte, dass Lecardomi sich mit seiner Andeutung erpressbar gemacht hatte. »Jetzt red, *carajo!* Wo ist das Büro meiner Mutter?!«

»Mutter?« Flora wurde hellhörig.

Es war ihm einfach herausgerutscht.

»Das ist es also, die Rauschenberg ist ... Sie ist tatsächlich deine Mutter?«

»Ja, seine leibliche Mutter«, half Lecardomi dem Gespräch auf die Sprünge. »Er hat sie lange nicht gesehen. Jetzt weißt du, warum wir ihr Büro finden müssen.«

Das änderte alles. Vor allem änderte es Floras Haltung. Sie hielt einen weiteren Triumph in der Hand, den sie jetzt genussvoll ausspielen konnte: »So, du hast sie lange nicht gesehen. Ich habe noch gar nicht gewusst, dass Señora Rauschenberg einen Sohn hat. Eine schöne Frau ist sie, deine Mutter. Sicher haben die Männer sie einmal begehrt. Aber ein uneheliches Kind, nein, das hätte ich ja nun nicht gedacht.« Sie strich sich mit der Hand über ihr zur Schau gestelltes Dekolleté. Jede Geste einer Flora Morales war pure Berechnung.

»Ich bin kein uneheliches Kind«, protestierte Marcel.

»Nicht?« Flora fühlte sich längst als Gewinnerin.

»Schluss damit jetzt«, griff Lecardomi ein. »Darum geht es

nicht. Du solltest dich lieber schnellstens erinnern, wo das Büro ist. Ich kenne jemanden, der große Lust hat sich mal bei einer Prostituierten auszutoben. Du verstehst, was ich meine?«

»Du machst mir keine Angst! *Niemanden* kennst du! Du bist auf der Flucht. Tu doch nicht so. Ich sehe das. Dein Blick, deine Klamotten, die jagen dich. Bist du ausgestiegen?«, schlug sie selbstbewusst zurück. »Was gibts denn so Interessantes in diesem Büro? Ich meine, wenn ihr irgendwelche Dokumente aufspüren wollt, da war sicher schon einer vor euch da. Glaubt ihr, sie lässt ihr Zeug so da rumliegen, die doch nicht! Die wusste, dass man sie auf dem Kieker hatte.«

Flora fummelte an ihren Fingernägeln. Offenbar war ihr dabei ein Gedanke gekommen.

»Also gut. Ich halte dicht, was euer kleines Geheimnis betrifft, und ihr bekommt einen Tipp von mir. Aber das kostet euch einen kleinen Gefallen, wenn wir schon davon reden.«

Marcels Geduld war am Ende und er wollte sich gerade vor ihr aufbäumen.

Lecardomi aber hielt ihn zurück. »Nicht. Warte«, flüsterte er. »Was für einen Gefallen? Was schwebt dir vor?«

Flora griff nach einer Zigarettenschachtel, fingerte eine Zigarette heraus und zündetet sie sich in aller Seelenruhe an.«

»Da gibt es so eine *prostituta, una maldita ecuadoriana,* die macht mir das Geschäft kaputt. So ein blaues Auge würde ihr ganz gut stehen, oder ein ausgeschlagener Zahn. Wenn du das für mich erledigst, sind wir quitt und ihr habt alle Informationen. Sie wohnt gleich hier um die Ecke, zwei Häuser weiter. Estefania Marzial. Der Junge bleibt solange hier. Ich gebe dir meine Digitalcamera mit. Wenn du das ordentlich erledigst, sag ich euch, wo der Schlüssel liegt. Ihr habt mein Wort.«

Marcel traute Flora nicht. Lecardomi jedoch konnte es sich nicht leisten ein Risiko einzugehen. Noch weniger jetzt, wo Marcel bei ihm war.

»Also, wie´s aussieht kommen wir ins Geschäft«, stellte sie augenblicklich fest.

Marcel war wütend, er wollte nicht glauben, dass der Freund bereit war, sich auf den vorgeschlagenen Deal einzulassen. Dennoch widersprach er nicht. Sollte Lecardomi entscheiden.

»Einverstanden«, sagte dieser prompt. »Aber es bleibt bei dem blauen Auge oder ausgeschlagenen Zahn. Wenn dir darüber hinaus noch mehr Gemeinheiten einfallen sollten, platzt unser Deal – und dann bist du gleich nach ihr dran!«

Flora nahm einen langen Zug von ihrer Zigarette. Genüsslich blies sie den Rauch aus und sah Lecardomi dabei tief in die Augen.

Das Haus war etwas älter und schäbiger als das, in dem Flora wohnte, ein Mehrfamilienhaus. Dass jemand freiwillig hier vorstellig wurde, musste einen Grund haben.

Lecardomi drückte auf die Klingel mit dem Namen »E. Marzial« und wartete. Insgeheim hoffte er, dass sie nicht zuhause war. Er hatte keine Lust einer Frau Gewalt anzutun. Die Bedingungen, die Flora Morales stellte, schmeckten ihm nicht. Aber das Leben hatte ihn hart gemacht. Er war es gewohnt, dass man ihm Bedingungen stellte. Und wenn er existieren wollte, musste er sein Gewissen ausschalten – nur so ging es. Lecardomi fühlte sich der Freiheit bereits nahe. Es wäre sicher das letzte Mal, dass er sich zum Handlanger machte.

Die Tür wurde einen Spalt breit geöffnet. Ein schmales Gesicht lugte dazwischen hindurch. »Señor?«, fragte sie. Eine helle Stimme. Sie war sehr jung, unglaublich jung.

»Man hat mich dir empfohlen. Estefania Marzial, richtig?«

»*Si*.« Sie nickte.

»Kann ich reinkommen, bist du frei? Nur für eine halbe Stunde.«

»Hast du Geld? *Dolares*?«, fragte sie.

Wie kam sie auf die Idee, er hätte amerikanische Dollar, fragte er sich, sah er danach aus?

»*Dolares*«, bestätigte er.

Die Tür öffnete sich vollständig. »*Entra*«, deutete sie ihm hereinzukommen.

Estefania trug hautenge Jeans und ein schulterfreies rotes Top. Ihr Körper war zierlich, mit kleinen Brüsten. Sie hatte lediglich Lippenstift aufgetragen. Die Augen wirkten leicht verquollen. Fast so als hätte sie geschlafen.

Einen Moment lang fragte sich Lecardomi, ob sie überhaupt

volljährig war. Sie war ganz hübsch, dunkelhäutig. Die schwarzen Haare ergossen sich in einer Vielzahl kleiner Löckchen über ihre Schultern.

Sie überquerten einen unbeleuchteten Flur. Die junge Prostituierte ging vor. Lecardomi folgte ihr. Offenbar wohnte sie im Erdgeschoss. Vor einer angelehnten Tür blieb sie stehen, huschte hindurch.

Das Zimmer war einfach eingerichtet. Ein winziger Kleiderschrank, ein Waschbecken hinter einem Paravent, ein Stuhl, ein Bett. Das war alles. Es gab weder Spiegel noch Bilder an den Wänden. Lediglich ein paar hellgelbe Kissen auf dem Bett, schmeichelten dem Auge, brachten etwas Farbe in die ansonsten eher trostlose Umgebung. Niemand hielt sich freiwillig länger hier auf als er musste. Das Zimmer erfüllte nicht mehr als einen Zweck.

Estefania hockte bereits auf dem Bett, und noch bevor er es verhindern konnte, hatte sie sich bereits die Jeans abgestreift, saß in Unterwäsche da, spreizte lasziv die Beine, wirkte dabei so unschuldig, als wollte sie mit ihm auf einer Wiese Blumen pflücken. Das war es, was die Männer zu ihr zog, ihre *scheinbare* Unschuld. Diese aber war nicht mehr als Schein, denn sie war alles andere als unschuldig.

Lecardomi haderte dennoch mit seinem Gewissen. Er verfluchte sich dafür, auf den Deal eingegangen zu sein. Sie war ein Kind. Eine Kindfrau, eine Lolita – und er schlug weder das eine noch das andere.

»Ohne Gummi kostet zwanzig extra.«

Es verschlug ihm die Sprache. Sie agierte wie ein Profi, legte sich auf die Seite, lüftete ihre Unterwäsche. Vorbei war es mit der Unschuld. Hier genau fing es an, das Elend. Ihre Brüste waren wie kleine frische Pfirsiche, ihre Haut von einem zarten Schimmer überzogen.

Ihm war dennoch nicht danach über sie herzufallen. Egal wie sehr sie ihr Metier beherrschte. Allein die Routine, mit der sie alles abspulte, stieß ihn ab. Er fühlte sich getäuscht, betrogen. Von ihrer Unschuld belogen. Ihrem frischen, jungen Körper, der es vermutlich nicht lange bleiben würde. Nicht unter den gegebenen Voraussetzungen. Estefania würde sich mit Aids anstecken, sie würde früh sterben. Und sie tat es für ein paar *dolares*. Wut stieg in ihm hoch. Wut, die eigentlich nichts mit ihr zu tun hatte. Er musste sie so sehen, wie er es mit aller Gewalt tat; sie hassen – denn sonst konnte er sie unmöglich schlagen.

»*Veinte dolares* für nur Lecken«, hauchte sie mit kindlicher Stimme. »Hundert für alles, was du willst. Und wie gesagt, ohne ...« Weiter kam sie nicht. Er legte ihr die Hand auf den Mund, drückte brutal zu.

Ihr Blick erstarrte vor Schreck. Sie schrie jedoch nicht, versuchte es auch nicht. Vielleicht dachte sie, das Ganze sei eine Art Spiel. Er mochte es qualvoll, unter der Anwendung roher Gewalt. Auch damit hatte sie sicher Erfahrungen gesammelt. Sie wusste, wie man sich in solchen Fällen verhielt. Sie lag ganz still da, bot keinerlei Widerstand. *Nimm mich*, schien ihre Körperhaltung auszudrücken. Das aber stieß Lecardomi nur noch mehr ab, denn er wollte sie nicht. Er war nicht freiwillig hier. Er *musste* ihr Gewalt antun, was sie willig über sich ergehen zu lassen bereit war. Sie hatte ihn nicht einmal *vorher* abkassiert. Scheinbar glaubte sie ihm vertrauen zu können. Darin lag ihre tatsächliche Naivität. Sie musste noch einiges lernen.

»Was denkst du, WAS ich von dir will?!«, fuhr er sie an. »Bist du total verblödet, jedem zu vertrauen und auch noch ohne irgendeinen Schutz an dich ranzulassen! Willst du mir AIDS andrehen?!«

Sie lag noch immer bewegungslos da, starrte ihn an. Lecardomi schloss in Gedanken die Augen – und schlug zu. Ein Fausthieb in ihr schönes Gesicht.

Es war jedoch nicht hart genug. Er griff nach ihrem Haar, drehte ihr Gesicht so, dass er zielgerichtet erneut zuschlagen konnte. Diesmal auf ihren herzförmigen Mund. Er wollte sie nicht wirklich verletzen, aber er musste.

»Warum schmeißt du deine Jugend weg?! Schau dich an, wie du jetzt aussiehst.« Er schlug erneut zu, einmal, zweimal, – was diesmal Folgen hatte. Sie blutete aus der Nase. Offenbar hatte er sie ihr gebrochen. Dazu gesellte sich ein unschöner blauer Fleck unter ihrem rechten Auge. Ein Fleck, der augenblicklich anschwoll. Lecardomi zückte die Kamera und drückte zweimal auf den Auslöser. Sie hielt sich die Hand vors Gesicht.

Er zog sie weg. »So, jetzt hast du Zeit zum Nachdenken. Während sich die Freier woanders entladen, kannst du mal überlegen, ob du nicht lieber deinen Schulabschluss nachholen willst. Glaub mir, es könnte sich lohnen.«

Sie funkelte ihn böse an.

Lecardomi ließ von ihr ab.

Er sah sie nicht noch einmal an, hatte es stattdessen plötzlich eilig.

»*Hijeputa*«, fauchte sie ihm nach, nachdem der Schreck nachgelassen hatte und sie wieder frei atmen konnte.

Die Tür war bereits hinter ihm ins Schloss gefallen.

Ein genüssliches Schmunzeln lag auf Floras Lippen, als sie das Bild ihrer geprügelten Kontrahentin betrachtete. Sie war zufrieden. Die gebrochene Nase und das blaue Auge reichten ihr.

Schweigend notierte sie eine Adresse und erklärte den beiden, wo sich der Schlüssel befand.

Etwa eine halbe Stunde später standen Marcel und Lecardomi vor einem unscheinbaren, leerstehenden Nebengebäude.

Der Ältere wirkte noch immer angeschlagen durch das gerade Erlebte. Sie sprachen kein Wort, blickten nur stumm auf den geteerten Boden, dort wo das Laternenlicht lange Schatten warf. Lecardomi rauchte eine Zigarette.

Das Grundstück lag nahezu komplett im Dunkeln. Irgendwo lief ein Fernseher. Schatten sich bewegender Bäume spielten an den Hauswänden.

Beim Anblick der Straßenlaterne fühlte Lecardomi sich an etwas erinnert.

»Ich weiß, was du gerade denkst«, sagte Marcel. »Es ist hoffentlich kein schlechtes Omen.«

»Ob der Kerl noch immer frei herumläuft?«, fragte sich Lecardomi.

»Sicher nicht.«

»Du solltest dir deine Kontakte bewahren. Man braucht Verbündete, Freunde. Ich mein´s ernst, ohne ein gutes Netzwerk wirst du schneller zum Gejagten. So wie ich. Verstehst du, was ich meine?«

Marcel nickte stumm. Über ihnen war eine Balkontür nur angelehnt. Der Wind jagte den Zigarettenrauch.

»Was denkst du über den Unfall meiner Mutter? Glaubst du, dass sie noch am Leben ist?«

»Hmn.« Lecardomi warf den verbliebenen Zigarettenstummel auf den Boden, drückte ihn mit dem Schuh aus. Sie standen in einem Verschlag hinter dem Gebäude. Das Gebäude an sich war recht verwinkelt. Ihre Schatten fielen nicht auf. Bäume und Büsche verdeckten außerdem die Sicht. Ein ideales Versteck.

»Der Mann, mit dem deine Mutter zusammen ist, ist nicht dein Vater. Was weißt du über ihn?«, wich Lecardomi der gestellten Frage aus.

»Er war ein Kleindealer, ein simpler Junkie, bevor er als Politiker Karriere machte. Er hat meine Mutter um den Finger gewickelt. Keine Ahnung, wie er es angestellt hat. Ich denke sie haben voneinander profitiert.«

»Eine starke Frau, deine Mutter.«

»Das täuscht. Sie ist nicht so stark wie du denkst. Nicht immer. Sie ist sehr deutsch, zu sehr. Sie weiß, wie die Dinge hier laufen, aber sie hat es nie aufgegeben, die Leute hier umkrempeln zu wollen. Es ist ihr purer Idealismus, sie wollte auch diesen Anwalt zur Einsicht bringen – denke ich. Sie hat immer gekämpft, in allem. Irgendwann wirst du müde. Oder du verbitterst.«

»Du wusstest das mit dem Anwalt?«

»Sie hat es erwähnt, – indirekt. Sie sagte, sie hätte gerade eine harte Nuss zu knacken.«

»Und was weißt du über deinen leiblichen Vater?«

»Nicht viel. Er ist auch Journalist.«

»Ein Exilierter?«

»Er ist jemand, der sehr früh aus meinem Leben verschwand. Es durfte nie über ihn geredet werden. Für mich hat er nie richtig existiert. Ich weiß nur, dass er sich im Ausland aufhält. Uruguay.«

»Vermisst du ihn denn nicht? Ich meine, man hat nur eine Familie«, sagte Lecardomi. »Ich weiß, wovon ich spreche. Manchmal möchte ich meine Identität auslöschen und eine andere annehmen. Das aber hat nichts mit meiner Familie zu tun. Die werden immer wissen, wer ich bin. Sie haben selbst genug gelitten. Meine Mutter wollte mich vor den FARC bewahren, sie hat um mich gekämpft.«

Marcel schwieg. Sein Gesicht lag im Dunkeln. Der Mond hing irgendwo in den Palmen und Sträuchern, ein heimlicher Lauscher. Die Nacht war sternenklar. An der Straßenecke hatte jemand unter einem Holzkreuz ein Windlicht aufgestellt. Lecardomi sah zu der Flamme – bis er im Hintergrund eine Bewegung wahrnahm. Ein paar Männer schleppten einen Sarg die Straße hoch. Sein Blick folgte ihren lautlosen Schatten. Was mochte der Geist empfinden, wenn er aus dem Körper trat; wenn er das, worin er einige Jahrzehnte gehaust hatte als leere Hülle zurückließ. Fühlte er sich befreit?

Lecardomi wandte den Blick ab.

»Vielleicht solltest du Kontakt zu deinem Vater aufnehmen. Falls deine Mutter noch lebt, wird er dir helfen sie zu finden.«

Marcel schwieg weiterhin.

Lecardomis Gesichtsausdruck nahm einen nachdenklichen Zug an. »Die Familie ist das Allerwichtigste, denk daran«, wiederholte er.

»Und was ist mit dir?«, wich Marcel aus.

Die Totengräber waren mittlerweile hinter der letzten Straßenlaterne verschwunden. Am Ende der Straße lag der Friedhof.

»Wenn das alles hier vorbei ist, werde ich zurückkommen. Zu meiner Familie, zu der Frau, die ich vielleicht heiraten werde. Ich werde irgendwann heiraten«, sagte der Ex-Guerillero.

War das ein Traum, von dem er sprach? Er war die letzten Wochen und Monate kaum mehr als Affären eingegangen.

Marcel betrachtete den Älteren skeptisch von der Seite. Nach einer Weile drehte er sich weg, schaute zum Mond, der sie heimlich bespitzelte.

»Lass uns unsere Suchaktion starten«, entschied er, ohne weiter auf Lecardomis Worte einzugehen.

Dieser hatte bereits begonnen, unterhalb des Papierkorbs in der Erde zu buddeln. Angeblich lag dort der Schlüssel.

Kurz darauf hielt Lecardomi ihn auch schon in der Hand.

Die Räumlichkeiten des Redaktionsbüros waren nicht sonderlich groß. Dennoch hatte Judith sie mit wenigen, persönlichen Dingen ausgestattet.

Lecardomi betrachtete neugierig die Fotografien an den Wänden. Makroaufnahmen von taufrischen Blättern und wunderschönen tropischen Blumen.

»Meine Mutter liebt Fotografie. Wenn sie Zeit hat, fotografiert sie auch privat. Am liebsten Pflanzen, den Regenwald. Sie liebt den Regenwald.«

Marcel stand vor dem Schreibtisch, nahm Unterlagen auseinander, die auf einer Seite des Tisches gestapelt waren. Es sah merkwürdigerweise nicht danach aus, als wäre hier bereits jemand am Werke gewesen. Vielleicht aber sollte es auch nur so aussehen.

Hinter dem Papierstapel und ein paar Nachschlagewerken, kam eine Porzellankuh zum Vorschein. Judith hatte sie eventuell ins Regal stellen wollen. Aus welchem Grund auch immer aber vergessen. Während Marcel die Figur betrachtete, ging ihm etwas durch den Kopf.

Lecardomi studierte derweil Aktenordner.

»Eigentlich gibt es dort oben nicht viele Andenkühe«, sagte Marcel, wie mit sich selbst redend. »Ich meine, selten sind sie weiter oben unterwegs. Dort wohnt doch dieser Kraushaar. Der ist soweit ich weiß der einzige, der dort oben Kühe züchtet.« Marcel stellte den Gegenstand wieder ab. Im Regal gab es noch weitere Kühe. Eine ganze Sammlung davon, Glaskühe.

»In Deutschland sagt man zu abgelegenen Orten *Kuh*-Dorf. Stell dir vor.« Er schmunzelte, während er die Kuhsammlung betrachtete.

»Kühe sind sehr nützliche Tiere. Mit einer Kuh an deiner Seite kannst du eine Weile überleben. Sie gibt dir Milch, Käse. Notfalls kannst du sie schlachten«, setzte Lecardomi das fort, was Marcel angefangen hatte. »Aber gut, die kolumbianischen Kühe sind natürlich anders, anders als die deutschen. Die sind nicht so korrupt, haben bessere Vorbilder. Unsere Kühe sind unberechenbar.«

Marcel lachte »Korrupte Kühe. Blödsinn. Kühe sind überall gleich.«

»Das denkst *du*.«

Marcel betrachtete nachdenklich eine Landkarte an der Wand. »Kraushaar züchtet Kühe, wie gesagt«, kam er nochmal auf seinen Ursprungsgedanken zurück.

»Eine Kuh ist auf jeden Fall keine Straßensperre. Es ist nur eine Kuh. Dann war es also doch nur ein Unfall«, dachte er Marcels Gedanken weiter.

»Das glaube ich nicht.«

»Was dann?«

»Diese Kuh stand zwar zufällig dort, aber das Fahrzeug hat sie quasi umgemäht. Es gab keine Bremsspuren. Warum sind sie nicht ausgewichen oder haben gebremst? Dort oben fährt man Schrittgeschwindigkeit. In den Kurven, wenn dir dort jemand entgegenkommt, musst du darauf vorbereitet sein auszuweichen. Sie haben die Kuh doch nicht erst im letzten Moment gesehen. Eine Kuh – die übersieht man doch nicht. Was, wenn jemand die Bremsen manipuliert hat?«, überlegte Marcel.

»Das wäre ihr schon während der Fahrt aufgefallen, beim Bremsen.«

»Der Defekt hat sich möglicherweise erst mit der Zeit eingestellt.«

Marcel war erneut abgelenkt durch die Umgebung. Die gefühlte Nähe zu seiner Mutter. Er durchstöberte ihre Sachen, ohne jedoch wirklich auf Inhalte einzugehen.

Zwischen alten Zeitungen und losen Blättern, fiel ihm eine handschriftliche Notiz entgegen: *Arturo. Montevideo*, eine E-Mail-Adresse.

Marcel nahm die Notiz wortlos an sich, steckte sie in die Hosentasche. Es konnte nur die Adresse seines Vaters sein.

Lecardomi studierte die gesammelten Zeitungsartikel, Señora Rauschenbergs Dokumentation über die Aktivitäten von FARC, ELN und paramilitärischen Einheiten wie den AUC. Es war nicht wirklich das, was sie suchten.

»Hast du auch das Gefühl, dass es zwar auf den ersten Blick nicht so scheint, aber es war *doch* schon jemand hier«, sagte er.

Marcel stimmte dem zu. »Hast du etwas anderes erwartet.«

»Jemand von Blisovics Leuten?«

»Vermutlich. Derjenige hat ordentlich gearbeitet. Ein Verräter hier im Ort? Ich glaube die Leute sind auch daran interessiert, dass der Dreck aufhört. Militärische Maßnahmen, wie durch den *Plan Colombia*, wirken nicht wirklich gegen den illegalen Drogenanbau. Das schadet nur den Kleinen, den Kokabauern, die davon leben müssen.«

»Du denkst das Militär hat hier geschnüffelt?«, warf Lecardomi ein, »für die nächste geplante Sprühaktion. Deine Mutter hat dort einen Ordner mit Plänen. Drogenanbaugebiete der FARC.«

Marcel starrte vor sich hin. Er war mit seinen Gedanken bereits wieder woanders, kämpfte gegen aufsteigende Gefühle. Wut, Angst ... Hoffnung. Dies hier war das persönliche Reich seiner Mutter. All das war Teil ihrer Gedanken; Teil der gefährlichen Welt, in der sie lebte und in der sie möglicherweise gerade in der Falle saß. Marcel wollte nicht trauern oder Mitleid empfinden. Er wollte weitermachen, für etwas kämpfen, das seinem Land und seinen Leuten wieder Würde verlieh.

Er hielt die Porzellankuh noch in der Hand, als Lecardomi gerade zu besagtem Aktenordner griff, dabei das Gewicht von Papier unterschätzte und nicht schnell genug reagierte, um den Sturz des Ordners abzufangen. Er stieß gegen die Porzellankuh in Marcels Hand ...

Wenige Sekunden schwebte die Figur durch die Luft, landete schließlich scheppernd am Boden, wo sie in tausend Einzelteilchen zerfiel.

Entsetzt sahen die beiden auf das Angerichtete.

»Da haben wir den Salat. Eine Intrige deiner korrupten Kühe«, witzelte Lecardomi.

Marcel blieb stumm.

»Warum siehst du mich so an, es ist nur eine dumme Kuh.«

Marcel kniete sich wortlos hin, um die Scherben aufzusammeln. »Oder auch nicht«, bemerkte er dabei bissig.

»Wie auch immer. Pass auf, dass du dich nicht schneidest.«

»Weißt du, was meine Mutter besonders liebt?«, ignorierte Marcel die Warnung.

»Was?«

»Kleine Geheimnisse. Sie liebt es kleine Geheimnisse zu haben, Dinge zu verschlüsseln. Versteckte Botschaften oder

Geheimcodes, die niemand sonst versteht. Hier, das zum Beispiel.« Marcel zog etwas aus den Scherben.

»Was ist das?«

Eine Postkarte. Besser gesagt, die Hälfte von einer Postkarte, zweimal zusammengefaltet. Als er das Motiv auffaltete, kam die Abbildung einer Kirche zum Vorschein.

»Das ist doch die Kathedrale San Bernardino in Callín«, stellte Lecardomi fest. »Hier, die Engelstrompeten.«

Marcel drehte die Postkarte herum. Ein paar Nummern waren darauf notiert.

»Ein sechsstelliger Nummerncode, ein Passwort vielleicht. Ich weiß, dass sie wichtige journalistische Arbeiten verschlüsselt. Sie führt ein digitales Archiv, wo sie ihre Arbeiten ablegt. Sie selbst hat den Code sicher im Kopf.«

»Warum versteckt sie das in einer Porzellankuh? Und warum diese halbe Postkarte, hier fliegt doch genug Papier herum.«

»Das ist es«, freute sich Marcel.

»Das ist *was*?«

»Eine Botschaft, ein Zeichen. Verschlüsselt sozusagen, weil das so niemand versteht. Niemand, außer demjenigen, dem sie Nachrichten zuspielt.«

»Die Kuh?«

»Wir sollen wissen, dort wo dieses Kuhsymbol auftaucht, könnte sich eine Nachricht verbergen.«

Lecardomi legte den Zeigefinger an die Lippen. »In der Kirche ist der nächste Hinweis. Wer – außer dir – kommt darauf? Niemand. Das hätte doch auch niemand hier gefunden«, schlussfolgerte er.

»Wenn man nachdenkt und wenn man sie kennt, schon. Ich habe nicht gleich geschaltet. Diese Kuh und die Glaskühe dort oben im Regal, – sie wusste, dass nur ich das verstehen und deuten konnte. Weil ich sie kenne. Die Nachricht ist für mich gedacht.«

»Das heißt, es ist nicht die einzige Nachricht. Die Kuh auf der Fahrbahn? Hat sie den Unfall inszeniert? Aber wer inszeniert einen Autounfall, etwas derart lebensgefährliches. Sie könnte doch auch so mit dir Kontakt aufnehmen.«

»Das ist zu gefährlich. Sie will mich raushalten. Und sie

weiß, dass ich manchmal nicht lockerlasse. Als ich noch ein Kind war, hat sie immer dieses Spiel mit mir gespielt. Schnitzeljagd. Ich musste bestimmte Nachrichten aufspüren, eine nach der anderen, die mich zu einem Schatz führten.«

»Du glaubst also, wir müssen Ihren Zeichen folgen? Verschlüsselten Botschaften.« Lecardomi verschränkte die Arme, ließ den Blick eine Weile über den Schreibtisch schweifen.

»Aber mal was anderes«, fing er dann wieder an. »Weiß sie von deinen politischen Aktivitäten; weiß sie, dass du ihr nacheiferst?«

Marcel antwortete nicht. Er war damit beschäftigt die Scherben aufzusammeln. Lecardomi kniete sich hin, um ihm zu helfen. »Gut, sie kennt dich. Aber was ich mich frage ist: Wo *genau* führt denn diese Spur hin? Ist es ein Puzzle zur Aufklärung der Morde, oder führt es zu den Akten dieses Anwalts?«

»Es ist eine Spur zu ihr. Der Rest klärt sich vielleicht auf dem Weg *dorthin*. Möglicherweise finden wir erste neue Informationen in ihrem digitalen Archiv. Oder in der Kirche.«

Lecardomi zweifelte. Wenn er sich weiterhin Marcel anschloss, riskierte er, ihn in Gefahr zu bringen. Andererseits waren sie zu zweit. Und Marcel allein zu lassen schien ihm eine noch unsicherere Option.

»Also gut, dann versuchen wir es.«

Gegen halb zwei in der Frühe sah man zwei Schatten durch Callíns düstere Gassen schleichen. Marcel und Lecardomi hatten die halbe Nacht investiert.

Jaime verschloss gerade die Tür zum Macondo, verweilte einen Augenblick lang vor der Tür und betrachtete den Nachthimmel. Wie täuschend friedlich alles sein konnte.

Geistesabwesend wanderte sein Blick zu den Schatten der Palmen. Hatte sich dort was bewegt?

Angestrengt forschte er in der Dunkelheit, kam jedoch irgendwann zu dem Ergebnis, dass es sich um einen streunenden Hund handeln musste.

Kurz darauf trat der Wirt auf die Straße, setzte sich langsam in Bewegung. Er genoss die kühle Nachtluft und den leichten

Wind, der ihm um die Nase wehte. Zwei Straßen weiter bog er in die Calle Dieciocho ab, wo sich sein Haus befand.

Erste Begegnung am Wegkreuz

Die Nacht schlummerte über seinem geschundenen Körper. Er sah und spürte nichts. Nichts. Nicht den Wind, der sein Haar kräuselte und ihm leise ins Ohr flüsterte. Nicht die Hände, die ihn berührten und sanft zur Seite drehten.

Sein starrer Blick ging Richtung Himmel. Dort blieb er hängen. In einer beliebigen Wolke, die ebenso starr an einer Stelle haftete.

Was tat er dort oben? Was hatte er vor und warum musste es ihn erwischen? Warum? War das Gott, der es so wollte? Und hatte er nicht begriffen, dass es zu früh war ...

Zwei

Als Jaime am nächsten Tag vom Unglück am Wegkreuz erfuhr, waren bereits mehr als vierundzwanzig Stunden vergangen, seitdem es Sergio auf offener Straße erwischt hatte. Ungewöhnlich war, dass Jaime viel zu spät davon erfuhr. Normalerweise landeten derartige Neuigkeiten sofort beim Macondo-Wirt. Vielleicht hatte man ihn absichtlich übergangen. Jaime und Sergio waren seit Jahrzehnten allerdickste Freunde. Und niemand wollte, dass der sympathische Wirt litt.

Und das tat er natürlich. Die Neuigkeit war ein Schock. Sergio Fabulos am Wegkreuz erschossen; seine Leiche in der Einöde aufgesammelt und ins Leichenschauhaus nach Tres Marias überführt, – wo ihn der ansässige Gerichtsmediziner zeitnah auf dem Seziertisch haben sollte. War das möglich?!

Was Jaime zu diesem Zeitpunkt noch nicht wusste: Es gab keine Leiche im Leichenschauhaus. Zumindest nicht die von Sergio Fabulos. Dafür ein halbes Dutzend anderer, Opfer der zahlreichen kämpferischen Auseinandersetzungen in der Region.

Jaime musste an Mélia denken, Sergios Ex-Frau. Er stellte sich ihre Reaktion auf seinen Tod vor, wäre sie noch dagewesen und hätte ihn nicht damals verlassen. Wütend wäre sie gewesen. Vor allem wütend. Auf seinen Leichtsinn, seine Sturheit, wenn es darum ging eine Waffe bei sich zu tragen. Sergio verabscheute Waffen.

Seit jenem Tag, als Mélia das Weite gesucht hatte, war Sergio wie ein Gestrandeter durchs Leben getaumelt. Als er an diesem Abend nach Hause kam, war ihr Bett abgezogen, der Kleiderschrank zu Dreiviertel leergeräumt und im Zahnputzbecher stand eine einsame Zahnbürste. Sie war einfach gegangen, ohne eine Nachricht. Niemand im Dorf wusste, wohin. Jaime erinnerte sich an die ersten Nächte, nachdem Mélia aus Sergios Leben verschwunden war. Mit bitterem Stolz hatte er verkündet, dass sie ganz sicher zurückkäme. Er hoffte ... heimlich.

Doch natürlich kam sie nicht zurück. Auch Sergio Fabulos wusste das (im Prinzip). Er hatte es vermasselt. Diese Sache zwischen Mann und Frau.

Serg´ war schon ein komischer Kauz. Eigenbrötlerisch. Beständigkeit gehörte nicht zu seinen Tugenden. Aber es gab einen guten Kern in ihm. In der Anfangszeit, kurz nach seinem Amtsantritt vor knapp zehn Jahren – damals war er vermutlich einer der jüngsten Comisarios aller Zeiten gewesen – hatte es sie gegeben, Glanzmomente seiner Karriere. Sergio Fabulos war clever, seine schnelle Auffassungsgabe war ein klarer Vorteil. Aber was nützte eine hohe Aufklärungsrate, wenn die Bezahlung lausig war. In Weiterbildung investierte niemand, denn sie zahlte sich nicht aus. Sergio kam aus einfachen Verhältnissen. Mit der Zeit fand er sich mit den Zuständen ab, sie fraßen seinen Ehrgeiz. Dazu schluckte er die bittere Pille des Risikos. Comisarios pflegten kein überdurchschnittlich langes Dasein, die Todesrate stieg proportional zum Dienstgrad.

Trotz aller Fallstricke aber, bewies Sergio Fabulos Durchstehvermögen. Niemand schaffte es, ihn aus dem Amt zu ekeln, was ein kleines Glanzstück war. In den benachbarten *comunidades* wechselte das Personal nahezu monatlich. In der Region übertrumpfte niemand die Amtszeit und Ausdauer eines Sergio Fabulos. Selbst als die politische Lage Callín und die anderen *comunidades* in den Ausnahmezustand katapultierten, war er dort nicht wegzudenken.

Natürlich war es bedauerlich, dass sein Ehrgeiz mit der Zeit erschlaffte. Jaime hatte den Niedergang aus nächster Nähe beobachten können. So wie er auch den Niedergang Callíns und der ganzen Region hatte miterleben dürfen. Letzteres verursachte ihm großen Schmerz. Er liebte seine Heimat, er liebte die Bewohner. Das Macondo hatte glückliche Zeiten gekannt. Jaime aber war kein Mensch, der lange Trübsal blies. Er war ein Arbeitstier, ein zäher Optimist. Und wie Sergio Fabulos pflegte auch er die Nähe zum katholischen Glauben. Alle waren sie Gottes Kinder. Fehler jedoch durfte der Mensch sich erlauben, denn man lernte ja dazu. Und eine gute Tat erforderte nicht mehr als etwas Mut.

Gelegentlich hockte man im Macondo zusammen, tauschte sich aus. Jaime und ein paar Dorfbewohner. Die Dorfschule musste gestrichen, neue Spendengelder gesammelt oder eine Kunstausstellung organisiert werden. Derzeit aber ging es vor allem um die aktuellen Sorgen der Bürger. Die ungeklärten Mordfälle, der Überfall auf Flora Morales, welcher den Besuch hoher Beamter aus der Hauptstadt nach sich gezogen hatte. Drei Tage lang schnüffelten sie herum, stellten Fragen, streiften durch jeden Busch, als wären sie auf Entenjagd. So aufsehenerregend ihr Erscheinen, so mysteriös war auch ihr Abzug. Das Ergebnis ihrer Anwesenheit indes, wurde niemandem mitgeteilt. Auch Sergio Fabulos nicht. Callín war für den Staat nicht mehr als eine Randnotiz in irgendeiner Akte.

Wie sollte es jetzt weitergehen, ohne den Comisario; ohne den Freund. Für Jaime ein unvorstellbarer Zustand.

Der Friedhof lag etwas oberhalb von Callín. Am Tage der Beerdigung schleppten die Totengräber den Sarg auf eine Kuppel, oberhalb des Friedhofs. Ein Geistlicher war aus einem Nachbarort, rund sechzig Kilometer südlich von Callín angereist. Francisco Opistalla, der örtliche Geistliche, war an jenem Tag erkrankt und musste das Bett hüten. *Padre* Bonifacio aus Tres Marias wegen kirchlicher Aktivitäten verhindert, und Pater Benjamín aus Santa Barbara tot; es gab noch keinen Nachfolger. Also übernahm der fremde Geistliche den Posten des Redners.

Für die wenigen, der dort anwesenden Trauernden musste die Rede wie ein schlechtes Theaterstück geklungen haben, denn es entsprach nun mal den Tatsachen, dass der *padre* nicht viel zur Person Sergio Fabulos zu berichten wusste. Und die wenigen Dinge, die ihm zu Ohren gekommen waren, besaßen nicht die Würde, als dass man sie hier zur Sprache hatte bringen können; weshalb die Rede über längere Passagen hinweg aus andächtigem Schweigen bestand.

Jaime hörte eine Weile zu. An einer Stelle unterbrach er das eingetretene Schweigen, ergriff spontan das Wort. Der *padre* gab ihm seine freundliche Einwilligung. Dabei war ihm ein erleichterter Seufzer über die Lippen geglitten.

»Sergo Fabulos, tot. Diese Nachricht musste ich erst einmal verdauen«, fing er an – dabei hatte bis zu diesem Zeitpunkt niemand jemals seine Leiche identifiziert. Der Sarg war vorzeitig geschlossen worden. Wer darin lag, wusste nur derjenige, der ihn zugenagelt hatte, sorgfältig zugenagelt hatte. Selbst Jaime war nicht auf die Idee gekommen, Fragen über die Leiche zu stellen. Er wollte den Freund in einem anderen Zustand in Erinnerung behalten, lebendig, unversehrt und mit diesem typisch nur angedeuteten Lächeln im Mundwinkel; mit dem kritischen Blick und den sich kräuselnden Falten auf der Stirn. Das war Serg´ und nicht irgendeine zerlegte, blasse Leiche.

»Liebe Bürger und Bürgerinnen von Callín, liebe Freunde«, fuhr er fort, als das Schweigen langsam in Unruhe überging, »Der Tod ist etwas allzu Alltägliches geworden. Hier auf diesem, unserem wunderschönen Stückchen Erde – *nuestra tierra*. *Nuestra América*, wie *Martí* es nannte. Wir sehen zu, wenn sie uns unsere Söhne und Töchter entreißen. Wir nicken stumm, wenn sie unseren Bruder oder Schwager mitnehmen, den Onkel, den Vater. Und dann, wenn sie uns ihre Leichen zurückbringen – das was von ihnen übrig ist; dann nicken wir noch immer stumm. Doch der Tod ist nichts weiter als ein Mahnmal. Ein stummer letzter Schrei der Seele, wenn sie Erleichterung erfährt. Die Seelen unserer Angehörigen. Wie viele Leichen wollen wir sie noch vor unsere Tür legen lassen, bis wir endlich aufwachen?!«

Jaime kam langsam in Fahrt. »Sergio Fabulos war einer von uns. Er war unser Comisario, hier in Callín. Einer der wenigen, die dieses Amt über längere Zeit ausgeübt haben, der sich jederzeit vor uns stellte, obwohl man ihn geschnitten hat. Er war ein Außenseiter, musste sich unserer ständigen Kritik unterziehen. Wovon er sich nicht hat kleinkriegen lassen. Sergio war jemand, der nachdachte. Ja, er dachte nach. Oft viel zu viel. Und er hatte das Herz am rechten Fleck.«

Betretenes Schweigen setzte ein.

»Es gab Zeiten, da haben wir seine Arbeit geschätzt, seine Klugheit, seine Zähigkeit im Kampf gegen die Unberechenbarkeit des Verbrechens. Am Ende jedoch ist die Gewalt zu uns zurückgekehrt, hat sich hier eingenistet. Und wir haben dabei zugesehen. Solange bis auch Sergio Fabulos an der Gewalt zerbrach. Wer sich jetzt die Hände reibt und über den Verstorbenen spottet, macht es sich zu leicht; der begeht nicht nur eine Sünde, er handelt respektlos und feige. Denn wir sind noch hier. Wir sind übrig. Und wir haben nichts unternommen, um Sergio Fabulos zur Seite zu stehen!«

Jaime sah um sich. Er blickte in die Gesichter – in jedes einzelne. Manch einer sah verlegen zur Seite. Flora Morales schaute auf ihre Schuhspitzen, diese waren mit einer dezenten Staubschicht überzogen.

»Machen wir uns nichts vor, es ist nicht zuletzt unsere Schuld, dass mein Freund heute hier begraben wird. Meine, deine, seine, ihre, eure, unser aller Schuld. Wie sein Leben auch verlaufen sein mag, wir haben ihn zum Opfer gemacht. Anstatt uns zusammenzutun, um gemeinsam dem Verbrechen die Stirn zu bieten. Nun, Gott möge es uns nachsehen und er möge Sergio gnädig bei sich aufnehmen. Er hat seine Gnade verdient, denn …«, Jaime schnappte nach Luft, »er war kein schlechter Mensch. Bei Gott nein, das war er nicht!«

Einen Moment lang kämpfte der Wirt mit seinen Tränen. Es war gespenstisch still um ihn herum geworden. Kaum einer, der nicht von seinen Worten ergriffen war.

Jaime bäumte sich auf. Die Traurigkeit raubte ihm jedoch zunehmend die Stimme, so dass er sich die letzten abschließenden Worte erkämpfen musste, die ihm noch ein tiefes persönliches Bedürfnis waren.

»Sergios Tod ist eine Botschaft. Es soll uns sagen, dass wir jetzt dran sind. WIR! Nicht eine Woche, nicht ein Tag, nicht eine Stunde soll mehr vergehen, in der wir einfach nur untätig zuschauen! Bis zu dem Tag, an dem Sergio Fabulos erschossen wurde, hat er versucht die Dinge zu ändern. Dafür sollten wir ihm danken. Wi-wi- …« Seine Stimme versagte. Er röchelte, zwang sich ein letztes Mal: »Wir danken dir, Serg«, stammelte er unter Tränen. »Lebe wohl. Du wirst uns fehlen. Du wirst *mir* fehlen.«

Jaime hatte sich ganz dem Grab zugewandt. Es war als führe er jetzt einen letzten, ganz persönlichen *Dialog* mit dem Freund. Seine Gedanken fielen mit den Blüten, die er in die Tiefe warf. Er faltete die Hände und wirkte für einen Moment lang fast apathisch. »Es hätte nicht geschehen sollen, mein Freund. Ich verspreche dir, *der* kommt nicht davon. Wir werden ihn kriegen; denjenigen, der dich auf dem Gewissen hat. Du kannst dich auf mich verlassen, ich schwöre es dir.«

Jaime bekreuzigte sich, bemühte sich um Fassung und drehte sich auf dem Absatz herum. Die Trauernden hatten eine Gasse freigemacht. Aufrecht schritt der Wirt an ihnen vorbei, verließ im Eilschritt den Friedhof.

Es war lange her, dass ihn die Gefühle derart überwältigt hatten. Unterwegs ließ er seinen Tränen freien Lauf. Er heulte so hemmungslos wie er zuletzt bei der Geburt seiner Töchter geheult hatte. Nur waren es jetzt Tränen der Wut und Verzweiflung.

Gegen halb zehn saß er wieder im Macondo. Nicht hinter der Theke, er saß davor. An der Stelle, an der Sergio das letzte Mal gesessen hatte. Er hatte eine Kerze für den Freund angezündet. Amelie-Inés hockte ihm gegenüber, unsichtbar.

»Jaí …« Jemand hatte die Hand auf seine Schulter gelegt. Eine Frauenhand. Es war Flora Morales.

»Was für eine Rede!« Wortlos nahm sie neben ihm Platz.

»Es nutzt nichts sich das Gehirn zu zermartern, das macht ihn nicht wieder lebendig. Und du trägst keine Schuld, Jaí.«

Sie pfriemelte eine Packung Zigaretten aus ihrer Handtasche, schlug die Beine übereinander.

»Du hast es gut gemeint«, fuhr sie fort, nachdem sie ihn eine Weile in seinem Schweigen begleitet hatte. »Du wolltest nur, dass er wieder zu seinem Ehrgeiz zurückfindet. Du wolltest seine Würde retten. Ich glaube, er war auf dem Weg dorthin.«

»Ich weiß nicht«, erwiderte Jaime.

»Ach!« Sie fingerte eine Zigarette aus der Packung, betrachtete dabei ihre lackierten Fingernägel.

»Würde«, wiederholte er ihre Worte.

»Würde! Reden wir doch nicht drum herum. Wer von uns hat sie schon, Würde haben wir verloren. Wie weit sind wir auch gekommen mit ihr? Nicht weit. Erbärmlich geht die Welt zugrunde.« Sie lachte bitter und starrte dabei ins Leere.

Jaime rührte sich nicht. Er wollte etwas sagen, entschied sich aber dagegen. Er hörte ihr Feuerzeug klicken, sah zu, wie sie ihre Zigarette an die, an diesem Tag in Rostbraun schimmernden Lippen setzte.

Floras Blick folgte dem Qualm, den die Zigaretten hinterließ und der sich nach und nach im Raum verteilte, einen Nebel bildete.

»Zwei Männer waren bei mir«, wechselte sie plötzlich das Thema. »Sie wollten etwas über Señora Rauschenberg wissen.«

Jaime sah sie an. »Ach was, und? Was hast du ihnen erzählt?«

Flora biss sich auf die Zunge. Sie hatte mit dieser Information gehadert. Aber es musste jetzt raus. Also sprach sie weiter: »Wusstest du, dass die Señora einen Sohn hatte?«, wich sie der gestellten Frage geschickt aus.

»Ja. Marcel Huertas Bello, Franciscas Ziehsohn. Er war ihr leiblicher Sohn.«

»So, du wusstest davon.« Sie warf ihm einen kritischen Seitenblick zu.

»Aber noch nicht lange. Ich weiß es erst seit kurzem. Von seinem Vater. Der Mann war im Macondo. Marcels leiblicher Vater.«

»So.« Flora schwieg. Ihre Neugier war fehl am Platz, das wusste sie. Dennoch konnte sie sie sich nicht verkneifen. Das Leben ging weiter – und der Mensch war ständig hungrig. Hungrig und gierig nach ein bisschen mehr. Nach etwas, das die kleine Extraportion Aufmerksamkeit bescherte.

»Warum hat sie ihn denn nicht selbst aufgezogen?«

»Zwei Journalisten im Fokus der Pressezensur?! Er hat damals auch über *Paras* und Guerilla berichtet. Das ist nicht ungefährlich für ein Kind. Du weißt, wie über Familienmitglieder Druck ausgeübt wird.«

»Hmn.« Flora spitzte die Lippen, damit sie nicht dabei ertappt wurde, wie sie die Informationen anstachelten. Sie wollte mehr davon.

»Und wie heißt dieser Mann?«

Jaime richtete sich ruckartig auf. Man musste vorsichtig sein bei Flora Morales. Sie war raffiniert. Man wusste auch nicht, mit wem sie so ins Bett stieg, und was sie mit Informationen wie diesen anstellte.

»Keine Ahnung. Ich habe ihn hier erst einmal gesehen«, log er.

»Aha. Der Mann ohne Namen, aus dem Schatten der Vergangenheit.«

»So poetisch?« Jaime fühlte sich plötzlich unwohl in ihrer Gegenwart. Er wollte in Ruhe trauern, und das Verhörspielchen, das sie veranstaltete, passte nicht dazu. »Lassen wir das. Das gehört jetzt nicht hierher.« Nach kurzem Überlegen aber packte ihn doch die Neugier. Flora hatte da etwas angedeutet. »Und diese zwei Männer; was genau wollten die noch?«, kam er zum Ursprung ihrer Unterhaltung zurück.

»Ach, was weiß ich. Etwas über den Unfall herausfinden. Leichen hat man ja noch keine gefunden.«

»Und der eine der beiden war Marcel, ihr Sohn? Was ist mit dem anderen?«

Sie zuckte mit den Schultern. »Keine Ahnung. War etwas älter als dieser Marcel.«

»Und warum haben sie ausgerechnet dich aufgesucht? Du hast doch nicht geplaudert.«

»Ach … Was denkst du!« Flora nahm einen hektischen Zug von ihrer Zigarette.

»Ihr Büro, stimmts? Sie haben sich für das Redaktionsbüro interessiert?«

»Äh … na ja.« Sie gestikulierte, als wolle sie mit den Armen davonrudern.

»Du hast ihnen ja wohl nicht die Adresse ihres Büros verraten?! Das war unter Verschluss. Absolutes Redeverbot! Wir hatten das besprochen.«

Flora sah wieder auf ihre Schuhe. »Ich … Ich hab doch nichts verraten. Ich hab gar keine Ahnung«, behauptete sie.

Jaime war gerade nicht in der Lage über den Wahrheitsgehalt ihrer Worte nachzudenken.

»Vermutlich hat er es von seinem Vater erfahren«, versuchte sie sich herauszuwinden, »wenn der hier in Callín ist. Außerdem – du hast es doch bestimmt auch unserem Serg gesteckt.«

»Nein. Das hatte ich *noch* nicht. *Er* hatte mich darum gebeten, Marcels Vater. Aber ich hätte es ihm sagen sollen.« Er seufzte. Der Name des Comisarios war erneut gefallen.

»Na dann hat jemand von *denen* was gewusst. Hast du ´ne Ahnung wer?«, bohrte sie möglichst unauffällig.

Jaime betrachtete Flora von der Seite. »Was spielt das hier jetzt noch für eine Rolle?!«

»Pardon, ich meine ja nur. Namen können nie schaden. Wer weiß, vielleicht hatte ich schon das Vergnügen. Ich weiß gerne, wer da sein Ding in mich reinsteckt *y quién me toca las puchecas!*«

Der Wirt verkniff sich seinen bissigen Kommentar. Grimmig starrte er vor sich hin.

Flora wurde sich offenbar bewusst, dass sie zu viel redete.

»Sag´ mal, wie war das mit diesem Anschlag auf dich, vor ein paar Wochen? Worum ging es da eigentlich?«, fragte er.

Flora spielte verlegen mit einer Haarsträhne. Dabei fummelte sie an ihrer Tasche herum, tat so als hätte sie plötzlich etwas entdeckt, einen losen Faden oder einen Fleck. »Aaaach … ein Freier, der nicht zahlen wollte. Er war der Ansicht, dass …«, sie brach mitten im Satz ab und sah den Macondo Wirt ins Gesicht. »Es stand doch in der Zeitung. Hast du´s denn nicht gelesen?!«

»Du weißt wie viel in diesem Land erfunden wird. Ich traue nur den Leuten, die mir persönlich Dinge anvertrauen, denen ich dabei in die Augen schauen kann. Das gedruckte Wort ist nicht zuverlässig.«

»Das ist wohl wahr«, sprach sie, wie mit sich selbst.

»Wann hast du Serg das letzte Mal gesehen?«

»Lass mich überlegen … Ich glaube es war an dem Tag, als er eine schnelle Nummer wollte. Es war mein freier Tag. Ich habe ihn weggeschickt. Ob jemand hinter ihm her war?«, spekulierte sie und zog dabei erneut an ihrer Zigarette.

»Es waren immer viele Leute hinter Serg her. Aber was ist das für eine Frage? Willst du mich aushorchen?«

»Ach wo. Ich konnte ihn gut leiden«, murmelte sie.

Im Dorf erzählte man sich, Flora ginge regelmäßig mit ein paar Milizen ins Bett. Ob sie sie dafür bezahlten, dass sie ihnen Informationen besorgte? Die Vermutung lag nahe. Flora Morales war mit allen Wassern gewaschen. Wie gerne wiegte sie sich im Zentrum der Aufmerksamkeit. Warum war sie überhaupt auf Sergios Beerdigung gekommen, fragte sich

Jaime. Vielleicht spionierte sie. Oder schlimmer noch: Sie wusste etwas zum Mord an Sergio.

So viel Hinterhältigkeit aber traute Jaime nicht einmal Flora zu.

Er griff zum Putzlappen, wischte über die Theke. Der leere Vogelkäfig stand am Boden. Er sollte zum Trödler. Der verstorbene Vogel hatte einmal Amelie-Inés gehört. Ein Papagei. Er war kurz nach ihr gestorben. Herzversagen. Jetzt stand das leere Drahtgestell nur herum, verstaubte seit Jahren im Regal. Und er schien seiner Umgebung kein Glück einzubringen.

Jaime sah wieder zu Flora. Diese war gerade damit beschäftigt sich die Lippen nachzuziehen und ihr Oberteil zurechtzurücken. In Gedanken bereitete sie sich bereits auf den nächsten Job vor.

Genervt starrte er an ihr vorbei. Sie war ihm auf einmal lästig. Wie ein klebriges Insekt hockte sie da, polierte ihre Schale, schien sich nicht wirklich für die Gefühle ihrer Mitmenschen zu interessieren – womit er jedoch nicht ganz richtig lag.

Plötzlich, als hätte sie seine Gedanken erraten, hielt sie in ihrer Bewegung inne, sah ihn mit unverstellt ernstem Blick an.

»Ich trauere um ihn, Jaí. Nicht weniger als du, glaub mir. Ich spreche aufrichtig zu dir. Hier in Callín kämpft jeder für sich. Letzte Woche haben sie meinen Neffen rekrutiert. Frederico ist einfach mitgegangen, ohne ein Wort des Protests. Er wolle ein Freiheitskämpfer werden, hat er gesagt. Widerlich. Sie haben einfach kein Gewissen. Und dann das Militär; sie foltern und morden, *hablan paja*. Man muss doch wissen, was Sache ist.«

»Und du glaubst, das Militär stünde auf deiner Seite, wenn du ihnen Informationen verkaufst?!«, warf er ein.

»Das sage ich doch! Du musst für dich selbst kämpfen. Anders ziehen sie dir alles unter den Füßen weg. Schau ihn dir an, deinen verstorbenen Freund Sergio Fabulos. Er hat das genauso gesehen.«

Jaime legte den Putzlappen zur Seite und fuhr sich mit der Hand über die Stirn. Hatte sie ihm soeben einen Vorwurf gemacht? Er erinnerte sich an Serg an jenem Abend, als er Flora besuchen wollte. Was wusste sie groß vom Leid eines Mannes, – eines verlassenen Mannes. Sie sah nur sich selbst. Ein korruptes, selbstsüchtiges Weib.

Jaime wandte ihr den Rücken zu. Er hörte wie sie sich erhob und eine Weile auf der Stelle trippelte. Wahrscheinlich zog sie sich den Rock bis zum Po, korrigierte den Sitz, damit man ihre Beine bis zum Anschlag sehen konnte. So tat sie es immer. Jaime brauchte sie nicht anzusehen, er kannte ihre Gesten.

Stumm starrte er daher geradeaus, irgendwohin.

Für Flora wurde es uninteressant, wenn man ihr keine Aufmerksamkeit schenkte. Also zückte sie ihre Handtasche, kramte in ihrer Geldbörse und legte einen Schein auf den Tresen.

Mit den Worten: »Man sieht sich, Jaí«, dackelte sie Richtung Tür.

Zweite Begegnung am Wegkreuz

Das also war es, was Gott mit ihm vorgehabt hatte.
Und nicht nur das. Er hatte sie zu ihm geschickt. Sie als Vermittlerin. Amelie-Inés. Er sah in ihr Gesicht, sah sie lächeln. Tatsächlich konnte er sie lächeln sehen. Ihre perlmuttfarbenen Zähne, der matte Zimtton ihrer Haut. In ihren Augen spiegelte sich eine, in ihrer ganzen Tragik unbekannte Lebensgeschichte.
Sein Körper war leicht geworden. Für einen Moment meinte er zu schweben.
Plump wie ein Stein fiel er anschließend wieder zu Boden, fühlte dabei die ganze Härte des Aufpralls. Ein kurzer Ruck ging durch seine Seele, die gerade im Begriff gewesen war den Körper zu verlassen, und dabei unerwartet aufgehalten wurde.
Was war das? Etwas schmiedete Körper und Geist zusammen, ließ sie nicht auseinanderbrechen. Etwas, das so fest saß, dass es das Ende verhinderte. Madre de dios, er war tatsächlich noch da, – der Schmerz. Er hielt alles zusammen, hielt ihn am Leben.

Drei

Arturo hatte die Nacht in seinem Fahrzeug verbracht, ein alter Ford Baujahr ´98. Diesen parkte er, aus Gründen der Vorsicht, immer außerhalb der Ortschaft, versteckt im Gebüsch. Eine alte Gewohnheit, denn man konnte nie wissen. Wenn die Polizei seine Papiere kontrollierte, zeigte er in aller Regel seinen uruguayischen Pass. Somit ging er lästigen Fragen aus dem Weg, die auf die Stempel in seinem kolumbianischen Pass abzielten.

Die letzten Tage war er eher unruhig umhergestreift, ohne ein festes Ziel. Die Nachricht vom Tode des Comisario hatte auch ihn erreicht, und dabei tief beunruhigt. Hatte man Sergio Fabulos beschattet, ihm aufgelauert? War er überhaupt tot und nicht einfach nur eine Lüge in die Welt gesetzt worden?

Um sich von den Tatsachen zu überzeugen, suchte Arturo nur wenige Stunden nach Bekanntwerden der Fakten zum Tod des Comisario, das Leichenschauhaus in Tres Marias auf. Arturo wusste, um die Arbeitsweise der Behörden. Wie oft dort Dokumente verschwanden, Leichen absichtlich stark entstellt oder vertauscht wurden oder von vorneherein gar nicht existierten. Es wäre nicht das erste Mal, dass man den Tod eines Menschen nur vortäuschte.

Und tatsächlich. Die Informationen, die er in Tres Marias erhielt, waren mehr als dürftig und irritierend. Angeblich war es zu einer Verwechslung gekommen. Der Leichnam von Sergio Fabulos sei vorzeitig abtransportiert worden, ein peinlicher Fehler. In seinem Sarg lag stattdessen eine andere Leiche; es gab ohnehin genug davon. Natürlich wollte man den Fehler schnellstens korrigieren, damit bei der Beerdigung keine Zweifel aufkamen. Diese aber wurde so zügig abgewickelt, dass Arturo den Termin kurzfristig verpasst hatte. Absicht?, musste man sich fragen. Offensichtlich hatte niemand die Totenwache übernommen. Immerhin: Sergios Name hatte auf einer Liste gestanden, einer Totenliste. Sein Pass war am Wegkreuz gefunden worden. Das aber war auch schon alles, und für Arturo lange kein Grund vom Tod des Comisario überzeugt zu sein. Er würde einen Antrag zur Überprüfung der Fakten stellen. Sicher würde es dauern, – aber man musste ein Zeichen setzen!

Gegen Mittag fuhr er niedergeschlagen Richtung Guajilín. Er wollte sich für die nächsten Tage in Felicias Hostal einquartieren. Guajilín schien ihm ein günstiger Ausgangspunkt. Dank ein paar touristischer Attraktionen, war der Ort recht gut vernetzt. Es gab ansprechende Bars und eine Handvoll Hotels. Von dort wäre es auch ein Katzensprung nach Callín oder Tres Marias, sollte es irgendein neues Ergebnis zur Identität der beerdigten Leiche geben.

»Señor Umbral!«, grüßte Felicia, die nur seinen uruguayischen Namen kannte, »Sie schon wieder hier?« Felicia stand mit einer Gießkanne, in Flip-Flops und Shorts vor der Balkontür.

»Ich hatte in der Gegend zu tun.«

Arturo war erst vor zwei Wochen im Hostal Felices gewesen. Damals erhielt er den Tipp zu der dort kursierenden deutschen Wochenzeitschrift. Angeblich enthielt sie einen Artikel von Judith: ihr letztes Interview kurz vor ihrem Verschwinden. Er hatte die Zeitschrift kurzerhand entwendet.

»Na, von großem Andrang kann aber nicht die Rede sein«, stellte er nüchtern fest.

»Wie´s aussieht hat man mir den Krieg erklärt«, erwiderte Felicia sarkastisch. Dabei stellte sie die Gießkanne ab. »Nur Stornos. Das sind die Früchte der jüngsten Ereignisse. Aber vielleicht sollte ich mich besser nicht beklagen. Es könnte schlimmer kommen.«

Arturo setzte sich an einen der runden Tische vor dem Balkon. Er hatte die freie Auswahl. »Die wissen nicht, was ihnen hier entgeht. Hier in dieser Idylle und in deiner bezaubernden Gesellschaft. Da wird jede Form von Kriegszustand zum kleinen Event«, flirtete er.

»So, glaubst du.« Felicia fuhr sich über die Knie, mit denen sie eben noch am Boden gehockt hatte. »*Café?*«

»Gern, *tinto*.«

Ihre Flip-Flops plätscherten über die Fliesen in Richtung Küche. Arturo sah ihr nach.

Bei seinem letzten Besuch hatte sie alle Hände voll zu tun gehabt. Jetzt jedoch war der Eindruck befremdlich. Niemand trieb Felicia Rodó zur Eile, auch Arturo nicht.

Dieser verschränkte die Arme und ließ den Blick über die leeren Tische schweifen, suchte instinktiv nach einem Zeichen dafür, was hier los war.

Felicia stand in der Küche und sah zu dem Spiegel, der neben dem Wandkalender hing. Ein kleiner eckiger. Sie lächelte verschwörerisch hinein, schielte dabei durch den Türspalt und beobachtete heimlich den Mann, der dort draußen saß. Er nannte sich Benito Umbral. Aber ob es sein richtiger Name war? Felicia kannte ein halbes Dutzend solcher Fälle, in denen Menschen sich selbst hatten *verschwinden* lassen. Dabei war er ein Mann, der die Welt bereiste. Sie gestand es sich nicht gleich ein, aber seine Gegenwart machte sie nervös. Das dunkle Geheimnis seiner Identität, das ihn umwehte. Es weckte ihre Neugier.

Sie füllte eine Tasse mit Kaffee, stellte sie auf ein Holztablett.

Unmittelbar vor dem Spiegel machte sie noch einmal Halt, warf einen kritischen Blick auf ihr Make-up. Anschließend schritt sie aufrecht durch die Tür.

Mit einem Lächeln erschien sie an Arturo Tisch, stellte die Tasse ab und setzte sich ihm gegenüber. Ein Hauch von orientalischer Vanille begleitete ihre Bewegungen.

Arturo genoss ferner den Geruch von frisch gemahlenen Kaffeebohnen.

»Was gibts Neues von dort unten, aus der Zivilisation?«, fragte sie.

Ihm war zu Ohren gekommen, dass Felicia sich sozial- und umweltpolitisch engagierte, sich für den Ökotourismus stark machte.

»Keine, die der Rede wert wären. Es gibt Angenehmeres.« Über den Rand seiner Kaffeetasse lächelte er ihr zu.

Felicia schlug die Beine übereinander, was ihm nicht entging. Ihre Beine waren ein Hingucker.

»Und hier? Wie stehen die Dinge in Guajilín?«

»Du hast es ja schon bemerkt …« Sie deutete um sich. »Der sogenannte Abenteuertourismus pausiert. Dank der Zustände, die ich leider nicht immer von Guajilín abwenden kann.«

»Gibt es einen konkreten Anlass?«

»Eine Entführung. Davon gehe ich zumindest aus. Zwei Touristen sind verschwunden. Sie sind nach einem Ausflug nicht zurückgekehrt. Sicher, es ist nicht das erste Mal, dass so etwas passiert. Aber wir hatten sehr lange Ruhe.«

»Gibt es eine Spur? Hat die Polizei irgendetwas unternommen?«

»Was glaubst du?! Du kennst unsere eifrigen Beamten. Aber ich möchte niemandem einen Vorwurf machen. Wir sind hier auf uns selbst gestellt. Dabei hatten wir hier eine Abmachung, die Guerilla und ich.«

»Das sind junge Leute, die was erleben wollen. Du kannst sie hier nicht beschützen; nicht vor sich selbst und ihrer Waghalsigkeit.«

»Sicher.«

»Mach dir keine Vorwürfe. Was du hier leistest, ist sehr mutig. Und wie ich sehe, hast du darüber hinaus noch mehr Talente.« Er deutete auf den Kaffee. »Ich dachte die Plörre von Jaime wäre im Umkreis ungeschlagen.«

»Jaime schenkt *instant* aus, ein Sparfuchs ist der. Aber er hat den richtigen Draht zu den Leuten.«

»Ja«, stimmte er lachend zu, »aber es geht trotzdem nichts über echten Bohnenkaffee.«

»Kaffee am Lagerfeuer und Abenteuer, das suchen die Touristen.«

»Abenteuer mit ein bisschen Blauäugigkeit«, bemerkte Arturo.

»Was wolltest du, als du jung warst? Hast du nicht auch das Abenteuer gesucht?«

»Ich war einer von denen, die früh das Weite gesucht haben. Panama, Caracas, Buenos Aires, Lima. Ich bin kreuz und quer über den Kontinent gereist. Danach wollte ich Journalist werden. Nur Journalist, nichts anderes.« Er stellte seine Tasse ab. Felicia streckte ihre Beine von sich.

»Was glaubst du, wohin man sie verschleppt hat?«, fragte er.

»Keine Ahnung. Vermutlich ins Hochland. Es sind junge Touristen, neugierig, abenteuerlustig. Sie wollen zuhause was zu erzählen haben. Ich hätte wissen müssen, dass sie nicht auf der empfohlenen Route bleiben würden.«

»Es gibt diese Verhaltenshinweise, das weiß man. Als Tourist informiert man sich, bevor man ein Land bereist.«

»Billa ist sehr umsichtig, interessiert. Sie hatte sich sogar mit unserem Eigenbrödler Comisario Fabulos angefreundet.«

»Fabulos«, wiederholte Arturo. »Fabulos. Das ist auch so eine Geschichte. Angeblich hat man ihn ja erschossen. Aber was haben sie mit der Leiche gemacht? Ein Toter, der nicht auffindbar ist. Eine Beisetzung, die innerhalb von wenigen Tagen abgewickelt wird. Was sagt dir das?«

Felicia schüttelte den Kopf. »Klingt nach irgendeiner Taktik. Fabulos musste weg, das ist schon klar. Der konnte zwar auch nichts ändern, aber er hat sich auch nicht einschüchtern lassen. Fabulos war wie der Hund zur Schafsherde, hat zusammengehalten, was schwer zusammenzuhalten war, weil sie ständig hinter seinem Rücken geblökt haben. Wir hatten noch telefoniert. Es …« Sie fuhr sich über die Stirn, fühlte sich auf einmal unwohl bei dem Gedanken daran. »Ich hatte ihm Druck gemacht. Wegen Billa und Jeremy. Als ich von seinem Tod hörte, war ich wirklich geschockt. Dass die Leiche keine achtundvierzig Stunden später unter der Erde ist – die haben nicht mal die Frist eingehalten. Es wundert mich, dass Jaime nicht protestiert hat. Die waren doch dicke Freunde. Hat ihn überhaupt irgendwer identifiziert?«

»Der Wirt hat gerade andere Probleme. Vermutlich ähnliche wie du. Der wird nicht nachgerechnet haben. Es gab mehrere Auseinandersetzungen in den letzten Wochen. Leichen, die abtransportiert und beerdigt werden mussten. Rebellen und Paras haben ihr Arsenal aufgestockt. Traurig, dass sie nicht auf die Idee kommen mal wieder über ein Friedensabkommen nachzudenken.«

»Den Frieden müssen sie erst wieder lernen. Sie haben die letzten Jahre nichts anderes getan als zu kämpfen. Wofür sie eigentlich kämpfen, das wissen sie längst nicht mehr. Sie tun es einfach. Das ist das Problem.« Felicia stützte ihre Ellenbogen auf den Tisch. »Wie gesagt, den Fabulos haben sie *allein* kämpfen lassen. Der hatte gar keine Chance. Und wenn er tatsächlich eine Spur verfolgt hat, was diese Morde in den Dörfern betrifft, dann haben sie ihn jetzt mundtot gemacht.«

»Davon gehe ich auch aus«, stimmte er ihr zu.

»Sie haben ihn, wie auch immer, aus dem Verkehr gezogen.«

Arturo betrachtete fasziniert sein Gegenüber. Felicia sprach mit Leidenschaft. Eine Leidenschaft, die er teilte – weshalb ihm der Klang ihrer Stimme eine Gänsehaut bereitete.

»Und dann die Presse. Man weiß schon, was sie jetzt schreiben. Die sind schon beim Nachfolger. Da wird bereits an den Formulierungen geschliffen, wenn es einer wagt die Frage zu stellen: *Was glauben Sie, hat es den Comisario tatsächlich erwischt? Warum wurde der denn so schnell beerdigt?* Diese Fragen sind tabu. Judith Rauschenberg hätte sie gestellt. Und dann weiter. Die Regierung; was macht die Regierung?! Aber gut, wir müssen uns hier erst wieder sortieren. Callín hat nicht einmal mehr einen Bürgermeister. Fabulos Beisetzung hat ein Geistlicher aus irgendeinem namenlosen Dorf übernommen, habe ich mir sagen lassen. Weil kein anderer da war. Das sind die Zustände!« Felicias Augen funkelten vor Erregung.

»Fabulos hatte irgendeine Spur«, erinnerte sich Arturo an ihre Begegnung. »Und diese junge Frau?«, brachte er das Gespräch unerwartet noch einmal auf Billa. »Was hatte sie mit ihm zu tun?«

»Billa hat gerne Fragen gestellt. Sie wollte an ihrer Uni eine Arbeit über unsere Polizeiarbeit schreiben. Eine ehrgeizige Studentin. Man kann nicht erwarten, dass diese jungen Leute die Erfahrungen mitbringen, die wir haben. Das können sie nicht. Und schon gar nicht darf man ihnen ihre Abenteuerlust, ihre Neugier vorwerfen. Das gehört zum jung sein dazu.«

Arturo gab sich ganz ihrer Leidenschaft hin. Er fühlte sich in gewisser Weise leicht. Leicht, weil sie das Reden übernahm. Ihn gänzlich unbekümmert mitriss, ganz ohne etwas zu fordern oder zu erwarten, dass er ihr ständig Recht gab. Sie fragte gar nicht danach.

»Sie hatte einen Brief von der verschwundenen Journalistin. Er war in ihrer Sprache verfasst«, sagte sie.

»Ich kenne den Brief. Judith hatte ihn dem *padre* gegeben.«

»Judith?« Überrascht zog Felicia eine Braue hoch. Das klang vertraut. Es klang nach etwas Persönlichem.

»Judith Rauschenberg, ja. Sie ist klug, zäh. Immer eine durchdachte Strategie und bereit zu einer Gegendarstellung, sobald diese erforderlich ist. Sorgfältig vorbereitet; gründliche Recherche, risikobereit. Fakten auf den Punkt gebracht. Das ist Judith. Unerschrocken, idealistisch – und dabei sehr einsam. Als Verhandlungspartner kann man sich die Zähne an ihr ausbeißen. Sie ist eine seltene Spezie. Eine Spezie, wie sie das Land braucht. Auch wenn das Persönliche dabei auf der Strecke bleibt. Das muss man in diesem Job in Kauf nehmen.«

»So, du kanntest sie also besser«, stellte Felicia fest. »Aber natürlich, man kennt sich in der Branche«, beantwortete sie die Frage schnell selbst, bevor er etwas erwidern konnte – auch um ihre Neugier zu überspielen.

Arturo schwieg.

Felicias Blick forschte. *Das* war es also. Das war sein Geheimnis: Sie war seine Geliebte.

»Es geht mich ja nichts an …«« Sie hoffte noch immer auf eine Erklärung. Warum gab er es nicht zu, er war wegen dieser Journalistin hier.

Felicia ließ die Hände vom Tisch gleiten. Der Mann, der ihr gerade etwas fremder geworden war, schien noch immer zu keiner Erklärung bereit. Natürlich ging es sie nichts an. Das sollte sein Schweigen wohl vermitteln. Er pflegte seine geheimnisvolle Aura. Außerdem kannte er Felicia – noch – nicht gut genug.

Aber er sollte sie kennenlernen. Sie wollte ihn aus der Reserve locken.

Gedankenverloren verfolgte Arturo wie sie aufstand …

Erneut bewunderte er ihre hochgewachsene Silhouette, ihren festen Schritt. Sie war anders als Judith. Völlig anders. Judith, die starke Journalistin. Stark und zugleich in anderer Hinsicht zerbrechlich. Das Feuer in ihr war langsam erloschen. In Felicia dagegen loderte es noch. Ihre Augen funkelten, wenn sie sprach.

Arturo beobachtete sie dabei wie sie Stühle zusammenstellte, über Tische wischte. Anschließend verteilte sie Blumengestecke.

Während er sich entspannte, schweifte sein Blick in die andere Richtung. Vor der Tür zur Küche hing das Schwarze Brett. Dort klebten die Fotos der Vermissten. Aus der Entfernung konnte er die Gesichter nicht gut erkennen, weshalb er sich spontan erhob und vor ging, um die Bilder aus der Nähe zu betrachten.

Von draußen zog der tropisch-feuchte Nachtwind durch die geöffnete Balkontür.

Am Schwarzen Brett klebten tatsächlich die Bilder der beiden, bei einem Ausflug verschwundenen Studenten. Billa Hartmudson und Jeremy Wilson, las er ihre Namen.

»Sie sind ein hübsches Paar, nicht?«, klang Felicias Stimme unmittelbar hinter ihm.

»So, sie waren ein Paar?«

»Na, ich denke doch.«

»Und Fabulos der vermeintliche Nebenbuhler.«

Felicia lachte. »Kennst du einen, der eine junge Studentin aus Europa abweisen würde?«

»Klar, mich!«, behauptete er augenzwinkernd.

Skeptisch zog sie ihre Augen zu zwei Schlitzen. »Ausgerechnet du?«

Arturo strich ihr über den Arm, was ihr augenblicklich eine Gänsehaut bereitete.

»Hast du ein Zimmer für mich?«, fragte er. »Für zwei oder drei Nächte? Vielleicht auch länger.«

»Oh, du möchtest diesen Ort wieder mit Leben füllen. *Estás bienvenido*. Du hast freie Wahl: mit Blick auf den Patio, ins Grüne. Pool und Meerblick sind leider ausgebucht«, witzelte sie.

»Ein bequemes Bett reicht mir. Und nochmal so einen Kaffee zum Frühstück.«

Sie war bereits ein paar Schritte vorgegangen. Trotz ihrer hochgewachsenen Gestalt, überragte Arturo sie noch um wenige Zentimeter.

»Drüben, auf der anderen Seite des Patios, hast du deine Ruhe. Da hörst du die Putzfrau nicht.«

Er folgte ihr. Automatisch heftete sich dabei sein Blick an ihre Rückenansicht, ihre Bewegungen, eine Mischung aus Tänzerin und Stierkämpferin.

Felicia schloss eines der Zimmer am Ende des Ganges auf. Vor dem Fenster mit Blick auf den Patio stand eine knallrot lackierte Holzbank. Daneben ein giftgrüner Kaktus in einem sonnengelben Topf.

Arturo warf einen kurzen Blick in das Zimmer. »Großartig!« Er nahm den Zimmerschlüssel entgegen, den sie ihm reichte. Dabei streiften ihre Finger wie zufällig seine.

Er verbrachte ein paar Stunden angezogen auf dem Bett liegend, holte den verpassten Schlaf nach.

Gegen fünf stand er auf, wusch sich Gesicht und Hände, streifte sich ein frisches T-Shirt über.

Hinter dem Hostal befand sich eine Bar mit Internetanschluss.

Arturo bewunderte die für kolumbianische Verhältnisse fast schon noble Ausstattung. Massive dunkle Holzmöbel mit Lederbezug. In einer Ecke standen Laptops, ausgestattet mit Lautsprecher, Scanner, Drucker. Man konnte Filme abspielen, arbeiten oder auch einfach nur im Internet surfen. Ein gemütlicher Treffpunkt, fernab des Großstadtlärms. Ein Treffpunkt für Touristen mit individuellem Reisewunsch. Mit großer Aufmerksamkeit bediente ihn eine kleine, rundliche Frau. Sie servierte *Café con leche* mit Zimt und Kardamon. Auch hier war er beinahe der einzige Gast.

Lächelnd verschwand sie um die Ecke, nachdem sie ihn bedient hatte. Hinter der Bar kauerten noch drei weitere Frauen und ein Barkeeper. Sie tuschelten, lachten. Arturo verstand aus der Entfernung natürlich nicht, worum es ging. Ein Teil ihrer Aufmerksamkeit aber schien durchaus auf ihn gerichtet.

Er klappte eins der Laptops auf, loggte sich in seinen E-Mail Account. Es gab zwei neue Nachrichten. Eine von der »Weitblick«-Redaktion, die andere E-Mail-Adresse sagte ihm nichts. Der Name war ein *nickname*. Zügig las er zuerst die auf Spanisch verfasste Antwort aus Hamburg:

Sehr geehrter Herr Umbral,
bitte entschuldigen Sie die verspätete Reaktion auf Ihre Anfrage. Da es sich bei dem angefragten Artikel um eine geschützte Veröffentlichung handelt, müssen wir jede Anfrage hierzu mit allergrößter Sorgfalt prüfen.

Wie Sie wissen ist Frau Rauschenberg, unter noch nicht geklärten Umständen verschwunden. Daher die Rückfragen zu Ihrem Presseausweis und Arbeitsgebiet.

Zu Ihrem Anliegen: Das veröffentlichte Informationsmaterial erhielten wir von einem anonymen Absender, auf elektronischem Wege. Der Absender gab sich als eine, die Journalistin vertretende Person aus. Er oder sie machte jedoch keine weiteren Angaben zur eigenen Identität. Es ging um die Veröffentlichung des Interviews. Die Nachricht wurde von Frau Rauschenbergs E-Mail-Adresse versendet, weshalb wir davon ausgingen, dass es sich um eine, der Journalistin sehr vertrauten Person handelt. Der Text in der E-Mail war auf Spanisch.

Wir bedauern sehr, Ihnen zurzeit nicht mehr Hinweise geben zu können und wünschen Ihnen, bei Ihren weiteren Recherchen, viel Glück.

Freuen würden wir uns, wenn Sie uns über neueste Erkenntnisse im Fall Judith Rauschenbergs, auf dem Laufenden halten.

Mit freundlichen Grüßen aus der Hansestadt,
Frauke Wilmersheim
Redaktion – Der Weitblick

Das Gelesene stimmte Arturo nachdenklich. Bei der Umschreibung *eine, die Journalistin vertretenden Person* kamen nicht viele Personen in Frage. Marcel fiel ihm zunächst dazu ein. Dieser aber wäre eventuell in der Lage gewesen einen Text auf Deutsch zu verfassen. Judith hatte Deutsch mit ihm gesprochen. Er war auf eine Deutsche Schule gegangen. Möglich war aber auch, dass sie selbst es geschrieben hatte.

Weitere Überlegungen schob er vorerst beiseite. Er öffnete die andere E-Mail und las:

Arturo, bist du mein Vater? Wenn es so ist …
Treffen morgen in Callín, 20 Uhr im Macondo?
Bitte, es ist wichtig. Marcel

Marcel. Arturo war tief bewegt, als er den Namen las. Marcel selbst hatte die Zeilen verfasst. Da war er, der verlorene Sohn. Und er suchte nach ihm; er stellte sich Fragen. Arturo konnte noch immer ein Vater sein. Es war nie zu spät für eine Familie, für die ganze Wahrheit.

Die E-Mail war erst am Morgen verschickt worden, – an diesen Morgen. Das Treffen wäre bereits in knapp zwei Stunden. Und natürlich wollte er Marcel auf keinen Fall verpassen. Hastig fuhr er den PC herunter, hielt Ausschau nach der Bedienung.

Kurz darauf schlenderte er durch die Straßen von Guajilín, sog den Geruch von tropischer Gewitterluft ein, die den Ort. Die Hitze hatte nachgelassen. Stille war an ihrer Stelle eingekehrt. Die einzige Hauptstraße, die durch das Dorf führte, wirkte wie ein ausgetrocknetes rotes Flussbett. Die Ruhe hatte etwas von der Erwartung, die er selbst in sich spürte. Als warte man auf etwas Größeres, ein Naturspektakel wie etwa einen Vulkanausbruch.

Als er das Hostal betrat, wirkte dies noch ausgestorbener als in der Nacht zuvor. Felicia war nicht da. Vermutlich war sie einkaufen gegangen. Sie hatte ihm einen Schlüssel gegeben, so dass er jederzeit kommen und gehen konnte, wie er wollte.

Arturo zog sich auf seinem Zimmer um. Er wollte einen ordentlichen Eindruck bei seinem Sohn hinterlassen.
Anschließend nahm er einen *colectivo*.

Die Dächer von Callín waren das erste, was er aus der Ferne erkannte. Sie schlummerten in verschwommenem Pastell unter dem rauchblauen Netz der einsetzenden Dämmerung. Der Mond jonglierte zwischen den Linien der Hochanden, die vage den Hintergrund zeichneten.

Arturo stieg an der zentralen *plaza* aus. Er wollte die kühle Abendluft auskosten und noch ein paar Schritte gehen. Die Hitze des Tages steckte noch in ihm und er brauchte Zerstreuung. Er dachte an das bevorstehende Treffen mit Marcel. Was ihm gerade fehlte, war Gelassenheit. Was mochte der Sohn für ein Bild von ihm haben und wie würde er reagieren? Unendlich viele Fragen gingen Arturo durch den Kopf.

Die Engelstrompeten an der Kathedrale warben darum der vereinsamten Kirche einen Besuch abzustatten. Er hatte noch etwas Zeit.

Am Eingang zündete er eine Kerze an. Der Geruch nach Copal stieg ihm dabei angenehm in die Nase. Es erweckte

Kindheitserinnerungen in ihm. Arturo hielt nichts von den abergläubischen Vorstellungen der Dörfer. Solche, wie man sie sich auch im Ort erzählte. Er verspürte ebenso wenig von der düsteren Mystik der Kirche. Im Gegenteil, sie war ein geschichtsträchtiger Ort. Ein Ort der Hoffnung, der Besinnung. Staub und Schatten gehörten dazu, wie auch das magische Licht der tropischen Sonne über den christlichen Häuptern. Er empfand die Heiligenbilder als neutral und besänftigend, weniger bedrohlich. Wie man auf die Idee kommen konnte, die Kirche hätte Böses im Sinn, war ihm ein Rätsel.

Langsam schritt er vor zum Altar. Erstaunlich aufgeräumt wirkte dort alles, trotz der Spuren der Vernachlässigung.

In einem Glaskasten wohnten Caspar, Melchior und Balthasar, gleich neben Maria, Josef und dem Jesuskind. Indigenes Kunsthandwerk.

Arturo sank auf eine der Bänke. Von irgendwoher spürte er einen kühlen Luftzug. Ein Fenster musste geöffnet sein. Als er den Blick hob, um zu erkunden woher der Wind kam, sah er unmittelbar in das schmerzverzerrte Gesicht des erwachsenen Jesus. Der Mann, der dort am Kreuz hing, war rotbraun von der Hautfarbe, trug dazu goldenes Haar. Arturo konnte sich ein Schmunzeln nicht verkneifen. Hier war also. Das Gold, das die Spanier erbeutet hatten. Jesus hatte sein Haupt damit geschmückt.

Wenn Arturo auch kein hochgläubiger Mensch war und eine gewisse Ironie der Geschichte in dem Bildnis sah, empfand er doch Ehrfurcht. Eine Weile verharrte er andächtig in seiner Position, genoss die Atmosphäre. Aus einem Impuls heraus ging er noch ein paar Schritte weiter vor.

Eine Figur rückte jetzt in sein Blickfeld, ein christlicher Heiliger. Der Heilige Antonius, Schutzpatron der Liebenden. Er war ganz offensichtlich einem der Glaskästen entnommen und anschließend hier vergessen worden. Oder hatten die anderen Heiligen ihn in die Verbannung geschickt?

Arturo musste erneut schmunzeln. Wie abstrus.

Spontan griff er zu der Figur, um sie aus der Nähe zu betrachten. Offensichtlich handelte es sich um indigenes Kunsthandwerk. Zu spät bemerkte er dabei, dass der Holzvorsprung, auf dem die Figur stand nicht richtig befestigt war, und sich bei seiner Berührung augenblicklich löste. Vielleicht war es auch seine innere Unruhe, der Umstand, dass er seine Hand einfach nicht still halten konnte, weshalb ihm die Figur entglitt. Er versuchte noch sie zu halten, war jedoch nicht schnell genug.

Verärgert über sein Ungeschick trat er einen Schritt zur Seite, betrachtete das Angerichtete. Nicht viel war passiert. Lediglich der Kopf hatte sich vom Rumpf gelöst.

Arturo kniete sich hin, um die Einzelteile aufzusammeln. Leicht konnte man den Kopf wieder auf den Körper setzen.

Erstaunt stellte er dabei fest, dass der Körper über ein Innenleben verfügte. Er war hohl, und in dem Hohlraum steckte ein Metallröhrchen. Vorsichtig zog er es heraus. Was sollte das, fragte er sich. Weshalb stand diese Figur hier; fiel bei der kleinsten Bewegung herunter, und ...? Ungeduldig schraubte er den Verschluss auf, drehte das Röhrchen herum, damit der Inhalt herausfallen konnte.

Ein aufgerolltes Stück Papier kam zum Vorschein. Er entrollte es ...

Es war eine kindliche Zeichnung, mit Buntstiften gemalt. Eine Kuh sollte das Abgebildete wohl darstellen. Genau genommen eine gelbe Kuh. Oder auch ein goldenes Kalb? Links neben der Kuh waren schwarze Strichmännchen gezeichnet. Manche größer, andere kleiner. Auf der gegenüberliegenden Seite ebenfalls Strichmännchen. Nur waren diese grün angemalt. Tarnanzüge? Sie trugen spitze, lange Gegenstände in den Händen. Mit etwas Fantasie konnten diese Gegenstände Maschinenpistolen darstellen.

Der Künstler blieb nicht namenlos. Mit bunten Buchstaben hatte er seinen Namen unter das Bild gemalt: Fabián.

Arturo drehte das Papier herum. An den abgeschnittenen Enden konnte man das Logo der Institution erkennen, wo die Zeichnung entstanden war: S.O.S. Kinderdorf. Er überlegte. Es gab eins dieser Dörfer südlich von Pasto.

Vorsichtig rollte er die Zeichnung wieder auf, steckte sie zurück in das Röhrchen und verschloss es wieder. Mittlerweile war es kurz nach acht. Er wollte Marcel auf keinen Fall warten lassen.

Hastig steckte er das Gefundene in seine Tasche, drehte den Kopf der Heiligenfigur wieder auf den Rumpf und stellte sie neben das Gebetbuch. Es war augenscheinlich das Schicksal des heiligen Antonios an dieser Stelle Wache zu halten. Und er wollte nicht in die örtlichen Gepflogenheiten eingreifen.

Nur wenig später stand er vor dem Macondo. Sein Herz schlug wie wild, als er die Tür berührte. Gleich würde es passieren. Dort drinnen. Er würde seinen Sohn in die Arme schließen. Endlich! Nur war Marcel kein Kind mehr. Er musste sich einen Ersatzvater geschaffen haben – in dieser langen Zeit. Wer auch immer das gewesen war, jetzt wollte Arturo diese Aufgabe für sich beanspruchen. Er wollte eine Rolle im Leben seines Sohnes spielen. Dauerhaft. Die Frage war nur: Würde Marcel es zulassen? Würde er ihn als Vater noch annehmen?

Einen Moment lang verweilte er unschlüssig vor der Tür. Arturo hatte bereits zahlreiche heikle Situationen im Leben gemeistert. Sich vor keinem Hindernis wirklich gescheut oder es verweigert. Rückzug kannte er nicht. Das hier jedoch war neu – und es war völlig anders als alles Bisherige. Derweil wollte sich die übliche Gelassenheit nicht einstellen. Er stand da, als hinge seine gesamte Existenz von diesem einen Moment ab.

Drinnen trat ihm zunächst ein Gemisch aus Alkoholdunst und Zigarettenrauch entgegen. Er sah nichts außer Nebel, Köpfe. Sein nervöser Blick glitt von einem dieser Kopf zum anderen. Welcher gehörte zu Marcel? Hier lachte jemand, dort wurde lebhaft diskutiert. Arturo trat an die Theke. Jaime schenkte gerade seinen Anisschnaps aus. Unschlüssig sah er sich um. Irgendwo hinter ihm saß er. Marcel. Irgendwo dort, denn Arturo spürte, dass ein Paar Augen konzentriert auf ihn gerichtet war. Bei jedem Schritt. Marcel musste ihn längst bemerkt haben. Vermutlich hatte er die Tür die ganze Zeit im Auge behalten. Kinder fanden ihre Eltern, Eltern ihre Kinder. Sie fanden sie, wenn sie sich vom ganzen Herzen wünschten, sie zu finden. Ein unsichtbares Seil verband die Menschen.

Marcel hatte ihn tatsächlich bereits entdeckt. Er saß an einem Ecktisch. Als er seinen Vater durch die Tür treten sah, wusste er sofort, *wer* er war. Dieser Gang, die ganze Gestik. Das konnte nur Arturo sein.

Völlig bei sich und den Gefühlen, die fiebrig in ihm hochstiegen, starrte Arturo zu dem jungen Mann, versuchte etwas in seinen Augen zu lesen. Marcel hatte die Lippen aufeinander gepresst. Eine dunkle Locke hing ihm in die Stirn, fiel wie in Zeitlupe aus seinem Gesicht und radierte die letzten Zweifel aus.

»Marcel?«, fragte Arturo heiser.

Der junge Mann war aufgestanden, stand ihm jetzt genau gegenüber.

»Papá?«

Es brauchte nicht viele Worte, war wesentlich einfacher – und zugleich unendlich viel schwerer – als Arturo es zu hoffen gewagt hatte.

Vater und Sohn lagen sie sich in den Armen. Es war wie Wiedergeburt und Taufe in einem. »Mein Gott«, stammelte Arturo, »Marcel ... verfluchte Zeit.«

»Die Zeit können wir nicht zurückdrehen.«

»Nein. Nein ...« Arturo wusste einen Moment lang nicht, was er sagen sollte. Alles schrie in ihm. Vor Freude und Erleichterung.

Jaime beobachtete die Szene aus der Distanz. Kurz darauf rückte er mit einer Flasche Wein an, stellte sie auf den Tisch: »Das große Wiedersehen«, stellte er fest. »Sowas muss man feiern!«

Die Flasche wurde geköpft. Das Kennenlernen hatte die erste Hürde genommen. Unerwartet schnell war alles völlig selbstverständlich. Verloren, wiedergefunden. Kurz darauf waren sie bereits mitten im Gespräch. Als wäre man sich die ganze Zeit auf eine Art nahe gewesen, all die Jahre.

Marcel war ein wacher, aufgeschlossener junger Kerl. Arturo erkannte sich selbst in ihm. Damals, vor den unsicheren Jahren.

»Wann hast du deine Mutter das letzte Mal gesehen? Ich meine vor ihrem Verschwinden.«

»Ist schon etwas her. Wir haben telefoniert, – hin und wieder ... wie es ihre Arbeit zuließ.«

Arturo wäre sicher nicht begeistert zu hören, dass Marcel sein Jurastudium abgebrochen hatte. »Ich habe mich politisch engagiert. Die Auseinandersetzungen müssen aufhören. Frieden für die Dörfer. Keine Schutzgeldzahlungen mehr, keine Entführungen, keine Gewalt gegen Bauern. Wir können über das Internet mobilmachen, aufklären.«

»Dann liegt das also in der Familie. Du klingst ganz nach deiner Mutter.« Arturo lachte. Vor allem klang er nach ihm – nach seinem Vater.

Die Stunden im Macondo flogen dahin. Vergangenheit. Gegenwart. Es gab einiges zu erzählen. Irgendwann zog Arturo auch den Brief hervor, legte ihn vor Marcel auf den Tisch.

»Das ist ein Brief von deiner Mutter. Sie hatte ihn an dich geschrieben. Pater Benjamín sollte ihn für sie aufbewahren und dir übermitteln, falls ihr etwas zustoßen sollte. Jemand muss ihn entwendet haben. Comisario Fabulos hat ihn am Wegkreuz ausgegraben. Fabulos war auf der Suche nach ihr.«

Marcel faltete das Papier auf und las. Er las den Text konzentriert gleich mehrmals hintereinander.

Arturo verfolgte dabei aufmerksam seine Reaktion.

»Mein Deutsch ist einfach grottenschlecht geworden.«

»Da haben wir was gemeinsam«, lachte Arturo. »Nur, dass meins nie was anderes war – als grottenschlecht. Ich verstehe nicht ein Wort. Der Comisario hat es übersetzen lassen.«

»Er hat es am Wegkreuz gefunden, sagst du?«

»Zusammen mit einer Kuhglocke.« Der Comisario hatte sie ihm geben wollen, erinnerte er sich.

»Eine Kuhglocke?« Das interessierte Marcel. »Jetzt sag mir doch, dass das kein Zufall ist. Diese Kuh taucht überall auf.«

»Es ist Teil ihres Puzzles, nehme ich an. Fabulos stand mit der Aufklärung dieses Falls ziemlich unter Druck. Jetzt hat es den Comisario selbst erwischt ... angeblich. Fragliche Todesumstände. Äußerst fraglich. Er war einfach zu schnell unter der Erde. Alles sehr merkwürdig. Es gab weder Totenwache, noch hat ihn irgendwer identifiziert.«

»Dann war er auf einer Spur. Was kann er gehabt haben.«

Marcel musterte seinen Vater von der Seite. Der Dreitagebart war leicht ergraut. Die Form seiner Augen deutete auf osteuropäische Wurzeln, wobei er die dunkle Farbe offensichtlich geerbt hatte. Arturo trug ein T-Shirt mit dem Aufdruck *Universidad Montevideo.*

»Dieser Benito Umbral, das bist du, stimmts?«, fragte er.

»Warum dieser Name?«

»Es ist ein Deckname. Damit konnte ich untertauchen.«

»Ich habe mir wohl angewöhnt nicht zu viele Fragen zu meinen Wurzeln zu stellen. Sie spricht nicht gerne über Persönliches. Wenn wir uns sehen, geht es um Politik, ihren Job oder mein Studium.«

Arturo schwieg.

Marcels hatte einen Gegenstand auf dem Tisch entdeckt. Das Metallröhrchen. Arturo hatte es, zusammen mit dem Brief aus seiner Tasche gezogen.

»Was ist das?«

»Das? Ach, na ja, sieh es dir an. Ich habe es in der Kathedrale San Bernardino gefunden. Es war in einer Heiligenfigur versteckt.«

Marcel nahm das Röhrchen, schraubte es auf und zog das Bild heraus. Nachdem er es ausgerollt hatte, betrachtete er es eine Weile, drehte es immer wieder herum. »Da ist *es* wieder«, stellte er fest.

»Was?«

»Ein Zeichen von ihr.«

»Du meinst das Kalb.« Natürlich wusste Arturo Bescheid. Marcels Reaktion war nur eine Bestätigung dessen, was er bereits überlegt, aber wieder verworfen hatte.

»Ja, und es gibt noch mehr dieser Zeichen.« Er zog die halbe Postkarte hervor, auf der Judith den Code zu ihrem digitalen Archiv notiert hatte.

»Schau dir das Motiv auf der Postkarte an«, forderte er Arturo auf.

»Das ist die Kathedrale San Bernardino in Callín. Dort habe ich den Heiligen Antonius mit diesem Röhrchen im Bauch gefunden«, stellte der Vater fest.

»Ein Hinweis führte zum anderen, eine Kette von Hinweisen. Sie weiß, wie wir vorgehen. Und das hier …«, Marcel drehte die Postkarte herum, »das ist ein digitaler Schlüssel. Vermutlich zu ihren letzten journalistischen Arbeiten. Das alles war in einer Porzellankuh versteckt.«

»Du warst in ihrem Büro in Callín?« Beinahe hätte Arturo den vorwurfsvollen Ton eines Vaters angeschlagen. Er veränderte seine Stimme jedoch gleich wieder. »Ich war auch dort und natürlich ist mir diese Kuh irgendwie ins Auge gestochen. Letztlich habe ich mich jedoch nicht weiter mit ihr beschäftigt. Es war auch zu wenig Zeit. Ich kenne doch ihren Tick. Sie benutzt gerne auffallend kitschige Gegenstände, um darin geheime Botschaften zu verpacken. Das hat sie schon immer so getan.«

Ein flüchtiges Lächeln huschte über seine Lippen. Es verschwand jedoch gleich wieder.

Marcel war wieder mit der Zeichnung beschäftigt. »Wir müssen Fabián suchen. Er ist das nächste Glied in der Kette. Vielleicht hat er irgendeine Botschaft von ihr.«

»Fabián ist ein Kind.«

»Es tut nichts zur Sache. Gerade deshalb. Ein Kind verdächtigt niemand. Bei einem Kind sucht niemand Informationen.«

Der Schatten des korpulenten Wirtes war unerwartet über die beiden getreten. Marcel steckte die Zeichnung wieder weg.

»Señor Umbral. Haben Sie *es* schon gehört?« Er stellte ihm ein leeres Glas hin und schenkte ein. »Fabulos.«

»Ja, habe ich. Tut mir aufrichtig leid um ihn. Das ist schwer zu glauben. Vor kurzem haben wir noch miteinander gesprochen.«

»Erschossen, heißt es. Dabei … es ist kaum zu glauben. Serg konnte resistent sein wie Ungeziefer.« Jaime stellte die Flasche ab. »Wir waren gute Freunde, verdammt gute Freunde. Man hat schon so viel zusammen durchgemacht. Ich glaubs einfach nicht. Nein, das will einfach nicht in meinen Kopf. Es macht auch keinen Sinn. Serg würde doch nicht kopflos in einen Hinterhalt tappen. *Sowas* passiert ihm nicht. Aber was scherts auch die Behörden. Hauptsache man hat die Leiche vom Hals. Und ob wir hier einen Comisario haben oder nicht. Die Frage bereitet denen keine schlaflosen Nächte.« Jaime war wütend. Ebenso wie er eine gewisse Hilflosigkeit empfand. Er hätte nicht gewusst, wo er den Freund suchen sollte. Andererseits war er voller Hoffnung, dass jemand ihm diese Aufgabe abnahm. Jemand wie Arturo. Politik war unberechenbar, das war so und würde nie anders sein. Aber es gab noch andere Werte, die man dem entgegenhalten konnte.

»Fabulos war ein zäher Kerl«, stimmte Arturo zu. »Ich glaube auch nicht an seinen Tod.«

»Unser Leichenbestatter aus Tres Marias ist normalerweise zuverlässig«, sagte Jaime. »Aber wenn er ausfällt und wenn man bei der Masse den Überblick verliert …«

»Die verlieren nicht den Überblick, glaub mir. Die wissen ganz genau, was sie tun. Die werden präpariert; einen Gerichtsmediziner kann man auch bestechen.«

»Du glaubst, sie haben Serg in der Mangel?«

»Vielleicht.« Arturo zog ein nachdenkliches Gesicht. »Das hört sich jedenfalls besser an, als ein toter Sergio Fabulos.«

»Ich bin an der Sache dran, wenn dich das beruhigt. Ich werde dich auf dem Laufenden halten. Versprochen.«

Jaime wirkte etwas beruhigt. Wenn auch ein Restzweifel blieb. »Zumindest in einer Sache könnte es bald mehr Klarheit geben. Jetzt, wo sie das Fahrzeug der Journalistin gefunden haben.«

»BITTE?!!«, fragten Arturo und Marcel im Chor.

»Ihr wisst es noch nicht?«

»Sie haben das Fahrzeug gefunden? Wann und wo?«

»In der Schlucht unterhalb der Landstraße, Richtung Popayán, etwa dreihundert Meter versetzt von der Aufprallstelle, im Regenwald. Es hat ein bisschen gedauert, bis sie genug Leute mobilisieren konnten, die sich dort durch die Natur schlugen. Die Stelle war schwer zugänglich. Man hat auch nur die Leiche des Mannes geborgen. Beziehungsweise das, was von ihm noch übrig war, bei den Klimaverhältnissen.«

»Was ist mit meiner Mutter?«, fragte Marcel.

»Von Judith Rauschenberg bisher keine Spur.«

»Ist der Unfallort gründlich abgesucht worden?«

»Kaum zu glauben, aber sie waren beinahe übergründlich. Der Hinweis kam von ein paar Urwaldindianern, die in der Region ihr Nachtlager errichten wollten«, erklärte der Wirt.

»Ist die Stelle mittlerweile zugänglich?«, wollte Marcel wissen.

»Du willst da raus? Davon würde ich dir abraten. Das ist nur was für Profikletterer. Aber …«, fiel ihm noch etwas ein, »Frag doch mal diesen Deutschen, der dort oben lebt. Kraushaar. Der kommt einmal die Woche zum Einkauf nach Callín. Vielleicht nimmt er dich mit.«

Marcel warf seinem Vater einen fragenden Blick zu. Dieser deutete ihm ruhig zu bleiben. »Mal was anderes«, wechselte Arturo stattdessen das Thema. »Hast du was von einer Entführung gehört? Felicia sagt, in Guajilín seinen zwei Touristen verschwunden.«

»Entführung? Keine Ahnung. Das ist noch nicht bis zu mir durchgedrungen. Aber jenseits von Guajilín, das sickert hier nicht immer durch. Dort hat sie die Hosen an.« Jaime hatte sich mit an den Tisch gesetzt. »Wann soll das denn gewesen sein, mit der Entführung?«

»Vor ein oder zwei Wochen. Die junge Touristin war mit dem Comisario befreundet, eine Studentin aus Europa.«

»Ach, *diese* junge Frau. Hmn, soll ich dir was sagen, eigentlich wunderts mich nicht. Wenn du mich fragst, war es vorauszusehen, dass früher oder später was passiert. Dieser Abenteuer-Tourismus, den die dort oben praktizieren, das geht eindeutig zu weit. Die jungen Leute kommen aus relativ sicheren Ländern. Sicherheit, die gibts hier nicht.«

Jaime war sehr einnehmend, wenn er einmal erzählte. »Dass sie etwas neugierig war, habe ich wohl gehört. Aber Serg bringt doch niemanden in Gefahr. Auf Frauen lässt er sich schon gar nicht ein. Leider. Schlechte Erfahrungen. Auch wenn sie aus Europa kommen, da macht er keinen Unterschied.«

»Klar«, Arturo sah auf sein Glas, das der Wirt erneut gefüllt hatte.

»Aber du weißt, wie das hier läuft«, fuhr der Wirt bereits fort, »dass wir solche Sachen auch selbst in die Hand nehmen können. Darin sind wir geübt. Der Tourismus zum Beispiel. Dafür brauchen wir die in Bogotá nicht. Wir haben unsere eigenen Projekte.« Er hatte einen feierlichen Ton angeschlagen.

Marcel hörte aufmerksam und aufrichtig interessiert zu. Der Wirt war ihm sympathisch. Er mochte die Art, wie er sich die

Kundschaft erzog und mit seinem Optimismus bei Laune hielt.

Arturo dagegen war skeptisch. »Was für Projekte sind das?«, wollte er wissen.

»Wir bieten Touren an. Nicht nur Guajilín soll davon profitieren. Vor zwei Tagen haben wir abgestimmt.« Jaime richtete sich stolz auf. »Ein Programm für Touristen. Etwas, das sie von diesem Abenteuerding abbringt, was Solides. Das Museum Arte Inca Andino wird gerade restauriert. Rigoberto stellt Fahrräder zur Verfügung. Sie sind nicht auf dem neusten Stand, aber ein paar der Frauen wollen helfen sie zu streichen. Grün, orange. Bunt eben. Das mögen die jungen Leute, sieht auch schön aus. Auf der Route Bolivar gibt es wunderschöne Natur zu bewundern.«

»Für die Route braucht man zumindest ein Mountainbike. Darüber hinaus, wie stehts mit der Sicherheit?«, gab Arturo zu bedenken. »Diesen Punkt musst du bedenken.«

»Die Strecke liegt fernab der FARC-Lager. Dort ist es ungefährlich. In der alten Schule gibt es ein Mittagessen. Spanisch unterrichten würde Señora Ricoleta. Sie spricht sogar fließend *Quechua*. Die *Gringos* können den *artesanía*-Markt besichtigen und abends in den Bars von Guajilín feiern. Oder eben hier. Na, was sagt ihr dazu?« Jaime hatte beim Reden Farbe im Gesicht bekommen. Manchmal bedurfte es lediglich eines guten Plans, um die Realität für einen Moment auszublenden. Und Jaimes Präsentation hörte sich fast so an, als boome das Geschäft bereits.

Marcel ließ sich von der Euphorie gerne anstecken. »Und das Ganze habt ihr euch ausgedacht und auf die Beine gestellt? Alle Achtung!« Dabei wanderte sein Blick zu seinem Vater, der weiterhin in seiner reservierten Haltung verharrte.

»Es ist ein Anfang«, rechtfertige Jaime. »Wir können doch nicht länger mit ansehen, wie sie uns unsere Leute wegrekrutieren. Jeder hier möchte eine Perspektive und die Aussicht auf ein friedliches Leben. Wir müssen verhindern, dass man hier noch zu den Waffen greift, um sich zu verteidigen.«

»Das Projekt steht auf einem Pulverfass.« Arturo sah Jaime tief in die Augen und legte dabei freundschaftlich die Hand auf seine Schulter. »Du hast viel vor, aber all das kann nur funktionieren, wenn es für die Touristen auch sicher ist. Bei nur einem Vorfall, bleibst du auf allem sitzen. Schau dir das Hostal Felices an. Felicia hat langjährige Erfahrungen. Ihr Hostal ist zurzeit leer. Und das wegen einer einzigen Entführung.«

»Das ist sicher nicht nur wegen der Entführung. Es sind die ungeklärten Morde. Aber das gibt sich wieder, glaub mir, ich kenne das Geschäft nicht weniger als sie.« Jaime war ein hoffnungsloser Optimist. »Aber mal abgesehen davon, wir brauchen hier auch wieder jemanden, der über uns schreibt. Medien haben oft mehr Macht als Gesetze. Wir brauchen eine Stimme, die den Leuten sagt, wie die Dinge stehen, und wo wir ansetzen können. Jemand, der über unsere Projekte informiert. Vielleicht verschaffen wir uns sogar Gehör in Bogotá und sie zahlen uns eine Unterstützung zum Wiederaufbau der Region.« Jaime druckste herum. »Ich dachte dabei an dich. Du bist doch Journalist.«

»Ich?« Arturo war überrascht. »Ich bin ein Aussätziger, werde politisch verfolgt; die letzten Jahre habe ich außerdem überwiegend Vorlesungen an Unis gehalten.« Der Gedanke war dennoch nicht ganz uninteressant, und als er Jaimes hoffnungsvollem Gesichtsausdruck begegnete, beeilte er sich hinzuzufügen: »Ich werde es mir überlegen. Mal sehen, was sich machen lässt.«

»Gut. Dann denk drüber nach.« Er zwinkerte und deutete auf die nachgefüllten Gläser. »Macht euch noch einen schönen Abend. Bis zur nächsten Runde!« Der Wirt wandte sich bereits zum Nachbartisch. Nach kurzem Zögern aber, drehte er sich nochmal um. Ihm war noch etwas eingefallen: »Das wollte ich dich die ganze Zeit schon fragen. Wo hast du eigentlich deinen Freund gelassen?«

»Wen meinst du?«

»Den Typ mit dem Pferdeschwanz.«

»Du meinst Rodrigo. Rodrigo Salazar, ein alter Bekannter und Kollege. Ich habe ihn eher zufällig getroffen. Aber keine Ahnung, wo er steckt.«

Arturo wollte lachen, unterbrach sich jedoch plötzlich selbst.

Marcel war derweil erneut mit der Zeichnung beschäftigt, rollte das Papier aus und studierte es. »Ich werde Fabián suchen«, verkündete er dabei. »Ich bin sicher, sie hat irgendwas bei ihm hinterlassen.«

Arturo drehte sich zu Marcel, nachdenklich, noch immer tief bewegt. Einen Moment lang hingen die beiden Männer ihren jeweiligen Gedanken nach.

»Gut, dann machen wir es so«, beschloss der Ältere schließlich. »Ich sehe mir den Unfallort an. Wenn du etwas bei dem Jungen findest, lässt du es mich wissen – wenn wir nicht ohnehin besser zusammen dorthin fahren.«

»Lass mal, ich kann schon auf mich selbst aufpassen«, erinnerte Marcel den Vater an sein Alter und seine Unabhängigkeit.

»*Pues, bien.* Dann treffen wir uns eben dort. Du gibst mir ein Zeichen?«

»So machen wir das.«

Vier

Weit nach Mitternacht kehrte Arturo zurück ins Hostal Félices. Felicia war noch wach. Sie hatte offenbar auf ihn gewartet und saß an jenem kleinen Tisch vor der Küche, an dem Arturo noch am Morgen gesessen hatte. Sie trug Trainingshose und ein Spaghettiträgertop.

»*Bella* Felicia, du bist ja noch wach, zu dieser unchristlichen Zeit.«

»Den Tag über war es so schwül, die Nacht kühlt. Da kann ich nicht gleich ins Bett«, entgegnete sie. »Ein kleiner Wachmacher vor dem Schlafengehen?«

»Keinen Alkohol. Davon hatte ich genug. Aber wenn du einen *tinto* hast? Ich schlafe mich gern schön – mit Kaffee.« Er zwinkerte.

»Schön bist du doch schon«, zwinkerte sie zurück.

»Oh, das verbuche ich als Kompliment.«

»Mach nur«, lachte sie und verschwand in der Küche.

Kurz darauf kam sie mit einer kleinen Kaffeetasse zurück. »Eine Gabe des Hauses.« Hinter ihrem Rücken hatte sie noch etwas, eine Rotweinflasche.

»Welchen *tinto* willst du? Dieser hier macht noch schöner.«

Arturo lachte. »Das wäre zu viel an Schönheit. Aber gut, zu einem winzigen Gläschen lasse ich mich überreden. Weil du´s bist.«

Sie stellte zwei Gläser auf den Tisch und schenkte ein. »Und, hattest du einen schönen Abend? Hast du unterwegs etwas von unseren beiden Verschwundenen gehört?« Sie setzte sich ihm gegenüber.

»Zu Frage eins: ja hatte ich. Zu Frage zwei: nein, leider nicht.«

Felicia seufzte und sah auf ihre Hände.

Arturo betrachtete sie von der Seite. Ein paar dunkle Haarsträhnen fielen ihr ins Gesicht. Müde sah sie aus, wenn auch ihre langen, geschwungenen Wimpern ihren Augen zu einer Art Dauerglanz verhalfen.

»Ich vermute, dass sie bald Forderungen stellen werden.

Bestechungsgelder für den Erhalt ihrer Drecksarmee.« Der Zauber ihrer jugendlichen Ausstrahlung kam immer dann besonders gut zur Geltung, wenn sie sich aufregte.

»Warten wir´s ab.« Arturo nippte an seiner Tasse. »Ich habe heute meinen Sohn getroffen.«

»Du hast ein Kind?«

»Er ist erwachsen. Es ist quasi das erste Mal, dass ich ihm begegnet bin.«

»Das erste Mal. Wo hast du gesteckt, als er heranwuchs? Wie alt ist er – und was ist mit seiner Mutter?«

»Er ist zweiundzwanzig und bei einer Pflegemutter aufgewachsen. Seine Mutter konnte ihn nicht aufziehen.«

Felicia hatte den Kopf in den Nacken gelegt.

»Es ist eine längere Geschichte«, erklärte er. Dabei verspürte er noch einmal die stechende Nervosität des Augenblicks, den Moment als Marcel und er sich in die Arme fielen. Das Gefühl war noch frisch. Gerne hätte er sich jetzt gehenlassen. Vielleicht in ihren Armen.

»Dann war es also ein ganz besonderer Abend. Einer, den man so schnell nicht vergisst.« Sie erhob ihr Weinglas, nippte daran.

»So ist es.«

»Ich sehe das Glück in deinen Augen.« Sie stellte ihr Glas wieder ab.

»Es war ein abenteuerlicher Weg bis hierher, steinig war er. Ein Weg voller unerwarteter Windungen und Hindernissen.« Er hatte ein Redebedürfnis. Und sie war hier, hörte ihm zu. Sie war jemand, der gerade zur Verfügung stand.

»Marcel heißt er. Und er wäre jetzt allein, wenn ich nicht ...«

»Wenn du nicht *was*? Ist seine Mutter tot?«, fragte sie vorsichtig.

»Nein. Ich gehe mal nicht davon aus. Seine Mutter ist die verschwundene Journalistin Judith Rauschenberg, meine Ex-Frau.«

»Ach ... Tatsächlich? Fast habe ich es geahnt«, bekannte sie.

»Marcel musste viel entbehren. Uns als Eltern. Wenn ich auch denke, dass er es immer gut bei Francisca hatte. Sie ist ein guter Mensch. Mein richtiger Name ist Arturo Angeles.

Ich musste damals untertauchen.«

»Umbral ist also eine Art Deckname?«

»Ja. Ein früherer Studienkollege besorgte mir den Job als Dozent an der Uni in Montevideo. Marcel war damals ungefähr vier Jahre alt. Judiths Neuer brauchte zu dem Zeitpunkt einen Namen um unterzutauchen. Er wurde von der Polizei gesucht. Also bekam er meinen und ich nahm seinen, ein Pseudonym, wenn du so willst. Benito Umbral. Für meine Kriegsberichterstattung, aus dem Untergrund. Er machte sich als Arturo Angeles in der Politik einen Namen.«

»Hat denn deswegen nie einer Fragen gestellt?«

»Anfänglich schon. Aber als sie erkannten, dass der neue Arturo mit dem alten nichts zu tun hatte, waren sie schnell still. Weshalb bohren, wo es gerade ganz gut passte. Wie auch immer ich von der Bildfläche verschwunden war, denen war es nur recht. Dann mussten sie mich nicht mehr erledigen.«

Arturo betrachtete die Weinflasche. Das Glas hatte er bisher nur berührt, ohne etwas daraus zu trinken.

»Das war der weitestgehend unbedeutende Teil meiner Geschichte. Sozusagen die Einleitung. Schlimmer war das, was darauf folgte. Ein Leben ohne die Menschen, die mir am Herzen lagen. Ganz ohne Marcel. Judith und ich blieben in Kontakt. Marcel aber war für mich verloren.«

Felicias Gesichtsausdruck zeigte Rührung, Mitgefühl.

»Dennoch war ich erleichtert, als Judith sich entschied ihn zu Francisca zu geben. Nicht nur wegen der Sicherheit. Ich wollte natürlich nicht, dass er mit einem fremden Mann als Ersatzvater aufwuchs. Der neue Arturo Angeles wusste nichts von Marcels Existenz. Das war die Bedingung.«

»Was für eine Geschichte«, sagte Felicia. »Ich höre viele Geschichten. Oft auch die Geschichten der Touristen. Vieles, was sie erzählen, kann ich mir nicht vorstellen. Sie kommen aus anderen Ländern. USA, Japan, Kanada, Deutschland, Dänemark. Diese Länder habe ich nie gesehen. Ich bin nie aus Kolumbien rausgekommen. Was du erzählst, ist *näher*. Ich kann mir vorstellen, wie du empfindest.«

Arturo wusste, was sie sagen wollte. Dass sie ihre eigene Geschichte hatte. Dass das, was er erzählte sich im Wesentlichen mit Dingen aus ihrem Leben deckte. Auch wenn sie keine verfolgte Journalistin war. Was sie tat, war längst nicht jedem recht.

»Deine Geschichte ist traurig und schön zugleich. Schön, weil ihr euch jetzt wiedergefunden habt. Du kannst deinen Sohn noch immer richtig kennenlernen, glaub mir. Die Umstände haben euch zusammengebracht. Das ist ein Zeichen.« Sie zog ihre Knie an die Brust und stützte den Ellenbogen darauf auf.»Ich habe keine Kinder. Mein einziges Kind habe ich verloren. Kinder sind unersetzlich – in deinem Herzen. Sie bleiben immer dort. Auch wenn sie nicht mehr am Leben sind. Ich habe mich für ein Leben entschieden, in dem ich nicht noch einmal ein Kind verlieren möchte.«

Sie sah ebenfalls zur gläsernen Balkontür, und von dort in den Himmel.»Die Touristen sind meine Kinder. In gewisser Weise. Sie sind jung, neugierig. Sie wollen die Welt erkunden, sie verstehen. Das möchte ich gerne unterstützen.«

Arturo empfand eine plötzliche Wärme bei ihren Worten, die ihm unerwartet aus dem Herzen sprachen.

»Ja«, stimmte er zu,»das ist wirklich eine wunderbare Mission«, bekräftigte er.»Da bin ich ganz bei dir.«

Sie lächelte und legte eine Wange auf ihr angezogenes Knie. Die Müdigkeit hatte sie auf einmal fest im Griff und sie konnte nur mit Mühe ein Gähnen unterdrücken.

»Aber vielleicht sollten wir unsere Mission nicht mehr heute Abend angehen. Es ist spät«, stellte er fest.

Felicia stimmte stumm nickend zu. Dann richtete sie sich langsam auf, fing an den Wein und Arturos Kaffeetasse abzuräumen. Das Weinglas ließ sie stehen. Möglicherweise hatte er das Bedürfnis noch etwas für sich zu sein.

»Also dann, gute Nacht«, wünschte sie ihm.

»Schlaf gut.«

Er sah ihr nach, wie sie die Balkontür verschloss und anschließend weiter Richtung Küche tappte. Kurz darauf war ihre Gestalt in der Dunkelheit des Hauses verschwunden. Irgendwo ging eine Tür. Danach wurde es still.

Jetzt war er allein mit seinen Gedanken. Er nippte an seinem Weinglas. Vor der Balkontür schwirrten die Mücken um das Außenlicht. Eine Weile beobachtete er ihren wirren Tanz. Spontan stand auf, öffnete die Balkontür erneut und trat nach draußen.

Guajilín schlief. Die Straßen wirkten wie ausgestorben. Mit dem Abzug der Touristen verwandelte sich der Ort in ein malerisches Bergdorf, ganz ohne den üblichen Trubel. So musste es damals gewesen sein, bevor der Tourismus Einzug gehalten hatte. Damals hatte es kaum befestigte Straßen gegeben. Es gab nur eine einzige Bar. Dort, wo jetzt die Straßenreklame leuchtete, standen einfache Hütten, Häuser aus Adobe. Wie sehr hatte sich alles verändert. In kurzer Zeit. Die Schönheit des Einfachen war dem Kommerz gewichen. Durchlöchert von den Kugeln des Bürgerkriegs. Guajilín vereinte natürliche Widersprüche. Natürlich, weil nichts immer harmonisch und friedlich sein konnte. Der Mensch war es nicht. Ebenso wenig die Natur.

Guajilín war ehrlich, seine Seele lag hier, genau hier.

Bei diesen Gedanken dachte Arturo wieder an Marcel. Er fühlte sich versöhnt. Versöhnt mit sich, mit allem. Er ruhte in sich.

Mit diesem Gefühl des inneren Gleichgewichts, schloss er leise die Balkontür, bewegte sich langsam zu seinem Zimmer.

Fünf

Marcel und Lecardomi hatten sich für die Nacht in einer abgelegenen, strohbedeckten Hütte eingerichtet. Sie stand an einer abgeholzten Stelle am Rande des Regenwaldes. Urwaldindianer mussten sie irgendwann gebaut und anschließend aufgegeben haben.

Die beiden bereiteten sich ihr Nachtlager mit Schlafsäcken, die Marcel kurzfristig in Callín besorgt hatte. Die Nacht war noch nicht ganz zu Ende und der Prozess des Tagesanbruchs brauchte noch ein paar Stunden.

Lecardomi schlief, als Marcel ins Freie trat.

Marcel liebte die tropische Schwüle. Der Geruch, der ständig in der Luft hing, insbesondere nach dem Regen. Reinheit, die sich jedoch nicht auf den Menschen übertrug. Nur wenige Kilometer von hier gab es das Elend. Verfallene Hütten, Armut, Menschen, die Schießübungen mit den Nachbarn veranstalteten; Jugendliche, die vorzeitig die Schule abbrachen und sich zu kleinen Drogengeschäften oder Diebstählen anstiften ließen.

Marcel ging weiter. Hinter dem Regenwald erhob sich das Gebirge. Die Linie der Andenkordilleren blieb jedoch in der Nacht ein vager Schatten, umhüllt von dickstem Nebel. Judith hatte sich auf Anhieb in diese Landschaft verliebt. Die Magie von Urwald und Kordilleren. Die Exotik der indigenen Andenbergdörfer. Marcel konnte sich ein Leben an einem anderen Fleck der Welt nicht vorstellen. Hier wegzumüssen bedeutete, sich das Herz herauszureißen.

Er war bereits eine Weile durch das Gras gestreift, ohne zu bemerken, dass er sich ein ganzes Stück von der Hütte entfernt hatte. Nachtfalter schwirrten um seinen Kopf.

Plötzlich sah er etwas am Boden blinken. Er blieb stehen, ertastete den Gegenstand mit dem Schuh. Ein Mobiltelefon? Er bückte sich, um es aufzuheben. Tatsächlich war es ein Mobiltelefon. Jemand musste es verloren haben. Der Akku war jedoch aufgebraucht.

Er steckte das Telefon ein. Wer wusste, wozu es gut sein

konnte.

Als er sich zur Hütte drehte, wirkte diese aus der Entfernung auf einmal winzig und dabei wie ausgestorben. Lecardomi schlief.

Sie befanden sich auf halber Strecke nach Pasto, dort wo das S.O.S.-Kinderdorf lag. Lecardomi wollte von dort weiter Richtung Grenze. Bisher war die Reise ohne Zwischenfälle verlaufen. Der Gejagte fühlte sich offenbar sicherer in Begleitung eines anderen. Er wagte es sogar sich mit seiner Geliebten, Semia Bátista zu treffen. Sie hatte ihn jedoch am frühen Abend versetzt.

Marcel trat den Rückweg zur Hütte an. Seine Finger zitterten plötzlich, als sie das Mobiltelefon in seiner Tasche berührten. Die feucht-kühle Nacht kroch heimlich unter seine Kleidung, attackierte unerwartet seinen Körper. Hatte er sich etwas eingefangen? Dabei war er zäh. Die Tropen setzen ihm normalerweise nicht zu.

Anders der Freund. Er hatte ein Schlafmittel neben Lecardomis Schlafsack entdeckt. Der Ältere schlief oft unruhig, begleitet von Albträumen.

Marcel sah nach vorn. Verschwommen nahm er seine Umgebung auf einmal wahr. Die Dunkelheit rückte alles weiter weg, entfernte ihn von der Hütte. Seine Schritte wurden unkoordiniert. Schwindel stellte sich ein, überfiel ihn aus heiterem Himmel. Die Landschaft schien in Schatten zu verschwinden und sich anschließend in Puzzleteile aufzulösen. Die Einzelteile setzten sich jedoch willkürlich wieder neu zusammen, bildeten ein gestochen scharfes und zugleich verzerrtes Ganzes. Seltsam. Woher kam dieses Gefühl?

Entschieden setzte er dem all seinen Widerstand entgegen, kämpfte gegen den dumpfen Schmerz, der auf seinen Schädel drückte.

Als er die Hütte fast erreicht hatte, bemerkte er, dass etwas nicht in Ordnung war. Die Tür stand offen.

Lecardomi(?), schoss es ihm augenblicklich durch den Kopf. Sie hatten ihn geholt! Vage erinnerte er sich an ihr kurzes Gespräch, nach seinem Treffen mit Arturo. Irgendwann waren sie eingeschlafen. Als er vorhin aufstand, hatte der Freund noch dagelegen und geschlafen. Etwas musste passiert sein.

Die Hütte rückte langsam näher. Wenige Schritte fehlten noch, bis er sie erreichte. Seine Schritte wurden jedoch zunehmend schwerer. Etwas zog ihn zu Boden. Das Gefühl unglaublicher Erschöpfung. Woher kam das? Marcel kämpfte. Gerade so erreichte er die Tür, hielt sich am Rahmen fest, schwankte. Dort sah er sich um, suchte nach Lecardomi. Die Hütte war tatsächlich leer. Keine Spur von dem Freund.

Mit letzter Kraft erreichte er das provisorisch errichtete Schlaflager, stolperte dabei und fiel kraftlos auf einen der beiden am Boden liegenden Schlafsäcke.

Sechs

Jaime lag wach in seinem Bett und starrte zur Decke. Neben ihm lag seine Frau Eusebia. Sie schnarchte, dass man meinte ein halbes Rudel Wölfe spaziere gerade durch das Schlafzimmer.

Der Vorhang war halb zugezogen und das Fenster nur angelehnt. Der Wind spielte mit der Gardine.

Er stand auf und trat ans Fenster. Über die Straße zog der Nebel, trat seine nächtliche Reise an. Der Mond schlich durch die Wolken, während der Nachtwind die Blätter der Mangobäume und Kokospalmen sanft hin- und herschaukelte.

Er war aus einem Traum aufgeschreckt. Amelie-Inés hatte ihn darin aufgesucht. Er sah sie auf der Straße spazieren. Sergio Fabulos ging neben ihr, ausgezerrt, deutlich gealtert. Jeder seiner Schritte stand unter dem Eindruck der Qualen seines unerträglichen Daseins. Sein Körper war ausgemergelt, und bei jedem Schritt, den er tat, magerte er mehr und mehr ab. Seine Haut wurde erst bleich, später rissig. Allmählich löste sie sich vom Fleisch und ließ nur noch blanke Knochen übrig.

Es war ein Gerippe, ein Skelett, das dort neben der Mulattin spazierte. Nichts war mehr von ihm übriggeblieben, nichts. Einzig sein Herz schlug noch.

Jaime rieb sich die Augen. Er versuchte das noch immer vor seinem Auge geisternde Bild wegzuwischen. Es hinterließ einen stechenden Schmerz.

Seit Sergios rätselhaftem Tod waren die Nächte angefüllt mit Albträumen. Wenn er durch seine Bar ging, begrüßte er die Leute nicht mehr auf die gewohnte, unbekümmerte Art. Er hörte auch nicht immer zu, wenn eine Neuigkeit die Runde machte. In den letzten zwei Wochen hatte er sogar zwei Kilo abgenommen. Eusebia begann allmählich sich Sorgen zu machen.

»Schau dich an«, sagte sie öfter, »wo ist dein altes Profil geblieben. Schmeckt dir mein Essen nicht mehr?«

Jaime versank in seinen Gedanken. Er nickte nur, wenn sie etwas sagte und machte eine abwinkende Geste. Er hatte sich vorgenommen, den Tod des Comisarios nicht einfach so hinzunehmen, hatte große Pläne und Ideen mit der Zukunft Callíns. Aber niemand war so richtig angetan davon. Die Leute hielten sich zurück.

Was die Touristen betraf, war der Großteil abgezogen. Seit der Entführung der beiden Studenten schien auch der Reiz die Nähe von Guerilla und Militärmiliz zu erleben, merklich reduziert.

Jaime sah noch immer den schmalen Schatten des Skeletts aus seinem Traum die Straße entlang wandern. Der Schrecken verfolgte ihn.

Abrupt lehnte er sich zurück, trat einen Schritt vom Fenster weg. Dabei prallte er mit dem Rücken gegen einen kraftvollen Widerstand. Eusebia. Auch wenn er sie nur undeutlich sah, spürte er die Strenge ihres Blicks. Ihre dunkle Haut war nahezu eins mit der Nacht, die den Raum füllte, hob sich kaum von ihr ab.

»Was wandelst du denn um diese Zeit durch die Gegend? Komm zurück ins Bett. Hier am Fenster holst du dir noch den Tod.«

In ihrer Rolle als besorgte Ehefrau fand Eusebia eine wahre Berufung. Sie duldete keinen Widerstand oder Ausflüchte, wenn es um ihre häuslichen Machtbefugnisse ging. Die Gesundheit ihres Mannes lag ihr am Herzen. Er war immerhin der Ernährer. Akribisch kontrollierte sie Jaimes Blutdruck, denn der Wirt neigte – wie sie – zu Übergewicht. Wenn ein gewisser Wert erreicht wurde, ging sie augenblicklich dazu über, ihn auf Diät zu setzen. Seine Alkoholabstinenz stand somit unter ständiger Kontrolle. Lediglich im Macondo besaß sie keinerlei Befugnisse ihre Autorität wirken zu lassen. Manchmal schien es ihm sogar, als hätte sie einen heimlichen Pakt mit der Mulattin geschlossen, die ihn, in Eusebias Auftrag, heimlich kontrollierte.

»Was zermarterst du dir denn derart den Kopf, dass du selbst in der Nacht wie ein verkaterter Lump durch die Gegend torkelst?«

Sie wollte ihren Mann an sich drücken, dieser jedoch schob sie sachte von sich.

»Lass mich einfach ein wenig Luft schnappen«, entgegnete

er störrisch. »Es ist nur die Hitze.«

»So die Hitze?« Der reinste Vorwurf klang aus ihrer Stimme. Sie schüttelte den Kopf. »Gute Güte, die Hitze«, wiederholte sie, »als hätten wir gerade gestern noch im sibirische Sommer gesteckt.« Sie klopfte ihm auf den Oberarm, nahm ein leichtes Laken und zog es über seine Schultern.

»Pass auf die Zugluft auf«, rechtfertigte sie ihre Handlung und hastete zurück ins Bett. Als sich ihre Leibesfülle vollständig ausgebreitet hatte, vernahm man ein lautes Knarren. Kurz darauf war es wieder still.

Jaime betrachtete die Dunkelheit des vor ihm liegenden Raumes. Eusebia war zu einem blinden Teil dieser Dunkelheit geworden. Schon wenige Sekunden, nachdem sie sich wieder hingelegt hatte, ertönte erneut das dröhnende Wolfsgebell. Zumindest stumm war sie nicht, die Dunkelheit.

Er drehte sich zum Fenster und zog die Gardine zu.

Mit äußerster Vorsicht bei jedem Schritt, tastete er sich durch den Raum vor bis zur Tür. Leise öffnete er sie und trat er auf den Patio hinaus.

Pflanzenkübel standen dort. Man musste um sie herum jonglieren. Wilde Orchideen, Orleander und seit neuestem auch Engelstrompeten. Jaime orientierte sich in die andere Richtung; dort lag die Küche. Er wollte ungern versehentlich in der Dunkelheit gegen etwas treten und sie damit erneut wecken.

In der Küche angekommen, öffnete er den Kühlschrank, zog eine Flasche Wasser aus dem Seitenfach, trank. Dabei starrte vor sich hin, auf irgendeinen Punkt in der Dunkelheit. Er meinte eine Gestalt in ihr abgebildet zu sehen. *Sie* schon wieder. Erst war es nur ein länglicher Schatten, dessen Konturen sich an der gegenüberliegenden Wandseite abbildeten.

Der Wirt rieb sich die Augen und blickte erneut an besagte Stelle. Es war gespenstisch. Das Formlose erwachte zu Leben. Der Schatten wurde kürzer, formte weiche Kurven. Rundungen, wie die einer Frau – einer relativ jungen Frau.

Viel hatte sie nicht von ihrer Jugend gehabt. Amelie-Inés. So erzählte man es sich im Dorf. Am Ende war sie nur noch eine klapprige Vogelscheuche gewesen. Ihr Vater war mit dem Boot aus China gekommen. Ein paar Fischer hatten ihn, wenige Kilometer vor Cartagena aus dem Meer gefischt. Sein Name war für sie unaussprechlich gewesen, weshalb sie ihn Quíndelasolas nannten (Quin aus den Wellen). Vielleicht hieß er Chin oder so ähnlich, woraus Quín entstand. Quín bandelte mit einer Afro-Kolumbianerin an. Amelie-Inés war das Ergebnis aus dieser Verbindung.

Schon zu Lebzeiten war die Frau mysteriös gewesen. Ihr spezielles Aussehen, die Aura, die sie umgab. Sie war nicht unbedingt schön, aber außergewöhnlich, anders. Anfänglich tuschelte man über sie. Aus dem Gerede sponnen sich schnell Geschichten, und aus den Geschichten wuchs die Fantasie – in Form von düsterer Magie, Afrikanischem. Es schürte die Ängste der Leute, die ohnehin existierten – und die sie somit auf etwas anderes als die Politik richten konnten.

Amelie-Inés war zeitlos, man konnte ihr Alter schlecht schätzen, aber sie musste bereits in ihren Vierzigern gewesen sein, als sie plötzlich den Männerkonsum für sich entdeckte und in aller Öffentlichkeit zelebrierte. Männer, egal welchen Typs; kleine, große, dünne, dicke, alte, junge, arme, reiche. Sie nahm jeden für eine Affäre, die jeweils kaum länger als ein paar Tage dauerte. Hinter der Kathedrale gab es zu jener Zeit eine Laube. Ein zugewachsener, gut versteckter Ort für das heimliche Stelldichein. Viele Paare trafen sich dort. Unzüchtig aber wurde es erst, als Amelie-Inés diesen Ort für sich und ihre Liebhaber entdeckte. Man sah nicht, was in der Laube vor sich ging, hörte aber die Geräusche. Und ihr Stöhnen wurde mit jedem Mal lauter. Manchmal schrie sie sogar. Das Ganze wurde derart unerträglich, dass der Kirchenvorsteher Beschwerde beim Bürgermeister einreichte. Dieser sah sich jedoch nicht in der Lage einzugreifen oder etwas dagegen zu unternehmen.

Bereits zu dieser Zeit begannen die Menschen einen Bogen um die Kirche und ihre Laube zu schlagen. Sie suchten immer weniger den heiligen Ort für das Gebet auf. Der Fluch der Mulattin war geboren. Das Verderben, das sie mit sich brachte. Amelie-Inés verspottete den Glauben. Sie trat das mit Füßen, was die Leute als heilig ansahen. Ihr Äußeres hatte sie stigmatisiert, sie zu einer Einzelgängerin gemacht. Die Form ihrer Augen und die Farbe ihrer Haut. Diese Mischung aus

Zimt und Kakao, waren anders als alle anderen Augenformen und Hauttöne in der Region, die im Prinzip sehr vielfältige und unterschiedliche Typen hervorbrachte. Ihr Anderssein war jedoch unerwünscht.

Während ihr Männerkonsum unaufhaltsam stieg, prangerten betrogene Ehefrauen sie offen an. Und natürlich zogen die Männer mit, allein um ihre Heimlichkeiten zu vertuschen. Callín wurde zu einem verlogenen Nest, die Kirche zum Ort der Sünde. Amelie-Inés hatte keine andere Waffe als sich selbst. Ihr Kleidungsstil war provozierend, ihr Gang aufreizend.

Zwei ihrer verflossenen Liebhaber kamen auf ungeklärte Ursache ums Leben. Ein weiterer nahm sich das Leben. Die Männer machten künftig einen weiten Bogen um sie. Hatte sie ihre Liebhaber verhext? Den neu initiierten Aberglauben hätte man anderswo als mittelalterlich bezeichnet. Tatsächlich aber brauchte Callín ganz einfach einen Sündenbock.

Unerwartet jedoch erkrankte die Mulattin dann. Sie verlor an Gewicht und Ausstrahlung, wurde immer blässer und klappriger. Sie trug plötzlich lange Röcke und zugeschnürte Oberteile. Ende der Fleischbeschau. Sie wollte nicht länger auffallen. Die Leute ließen sie indes nicht in Ruhe. Es war eine beispiellose Hetze, ein kollektives Unrecht, das an Amelie-Inés begangen wurde. Zu ihrem Ende hin, war sie nur noch Haut und Knochen. Eigentlich hätte die Stimmung spätestens jetzt in Mitleid umschlagen müssen, was jedoch nicht geschah. Man blieb dabei: Amelie-Inés war an allem schuld.

Die letzten Jahre ihres eher kurzen Lebens, verbrachte sie auf der Straße, geisterte durch Callíns Gassen, legte sich nachts irgendwo schlafen. Die Laube an der Kathedrale war entfernt worden.

Eines Tages war die Mulattin verschwunden. Sie war irgendwo gestorben, an den Folgen ihrer grenzenlosen Isolation. Einsam, an einem geheimen Ort. Niemand wusste es genau und niemand suchte nach ihr. Ihr Geist schwebte fortan wie ein Fluch über Callín.

Amelie-Inés wurde zu einer Legende. Eine Legende, die Einfluss auf den Glauben im Dorf nahm. Man entwickelte ganz eigene religiöse Praktiken. Die Leute gingen nicht mehr in die Kirche. Man fürchtete ihr Geist ruhe dort, weil man ihr die Laube genommen hatte.

Natürlich basierte diese Vorstellung auf dem schlechten Gewissen der Menschen. Vielleicht hatte man sie in den Tod getrieben.

Kurz darauf kamen Paramilitärs und Guerilla in die Umgebung von Callín, nahmen das Dorf und die ganze Region für sich ein. Die neue Realität war wie eine unerwünschte Konsequenz, eine unmittelbare Strafe. Doch niemand würde jemals so viel düstere Mystik verbreiten wie Amelie-Inés es noch nach ihrem Tod tat. Und es würde noch ein paar Jahre brauchen, bis man das vergaß.

Jaime stand noch immer regungslos an derselben Stelle. Er betrachtete die Wand, als würde sie sich mit ihm unterhalten, sich ihm offenbaren. Gerade noch war *ihr* Schatten darüber gehuscht. Jetzt aber lag dort die Nacht. Der Schatten war ein Teil von ihr geworden.

Er richtete sich auf, tappte langsam zurück, durch den Patio. Beinahe hätte er in der Dunkelheit einen Pflanzenkübel mit sich gerissen. Es waren weiße, wilde Orchideen, die Eusebia dort züchtete.

Nur wenig später rollte er sich wieder an die Seite seiner Frau. Das Wolfsgebell hatte nachgelassen und nur Eusebias gleichmäßiger Atem war noch zu hören.

Jaime schloss die Augen, schlief kurz darauf ein.

Sieben

Arturo war bereits früh auf den Beinen. Felicia stand im kurzen Nachthemdchen in der Küche und bereitete Teig für *empanadas.*
 Er trank hastig einen *tinto,* den sie ihm servierte. Im Vorbeigehen wechselten sie ein paar Worte, ehe er durch die Tür verschwand und sie ihn auf der Straße in einen *colectivo* steigen sah.
 Aus noch recht verquollenen Augen sah sie ihm nach.

Mit dem *colectivo* fuhr er bis zu einer Stelle etwas außerhalb des Ortes. Im Gebüsch versteckt, fand er sein Fahrzeug unversehrt und so wie er es am Abend zuvor abgestellt hatte. Seine Gewohnheit mochte etwas übertrieben wirken, Arturo aber kam nicht von ihr ab.

Der Unfallort befand sich nur wenige Kilometer hinter dem Wegkreuz, zwischen Callín und Tres Marias. Die Straße wies an jener Stelle bereits eine rasch zunehmende Steigung auf. Darunter lag der dichte Regenwald. Die Polizei hatte ein Schild an der Straße aufgestellt. Ein halsbrecherischer Pfad führte zur Unfallstelle. Arturo musste sich an einem Seil entlang, teils herunterziehen, teils durch Gestrüpp schlagen. Zum Glück war er konditionell gut in Form. Die beschwerliche Prozedur nahm dennoch einige Zeit in Anspruch.
 Als er an besagter Stelle ankam, befanden sich zwei durchtrainierte Beamte vor Ort. Nach einer kurzen Einweisung durch sie, wollte Arturo sich selbst einen Eindruck verschaffen, ging den Unfallort großräumig ab – soweit das möglich war.
 Die Natur beseitigte hier jede Spur. Sie überwucherte, verwischte das, was der Mensch hinterlassen hatte. Ein Schiffswrack am Grunde des Meeres. Was noch lebte, waren Rost und das endlose Gewimmel von Insekten. An Stellen, wo man eventuell noch hätte suchen können, war Grün gewachsen. Den Rest hatte der Regen erledigt. Hier gab es keine Chance

auf irgendeinen Hinweis.

Nachdem sich die Männer zurückgezogen hatten, sah sich Arturo dennoch die Reste des Fahrzeugs an. Die Leiche des Mannes war bereits ins Leichenschauhaus von Tres Marias überführt worden. Was mit Judith passiert war, blieb auch hier ein Rätsel. Der Gurt des Beifahrersitzes, wo sie gesessen hatte, schien nahezu unbeschädigt. Als wäre sie einfach ausgestiegen. Auch die Tür ließ sich problemlos öffnen. Lediglich der Griff war wohl beim Sturz von Ästen abgerissen worden. Der Jeep hatte kein Dach mehr. An dieser Stelle wäre es möglich gewesen problemlos auszusteigen – sofern sie nicht eingeklemmt oder verletzt gewesen war. Es gab kein Blut, keine Fetzen von Kleidungsresten, nichts.

Arturo blickte nach oben. Bis zur Straße hätte sie es nicht geschafft. Ohne dieses Seil oder ohne fremde Hilfe, wäre selbst er kaum hier heruntergekommen, geschweige denn in die umgekehrte Richtung.

Eine kurze Rücksprache mit den beiden Beamten lieferte ebenfalls keine bahnbrechenden Erkenntnisse. Es war zu viel Zeit vergangen. Der Regenwald blieb seine Erklärung schuldig.

Zurück in Guajilín ging Arturo erneut ins Internet-Café. Er zog die halbe Postkarte mit dem Code hervor, die Marcel ihm gegeben hatte. Er kannte die Seite des Archivs. Lediglich der Code zu Judiths persönlichen Arbeiten, war ihm nicht bekannt gewesen.

Eine junge Frau servierte ihm den gewohnten schwarzen Kaffee, den zweiten an diesem Morgen. Arturo folgte, während der Computer hochfuhr, geistesabwesend ihrem Gang. Sie trug dreiviertellange, enge Jeans. Darüber flatterte ein kurzes, buntes Hemdchen. Leicht x-beinig bewegte sie sich durch den Raum.

Als sich die Seite aufgebaut hatte, tippte er den sechsstelligen Code ein und drückte die Entertaste. Eine Auswahlmaske listete ihm alle Artikel nach Datum sortiert auf. Das Dokument, das sie zuletzt bearbeitet hatte, war das letzte Mal kurz nach dem Unfall geöffnet worden. Neugierig klickte er darauf. Tatsächlich war es das gesuchte Interview mit Juan Jacobo

Lecardomi – die von der Weitblick-Redaktion erwähnte spanische Version.

Nachdem er jedoch gerade erst den Unfallort besichtigt hatte, hielt Arturo es für sehr unwahrscheinlich, dass sie selbst den Text verfasst hatte. Jemand musste für sie geschrieben haben. Judith arbeitete normalerweise allein; mal abgesehen von Rodrigo, der aber nur assistierte.

Beim erneuten Lesen des Textes fiel Arturo auf, dass der Stil für sie untypisch war. Aufgrund der jahrelangen, gemeinsamen Arbeit kannte er manche ihrer Eigenarten. Die Art, wie sie formulierte. Das hier klang nicht nach ihr.

Vielleicht gab es einen Hinweis zum Autor. Arturo suchte nach irgendeinem Namen. Aber nichts. Kein Namenskürzel.

Ratlos schloss er das Dokument wieder und durchstöberte das Archiv nach weiteren Artikeln, die eventuell von der gleichen Person verfasst worden waren. Die anderen Beiträge lagen jedoch weiter zurück und waren durchgängig auf Deutsch verfasst worden. Es gab nur diesen einen spanischen Artikel.

Parallel surfte er über eine Suchmaschine durch verschiedene Verzeichnisse von journalistischen Arbeiten, um auf einen Hinweis zu einem Vertreter von Judith Rauschenberg zu stoßen. Einen weiteren Journalisten, den sie eventuell mit ins Boot geholt hatte. Auch diese Suche verlief erfolglos.

Arturo verschränkte die Arme hinter dem Kopf. Verflucht, es gab einfach nichts.

Er überlegte. Eine weitere Option ging ihm durch den Kopf. Der Autor war eventuell gar kein Journalist. Das Interview hatte sie aufgezeichnet und irgendwo für den *Kontaktmann* hinterlegt, weil sie jederzeit mit einem Anschlag rechnen musste.

Geistesabwesend beobachtete er die Bedienung, wie sie ein paar Worte mit einer anderen Frau an der Theke wechselte, dabei kaute sie an ihren Fingernägeln.

Er sah wieder auf den Bildschirm.

Wenn es so gewesen war und Judith das Interview nicht allein geführt hatte, gab es nur einen, der sie begleitet haben konnte: Rodrigo! Rodrigo Salazar. Und wenn dem so war, stellte sich die Frage nach ihrem Schicksal umso deutlicher:

Was hatte Rodrigo mit Judith vereinbart? War das Ganze gar inszeniert gewesen? War bei ihrem gemeinsamen Plan etwas schiefgelaufen; denn sie hätte sicher keinen Unfall riskiert, bei dem ihr eigener Mann ums Leben kommt.

Zu einem wirklichen Ergebnis führte auch diese Spur nicht. Frustriert fuhr er den PC herunter, leerte seinen Kaffee und starrte nachdenklich durch den Raum.

Der Artikel war nicht schlecht geschrieben gewesen, wenn auch etwas radikaler im Ausdruck, als Judith es normalerweise formulieren würde. Es passte zu Rodrigo.

Von einer plötzlichen Unruhe befallen, kramte er seine Geldbörse hervor, schüttete den Inhalt auf den Tisch. Rechnungen, kleine Notizen, allerlei Zettel kamen zum Vorschein. Dazwischen auch die gesuchte Visitenkarte: *Rodrigo Francisco Salazar. Recherche und Redaktion.*

Er hatte sich Visitenkarten anfertigen lassen, weil er wer sein wollte. Mehr als der ewige Assistent, mehr als der Mann aus der zweiten Reihe. Dass Rodrigo für Judith schrieb, war jedoch neu – aber möglich. Pfiffig war er. Manchmal etwas hitzköpfig. Man kannte sich schon sehr lange. Genau genommen fast von Anfang an.

Judith wusste, dass sie unter dauerhafter Beobachtung stand. FARC, Paramilitärs, ELN. Sie hatte sämtliche Aktivitäten im Visier gehabt – und weitestgehend unerschrocken darüber berichtet. Rodrigo war derweil ein Meister darin, von der Bildfläche zu verschwinden. Das hatte er bereits in seiner Jugend gelernt. Manchmal schien er übereifrig. Judith ließ ihn trotzdem nie schreiben. Sein Stil war ihr zu radikal. In seiner Jugend hatte er Gedichte verfasst. Leidenschaftlich schrieb er. Oft nahezu *brutal* leidenschaftlich. Das passte zwar nicht zum journalistischen Schreiben, aber es passte für anderes. Damals suchte sie jemanden. Jemanden, der Zeugen beschaffte, Material und Informationen einholte. Und Rodrigo verfügte über Kontakte. Sie hatte ihn quasi von der Straße geholt.

Arturo war von Anfang an skeptisch gewesen, was Rodrigo betraf. Seine unstete, leicht aufbrausende Art. Er war damals sehr jung gewesen. Außerdem wusste Rodrigo über alles Bescheid. Er war der einzige, der Arturo noch aus der Zeit vor seinem Exil kannte.

»Darfs noch was sein?« Die Bedienung war an seinen Tisch getreten.

»Die Rechnung bitte.«

Sie trabte wieder davon und kam kurz darauf mit der verlangten Rechnung zurück.

Arturo drückte ihr ein paar *Pesos* in die Hand.

Anschließend fuhr er nach Callín, um Judiths Büro erneut zu durchstöbern. Selbiges ging er gründlich an, blätterte in Akten, suchte nach USB-Sticks. Er fand jedoch nichts, was ihn weitergebracht hätte. Spontan entschied er nochmal zu ihrem Haus zu fahren. Etwa eine Stunde hielt er sich dort auf, fand aber auch hier nichts.

Frustriert kehrte er gegen Abend nach Guajilín zurück, hielt unterwegs noch kurz an einem Imbiss.

Er musste mit Marcel sprechen. Vielleicht hatte der Sohn mittlerweile mehr erreicht.

Als er die Abzweigung zum *Hostal* Félices erreichte, fiel ihm auf, dass die Straße im Dunkeln lag. Wie es aussah, war der Strom ausgefallen.

Im *Hostal* Félices brannten Kerzen. Felicia hatte eine Lichtspur gelegt, vom Eingang aus bis hin zur Rezeption.

Auf dem Balkon flackerten ebenfalls zwei Kerzenlichter in Laternen. Felicia kniete gerade am Boden, schnippelte an einer Pflanze und drehte ihm dabei den Rücken zu. Ihr eng geschnittenes blau-violettes Kleid, sah verführerisch von hinten aus. Darunter schimmerten die Träger ihres dunkellilafarbenen BHs. Ihr Haar hatte sie zu einem Zopf geflochten.

Arturo stand eine Weile da, sah ihr zu. Die Sonne war fast untergegangen. Ein dunkler Vorhang lag über dem Himmel, verhüllte den Blick auf die Anden.

»*Hola guapa*«, hauchte er leise in ihre Richtung. Er wollte sie nicht erschrecken.

»Oh«, sie sah auf, »ich habe dich gar nicht bemerkt. Hattest du einen schönen Tag?«

»Mehr oder weniger. Kann ich bei dir kurz telefonieren?«

Felicia erhob sich, wischte sich mit dem Handrücken über die Stirn. »Ich dachte, du hättest es bemerkt ...« Sie deutete auf die brennenden Kerzen und zwinkerte. »Der Strom ist ausgefallen.«

Arturo fühlte sich ertappt; ihre bloße Anwesenheit hatte ihn ablenkt. »Aber ja«, stammelte er, »ist mir doch gleich aufgefallen. Mein Mobiltelefon hat leider keinen Akku mehr.« Er zog es aus der Jackentasche.

»Mit dem Netz wirst du hier ohnehin kein Glück haben.«

»Also gut.«

Sie lächelte, was er jetzt unmissverständlich bemerken musste. Ihre in einem warmen Ton schimmernden Lippen gaben ihrem Gesicht einen weichen Ausdruck.

»Hast du schon was gegessen?«

»Danke, ja.«

»Nehmen wir also einen Aguardiente?«

Arturo überlegte. Er würde Marcel auch später noch anrufen können. Sicher wäre die Stromversorgung bald wiederhergestellt.

»Warum nicht.«

Felicia ging bereits vor. Arturo sah sich kurz um und folgte ihr.

Ihre Bewegungen zeichneten sich bei jedem Schritt unter ihrem hautengen Kleid ab. Weibliche Strategie – die natürlich aufging.

Sie wählten wieder den runden Tisch vor der Küche.

»Bin gleich wieder da.« Lächelnd verschwand sie durch die Tür.

Kurz darauf erschien sie mit einem Tablett, auf das sie, neben zwei Schnapsgläser, eine Blüte gelegt hatte. Eine Art Accessoire zum Getränk.

»Es wird nicht lange dauern. Das mit dem Licht, meine ich. In ein oder zwei Stunden haben wir wieder Strom.«

»Ach, was solls.« Er hob das Glas. »Trinken wir auf das Leben, *a la vida!*«

»Auf das Leben. Auf Guajilín. Auf Kolumbien. *Salud!*« Sie streifte ihn mit einem kurzen, intensiven Blick …

Arturo überlegte, was ihr Plan war. Legte sie es auf eine politische Diskussion an? Oder wollte sie mit ihm ins Bett?

Er tippte auf Letzteres. Es gelang ihr jedoch ihre Absichten zu tarnen. Geschickt verstrickte sie ihn zunächst in ein Gespräch. »Sie haben den jungen Amerikaner gefunden, Jeremy. Du erinnerst dich? Einer der beiden verschwunden Touristen.

Ihn und ein paar andere junge Leute. Sie haben sie kurz vor der peruanischen Grenze aufgelesen. Er hat mit ein paar Einheimischen Protestplakate aufgehängt. Eine Protestaktion gegen die Regenwaldabholzung.«

»Ich dachte er wäre entführt worden?«

»Das dachte ich auch. Das dachten wir alle. Angeblich hatte das Fahrzeug eine Panne. Er ist in den Regenwald gelaufen und dabei wohl versehentlich auf eine Schlange getreten, die sofort zugebissen hat. Als er zurückkam, war das Fahrzeug verschwunden. Ebenso Billa. Eine Familie, die dort gerade unterwegs war, hat ihn mit zu sich genommen, seine Bisswunde versorgt. Er bekam Fieber. Sie haben sich um ihn gekümmert. Dabei hat er von ihren Projekten erfahren.«

»Und die Studentin?«

»Von Billa keine Spur. Jeremy erzählte etwas von einer Straßensperre. Angeblich hatten sie sich verfahren. Ich weiß nicht, ob seine Geschichte wirklich stimmt, oder ob er sie nicht ein wenig aufbauscht. Er ist jetzt in Bogotá. In zwei Tagen fliegt er zurück in die Staaten. Um Billa mache ich mir Sorgen. Ich hätte sie niemals gehen lassen dürfen.«

Arturo legte seine Hand auf ihren ausgestreckten Arm. »Du musst dir keine Vorwürfe machen. Die werden sie nicht lange festhalten, sollte sie tatsächlich entführt worden sein. An Touristen haben sie kein allzu großes Interesse.«

Felicia spielte nachdenklich mit einer verirrten Haarsträhne. »Vielleicht haben sie sich gestritten, sie und Jeremy. Ich kann mir nicht vorstellen, dass er sie einfach zurücklässt. Das macht man doch nicht.«

»Na, das siehst du vielleicht etwas zu idealistisch. Ein Bessermensch ist dieser Jeremy sicher nicht. Die Gringos haben eine andere Mentalität. Die kümmern sich weniger um ihre Frauen, halten sie für emanzipiert genug.«

»Ich halte ihn für anständig.«

»Wie auch immer. Du kannst deinen *backpackers* nicht noch das Händchen halten. Wenn sie mit dem Risiko spielen wollen, werden sie es tun. Jetzt sind sie erstmal weg.« Er deutete auf die Leere um sich. »Aber sie werden wiederkommen, keine Sorge. Das Abenteuer lockt sie.«

»Na, wenn du dir da mal nicht zu sicher bist.«

»Ich war damals auch so.«

»Darüber hinaus, habt ihr Männer gern das letzte Wort.«

»Na, und das völlig zu Recht«, lachte er.

Felicia schüttelte den Kopf, lachte mit.

Dann stand sie auf, ging erneut in die Küche.

Wieder folgte sein Blick ihr halb geistesabwesend, halb von einer heimlichen Sehnsucht erfüllt. Er musste an Judith denken. In gewissem Sinne hatte auch er sie sitzen lassen, sich aus dem Staub gemacht. Böse Zungen konnten so etwas durchaus behaupten. Judith aber harrte immer aus. Ganz egal wie unerträglich es für sie war. Sie tat es wegen Marcel.

Kolumbien veränderte sich. Manches verschwand. Anderes blieb. Das Wesentliche aber war: Er selbst hatte sich verändert, war ein Fremder geworden. Das unterschied sie jetzt, Judith und ihn. Vielleicht hätten sie sich nicht mehr viel zu sagen, denn er wollte auf keinen Fall dort weitermachen, wo er aufgehört hatte. Er wollte einen Neubeginn.

Mit diesem Gedanken schweifte sein Blick zurück zur Tür, durch die Felicia verschwunden war.

Was sich in Kolumbien verändert hatte, musste er nicht lange suchen. Es war hier, – genau hier. Es lag direkt vor ihm. Die Menschen hatten sich verändert. Sie hatten genug vom Krieg und arbeiteten kontinuierlich an der Veränderung. Menschen wie Felicia. Vor allem aber die junge Generation, zu der auch Marcel gehörte. Junge Menschen drängten auf Fortschritt. Mithalten bei der sprunghaften Entwicklung der Technik.

Und er selbst? Welchen Platz konnte er in diesem wiedergefundenen Kolumbien einnehmen?

Die Umstellung damals war für ihn nicht leicht gewesen; das neue Leben in Uruguay. Anfänglich fiel es ihm schwer sich einzulassen. Bei seiner Neuorientierung halfen ihm seine Studenten, ihre neugierigen Fragen. Er fand kaum Zeit, um über die Vergangenheit nachzudenken – und das war gut so. Was er geopfert hatte, war nicht wenig. Das Persönliche. Er musste auf seine Familie verzichten, auf Marcel. Auf eine feste Beziehung wollte er sich in dem anderen Land nicht einlassen. Montevideo war nur eine vorübergehende Heimat, eine Art Zwischenstation. Seine Beziehungen wechselten. Er war kaum *jemals* länger als ein halbes Jahr mit einer Frau zusammen, führte ein mehr oder weniger unstetes Singleleben.

Marcel kannte er nur von Fotos. Von den wenige Aufnahmen, die Judith ihm in der Anfangszeit geschickt hatte. Diese Bilder trug er vor allem in seinem Herzen.

Geistesabwesend betrachtete er die Blüte auf dem Tablett. Felicias Vorliebe für Zierpflanzen war unschwer zu übersehen. Ein blumiger Duft durchzog das gesamte Hostal. Gedankenverloren tupfte er sich mit einer Papierserviette über die Stirn. Noch immer war es klebrig schwül. Der Deckenventilator stand still.

Felicia tat, was sie für richtig hielt. Wenn sie ihre Touristen nicht hatte, blieben ihr noch die Pflanzen. Ihre Stärke lag in der Gelassenheit, die man in jeder ihrer Gesten wahrnahm. Judith dagegen stand immer unter Strom. Keine Zeit für kleine Dinge. Der Job kam zuerst – alles andere musste sich unterordnen. Sie brauchte ihren Rhythmus, ihre selbstauferlegte Disziplin. Vielleicht lag genau hier das Risiko, die kalkulierbare Schwachstelle, an der es sie eiskalt erwischt hatte.

Hier verharrte Arturo. Die ihn umgebende Stille hatte seinen letzten Gedanken durchkreuzt. Verwundert sah er sich um.

Was war eigentlich mit Felicia; wo blieb sie? Warum kam sie nicht zurück?

Einen Moment lang überlegte er, was er machen sollte. Nach ihr suchen? Die Küchentür war nur leicht angelehnt. Jenseits dieser anderen Tür lagen ihre privaten Wohnräume

Arturo ging bis zur Küchentür, betrat die Küche. Der Raum lag im Dunkeln. Von Felicia keine Spur. War sie schon zu Bett gegangen? Und das ganz ohne ihm eine gute Nacht zu wünschen?

Alles war sauber und aufgeräumt. Eine einzelne Weinflasche stand noch auf der Ablage. Als hätte sie lediglich auf ihn gewartet.

Arturo nahm die Weinflasche an sich, sah sich noch einmal suchend um, trat anschließend durch die andere Tür.

Es war das erste Mal, dass er ihren privaten Bereich betrat. Und das ganz ohne sie vorher um Erlaubnis gebeten zu haben. Sie hatte ihm nicht die Gelegenheit dazu gegeben.

Der Flur lag weitestgehend im Dunkeln. Terrakotta, Umrisse von Fotos an den Wänden, zwischen zierlichen Spiegeln und einem Bücherbord mit kleiner Auswahl.

Arturo wurde sich einmal mehr bewusst, dass er in ihre Intimsphäre eindrang, in den Teil des Hauses, der normalerweise den Gästen vorenthalten wurde.

Aber es war bereits passiert. Er war auf halber Strecke – und er wollte nicht zurück. Nahezu gespenstisch umgab ihn indes die Stille. Der Wind klapperte mit den Fensterläden. Sollte er weitergehen?

Ja, er sollte. Sie wollte es, schoss es ihm plötzlich durch den Kopf. Er konnte ihr leicht orientalisches Parfüm riechen. Für wen würde sie Parfüm auflegen, wenn nicht für ihn. Sie wusste, dass er hier war. Sie wartete auf ihn.

Der Flur ging um die Ecke. Auch hier überfiel ihn die nunmehr geheimnisvolle Dunkelheit. In einem Tongefäß am Boden vor einer angelehnten Tür, flackerte ein Teelicht. Es warf zitternde Schatten gegen die Mauern.

Arturo stellte die Weinflasche neben der Kerze auf dem Boden ab, näherte sich der angelehnten Tür. Neugierig bewegte er diese, spähte durch den Spalt, der den heimlichen Blick in das dahinter liegende Zimmer erlaubte.

Sein Blick endete erneut im Dunkeln. Er erkannte nicht mehr als Umrisse von Möbeln. Ein Schrank, ein Sekretär. Weiter hinten, ein Bett. Sein Blick versuchte darüber hinaus mehr zu erkennen, forschte. Da war noch was. Sie war dort.

Sie hatte das Fenster geöffnet. Der Nachtwind drang herein und spielte mit der Gardine. Etwas bewegte sich darüber hinaus. Auf der anderen Seite. Dort wo das Bett stand ...

Da war sie. Felicia. Sie saß auf dem Bett. Entweder hatte sie ihn nicht bemerkt oder aber das genaue Gegenteil. Sie tat nichts anderes als ihn bemerken, ihn zu erwarten. Auf ihrem Nachttisch stand eine weitere Kerze. Ihre schwache Flamme verbreitete kaum Licht, weshalb er auch jetzt erst erkannte, dass Felicia nackt war. Ihr Kleid lag auf einem Hocker neben dem Bett. Darauf ihr dunkellilafarbener BH und ein ebenso dunkler Slip. Letzteres stellte Arturo sich vielmehr vor, denn es war viel zu dunkel, um mehr zu erkennen.

In Gedanken fieberte er bereits, berührte ihre Haut, streifte ihr die Unterwäsche vom Leib – was sie bereits getan hatte. Der Ventilator an der Zimmerdecke war der rostige Propeller eines Retro-Fliegers. Stillgelegt, als wäre ihr Zimmer der Flugplatz zu einem Traum, zu dem man jederzeit abheben durfte …

Angenehm war die Temperatur hier drinnen. Der zarte Geruch nach Mango und Vanille verführte. Alles war so, dass man unmöglich wieder gehen wollte, ohne *sie* berührt zu haben.

»Hier bist du also«, flüsterte er in die Dunkelheit.

»Du hast lange gebraucht«, erwiderte sie.

»Ich war in Gedanken.« Er stand jetzt vor ihrem Bett, hockte sich so hin, dass sie auf einer Augenhöhe waren, legte seine Hände auf ihre Knie.

Aufmerksam betrachtete sie seine Hände, sein Gesicht, seine Lippen. Auch er sah sie eine Weile an. Sein letztes Abenteuer lag schon eine Weile zurück. Immer gab es diesen Zauber, ganz am Anfang. Der Zauber aber verflog, sobald man merkte, dass der Alltag mehr Macht besaß.

Anders war *das* hier. Schon allein deshalb, weil Felicia sein Schicksal teilte. Man verstand einander, mit und ohne Worte.

Sanft berührten sie sein Haar. Eine Weile durchwühlte sie es. Arturo schloss die Augen, genoss den Geruch, der sie umgab.

Irgendwann spürte er ihre Lippen auf seinem Gesicht. Das war der Moment. Der Moment für mehr. Um sie zu nehmen, sie aufzublättern, – wie eine besonders seltene Blüte; weniger mit dem üblichen Tempo. Er nahm das Tempo, das sie ihm vorgab. Sanft öffnete er ihre Knie, taucht in ihren Geruch.

Der Wind, der durch das geöffnete Fenster drang, schwoll allmählich zu einem Sturm. Unter den Bewegungen ihrer zunehmend gierig sich ineinander verknotenden Körper, stieg nochmal die Wärme im Raum. Arturo und Felicia liebten sich, füllten das ausgestorbene Hostal mit neuem Leben. Sie liebten sich auf *jede* Art. Sanft, neugierig, wild, feurig, leidenschaftlich. Die Flamme der Kerze begann wild zu flackern, als würde sie den Rhythmus für den Liebesakt vorgeben.

Irgendwann … schwer zu sagen wie viel Zeit dazwischen lag, überstieg die Hitze den Höhepunkt, glitt kraftlos die hohen Wände hinab, fiel zu Boden. Dort sammelte ein kraftloser Wind sie auf, schob sie durch die geöffnete Tür auf den Gang hinaus. Ein letzter Hauch glitt über Weinflasche und Kerze hinweg, die dort noch standen, nahm die Flamme mit sich.

Arturos Kopf lag auf Felicias Schoß. Er schlief.

Acht

Er hatte den Kopf aufgerichtet. Sein Blick folgte dem Geräusch, das dort aus der Ecke des Raumes kam, sanftes Stöhnen.

Sie saß auf ihm und wippte in gleichmäßigen Bewegungen auf und ab. Schließlich erhob sie sich, legte sich vollständig auf ihn. Ihr Gesicht rutschte dabei weiter nach unten, an jene Stelle, an der sich sein Geschlecht befand. Er erkannte im Profil, wie sich ihre vollen Lippen um die Spitze eines aufgerichteten Stabs legten – der in der Tat sein bestes Stück war.

Schnell schloss Marcel die Augen, drehte den Kopf weg.

Wo war er? Was war passiert?

Als er den Kopf in die Ausgangsposition zurückdrehte, erkannte er die Umgebung. Das Innere der Hütte, in der er und Lecardomi die Nacht verbracht hatten. Das Stöhnen kam von dort, wo sich, ohne Zweifel, unter dem nackten Körper der Frau ein Mann befand. Lecardomi.

Marcel fasste sich an den Kopf. Dieser dröhnte, wie nach einer durchzechten Nacht. Lecardomi hatte Schlaftabletten ins Wasser gemischt, damit sie es in Ruhe treiben konnten. Oder wie kam es sonst, dass er wie ein Stein innerhalb von Sekunden weggenickt war.

»Juan?«

Semia erhob sich abrupt, stieg von Lecardomi herunter, ohne Marcel dabei anzusehen. Unbeeindruckt, mit gelangweiltem Gesichtsausdruck, warf sie ihr Haar zurück, stand auf Zehenspitzen da. Sie ging ein paar Schritte. Sie ging, so wie sie war, gänzlich unbekleidet und mit gespielter Gleichgültigkeit an Marcel vorbei, trat hinaus ins Freie und wandte den Männern lässig im Türrahmen verweilend, ihre Rückenansicht zu.

»Hast du vielleicht ´ne Zigarette?«, fragte sie von dort.

»Ich rauche nicht.« Marcel klang gereizt.

Lecardomi hatte sich mittlerweile irgendwo in der Dunkelheit des Raumes aufgerichtet.

»Was ist?«

Er deutete auf die halbleere Packung Schlaftabletten. »Wie

viele von den Dingern hast du ins Wasser gemischt?«

»Ach, nicht viele. Eine vielleicht. Oder zwei.«

Lecardomi stand jetzt, zog sich die Hose hoch.

»Das soll ich glauben?!«

»Mach doch kein Ding draus. Die sind harmlos, nehm ich auch.«

Er wühlte unter der Decke und kramte ein Päckchen Zigaretten hervor. Oberflächlich glättete er die Decke und bewegte sich schlaftrunken auf die Frau zu, die noch immer nackt im Türrahmen lehnte.

»*Aqui tienes, guapa.*« Er schob ihr eine Zigarette zwischen die Lippen und zückte ein Feuerzeug.

»*Gracias*«, hauchte sie, nachdem die Flamme wieder erloschen war und sie einen langen Zug genommen hatte. Ihr Blick heftete sich dabei ungeniert an die Stelle zwischen seinen Beinen, wo jetzt eine Jeans saß.

Lecardomi tätschelte ihr nacktes Hinterteil und drehte sich wieder zu Marcel. Dieser sah ihn noch immer mit jenem vorwurfsvollen Blick an.

Muss das gerade jetzt sein? – sprach er seine Gedanken aber nicht aus.

»Was denn, warum siehst du mich so an?!« Lecardomi starrte kurz zu Semia. »Dürfen wir keinen Spaß haben, oder was?!«, fuhr er Marcel in etwas gemäßigterer Lautstärke an. Semia musste nicht alles mitbekommen, was sie redeten.

»Spaß? Hier geht es nicht um Spaß. Wir hatten einen Plan. Wir wollten meine Mutter finden. Ist das jetzt alles nur noch nebensächlich, wegen *der*?!«

Semia lächelte schadenfroh von der Seite. Offenbar genoss sie den Streit der Männer, in dessen Zentrum sie sich fühlte.

»Wenns dir nicht passt, dass ich gelegentlich noch ein Liebesleben habe, dann geh doch. Mach dein Ding allein. Für was brauchst du mich überhaupt, jetzt wo du deinen Papa hast!«

Marcel sah ihn verständnislos an. »Was willst du Juan?!« *Mit dieser Schlampe durchbrennen?*, dachte er. Sollte er nur. Er würde schon sehen, was er davon hatte. Semia war alles andere als eine treue Braut. Sie war dafür bekannt, sich unter FARC-Mitgliedern zu prostituieren. Lecardomi fiel darauf herein, weil sie es geschickt einfädelte. Sie war anziehend und clever. Wer aber sagte ihm, dass sie nicht gar auf ihn angesetzt worden war.

»Ich an deiner Stelle wäre sehr vorsichtig mit *der*«, riet er ihm leise.

»Ich brauche deinen Rat nicht. Spar dir das. Das kannst du für dich behalten.«

»Wie du meinst. Das lass ich mir nicht zweimal sagen.«

Marcel suchte seine wenigen Habseligkeiten zusammen, stopfte alles in seinen Rucksack. Regenschutz, Wäsche, Sonnenschutzmittel, Seife, Handtuch, Batterien, Toilettenpapier …

»Sparen wir uns doch unsere Freundschaft. Sieht aus, als sei sie dir ohnehin scheißegal.« Marcel war zornig.

Lecardomi drehte sich zur Seite, sagte nichts dazu. Er verschränkte die Arme, beobachtete Marcel dabei, wie er seinen Rucksack verschloss und ihn sich auf den Rücken schnallte.

»Also dann.«

Lecardomi antwortete nicht.

Kurz darauf hastete er auch schon durchs Gras, ließ die Hütte auf schnellstem Wege hinter sich.

Erst nach einigen hundert Metern, sah er sich noch einmal um. Seine Hände waren zu Fäusten geballt.

Semia stand nicht mehr in der Tür. Vielleicht trieben sie es ein weiteres Mal. Sollte sie ihm doch die Seele aus dem Leib vögeln. Dann hatte er es eben nicht anders verdient! So behandelte man keinen Freund.

Marcel ging hastigen Schrittes weiter. Dabei sah und hörte er nichts. In seinem Kopf herrschte Chaos. Für einen Augenblick war ihm zum Schreien zumute. Er fühlte sich hintergangen, verlassen.

Schnell aber verging das Gefühl wieder, denn die Umgebung forderte es. Sie verlangte Aufmerksamkeit. Er konnte seine Wut nicht vollständig ausleben, weil er auf den Weg achten musste. Es blieb ihm nichts anderes übrig. Der Regenwald nahm allmählich an Dichte zu und jeder Schritt war ein Schritt ins Ungewisse.

Marcel orientierte sich am Verlauf des Flusses. Dieser führte in einer Richtung nach Süden. Es war die Richtung, die nach

Pasto führte.

Während er jeden Gedanken an Lecardomi vertrieb, dachte er lieber an das, was vor ihm lag. Er musste es schaffen möglichst ohne allzu großen Zeitverlust voranzukommen. Er wollte im nächsten Ort den Bus erwischen. Es blieb ihm nicht viel Zeit, um das S.O.S.-Kinderdorf zu erreichen, wo der Junge lebte, der das Bild gemalt hatte.

Lecardomi musste jetzt ohne ihn klarkommen. Er hatte es nicht anders gewollt, und Marcel konnte schlecht Kindermädchen für einen erwachsenen Mann spielen. Für einen Mann, der eigentlich wissen sollte, was er tat. Das Einzelgängerdasein hatte Lecardomi gelehrt nur sich selbst zu vertrauen. Das schmerzte, aber es blieb Marcel nichts anderes übrig, als es hinzunehmen.

Er lief über mehrere Stunden, ohne dabei auf viele Menschen zu treffen. Lediglich ein paar Bauern auf dem Feld. Hier und da, wenn der Wald sich lichtete, sah er Häuser, Hütten. Das Klima setzte ihm zu. Es war drückend, schwül. Immer wieder überfiel ihn ein kurzer Schauer. Beim ersten Regenguss suchte er Schutz unter Bäumen, behalf sich mit seinem Regenschutz und tauschte Sandalen gegen festes Schuhwerk. Er kämpfte sich weiter durch, verteidigte sich gegen dorniges Gestrüpp, Schlingpflanzen, Farn und immer wieder Schwärme von Insekten. Dabei versuchte er den Verlauf des Flusses, der immer wieder Kurven schlug, anstieg und wieder abfiel, nicht aus den Augen zu verlieren.

Nach dem vierten Regenschauer legte er eine Pause ein, setzte sich auf einen Baumstumpf, beobachtete die tropfende Natur. Eine Spinne, die ihre Beute bearbeitete. Käfer und Schaben auf der Suche nach einem schattigen Plätzchen. Zähflüssig trieb das schlammige Flusswasser dahin. Verschiedene Falter, Ameisen und Mücken wimmelten in Ufernähe.

Die Geräusche hatten sein Gehör betäubt, er wurde allmählich unempfindlich.

Irgendwann fiel ihm das Mobiltelefon wieder ein. Er kramte es hervor, spielte eine Weile damit herum. Zu dumm, dass er es noch nicht hatte aufladen können. Aber es würde ihm ohnehin nicht viel nützen. Hierher käme kein Taxi. Gleichgültig warf er es daher weg.

Er versuchte die aufkommende Unruhe zu verdrängen. Besser war es weiterzugehen, keine Zeit mit Nachdenken zu vertrödeln. Eine einzige Wasserflasche war ihm geblieben, ein paar trockene Kekse. Das jedoch war besser als nichts. Der Wald klebte ihm im Nacken, wurde mit jedem Schritt größer, dichter.

Plötzlich hörte er von irgendwoher Stimmen. Menschliche Stimmen. Paramilitärs, war sein erster Gedanke. Er duckte sich.

In einiger Entfernung erkannte er zwei Gestalten. Zwei Männer in Tarnanzügen. Sie schlichen durch den Wald, hielten Ausschau nach jemandem. Einer der beiden hatte eine Maschinenpistole geschultert.

Marcel sank ins Gras, gab dabei keinen Laut von sich. Es war unwahrscheinlich, dass sie ihn in aus der Entfernung erkennen konnten. Während er sich auf die zwei konzentrierte, hätte er um ein Haar ein Hornissennest übersehen. Er wollte gerade einen Schrei loslassen, als er es bemerkte und beherrschte sich somit im letzten Moment. Vorsichtig tastete er sich auf dem Bauch robbend daran vorbei.

Die Männer diskutierten auf vulgäre Art. »*Pedejo,* diese Fotze!«, fluchte der eine. Der andere schrie zurück: »Du warst es doch, der nicht aufgepasst hat! *Estúpido! Hijueputa!*« Der Mann mit der Maschinenpistole feuerte durch die Gegend. Marcel duckte sich. Die Kugeln schlugen nur wenige Meter von ihm entfernt ein erneut. Panisch rollte er sich zur Seite, hielt sich die Ohren zu. Dabei verlor er die beiden kurz aus den Augen. Möglich auch, dass er jemanden übersehen hatte, dass es mehr als zwei waren.

Es dauerte eine Weile, bis die Schüsse aufhörten und ihn, wie durch ein Wunder, unversehrt ließen. Er zögerte dennoch sein Versteck aufzugeben und verharrte weiter. Etwas Gelbes flüchtete vor ihm durchs Gras, eine Schlange. Marcel erschauderte.

Nach einer Weile fischte er nach seinem Rucksack. Die Luft schien rein. Er richtete er sich auf, suchte benommen Halt an einem dünnen Baum.

Die beiden Gestalten hatten tatsächlich das Weite gesucht. Er war erneut allein. Allein mit der Wildheit der Natur. Allein, aber niemals ausgeliefert. Marcel war ein erfahrener Outdoor-Sportler und kannte die erforderlichen Überlebenskniffe. Geschickt hangelte er sich weiter, passierte kleine Wasserstellen oder seilte sich an steilen Hängen ab.

Nachdem er einige Stunden unterwegs gewesen war, gönnte er sich eine erneute Rast. Er tauchte die Arme ins Flusswasser, wusch sich Gesicht und Hände. Das Wasser war an dieser Stelle beinahe transparent. Im weiteren Verlauf des Flusses wurde es zunehmend schlammig.

Der Tag verging mit jedem überwundenen Hindernis etwas schneller. Das Sonnenlicht warf lange Schatten. Gegen Abend zog Marcel sich aus, nahm ein spontanes Bad im Fluss. Anschließend hockte er sich an eine trockene Stelle, ließ seine Haut von den letzten warmen Sonnenstrahlen wärmen.

Der nächste Ort konnte nicht mehr weit sein. Die Männer mussten mittlerweile einen erheblichen Vorsprung haben, weshalb er keinen weiteren Gedanken an sie verschwendete. Zügig streifte er sich Hose und T-Shirt wieder über, zog mit neuer Energie weiter.

Kurz vor Mitternacht erreichte er ein Dorf mit Busanbindung in Richtung Süden. Eine alte Dame bot ihm einen Schlafplatz in ihrem Haus an, eine Hängematte im hinteren Teil des Patios. Im Schatten der Kokospalmen, eingebettet von Vogelstimmen, die aus dem nahegelegenen Regenwald kamen, schaukelte er sich in den Schlaf.

Neun

Felicia hatte ihm einen schwarzen Kaffee neben das Bett gestellt. Dazu ihr Lächeln. »*Un Café de pasión.* Extra für dich. Die beste Bohne aus Guajilín.«

»Die Felicia-Bohne.«

»*Para la felicidad.*« Sie lachte. »Es gibt diesen neuen Laden in Guajilín. Der Inhaber ist Franzose. Gaspar Létifel, aus Südfrankreich.«

»Aha.« Arturo gab sich interessiert. »Name und Geburtsort weißt du also schon. Wie siehts mit der Schuhgröße aus? Welche Zigarettenmarke?«

»Finde ich raus, kein Problem.« Sie lachte.

»Felicia Rodó ... du hast viele Talente.« Er drehte das Tässchen in seiner Hand, um die Aufschrift zu lesen. »Und die Tasse hast du gleich mitgekauft?«

»Ich kann es mir eigentlich nicht leisten. Aber wenn die Touristen wiederkommen.«

»Dann musst du richtig protzen.«

»Aber hallo!« Sie stemmte die Fäuste in die Hüften, lachte.

Er lachte mit.

Felicias strahlte auffällig an diesem Morgen. Möglich, dass sie sich in Arturo verguckt hatte. Sie war ansteckend guter Laune.

Auf dem Bett lag die neuste Ausgabe der Tageszeitung. Arturo blätterte flüchtig darin, derweil sie mit ihren Pflanzen beschäftigt war.

Felicia kannte keine Pause. Auch wenn das Hostal leer war, es gab immer irgendwas zu tun.

Arturo kam bis Seite drei der Tageszeitung. Wenig angeregt von dem, was er gelesen hatte, schob er die Zeitung beiseite und stieg aus dem Bett.

Das Radio lief. Gitarrenklänge kamen aus der Küche. Die Stromversorgung war schon in der Nacht wiederhergestellt gewesen.

Er musste sich bei Marcel melden. Später.

Das aufgeladene Mobiltelefon lag auf dem Bett. Arturo zog

es heran, tippte eine Nummer.

»Bodega Macondo«, hörte er am anderen Ende der Leitung Jaimes Stimme.

»Umbral hier. Señor Orgunzallas?«

»Du bists! Und …? Hast du´s dir überlegt?«, fiel er gleich mit der Tür ins Haus.

»Überlegt? Ach, das meinst du … bin dran«, zog er sich aus der Affäre. »Versprochen.«

»Warst du an der Unfallstelle?«

»Allerdings. Ich bin die Umgebung weiträumig abgelaufen. Spuren gibt es keine mehr. Und wenn es welche gab, wurden sie vom Regen weggespült. Sie wird sich irgendwie aus dem Fahrzeug befreit haben. Ich denke sie lebt.«

»Der neuste Artikel sagt was anderes.«

»Sagt er das. Was hast du erwartet; dass sie dir die Wahrheit sagen?«

»Ein Grund mehr. Siehst du, dass wir hier dringend jemanden brauchen, der sich für ehrliche Pressearbeit und Aufklärung einsetzt. Die Morde sind noch nicht aufgeklärt. Und Serg …« Er führte den Satz nicht zu Ende. »Vielleicht gibt es tatsächlich noch Zeugen. Wir dürfen jetzt nicht resignieren. Die Presse hier wird kontrolliert. Wir haben nur uns. Worauf sollen wir bauen, außer unseren Menschenverstand?« Jaime würde sich nur aufregen, wenn er weiter darüber nachdachte.

»Ich verstehe dich, und stimme dir zu. Die Bergung des Fahrzeugs war tatsächlich nicht ganz einfach, und dort unten etwas Brauchbares zu finden, eher aussichtslos. Aber mal was anderes … hast du mit Marcel gesprochen?«

»Nein, er war noch nicht wieder hier. Aber ich habe deine Nummer und halte dich auf dem Laufenden, sobald er hier auftaucht.« Jaime war noch nicht fertig. Er hatte noch eine Information: »Etwas noch, mein Freund, da wir kürzlich über ihn gesprochen haben. Dieser Rodrigo war kürzlich hier. ich meine, ich habe ihn gesehen. Nicht hier im Macondo. Ich habe ihn an der Kathedrale gesehen.«

»Rodrigo Salazar? War er allein oder hast du eine Frau bei ihm gesehen? Judith?«

»Nein. Er unterhielt sich mit ein paar Männern. Die waren nicht von hier, hab ich hier noch nie gesehen.«

248

»Hast du verstanden, was sie geredet haben?«

»So, du willst also tatsächlich in seine Fußstapfen treten? Ihr wärt ein gutes Gespann gewesen.« Jaime unterdrückte erneut seine Trauergefühle. Er brauchte Serg´ nur indirekt erwähnen oder auch nur an ihn denken, und schon verlor er den Faden hatte Tränen in den Augen. »Ich war nicht nah genug dran, um etwas zu verstehen«, murmelte er.

»Na ja, es ist auch eher eine *private Sache*«, rechtfertigte sich Arturo, »lassen wir das.«

Jaime hakte nicht weiter nach. Er war nicht besonders redefreudig, weshalb sie bald auflegten.

»Ist was nicht in Ordnung?« Felicia stand auf einmal in der Tür.

Er steckte das Mobiltelefon weg, drückte ihr einen Kuss auf den Mund.

»Ich muss nach Pasto. Jetzt«, sagte er, zog sich dabei bereits Hemd und Hose an.

»Und wirst du länger weg sein?«, fragte sie. Sie war immer noch bei dem Kuss, sortierte verlegen ihr Haar.

»Kommt ganz drauf an. Marcel hat sich nicht bei mir gemeldet. Ich muss wissen, ob es ihm gut geht. Verstehst du das?«

»Das ist keine Frage. Er ist dein Sohn.« Sie betonte das letzte Wort, als würde es sie ebenso betreffen. Anschließend machte sie sich daran, den Kaffee abzuräumen.

Arturo hielt sie fest, zog sie erneut an sich. »Du bist wunderbar, weißt du das?«, flüsterte er ihr ins Ohr, bevor er sie noch einmal küsste.

Am Spätnachmittag kam Arturo in Pasto an. Die Stadt am Fuße des Vulkan Galeras wirkte düster, verhangen.

Er streifte über die Plaza de Nariño, aß im Salón Guadalquivir *tamales*. Ein freundlicher *pastuso* zählte ihm die örtlichen Sehenswürdigkeiten auf. Arturo hörte geduldig zu, beobachtete dabei das Treiben an der *plaza*.

Kurz besuchte er die Iglesia de San Juan Bautista, zündete eine Kerze an und sprach ein kurzes Gebet, bat um den Erfolg seiner Suche.

Später durchstreifte er den Ort. Es war recht unwahrscheinlich Marcel in einer derart unübersichtlichen Stadt zu finden.

An der Calle Diecisiete ging er in ein Internet-Café, rief seine E-Mails ab. Tatsächlich gab es eine Nachricht von ihm.

Bin noch unterwegs. Es ging nicht ganz so schnell wie erwartet. Bin jetzt auf dem Weg nach Ipiales. Am Freitag gehe ich zu Fabián. Wir sehen uns in Callín.

Ich umarme dich, Marcel.

Marcel hatte die E-Mail erst am Morgen geschrieben. Es war Donnerstag. Jetzt würde Arturo vor ihm in Ipiales sein.

Er schrieb ihm eine kurze Antwort und zog anschließend weiter.

Ipiales befand sich im südlichen Teil der Provinz *Nariño,* gut zwei Stunden von Pasto entfernt, nahe der ecuadorianischen Grenze.

Das S.O.S. Kinderdorf lag in der Nähe der Schule. An der Tür empfing ihn eine junge Frau im dünnen, hellrosa Wollpulli und mit unverkennbar US-amerikanischem Akzent.

Arturo fragte nach Fabián. Zu seiner Erleichterung wusste sie sofort, wer gemeint war. Der Junge lebte tatsächlich dort. Arturo musste sich eine Geschichte ausdenken, um nicht zu skeptisch von der Frau beäugt zu werden. Natürlich wollte sie wissen, was er von dem Jungen wollte.

»Patenschaft? Sie denken über eine Patenschaft nach?«

»Richtig.« Dabei hatte er sich wenig konkret ausgedrückt. Für das Thema schien sie zugänglich zu sein.

Sie zeigte ihm das Spielzimmer. Als Arturo in ihrer Begleitung den Raum betrat, saß der Junge gerade am Boden, blätterte in einem Bilderbuch. Die anderen Kinder tobten um ihn herum. Fabián jedoch schien irgendwie in sich versunken.

»Er bekommt nicht oft Besuch.«

Der Junge, der vor ihm auf dem Boden hockte, war relativ klein und zierlich für sein Alter – was die Erzieherin mit nicht ganz fünf bezifferte. Er hatte glattes, schwarzes Haar. Seine Haut war sehr dunkel.

»Seine Mutter ist *afrocolombiana,* Vater unbekannt. Sie kann sich keine Ausbildung für ihn leisten. Aber Fabián ist ein ganz besonderes Kerlchen. Er ist unser kleiner Denker.«

Die Erzieherin entfernte sich, ließ den Jungen mit seinem Besucher allein. Arturo stand etwas unbeholfen im Raum.

Nie hatte er Marcel in diesem Alter erlebt. Vielleicht war auch er ein Denker gewesen. Fabián wagte es nicht aufzusehen. Den Umgang mit Fremden war er nicht gewohnt.

Arturo setzte sich neben ihn auf den Boden. Dabei sah er ihm interessiert über die Schulter. »Du bist Fabián, stimmts?«, fragte er. Der Junge schüttelte den Kopf.

»Ich bin Arturo.« Er gab vor sich für das Bilderbuch zu interessieren. »Das sind ein paar sehr schöne Federn. Glaubst du, der Vogel kann damit fliegen? Oder sind die nur zur Dekoration?«

»Das ist ein Papagei«, erwiderte Fabián, »die haben bunte Flügel.«

»Ach stimmt. Jetzt, wo du´s sagst, sehe ich es auch.«

»Der kann fliegen, der fliegt schneller als alle anderen.«

»Dann fliegt er den anderen davon?«

Der Junge nickte stumm.

»Vermutlich gefällt es ihm gar nicht in diesem Buch gefangen zu sein.«

»Das ist langweilig«, bestätigte Fabián.

»Immer dieselbe Landschaft.«

»Er sieht nie was anderes von der Welt.« Der Junge saß im Schneidersitz, etwas verlegen da.

»Ja, das ist ziemlich langweilig, finde ich auch«, bekräftigte Arturo. Dabei bemerkte er, wie das Kind ihn aus dem Augenwinkel neugierig musterte.

»Er heißt auch Arturo.« Fabián deutete auf einen kleinen Jungen, der ein paar Meter weiter mit einem anderen Jungen eine Burg aus Bauklötzen baute.

»Aha, so sieht er aus, wie ein Arturo.«

»Bist du aus Nariño?«, fragte Fabián.

»Nein, ich habe die letzten Jahre in Uruguay gelebt. Montevideo. Weißt du, wo das liegt?«

Er schüttelte den Kopf. »Bei Argentinien«, vermutete er.

»Da liegst du ganz gut. Wenn Kolumbien hier oben links ist. Dann liegt Uruguay eher unten rechts. Also südlich des Äquators.«

»Und dort gibt es auch Meer?«

»Ja, es gibt einen besonders schönen Ort an der Küste. Dahin fahren im Sommer alle Familien, um dort Urlaub zu machen. Er heißt Punta del Este. Hast du schon einmal was von Punta del Este gehört?«

Fabián schüttelte erneut den Kopf. »Aber deine Familie kommt aus Kolumbien?«

Arturo war überrascht, dass er seinen kolumbianischen Akzent bemerkt hatte.

»Das stimmt. Ich bin im Süden geboren.«

»Was machst du dann in Uruguay? Sind deine Eltern ausgewandert oder musstest du flüchten?«

»Meine Eltern sind schon lange tot. Sie waren nicht unbedingt arm. Ich konnte immerhin studieren. Meine Mutter starb, als ich noch ein kleiner Junge war. Mein Vater kam aus Medellín. Er war Ingenieur. Eine Tante aus Bogotá hat mich aufgezogen.«

Der Junge hörte zu und betrachtete dabei erneut den Papagei. »Du hast eine Tante. Hat sie auch so schöne Bilderbücher gehabt, ich mag diese Farben.«

»Sie hatte nicht so schöne Bilderbücher wie das hier. Aber sie hatte viele Malbücher. Du malst bestimmt auch gerne. Kannst du so einen Papageien malen?«

Er lachte, als hätte Arturo gerade etwas sehr Lustiges gesagt. »Nein, das kann ich nicht. Dafür muss man ein Künstler sein. Ich bin nur ein Kind. Meine Mutter sagt, in Wirklichkeit gibt es nicht viele Farben. Das sieht immer nur so aus, als wäre alles bunt. Aber oft ist es nur schwarz und weiß.«

»So? Dann hat sie noch nicht richtig hingeschaut. Es ist manchmal nur schwarz und weiß an der Oberfläche. Man muss dahinter schauen, dann sieht man die Farben. Aber vielleicht hatte sie dazu noch nicht die Gelegenheit, weil sie so viel arbeiten muss. Ihr Alltag ist schwarz und weiß.«

»Ja, das habe ich auch schon gedacht. Sie geht nie in den Wald. Der ist so bunt. Die Blätter sind grün, und die Blumen. Da gibt es alle möglichen Farben. Rot, gelb, blau. Aber sie sagt, alles wird irgendwann wieder grau.« Der Junge zuckte mit den Schultern.

»Hmn. Aber man könnte auch sagen, dass sie das nur denkt,

weil sie traurig ist. Weil sie dich vielleicht nicht so oft sehen kann. Kennst du den *Carnaval de Blancos y Negros* in Pasto?«, fragte Arturo.

»Ja. Aber ich war noch nicht da.«

»Wenn du mal im Januar nach Pasto fährst, kannst du dort sehen, wie viele Farben es tatsächlich gibt. Es heißt schwarz und weiß, aber in Wirklichkeit ist alles bunt – sehr bunt sogar. Die Verkleidungen, die Menschen und die Musik. Weißt du, man kann Farben auch hören oder fühlen.«

»Tatsächlich? Gehst du mit mir dorthin?«

»Das wird nicht gehen. Aber ich schlage es deiner Erzieherin vor. Würde dir das gefallen?«

Der Junge strahlte.

Arturo war gerührt. Wie leicht man Fabián begeistern konnte. Es erinnerte ihn an seine eigene Kindheit.

»Sag mal Fabián, kannst du dich an ein Bild erinnern, das du gemalt hast, das Bild vom goldenen Kalb?«

»Ja, das Kalb. Das war an dem Tag, als die blonde Señora bei uns war. Ihre Haare waren wie Gold.«

Arturo stockte. Er meinte tatsächlich Judith.

»Was hast du mit dem Bild gemacht?«

»Ich habe es ihr geschenkt.«

»Und sie? Hat sie dir auch etwas geschenkt oder anvertraut?«

Der Junge sah zu Boden, zappelte eine Weile unruhig herum, bevor er zögerlich antwortete: »Es ist ein Geheimnis.«

»Und Geheimnisse verrät man nicht. Du hast ihr versprochen, das Geheimnis niemandem zu verraten?«

Der Junge schwieg.

»Wenn du *mir* das Geheimnis nicht verraten darfst, weil es sehr persönlich ist, darfst du es denn jemand anderem verraten? Jemandem, der ihr sehr nahesteht? Ihrem Sohn zum Beispiel?«

Fabián sah auf. Vorsichtig nickte er zustimmend.

Marcel war im Besitz der Zeichnung. Judith hatte Fabián tatsächlich als Boten eingesetzt.

Als Arturo andeutete, aufstehen zu wollen, warf Fabián ihm einen beinahe traurigen Blick zu. »Du musst schon gehen?«

»Ja, mein kleiner Freund. Es tut mir leid, aber …« Er überlegte. Der Junge machte ihn traurig, seine aufrichtige Art und die Tatsache, dass er lediglich hier war, um etwas in Erfahrung zu bringen. Fast fühlte er sich schuldig. »Ich werde Marcel sagen, dass er dir morgen das Bild bringt. Er ist mein Sohn und der Sohn der blonden Frau. Sie ist meine Ex-Frau. Marcel kommt morgen nach Ipiales. Er hat dein Bild bei sich. Das Bild von der goldenen Kuh.«

»Marcel«, wiederholte er den Namen.

»Ich habe das Bild in einer Kirche gefunden, einige Kilometer nordöstlich von hier. Das Dorf heißt Callín.«

»Das Dorf kenne ich nicht.«

»Die Frau mit den goldenen Haaren hat dort recherchiert. Sie ist Journalistin.«

Fabián klappte das Bilderbuch still zu, stand wortlos auf und ging vor zur Tür. Schüchtern verabschiedete er sich von Arturo. »Sag Marcel, dass er schnell kommen soll. Ich habe gern Besuch.«

Arturo wollte noch etwas sagen, Fabián ging jedoch bereits zurück zu seinem Buch. Arturo sah dem Kind nachdenklich nach. Einen Moment lang, stellte er sich seine Eltern vor. Wie oft sie wohl an ihn dachten. Liebend gern hätte er Fabián in den Arm genommen.

An der Eingangstür traf er wieder auf die Erzieherin im rosa Strickpulli. Sie war damit beschäftigt, etwas in einem Ringbuch zu notieren. Daneben lag ein Tablet, auf dem sie offenbar gerade noch gelesen hatte. Arturo tippte ihr vorsichtig auf die Schulter. Er wollte nicht aufdringlich wirken. Fast etwas streng sah sie ihm in die Augen. Ihre kleinen, blaugrauen Augen lugten hinter einem modernen, schwarzen Brillengestell hervor.

»Fabián ist ein wirklich sehr netter Junge«, bemerkte er und kam sich irgendwie blöd dabei vor, so oberflächlich über den Jungen zu sprechen. »Es gibt jemanden, der ihn auch noch besuchen möchte.«

Sie hatte wieder angefangen zu schreiben. Es interessierte sie offenbar nicht, was er noch zu erzählen hatte. Sie war lediglich auf das Thema Patenschaft fokussiert. Daher kam er schnell auf ein anderes Thema zu sprechen. Er fragte nach einer günstigen Unterkunft in Ipiales.

Sie nannte ihm eine Adresse, und er notierte noch eine Nachricht für Marcel, die er ihr in die Hand drückte.

»Ich wäre ihnen sehr dankbar, wenn Sie das meinem Sohn geben. Er kommt morgen hierher um Fabián zu besuchen. Vielleicht klappt es ja noch ... mit der Patenschaft.«

»Ist gut.« Sie steckte die Nachricht weg.

»Was ist denn mit Fabians Eltern? Besuchen sie ihn ab und zu?« Arturo wollte noch einen letzten Versuch unternehmen. Vielleicht war sie einfach nur zerstreut oder verstand sein Spanisch nicht, und tatsächlich hatte sie auch etwas im Blick, als hätte sie seine Frage nicht verstanden.

Zu seiner Überraschung aber antwortete sie in nahezu fehlerfreiem Spanisch: »Fabián kommt aus sehr armen Verhältnissen. Seine Mutter ist alleinerziehend. Fabián entstand aus einer Vergewaltigung. Wenn die Männer hier auf dem Land das Trinken anfangen, verlieren sie die Kontrolle über ihr Verhalten, über ihren ...« Sie wollte wohl Verstand sagen, oder auch etwas anderes.

»Ja, das ist leider so«, bestätigte er.

Sie beugte sich wieder über das Ringbuch. Arturo riskierte noch eine weitere Frage, auch wenn Konversation ganz offensichtlich nicht ihre Stärke war.

»Noch etwas«, tastete er sich vorsichtig vor. »Wäre es nicht möglich, dass Sie die Kinder mal mit auf den *Carnaval de Blancos y Negros* in Pasto nehmen? Ich denke, die Kinder können dort eine Menge Eindrücke sammeln.«

Sie lächelte. »Warum nicht. Das ist eine gute Idee. Ich werde es anregen. Es ist ein so fröhlicher Karneval ... Einen schönen Tag für Sie, Señor.«

Er lächelte, was sie nicht wirklich zur Notiz nahm. Seine Charme-Offensive prallte an ihr ab.

Arturo quartierte sich im Hotel Emperador an der *Carrera Cinco* ein. Das Hotel bot keinen großen Luxus, lag jedoch nahe dem Zentrum des Ortes. Er schrieb Marcel eine kurze E-Mail. Anschließend gönnte er sich eine Siesta.

Gegen Spätnachmittag besuchte er die *Iglesia Santuario de las Lajas*, einen Wallfahrtsort.

Zehn

Es war früher Abend. Jaime saß mit ein paar Dorfbewohnern im Macondo.

Der Wirt verteilte ausgiebig *cervezas* und *batidas*. Das Thema war, über die Pläne zu den neuen Tourismus-Projekten hinweg, beim Dauerbrennerthema angekommen. Die noch immer verschollene Journalistin und die ungeklärten Morde. Mit Jaime am Tisch saßen der Apotheker Rigoberto Petalán, der Eisenwarenhändler Martín Rojas und Santiago Casturas, ein Frühpensionär, der sich im Dorf den Spitznamen »der alte Santiago« eingehandelt hatte, obwohl er erst Mitte fünfzig war. Petalán, Anfang vierzig, war ein ausgesprochener Hitzkopf und für seine unkontrollierten Wutausbrüche berüchtigt, die er jedoch in erster Linie gegen sich selbst richtete. Er hatte feuerrotes Haar und seine Gesichtsfarbe nahm allzu oft einen ähnlich rötlichen Ton an.

Rojas war mit seinen knapp vierunddreißig Jahren der jüngste in der Männerrunde.

Jaime Orgunzallas trat als Moderator auf. Was am Ende in Vorhaben oder Tat umgesetzt wurde, ging in der Regel auf sein Konto. Später, nach ein paar Gläsern Aguardiente, würde man zu angenehmeren Themen übergehen, Klatschgeschichten. Lieblingsthema der Männer war Flora Morales. Abgesehen von Jaime, war bereits jeder in den Genuss ihrer Dienste gekommen. Selbst der um einiges jüngere Rojas hatte sich schon in ihrem Bett gewälzt.

Noch aber standen andere Themen auf der Tagesordnung, und diese mussten erst abgehakt werden.

»Was haltet ihr davon, wenn wir im Fall Rauschenberg ein wenig nachhelfen?« leitete Jaime sein Anliegen ein.

»Woran denkst du konkret?«, fragte Casturas.

»Wir müssen jetzt selbst ermitteln. Hinweise, dass man es auf ihn abgesehen hatte, gab es.« Der Wirt wirkte nachdenklich. Er war nicht wie sonst üblich voll bei der Sache.

»Sergio Fabulos. Den kann man sich schwerlich als Leiche vorstellen. Der war nicht tot zu kriegen, hätte selbst die Pest überlebt«, sagte Rojas. »Hast du seine Leiche gesehen? Hat überhaupt irgendwer seine Leiche identifiziert?« Rojas sah fragend in die Runde.

Jaime tupfte sich über die Stirn. »Ich kam zu spät. Es hieß der Sarg wäre schon beim Bestatter. Totenwache sei nicht vorgesehen. Ich hätte insistieren müssen ... aber es gab so viel Anderes. Ich kann mich doch nicht zerteilen.« Grübelnd nagte der Wirt an seiner Lippe. »Dabei wäre es das mindeste gewesen.«

»Also hat sich keiner die Leiche angesehen«, fasste Rojas die Fakten zusammen. »Ist schon ein Ding. Wir sollten uns fragen, ob es überhaupt eine Leiche mit Namen Sergio Fabulos gibt. Vielleicht hatte der Gute gerade eine heiße Spur, und dann ZACK!« Er schlug mit der flachen Hand auf den Tisch. Casturas zuckte zusammen. Petalán bekam bereits vorsorglich einen roten Kopf.

Jaime starrte nachdenklich auf die Tischplatte. Es war ja nicht das erste Mal, dass dieser Gedanke an ihn herangetragen wurde. »Ihr glaubt, derjenige hat uns nur getäuscht. Jemand hat Sergio entführt, weil er zu viel wusste. Und dann hat man uns irgendeine x-beliebige Leiche untergejubelt. Oder Leichenteile. Jemand ohne Gesicht, entstellt. Damit keiner was merkt«, überlegte er laut, »möglich ists.«

»Möglich ist einiges«, meldete sich Petalán zu Wort. »Möglich ist sogar, dass der gute Serg seinen Tod selbst vorgetäuscht hat, damit er in Ruhe ermitteln kann. Vielleicht ist er in den Untergrund gegangen.«

»Oder er hat Morddrohungen erhalten und musste deshalb untertauchen«, sponn Rojas den Faden weiter.

»Wir sollten auf keinen Fall akzeptieren, was hier passiert«, überlegte Jaime, der liebend gerne das Gehörte als real annehmen wollte; alles war besser als ein toter Sergio Fabulos. »Ich kenne doch diesen Journalisten Umbral«, dirigierte er das Thema in eine bestimmte Richtung. »Wenn wir ihn dazu bewegen könnten, was zu schreiben, um Callín in die Schlagzeilen zu bringen?«

»Hat er das nicht bereits abgelehnt?«, hakte Casturas nach. »Der war doch im Exil.«

»Schon, aber früher oder später wird es ihn wieder packen.

Wir müssen Geduld haben, dürfen es nicht so schnell aufgeben. Der Mann hat Kontakte, der kann sich durchsetzen. Serg und er wären ein gutes Team gewesen.«

»Das ist der Ex von der Journalistin, habe ich gehört. Der andere, der Tote, war Politiker. Nicht mal unbeliebt war der. Er wollte ein Alphabetisierungsprogramm für die Landbevölkerung durchsetzen«, gab Casturas sein Wissen preis. »Man sagt aber auch, er sei ein Kleinkrimineller gewesen. Wenn es etwas mit seiner Vergangenheit zu tun hat?«

»Und was ist denn mit der Rauschenberg? Hat sie davon was gewusst oder standen die vielleicht auf unterschiedlichen Positionen?«

Rojas zuckte mit den Schultern. »Wissen wir´s?«

»Das ist ja das Problem«, ereiferte sich Petalán mit hochrotem Kopf. »Man hat von nichts einen Plan. Und dann entführen sie den Comisario – weg ist auch noch der letzte Bissen, das letzte Krümelchen, das wir noch hatten.«

»Hmn«, brummte Jaime, »fragt sich nur, warum wir uns so lange mit Krümelchen haben abspeisen lassen. Serg und ich, wir haben uns ausgetauscht.«

Petalán wollte protestieren, Rojas kam ihm jedoch zuvor, griff beschwichtigend ein: »Kommen wir doch mal zurück zum Thema. Was wissen wir denn noch über diesen Angeles, das Unfallopfer?«

»Ich denke, sie hat vielleicht gar nichts von seinen Abmachungen gewusst. Dem war ihr Job sicher ein Dorn im Auge. Oder kannst du dir als Politiker vorstellen, mit einer Frau verheiratet zu sein, die ständig von Todesschwadronen bedroht wird? Da kannst du deine Karriere gar nicht vorantreiben«, überlegte Casturas.

»Aber vielleicht war das genau der Deal. Sie hat ihn gebraucht, oder er sie«, sagte Rojas.

Der Wirt sah abwartend in die Runde. Er hatte noch etwas, was er loswerden wollte. Am Nachmittag hatte er Flora Morales aufgesucht, um sie für ihre Tourismuspläne zu gewinnen. Er wollte sie mit einbeziehen, weil sie über einflussreiche Kontakte verfügte. Jaime hatte es mit List angestellt und die Dorfhure war tatsächlich redselig gewesen, hatte aus dem Nähkästchen geplaudert. Jaime kam es offensichtlich zugute, dass er noch nicht mit ihr das Bett geteilt hatte, schließlich waren sie beide an Geschäften interessiert. Allein aus diesem Grund klangen seine Ideen in ihren Ohren vielversprechend. Tourismus bedeutete auch für sie: neue Klientel, neue Perspektiven.

»Ich habe mit Flora Morales gesprochen.«

Die anderen drei sahen den Macondo-Wirt entgeistert an.

»Du?! Mit der Morales?!«, fragten sie beinahe im Chor.

»Spinnst du?!«, sprach es Rojas unvermittelt deutlich aus.

»Sie verdient ihr Geld auf etwas *andere* Art und Weise, aber ansonsten macht sie nichts anderes als wir auch – ihren Job.«

»Der gute alte Jaí, unser Toleranzapostel«, witzelte Casturas.

»Nennt es wie ihr wollt. Wir sprechen die gleiche Sprache. Wir sind alle daran interessiert, dass unsere Straßen sauber bleiben, dass wir unseren Geschäften unbesorgt nachgehen können.«

»Und? Was hat sie denn gesagt?« Rojas war ganz Ohr.

»Sie hat ein bisschen geplaudert. Wisst ihr, *wer* nur wenige Tage vor besagtem Unfall bei ihr aufkreuzte?« Er deutete die Antwort bereits mit Blicken an.

»Nee … Nicht dein Ernst!« Rojas verschränkte die Arme.

»Na, erzähl mal!«, forderte Petalán.

»Angeles«, kam Rojas Jaime zuvor.

»Richtig. Er hätte nicht mehr lange zu leben, hat er gesagt, er sei schwer krank. Er wollte noch einmal, bevor … und er wollte einen Profi wie sie.«

»Hat er geahnt, dass was gegen seine Frau im Gange war? Das mit dem Unfall …?« Petalán war erregt und noch immer hochrot im Gesicht.

»Geredet hat er nicht viel an dem Tag. Er war ziemlich niedergeschlagen, so ihr Eindruck.«

»Aha. Na, das sind wir alle mal«, tat Casturas die Sache ab.

»Wie hat Flora das denn interpretiert?«, wollte Rojas wissen.

Die Köpfe der Männer rückten zusammen. Das Thema wurde interessant.

»Warum geht ein Mann zu einer Prostituierten? Noch dazu einer wie Angeles, der immer auf sein Sauberimage bedacht war. Das passiert doch nur, wenn …«

»Wenn zuhause nichts mehr läuft«, grinste Rojas.

»Oder schlimmer«, vermutete Casturas, »sie *ihn* betrügt.«

»WAS?!« kreischte Petalán.

»Richtig«, fügte Jaime hinzu.

»Die Rauschenberg hat ihren Mann tatsächlich mit einem anderen betrogen. Das gibts doch gar nicht. WER?«, bohrte Petalán.

»Dann hat der vielleicht den Unfall verzapft«, warf Rojas bereits in den Raum, bevor Jaime antworten konnte. »Der wollte den Nebenbuhler ausschalten. Aber die Sache ist schiefgelaufen. Wer ist es?«

»Die Rauschenberg hat einen Assistenten gehabt ... Aber das ist nur so eine Vermutung. Keine Ahnung, wer der Typ ist«, flüsterte Jaime.

»Sie hat ihren Assistenten vernascht.« Petalán lachte.

»Lassen wir das«, brach Jaime das Thema auf einmal ab. »Die Runde geht auf mich.« Gerade hatte jemand seine Aufmerksamkeit erregt. Ein Mann, der sich in der hinteren Ecke des Raumes an einen Tisch gesetzt hatte. Dabei erinnerte er sich an das Telefonat mit Benito Umbral vom Morgen. Der Mann, der gerade das Macondo betreten hatte, war kein geringerer als Rodrigo Salazar. Und Jaime wurde in diesem Moment klar, wo die Zusammenhänge lagen.

Verwirrt, aufgrund des unerwarteten Zufalls, erhob er sich. Die anderen Männer tuschelten derweil weiter.

Er trat an den Tisch des Mannes.

Salazar hatte, aus der Nähe betrachtet, etwas Düsteres an sich, wirkte übernächtigt, mitgenommen.

»Wir kennen uns doch. Was darfs sein? Aguardiente?«

»Klingt gut.«

Jaime verschwand hinter der Theke, schenkte Anisschnaps in ein Glas, ging damit zurück an den Tisch und stellte es Rodrigo hin.

Dieser leerte es in einem Zug.

»Señor Umbral hat nach dir gefragt«, wagte Jaime sich vor, nachdem er den anderen eine Weile stumm hatte gewähren lassen.

»Umbral? Ich vermute, er ist noch in der Gegend.«

»Er wollte nach Ipiales. Er hat seinen Sohn gefunden. Marcel Huertas Bello.«

»Marcel?«, Rodrigo schien ungerührt. »Ja, das war wichtig für ihn. Marcel ist sein Sohn.«

Der Wirt rieb sich mit einem Tuch über die Stirn. »Ich weiß. Tragische Geschichte für den Jungen. Ich habe erst kürzlich davon erfahren. Ihr kennt euch besser?« gab er sich ahnungslos.

»Ich habe für Señora Rauschenberg gearbeitet.«

Der Wirt warf einen kurzen Blick zurück zur Männerrunde. Casturas und Petalán lachten gerade.

»Das hast du nicht gewusst, stimmts? Nein, sicher nicht. Und ich rate dir, trau diesem Mann aus Uruguay nicht«, verlangte Rodrigo plötzlich mit Nachdruck.

»Bitte …?!« Jaime war irritiert.

»Er ist ein Betrüger. Er ist nicht der, für den er sich ausgibt.«

»Was … äh meinst du?«

»Benito Umbral ist nicht sein richtiger Name. Diese Identität ist eine Tarnung. Sein richtiger Name ist Arturo Angeles.«

Jaime verstand jetzt gar nichts mehr. War Arturo Angeles nicht tot? Der Wirt schüttelte den Kopf, schlürfte zurück und besorgte schnell eine Flasche Aguardiente. Er wollte jetzt um jeden Preis mehr wissen.

»Er ist nicht *der* Arturo Angeles«, fuhr Rodrigo fort, als Jaime zurück war und ihm nachgeschenkt hatte, »… derjenige, der beim Unfall ums Leben kam, ist *sein* Vorgänger. Und er ist tatsächlich Marcels leiblicher Vater.«

»Ach!« Sprachlos sah der Wirt den Mann an. »Das … äh, glaube ich jetzt nicht«, stammelte er. Weniger wegen Marcel, als vielmehr wegen der anderen Hintergründe, die er soeben erfuhr. »Na ja, so ein uneheliches Kind, das passiert. Ich meine …«

»Unehelich? Nein. Sie waren verheiratet. Aber er hat sie damals sitzenlassen. Hier weiß niemand mehr von ihm. Er stammt aus Medellín, ist bei einer Tante aufgewachsen.« Rodrigo Salazars Stimme hallte dumpf. »Ich weiß über ihn Bescheid«, bekannte er. Es klang bedrohlich.

»Was für eine Geschichte ist das?«

Rodrigo rührte den Schnaps nicht an.

»Ich an deiner Stelle wäre ganz vorsichtig, was Arturo Angeles betrifft. Es ist nur ein gut gemeinter Rat – aber es ist gut möglich, dass er ein Mörder ist.«

Jaime erstarrte. Ungläubig sah er sein Gegenüber an, als wäre er – in ihm – soeben seinem Henker begegnet.

»Ein M-Mörder ...?«, stotterte er.

Dritte Begegnung am Wegkreuz

Der Schmerz hatte sich durchgesetzt, forderte die Kontrolle. Und solange der Kampf nicht vollständig entschieden war, musste er ausharren, ertragen ...
Die Qual blieb, oder das Leben ging; das waren die Optionen.
Derweil saß sie noch immer da, an jener imaginären Stelle.
– Würdest du etwas ändern – fragten ihre Augen stumm, – wenn du jetzt wieder zurückgehen könntest ... ins Leben? Würdest du meine Ehre wiederherstellen, damit mein Geist endlich Ruhe fände? –
Er streckte die Hand nach ihr aus. Tatsächlich war es seine Hand, und tatsächlich konnte er sie nicht erreichen. Ihr Reich hatte sich ihm verweigert.

Elf

Sergio lag auf irgendwas. Was genau es war, konnte er nicht sehen. Es ruckelte mit einer derartigen Heftigkeit unter ihm. Außerdem bekam er kaum Luft; weil andererseits etwas auf ihm lag, was ihm die Luft nahm. Er fühlte sich restlos eingequetscht.

Weg mit dem Tod, dachte er aufbegehrend, *raus aus dem Koma, oder auch nur: Raus aus der Bewusstlosigkeit; egal was, Hauptsache raus.*

Genau genommen fühlte es sich schon nach Leben an. Die Stelle, an der die Kugel ihn durchbohrt hatte, schmerzte. Vermutlich blutete er dort. Nur konnte er es, wie gesagt, nicht sehen. Es stank ganz unerträglich. Die Hölle aber – so sagte man doch – stank nach Schwefel. Das aber war es nicht. Das hier war kein Schwefel; es war schlimmer! Vielleicht war es eine riesige Müllhalde, oder um noch einiges übler als das. Wenn Gott irgendeine Hölle gemeint hatte, war jetzt klar: Es gab sie nicht. Es gab keine Hölle, die größer war als die Hölle auf Erden. Und es gab keinen Teufel, der schlimmer sein konnte, als der Mensch selbst es war. Die Hölle, so meinte er jetzt zu erkennen, steckte in einem selbst. Gerade steckte sie in *ihm,* Sergio Fabulos. Und sie steckte in jedem Paar erloschener Augen, die ihn starr anblickten.

Dummerweise war es unmöglich zu entkommen. Er war dazu verdammt es zu ertragen. Wie lange? – Das war keine Frage des Schicksals; soviel wusste Sergio. Es war einzig sein Wille, der ihn in eine Richtung trieb: Leben oder Tod.

Irgendwo blinzelte Tageslicht hindurch und er erkannte einen winzigen Ausschnitt des Himmels. Irgendwo. Vielleicht war es auch nur Einbildung. Der Himmel und die Luft umwarben seine Sinne. *Ich lebe,* dachte Sergio. Er würde alles besser machen, wenn er noch einmal die Chance hätte. Eine allerletzte Chance. Aber er wollte nicht um sie betteln. Er würde nicht den Tod anflehen, ihn zu verschonen. Nein, das nicht! Ab jetzt wollte er kämpfen. Und das vor allem mit seinem Willen. Ab sofort ... oder besser: sobald man die Leichen von ihm geschaufelt hatte.

Zwölf

Marcel saß in der vorletzten Reihe eines *chiva*. Der Bus war bis auf den letzten Platz besetzt, schaukelte behäbig durch die tropische Landschaft. Die Natur rauschte in satten Farben an ihm vorbei.

Zwei Sitze vor ihm saß sie, – Billa. Natürlich kannte er sie nicht. Sie waren sich nie begegnet und würden sich vermutlich auch nie wieder begegnen, außer eben dieses eine Mal.

Marcel warf immer wieder einen zufälligen Blick zu ihr, gab sich dabei unbekümmert, wenn er in Wahrheit auch ein wenig neugierig auf die junge Frau mit den blonden, zerzausten Haaren war. Vielleicht kam sie aus Deutschland.

Als die ihr gegenüberliegenden zwei Plätze frei wurden, rückte er unbemerkt zwei Reihen vor. Eine Weile musterte er sie neugierig von der Seite, lehnte dabei den nackten Oberkörper an das geöffnete Fenster, um den frischen Fahrtwind zu genießen.

Man hatte Billa schließlich freigelassen. Weshalb so plötzlich? Derartige Fragen stellte sie nicht mehr. Ihr Interesse an Kolumbien war verebbt und der plötzlichen Sehnsucht nach vertrauter Umgebung gewichen. Krampfhaft besann sie sich auf die schönen Momente ihrer Reise. Ihre Freundschaften in Guajilín, die Marktfrauen in Santa Barbara, die spielenden Kinder auf der Straße, den Kirchenumzug, Sergio Fabulos, das Haus des *padre* …

Billa war mittlerweile in Gedanken bei der Frage angekommen, ob Sergio nach ihr suchen würde. Ob er bereits mitbekommen hatte, was passiert war. Für ihn musste das alles Normalität sein. War es das?

Nächtelang hatte sie bei strömendem Regen auf nacktem Boden ausgeharrt. Anfangs war sie überzeugt gewesen, sich so ganz sicher den Tod zu holen. Zu ihrer Überraschung jedoch war ihr Körper stärker als erwartet. Das Gekrabbel der Insekten hatte sie irgendwann kalt gelassen; wie auch der ganze Rest. Man stumpfte ab … irgendwann. Wobei sie insbesondere an ihre Begegnung mit Fabio denken musste.

Was das Essen betraf, hatte sie sich mit wenig zufriedengegeben. Ein Schluck Wasser, eine kleine Schüssel trockener Reis. Es war ganz erstaunlich, dass der Mensch mit diesem Minimum an Nahrung überleben konnte. Um einiges schlimmer als all das aber, waren die endlosen Wortgefechte der FARC-Rebellen gewesen. Geschrei, Diskussionen; ständig gab es Konflikte. Manchmal wurde sinnlos durch die Gegend geballert. In solchen Augenblicken kauerte sie sich auf den Boden, betete, dass man ihre Anwesenheit vergaß. Der Mensch konnte so einiges aushalten; *das* aber brachte sie an ihre Grenzen.

Natürlich nahm auch die Müdigkeit mit der Zeit zu. Erst vor kurzem hatte sie begonnen bewusst zu spüren, wie der Körper die Kraftreserven anging. Wie lange hätte sie noch durchgehalten? Monate, Wochen, ein paar Tage. Oder weniger?

Rückblickend glaubte sie Sergio Fabulos Eigenarten jetzt besser zu verstehen. Das Leben hier war definitiv kein Zuckerschlecken, nicht unter den gegebenen Umständen.

Weit weg waren die Erinnerungen an ihre Freunde aus dem Hostal Felices. An die anderen Touristen und an Felicia. Noch viel weiter entfernt war die Heimat. Kopenhagen im Sommer, Billas Lieblingseiscafé, die schönen Dreimaster am alten Hafen, die beiden kleinen Brüder Lasse und Kim; der Hund Fizzi, den sie im vergangenen Herbst aufgenommen hatten. Seit Wochen hatte sie nicht mehr mit ihren Eltern telefoniert. Sie mussten sich große Sorgen machen.

Hinter ihr lag die Hölle. So richtig glauben konnte sie es noch immer nicht. Kolumbien war ihr in den letzten Wochen fremd geworden, und wie gerne würde sie diesen Teil einfach abschneiden ...

»*Hola!*«, grüßte sie plötzlich jemand von der Seite. Marcel wippte mit dem Fuß den Takt der Musik.

»*Hola.*«

»*Soy* Marcel.« Er hielt ihr seine Hand hin.

»Billa«, ignorierte sie diese.

»Billa, interessanter Name. Woher kommt der?«

»Dänemark.«

»Du bist Touristin?«

»Richtig. Und du?«

»Student. Aber ich schwänze gerade.« Marcel drehte sich etwas zur Seite, lehnte einen Arm aus dem offenen Fenster.

»Na, wenn du´s dir leisten kannst.«

»Na ja, vermutlich nicht.«

»Wovon lebst du dann? Jobbst du? Ich meine, so machen wir das in meinem Land, wenn wir studieren.«

»Ach so ... hier und da, ja.« Er grinste, zeigte dabei seine schönen weißen Zähne, die Billa bereits aufgefallen waren. »Meine Mutter hat einen Fond für mich eingerichtet, für meine Ausbildung. Er ist eigentlich für mein Studium gedacht. Zurzeit aber gibt es andere Projekte.«

»Andere Projekte. Dann wird sie aber nicht begeistert sein, wenn du gar nicht studierst, wenn du das Geld einfach zum Fenster herauswirfst.« Unbeabsichtigt hatte sie etwas ruppig geklungen.

Verwundert registrierte er den Vorwurf in ihrer Aussage. »Aha, denkst du? Wird das jetzt ein Verhör? Bist du vom Militär?«

»Nein, das war nur eine normale Frage.«

Marcels Laune veränderte sich. »Steberin, richtig? Ich meine, sorry, dass ich so lebe, wie es mir in den Kram passt.« Seine Antwort traf sie unerwartet hart. Natürlich hatte sie es nicht so gemeint. Vielleicht war ihre Frage nicht richtig formuliert gewesen. Andererseits aber war etwas dran. Und vielleicht hatte sie tatsächlich noch immer nicht alles verstanden. Wenn sie jetzt zurück nach Dänemark kam, blieben viele Fragen offen.

Marcel bemerkte an ihrem Schweigen, dass er offensichtlich zu aggressiv reagiert hatte. »Ich meine das nicht so. Du hast, glaube ich, eine lange Reise hinter dir.«

»Lange Reise ... ja, kann man sagen.« Sie sah auf ihre Hände.

»Bist du ganz allein unterwegs?«, fragte er. »Du hast Mut.«

Sie streifte ihn mit einem – aus seiner Sicht – merkwürdigen Blick. Hatte er schon wieder etwas Falsches gesagt? Er wollte sie gerade versuchen aufzuheitern, als sie fragte: »Hast du keine Freundin?«

Wieder war er überrascht. Diesmal über ihre Direktheit.

»Nee.« Er musterte sie von der Seite. Sie war etwa in seinem Alter. Vielleicht zwei oder drei Jahre älter. Möglicherweise war sie kurz davor ihr Studium zu beenden.

»Und du, hast du einen Freund?«, stellte er die Gegenfrage, wobei ihm das Gefragte auch etwas peinlich war. Normalerweise war es nicht seine Art von Konversation. Sie schien ihm nicht sehr gesprächig. Gelegentlich lächelte sie, was sie recht sympathisch machte. Sie lächelte jedoch nicht viel.

»Nein. Im Moment nicht. Ich bin mit einem guten Freund gereist, Jeremy aus den USA.« Sie schob sich eine Haarsträhne aus dem Gesicht. »Ich hatte mir Kolumbien etwas anders vorgestellt.«

»Anders?«, hakte Marcel nach. »Wie hast du es dir denn vorgestellt?«

»Ich weiß nicht. Ich habe eure Kultur noch nicht richtig verstanden, denke ich. Es ist doch viel komplizierter in einem anderen Land zu leben, als ich dachte.«

»Kompliziert, hier? Nein. Ich denke Europa ist kompliziert«, lachte er. »So viele Länder mit unterschiedlichen Kulturen. Und ständig muss man einen gemeinsamen Nenner finden. Ich frage mich, wie das auf Dauer funktionieren kann.«

»Es ist harte Arbeit, denke ich. Ich lebe in Dänemark und dort ist es gar nicht kompliziert.« Sie war plötzlich froh, dass sie über ihre Heimat sprechen konnte. »Wir Dänen sind ganz nette Leut, weißt du?« Die Frage entlockte ihr ein zaghaftes Lächeln, worauf Marcel augenblicklich einstieg: »Das sind wir Kolumbianer auch. Nette Leut.« Er zwinkerte. »Probleme hat jedes Land. Ohne die gäbe es nichts zu diskutieren. Und das brauchen wir doch, etwas worüber wir uns ereifern können.«

Der Bus schaukelte gemütlich in die Kurve. Eine Weile unterhielten sie sich weiter über ihre Länder …

Als sie wenig später den nächsten Busbahnhof erreichten, verabschiedeten sie sich mit Küsschen rechts und links voneinander.

»Machs gut. Marcel.« Kurz musste sie über diesen Namen nachdenken, der irgendeine Erinnerung in ihr weckte.

»Gute Reise, Billa!«, wünschte er ihr.

»Ja. Dir auch.« Er half ihr sich den Rucksack auf den Rücken zu schnallen. Sie drehte sich wortlos um und ging.

Er blickte ihr nach, wie sie in die Menge eintauchte, behielt ihren blonden Haarschopf noch eine Weile im Auge.

Dreizehn

Als Marcel nach einer weiteren Busfahrt in Ipiales ankam, schien der Ort zu schlafen. Die Sonne brannte bereits erbarmungslos. Dunst staute sich über dem Asphalt.

Im S.O.S. Kinderdorf traf er gleich am Eingang auf die Leiterin (die Frau im rosa Strickpulli; diesmal jedoch mit heller Bluse).

»Kann ich Ihnen helfen, Señor? Zu wem möchten Sie?«, empfing sie ihn freundlich, aber distanziert.

»Ich möchte zu Fabián. Fabián ...« Weiter wusste er natürlich nicht. Marcel kramte das Bild hervor, das der Junge gemalt hatte.

»Das hier ist von ihm. Vielleicht erinnerst du dich an das Bild? Ich möchte es ihm zurückgeben.«

Sie nahm das Bild in ihre blass-rötlichen Hände, studierte es kurz, wie man die Klassenarbeit eines Schülers ansah. »Hmn ja, sehr schön.« Sie war nicht wirklich interessiert an der Kunst ihrer Sprösslinge. »Es geht um die Patenschaft, richtig?« Sie gab ihm das Bild zurück. Dabei taute sie etwas auf. »Warte, ich bringe dich zu ihm.«

Sie ging bereits vor, drehte sich im Gehen zu Marcel und fragte neugierig: »Oder interessierst du dich für eine Adoption? Bist du verheiratet? Ach, du kannst es dir ja überlegen«, gab sie sich selbst eine Antwort, was ihm ganz recht war. Es verhinderte peinliche Ausflüchte.

Fabián lag auf seinem Bett, als sie das Zimmer des Jungen betraten. Der Raum war nicht sonderlich groß. Er teilte ihn mit drei etwas größeren Jungen.

Als Marcel mit der Erzieherin in der Tür erschien, richtete er sich gleich auf, als hätte er bereits auf Marcel gewartet.

Die Erzieherin ließ die beiden allein.

»Bist du Marcel?«, fragte Fabián, als sie verschwunden war. »Ich wusste, dass du kommst. Arturo hat es mir gesagt. Arturo aus Uruguay, Punta de Este.«

»Punta *del* Este? Hat er das erzählt, ja? Nein, ich glaube er meinte Montevideo.«

»Ach ja!«

Marcel zog das Bild aus dem Röhrchen, kniete sich neben den Jungen.

Fabián verfolgte zunehmend aufgeregt, wie Marcel das Bild entrollte. Dabei setzte er eine geheimnisvolle Miene auf und flüsterte:»Ich weiß, was das ist. Das ist ihr Geheimnis.«

»Ihr Geheimnis? Die Frau, der du dieses Bild gegeben hast, ist meine Mutter.«

Fabián deutete Marcel stumm, ihm zu folgen und eilte bereits zur Tür, spähte vorsichtig durch den geöffneten Spalt. Die Luft war rein.

Es ging in den Garten, der zum Grundstück des Kinderdorfes gehörte. Das dahinter liegende Gelände schien recht weitläufig. Schatten spendende Bäume und Palmen standen dort, wobei man nicht genau wusste, ob sie noch zum Grundstück des Kinderheims gehörten. Fabián war bereits ein ganzes Stück vorgeeilt. Es war dem Jungen nicht erlaubt das Gelände zu verlassen, was ihn jedoch nicht aufhielt. Für den kleinen Kerl war die Sache überaus wichtig, und Marcel spürte instinktiv, dass sie es auch für ihn war.

Der Junge eilte zu den Bäumen, zwischen zwei Palmen blieb er stehen, überlegte. Kurz sah er sich zu Marcel um. Hier war es.

Der Junge kniete sich hin und fing an neben einem Strauch in der Erde zu buddeln. Es dauerte nicht lange und er wurde fündig.

Marcel beobachtete Fabiáns Treiben neugierig aus der Entfernung, sah dabei gelegentlich zum Kinderheim zurück, um sich zu vergewissern, dass sie noch nicht entdeckt worden waren.

Als der Junge zurückkam, hielt er etwas in der Hand. Eine bunte Spielzeugschachtel. Er öffnete die Schachtel und nahm den darin liegenden Gegenstand heraus.

Verwundert betrachtete Marcel den Inhalt: ein Mobiltelefon.

»Es ist *ihr* Telefon. Unter eins ist ihre Nummer gespeichert. Du kannst sie anrufen.«

Ungläubig und zugleich tief bewegt, starrte er auf das Telefon. Es glich fast dem, das er im Urwald gefunden hatte.

Konnte es wirklich so simpel sein, einfach nur die Eins drücken? »Bist du sicher?«

Jede Frage war überflüssig, Fabián hatte es bereits gesagt. Das Kind zuckte mit den Schultern, sein Lächeln verwandelte sich in Strahlen. Fabián hatte seinen Job grandios erledigt. Marcel war ab sofort ein Verbündeter; jemand, der ein Geheimnis mit ihm teilte.

»Nur die Eins«, wiederholte er.

Die Eins war der Code. Sie war die Lösung für alle ungeklärten Fragen. Marcel brauchte noch einen Moment, um das vollständig zu begreifen.

Am Ende einer Reise

Eins

Die Hütte befand sich ein paar Kilometer südöstlich von der Landstraße, welche die Orte Callín und Tres Marias miteinander verband. Sie stand auf einer Anhöhe mit Ausblick. Unterhalb davon lag ein riesiges Grundstück, eins zu eins in Weideland und Agrarnutzfläche aufgeteilt. Auf der Weide grasten *seine* Kühe; etwas mehr als ein halbes Dutzend davon. Der Mann stand mitten unter ihnen. Ein mittelgroßer Europäer, mit Bart und freiem Oberkörper. Ein Aussteiger. Einer, der schon vor Jahren vor der Zivilisation geflüchtet war. Zutraulich redete er mit den Tieren. Manchmal wurde er dabei etwas lauter, sprach mahnend, als wären sie seine Kinder.

Die Hütte im Hintergrund war etwas größer als andere gewöhnliche Hütten, in denen im Urwald ganze Familien hausten. Sie war jedoch nicht groß genug, um die Bezeichnung Haus zu verdienen.

Die angelegte Nutzfläche diente offenbar der Selbstversorgung. Hier pflanzte er alles, was der Boden hergab: Tomaten, Bohnen, Zucchinis, Mais, Kartoffeln, Mangos, Papayas. Etwa weiter entfernt gab es eine kleine Wasserstelle, eine Art Brunnen. Dort schöpfte er sein Trinkwasser. Auch gegen Ungeziefer hatte er eine Art natürlichen Schutz geschaffen. Ein friedliches Bild bot diese Szene. Wenn man davon träumte zu den Wurzeln zurückzukehren – hier lag es, das irdischen Glück. Im Einklang mit der Natur.

Ein unerwartet widernatürliches Geräusch durchbrach im nächsten Moment die Stille. Der Summton eines Mobiltelefons. Der Mann hatte es wohl gehört, bewegte sich jedoch nicht vom Fleck. Fast etwas verstört sah er zur Hütte.

Im Inneren war das Geräusch deutlicher zu hören. Jemand lag dort auf einer Couch. Ein Haarschopf quoll unter Kissen hervor.

Als es erneut summte, bewegte es sich unter den Kissen. Sie wurden zur Seite geschoben. Der Haarschopf wurde zu einem Kopf. Zerzaust sah ihre Frisur aus. Sie hatte den Anruf erwartet. Sehr lange schon hatte sie ihn erwartet. Jetzt fischte sie das Mobiltelefon aus der Tiefe. Der Summton wurde noch einmal lauter.

Es war jedoch vollkommen unerheblich, wie viel Zeit sie brauchte. Der Anrufer würde es nicht aufgeben, das wusste sie.

»Ja?«, fragte sie endlich. Ihre Hände zitterten vor Erregung; wie lange hatte sie ihre Stimme nicht mehr in diesem Ton gehört. Manuel pflegte das Abendessen stumm zu sich zu nehmen. Den Tag verbrachte er mit seinen Tieren. Er brauchte nicht viel Unterhaltung.

»Ja«, wiederholte sie, »Marcel?«

Das Gespräch dauerte kaum eine Minute. Sie hatte fast nur geflüstert.

Als sie das Mobiltelefon wieder ablegte, lag ein unendlich entspannter Ausdruck auf ihrem Gesicht. Es war die pure Erleichterung. Ein unglaublich warmes, erlösendes Gefühl.

Zwei

Drei Tage nach Marcels Verschwinden wachte Lecardomi erneut alleine auf. Semia hatte es vorgezogen im Morgengrauen das Weite zu suchen. Bevor sie anfing sich mit ihm zu langweilen. So waren die Frauen. Ob sie sich für die Guerilla prostituieren. Oder eben ganz im Allgemeinen.

Lecardomi schob die Verbitterung über das erneut hereinbrechende Gefühl der Einsamkeit von sich. Marcel hatte natürlich recht gehabt. Und er hatte ihn nicht fair behandelt. Um das aber einzusehen, war es jetzt zu spät. Er musste weiter.

Möglich auch, dass Semias Verschwinden mit der Nähe zur ecuadorianischen Grenze zu tun hatte. Ihre Familie lebte nördlich von Ipiales. Kaum eine Stunde lag der Ort entfernt. Und von dort war es nur noch ein Katzensprung bis zur Grenze.

Semia hatte ihn indirekt wissen lassen, dass sie keinem Mann über den Weg traute, was man ihr nicht verübeln konnte. Die Erfahrungen bei den FARC sprachen für sich. In gewisser Weise prostituierte sie sich – ja. Ihre Familie im Stich gelassen, hätte sie jedoch nicht. Sie war jung, sie musste sich noch nicht binden, und auch für Lecardomi wäre sie sicher nicht die letzte Affäre gewesen.

Ihm aber stand die Vergangenheit im Weg. Er war ein Mann mit gebrochenen Gefühlen. Ein Leben unter den gegebenen Umständen, auf der ständigen Flucht, bot wenig Reiz für eine junge Frau.

Die Hoffnung lag im Süden. Wenn er die Grenze erreichte, sollte sich etwas ändern. Neue Perspektiven warteten dort auf ihn.

Lecardomi besaß nur noch eine Wasserflasche, die Semia zurückgelassen hatte. Ein paar Scheiben süßes Weißbrot. Es würde bis zum Abend ausreichen, wenn er es sich einteilte.

Er fror. In den letzten Tagen hatte es viel geregnet. Seine Sachen waren durchnässt und trockneten, während der feuchten Schwüle des Tages kaum. Ein ewig modriger Geruch haftete ihm an, lag wie eine zweite Haut auf seinem Körper.

Auch hustete er seit ein paar Tagen. Ein Husten, der besonders in der Nacht immer noch etwas schlimmer wurde.

Lecardomi fand keinen Schlaf. Mit Semia hatte er sich ablenken können. Jetzt aber stand sein geschundener Körper erneut vor der Zerreißprobe und nur die Aussicht, bald die Freiheit zu erlangen, trieb ihn voran.

Ecuador lag noch wenige Kilometer entfernt. Von dort wollte er Richtung Süden. Sein Ziel war Chile. Antofagasta im Norden des Landes. Am Rande der Atacama-Wüste hoffte er auf einen Job als Minenarbeiter. In Chile gab es Arbeit und man durfte auf einen akzeptablen Lebensstandard hoffen.

Noch schlaftrunken und etwas wackelig auf den Beinen, rollte er den Schlafsack auf, worin er die letzte Nacht auf nacktem Waldboden geschlafen hatte. Seine letzte Nacht mit Semia. Schlafsack, Wasser, Brot und ein paar *Pesos* hatte sie ihm gelassen, damit er in Ipiales einen *colectivo* bis zur Grenze nehmen konnte. Lästige Moskitos umschwirrten ihn, krochen in die Ärmel seines T-Shirts. *Malaria*, dachte er, *das fehlte noch!* Wild schlug er auf einmal um sich, was ihn kurzfristig hellwach werden ließ.

Zügig lud er sich Marcels schmächtigen Rucksack auf den Rücken und machte sich auf den Weg.

Er wollte sich am Verlauf der Straße orientieren, ohne ihr zu nahe zu kommen. Gefahr bestand noch immer, und es wäre fatal, wenn man ihn kurz vor dem Ziel aufgreifen würde. In der Gegend patrouillierten regelmäßig Militärfahrzeuge. Die lauten Motoren waren jedoch kaum zu überhören, weshalb man sich im Falle ihres plötzlichen Auftauchens immer noch rechtzeitig verstecken konnte.

Mittlerweile hielt sich Lecardomi auf zwei zunehmend kraftlosen Beinen. Hose und Schuhe waren durch, die Füße schmerzten. Hitze und Unberechenbarkeit des Klimas taten ihr Übriges. Innig hoffte er auf eine Art rettende Hand, eine Mitfahrgelegenheit – etwas in der Art.

Es gelang ihm sich abzulenken, kurzzeitig in die Natur einzutauchen, auch wenn sie ihm hier und da zusetzte, er gegen sie kämpfen musste. Er hatte jedoch das Gefühl voran zu kommen.

Das Befürchtete trat dennoch ein. Plötzliche Motorengeräusche störten seinen Frieden empfindlich. Es war ein Militärfahrzeug, das sich ihm näherte. Der Feind rollte in Tarnfarben und mit offenem Verdeck auf ihn zu.

Blitzschnell sprang er ins Gebüsch, kroch auf allen Vieren durch das Gras. Stachelige Zweige zerkratzten sein Gesicht. Lecardomi zitterte, wie lange nicht mehr. Als das Fahrzeug keine hundert Meter von ihm entfernt zum Stillstand kam, legte er sich flach auf den Boden, verharrte bewegungslos an einer Stelle.

Es mussten mindestens drei sein. »Komm her!«, rief einer dem anderen zu. Der Angesprochene reagierte nicht. Offenbar suchte er die nähere Umgebung ab.

Vorsichtig bewegte sich Lecardomi vorwärts, machte sich dabei klein. Er erkannte zwei Männer in Tarnanzügen mit Maschinenpistolen. Das war nicht gut. Sein Herz schlug bis zum Hals. Wenn das Leben jetzt ein jähes Ende nahm, wozu hatte er dann überhaupt gelebt? Für die wenigen Stunden mit einer Frau? Für die Freundschaft? Lecardomi überlegte krampfhaft, woran er sich klammern, was ihn am Leben halten konnte. Die Hoffnung? Hoffnung auf eine Zukunft, ein Leben in Freiheit und Frieden. Er wollte auf keinen Fall hier vor die Hunde gehen. Nicht hier, wo niemand ihn fand.

Ein Schuss fiel. Vielleicht hatte er ihn knapp verfehlt. Es weckte Erinnerungen. Er hatte Ähnliches gerade erst erlebt.

Lecardomi drückte sich zu Boden, betete, hoffte. Auch wenn er an nichts glaubte. Er hoffte auf seine Rettung, auf ein Leben – und wenn es noch so verflucht wäre – in Freiheit.

Ein weiterer Schuss folgte kurz darauf. Eine ganze Reihe von Schüssen, in unterschiedliche Richtungen. Mal schlugen die Kugeln ganz nah an seinem Ohr auf, dann wieder weiter entfernt.

Er hielt sich die Ohren zu. *Das wars*, dachte er. Er sah den Tod auf sich zu galoppieren. Das Glück hatte ihn endgültig verlassen. Gleich wäre alles vorbei. Er konzentrierte sich auf seinen Herzschlag, wartete auf das Einsetzen der Dunkelheit. Doch das Herz schlug weiter.

Lecardomi biss in ein Büschel Gras. Eine Spinne kroch über seinen Arm. Er spuckte Grünzeug, schluckte, fast wurde ihm übel.

Die Schüsse hatten aufgehört. Er bemerkte es gerade erst. Es war tatsächlich still um ihn herum. Waren sie weg? Oder hatte es ihn erwischt?

Nein. Es gab kein Blut. Nirgendwo war Blut.

Das Starten eines Motors war zu hören. Das Geräusch wurde deutlicher. Der Druck auf seinen Ohren ließ allmählich nach. Hastig schnappte er nach Luft.

Sie fuhren tatsächlich ab. Das Militärfahrzeug entfernte sich. Vorerst erleichtert, drehte er sich auf den Rücken, ließ sich fallen, blickte dabei Richtung Himmel.

Es war seine Chance. Vielleicht auch ein Zeichen. Er würde es schaffen, er sollte frei sein. Lecardomi genoss den Moment der Erleichterung, der sich langsam dehnte.

Immer noch benommen, richtete er sich auf. Als er auf seinen zwei Beinen stand, fühlte er sich beinahe wie ein Sieger. Der Weg war frei. Niemand sollte ihn noch daran hindern, die Grenze zu erreichen.

Nur kurz darauf erschien in der Ferne ein klappriger, offener Geländewagen. Ein Flackern am Horizont, gleich hinter dem Gestrüpp. Lecardomi fing an zu rennen. Die Straße war nur noch wenige Meter entfernt. Der Fahrer musste ihn bereits sehen können.

Lecardomi raffte sämtliche Kräfte zusammen und rannte. Als er die Straße erreichte, stellte er sich mitten auf die Fahrbahn. Der Fahrer, ein Mann mit nacktem Oberkörper und Sonnenbrille, bremste und fuhr rechts ran.

»*Hombre*, brauchst du Hilfe?«, fragte er.

»Bitte«, keuchte Lecardomi atemlos, »nur eine Mitfahrgelegenheit.«

»Welche Richtung? Süden?«, fragte der andere. »Steig ein!« Er öffnete bereits die Beifahrertür. Dem Akzent nach war er Ecuadorianer.

»Du fährst tatsächlich bis Ipiales und weiter?«

»*Si, vamos.*«

Drei

Fabián hatte Marcel das Ladegerät einer Erzieherin besorgt und das Mobiltelefon so weit aufgeladen, dass er dieses eine Telefonat führen konnte.

Es klingelte einige Male, bis sich etwas tat. Schließlich hörte er eine dünne Stimme am anderen Ende der Leitung: »Ja?« Marcel zögerte, er zweifelte noch immer. »Mama?«

»Ja.«

Es folgte eine längere Schweigepause. Weinte sie? Er hörte sie leise rascheln. »Marcel«, kam nach einer Weile die erlösende Bestätigung, »endlich.«

»Sag mir, wo du bist. Ich komme sofort zu dir. Ich hole dich ab.«

»Warte, warte einen Moment.« Sie musste erst tief Luft holen.

War sie krank?, fragte er sich. Ging es ihr gut? Er wagte es nicht, diese Fragen zu stellen. Er kannte seine Mutter. Möglich, dass sie ihm nicht die Wahrheit sagte. »Wir treffen uns am Wegkreuz zwischen Callín und Tres Marias«, entschied er. »In einer Stunde, schaffst du das?«

»Ja natürlich. Ich werde dort sein. Sag aber niemandem etwas davon, hörst du?« Sie fasste sich kurz. Nur das Wesentliche. Die Gefühle hob sie sich für einen späteren Zeitpunkt auf.

Marcel war wie versteinert. Er wollte noch nicht begreifen, dass er soeben mit seiner totgeglaubten Mutter telefoniert hatte. Dass sie tatsächlich am Leben war und er ihr bald gegenübertreten würde.

Fabián stand noch immer in der Tür, wartete auf Marcel. Dieser drückte den Jungen an sich.

»Etwas Wunderbares ist passiert, *amigo mío*. Ich habe gerade meine Mutter wiedergefunden. Du hast etwas Unfassbares vollbracht, mein kleiner Freund. Du hast auf sie aufgepasst. Ich danke dir dafür.«

Der Junge strahlte.

Später wartete die Erzieherin bereits ungeduldig an ihrem Empfangspult auf Marcel. Sie reichte ihm die Nachricht von Arturo.

Als er das Kinderheim verließ, saß Fabián am Fenster. Lange sah er dem jungen Mann nach, ahnte sicher, dass sie sich nicht wiedersehen würden.

Gegen drei erreichte Marcel das Hotel.

Arturo war nicht dort. Die Frau an der Rezeption berichtete ihm, sein Vater hätte sich die Wallfahrtskirche ansehen wollen.

Da die Zeit drängte, hinterließ Marcel ihm eine Nachricht. Anschließend nahm er den nächsten Bus nach Pasto und von dort fuhr er weiter nach Callín.

Arturo betrat das Hotel gegen halb sechs. Die Frau an der Rezeption drückte ihm Marcels Nachricht in die Hand.

Konnte nicht auf dich warten, aber ich habe großartige Neuigkeiten. Erkläre dir alles später in Callín. Ich umarme dich. Marcel.

Arturo steckte den Zettel mit der Nachricht weg.

In seinem Zimmer angekommen, hielt er das Gesicht unter den kalten Wasserstrahl. Während er sich abtrocknete, betrachtete er nachdenklich sein Spiegelbild. Happyend, tatsächlich? Er zweifelte. Eine düstere Vorahnung überkam ihn wie aus heiterem Himmel. Es war weniger die Sorge um Marcel. Es hatte mit Judith zu tun.

Er zog sich sein durchgeschwitztes T-Shirt aus und hielt auch seine nackten Arme unter den Wasserstrahl.

Jemand klopfte an der Tür. Arturo drehte den Wasserhahn ab, trocknete sich die Arme und streifte schnell ein frisches T-Shirt über.

In der Tür stand ein uniformierter Mann mit Schnauzbart. Polizei? Der Mann hatte etwas Strenges im Blick und musterte ihn überaus kritisch.

»Señor Benito Umbral?«

»Ja.«

Arturo war auf das, was jetzt geschah definitiv nicht vorbereitet und trat instinktiv einen Schritt zurück. Im selben Moment erschienen aus dem Nichts zwei weitere Gestalten. Die Männer sahen ihn mit finsterer Miene an.

»Benito Umbral – oder auch Arturo Angeles«, fuhr der Mann fort, »Ich habe einen Haftbefehl gegen Sie.«

»Bitte?« Arturo meinte sich verhört zu haben.

»Sie kennen diese Fotos? Der Mann zog einen Umschlag hervor, hielt ihm eine Aufnahme nach der anderen unter die Nase. Die Leiche von Anwalt Blisovic. Pater Benjamín, während einer Prozession in Santa Barbara und Doktor Pañol waren darauf abgebildet. Es waren jene Fotos, die Sergio Fabulos im Haus der Journalistin gefunden hatte.

»Das sind doch Ihre Aufnahmen?«

Arturo war wie erstarrt.

»Señor Angeles, ich verhafte Sie wegen vierfachen Mordes. Der Mord an Anwalt Estebán Blisovic, *padre* Octavio Benjamín, Doctor Ignacio Pañol und Comisario Sergio Fabulos, sowie zwei versuchte Anschläge auf das Leben von Flora Morales.«

Die beiden anderen Männer waren augenblicklich an ihn herangetreten und hatten seine Handgelenke ergriffen. Ein kurzes Klicken der Handschellen.

Vier

Felicia wusch im Rauschzustand Bettwäsche und Tischtücher. Das Hostal duftete nach blumigem Weichspüler – zusätzlich zu den Blütenaromen auf ihrer bepflanzten Terrasse.

Seit dem Morgen gab es zwei neue Buchungen. Am Nachmittag hatte sich ein Touristenpärchen im Félices einquartiert. Gesine Morot und Pascal Allan, zwei Franzosen. Felicia war so glücklich darüber, wieder Gäste bewirten zu dürfen, und natürlich sah sie ebenso fieberhaft der Rückkehr Arturos entgegen.

Gesine war in etwa in Billas Alter. Sie sprach ein paar Brocken Spanisch mit stark französischem Akzent. Pascal war etwas älter, Fotograf, auf der Suche nach ausgefallenen Motiven. Er sammelte Eindrücke für seinen Reise-Blog. Kolumbien war das vierte Land, das sie nach Venezuela, Brasilien und Guayana besuchten. Weitere Länder standen auf ihrer Liste. Sie hatten sich ein halbes Jahr lang Zeit genommen und von ihren Jobs beurlauben lassen.

Felicia genoss den Flair der großen weiten Welt, den die beiden versprühten und sah sich gerne die Aufnahmen an, die Pascal ihr zeigte. Er sprach flüssiges Spanisch, man konnte sich problemlos verständigen. Gesine war mehr Zuhörerin, weshalb Felicia häufig zu Wort kam. Die Zeit mit den beiden verflog im Nu und die Hostalbesitzerin kam gar nicht dazu, sich zu fragen, wo Arturo eigentlich blieb. Sie genoss es ihr neues Geschirr einzuweihen und nahm sich Zeit zum Herumalbern mit den beiden Franzosen.

Gegen Abend rief Jaime Orgunzallas sie an. Seine Stimme klang besorgt: »*Oye*, Felicia, weißt du schon was passiert ist?«

Die Nebengeräusche machten es, dass sie nicht gleich verstand, worum es ging. »Bitte?«, hakte sie nach.

»Sie haben Señor Umbral verhaftet«, sagte er jetzt laut und deutlich.

»Verhaftet? Das meinst du nicht ernst.«

»Sein richtiger Name ist Arturo Angeles. Er wird beschuldigt alle vier Morde begangen zu haben. *Díme*, kann man sich

284

so in einem Menschen täuschen?«

Felicia war leichenblass geworden. Arturo verhaftet, ein Mörder. Das konnte nicht sein.

»Nein!«, hielt sie augenblicklich dagegen. »Du hast dich nicht in ihm getäuscht. Das muss ein Missverständnis sein! Jemand will ihm etwas anhängen. Auf keinen Fall hat er was mit den Morden zu tun. Auf keinen Fall!«

»Da bist du sicher?«, fragte er mit leichtem Zögern in der Stimme. Er erinnerte sich an Arturos Begegnung mit seinem Sohn im Macondo, an sein Angebot. Aber reichte das um zu vertrauen?

»Jetzt überleg doch mal, Jaime. Traust du ihm das wirklich zu? Du kennst ihn doch auch.«

»Schon. Aber was ist, wenn er uns an der Nase herumgeführt hat?« Im Prinzip stimmte Jaime ihr ja zu. Sein sonst so sicherer Instinkt sagte ihm dasselbe. Aber er war bereits mit einer Sorge mehr als beschäftigt. »Es ist doch erstaunlich viel passiert in letzter Zeit. Ich meine, seitdem er hier aufgetaucht ist.«

»Lass den Unsinn, Jaime. Kein Wort mehr! Du weißt nicht, was du redest. Ich werde die Polizei anrufen. Die brauchen doch nur *irgendeinen*, den sie als Schuldigen hinstellen können, und da ist ihnen Arturo gerade recht. Er stellt zu viele Fragen. Hauptsache jemand sitzt die Sache ab. Wer wirklich schuldig ist, danach fragt das Gesetz nicht. Sag mir nicht, dass du das jetzt unterstützt!«, wies sie ihn zurecht.«

»Du hast *das* also gewusst?«, fragte er.

»Was?«

»Das mit seinem Namen?«

»Er hat es mir kürzlich anvertraut. Er war mit der verschwundenen Journalistin liiert, musste damals untertauchen. Er will die Dinge hier aufklären. Das ist alles, was er will. Es kümmert sich doch sonst niemand darum.«

»Warum hat er dann niemanden eingeweiht?«

»Aus genau *diesem* Grund: Weil man ihm misstraut hätte. Es gibt noch mehr von deiner Sorte, die leicht um den Finger zu wickeln sind.«

Das rührte an seinem Stolz. »Also gut, wir werden etwas unternehmen. Aber du hältst dich besser raus. Er hat sich kürzlich mit seinem Sohn getroffen, Marcel. Ich rede mit ihm. Sie sind hier verabredet.«

»Gut. Sei nur vorsichtig«, mahnte sie, »und ruf mich an, sobald du was Neues weißt.«

Als Felicia aufgelegt hatte, gingen ihr hunderttausend Gedanken durch den Kopf. Sie wollte ihre Kontakte spielen lassen. Sie wollte alles tun. Arturo im Gefängnis, das durfte sie auf keinen Fall zulassen.

Nervös durchstreifte sie ihre Räume, betrachtete eine Weile das leere Bett und erinnerte sich an *ihre* Nacht.

Sie trat auf die Terrasse, entdeckte dort Pascal und Gesine, die sich lebhaft unterhielten. Pascal zückte seine Kamera und Gesine posierte in verspielt-aufreizenden Posen. Felicia entglitt ein kurzes Lächeln bei ihrem Anblick.

Schnell jedoch vertrieben die Gedanken die Szene wieder. Felicia wandte sich abrupt ab, vergrub ihr Gesicht in den Händen. Sie konnte das Hostal unmöglich allein lassen. Gerade jetzt nicht, wo die Touristen hier waren.

Jaime war nach dem Telefonat nicht weniger aufgewühlt. Die Erinnerung an die Unterhaltung mit Rodrigo Salazar trat umso deutlicher in sein Bewusstsein, steuerte seine Gedanken in alle möglichen Richtungen. Dummerweise hatte er dem Mann gegenüber erwähnt, dass Arturo sich in Ipiales aufhielt. Wer also, außer Salazar, konnte ihn verraten haben, und aus welchem Grund? Wenn er Arturo etwas anhängen wollte – oder dieser wirklich schuldig war, hätte er das doch bereits viel früher bekanntmachen können. Warum ließ er ihn ausgerechnet jetzt hochgehen?

Hier lag der Hund begraben.

Jaime hatte das Gefühl etwas unternehmen zu müssen. Schmerzlich vermisste er seinen Freund. Sergio hätte sicher den richtigen Impuls gehabt. Der Wirt aber wusste nicht genau, wohin mit seinem Tatendrang.

Unschlüssig starrte er an die leere Stelle im Regal. Der alte Vogelkäfig war am Morgen von seiner neuen Besitzerin abgeholt worden. Eine Frau um die achtzig, eine *Awá*. Einen leicht verwirrten Eindruck hatte sie erweckt. Welches Übel auch mit ihr gegangen war, ein neues kam stattdessen. Nichts war geklärt, im Gegenteil. Die Toten fanden keinen Frieden, weil niemand nach ihnen fragte. Sobald sie unter der Erde waren, fing man an sie zu vergessen. Und Jaime selbst? Nahezu jede Nacht begegnete er der Mulattin derzeit. Sie, das personifizierte schlechte Gewissen. Manchmal erschien sie ihm in Begleitung. Sergio Fabulos ging an ihrer Seite. Begegnungen dieser Art zermürbten.

Jaime räumte die leeren Flaschen weg. Müde tappte er anschließend zur Eingangstür, drehte das Schild mit der Aufschrift *»Cerrado«* nach vorn. Das Macondo würde heute geschossen bleiben.

Nie zuvor war Jaime in Flora Morales Appartement gewesen. Wozu auch. Wenn überhaupt hatten sie im Macondo oder auf der Straße ein paar Worte gewechselt. Flora war für ihn nichts weiter als eine x-beliebige Bürgerin, eine Bekannte.

Dass er jetzt die Richtung zu ihrer Wohnung einschlug, hatte einen bestimmten Grund. Er wollte sie weniger in einer geschäftlichen Angelegenheit aufsuchen. Geschäftliches erledigte Flora Morales in der Horizontalen. Er aber war glücklich verheiratet, und von Treue hielt Jaime Orgunzallas viel. Nein, er wollte sie zu ihren Verbindungen befragen.

Vor dem Haus, in dem ihr Appartement lag angekommen, überlegte er kurz. Möglich, dass sie nicht allein und mit Kundschaft beschäftigt war. Jaime hielt dies jedoch nicht ab.

Als er vor der Tür zu ihrer Wohnung stand, überkamen ihn auf einmal Zweifel. Was wenn er sie und sich unnötig in Gefahr brachte. Man ließ sie möglicherweise überwachen.

Skeptisch sah er sich um. Etwas war in der Tat seltsam. Vielleicht war es die Stille.

Gegen die Zweifel kämpfend, rang er sich dazu durch sich bemerkbar zu machen, um nicht unnötig Zeit verstreichen zu lassen. Er wollte gerade gegen die Tür klopfen, als er in seiner Bewegung innehielt.

Was war das? Merkwürdige Geräusche kamen von dort drinnen. Dumpf erkannte er Floras Stimme. Es klang fast so, als hielte ihr jemand den Mund zu. Was war da los? Vielleicht trieb es jemand mit seinen Spielchen zu weit.

Jaime hatte Skrupel. Er wollte nicht einfach so in ihre Wohnung eindringen. Er konnte die beiden in einer peinlichen Stellung überraschen. Übles hatte er bereits gehört. Darüber, was Männer mit Prostituierten trieben. Dinge, die sich der Wirt nicht einmal vorstellen wollte. Freier, die einfach nur eine schnelle Nummer wollten, waren noch die harmlosesten. Aber es ging ihn auch nichts an, was in der Welt von Flora Morales vor sich ging – und ob sie dabei zu Schaden kam. Es war ihr Risiko.

Die Geräusche wurden lauter. Poltern und wieder eine Stimme. Floras Stimme. Vorsichtig klopfte er gegen die Tür. »Flora?«, fragte er, »ist alles in Ordnung?«

Keine Antwort. Das Geräusch war mit einem Mal weg. Auffallend still war es stattdessen – was das Ganze umso verdächtiger machte. Jaime war jetzt fast sicher, dass hier etwas nicht mit rechten Dingen zuging. Was es auch war, Flora konnte in Bedrängnis geraten sein. Er musste ihr zur Hilfe kommen. Vorsichtig versuchte er die Tür zu öffnen. Natürlich aber war sie von innen verriegelt.

»Flora?«, fragte er erneut, dabei lauter.

Etwas bewegte sich hinter der Tür.

Er musste handeln, dachte er. Er musste die Tür aufbrechen.

Neben der Tür stand ein Regal. Davor ein Tischchen mit einer blau verfärbten Vase. Grob durchstöberte den Inhalt des Regals, fand dabei etwas Schmirgelpapier und ein paar Metallplättchen. Das war hilfreich. Eins davon schob er vorsichtig zwischen Tür und Rahmen. Möglicherweise musste er sich beeilen. Zum Glück verstand sich Jaime auf Handwerkliches. Es war nicht das erste Mal, dass er eine Tür auf diese Weise öffnete. Eusebia sperrte sich des Öfteren aus, daher war er darin geübt. Nach ein paar Griffen und dem gezielten Einsatz von Metall, gab die Tür tatsächlich nach und sprang auf.

Im ersten Moment traf ihn fast der Schlag. In der Wohnung herrschte Chaos. Eine Regalwand war umgekippt und hatte sich auf dem Boden ergossen. Kleidungsstücke lagen über die hellen Fliesen verteilt. Darunter floss ein winziges Rinnsal … Blut! »Flora!«, stieß er entsetzt aus. Hinter dem Regal bewegte sich etwas. Jaime sprang ihr sofort zur Hilfe. »*Madre!* Was ist passiert?«, fragte er atemlos.

Flora sah ihn mit verquollenen Augen an. »Er ist noch da, Jaí«, flüsterte sie und deutete mit zitternder Hand in eine Richtung.

Jaimes Blick folgte der Richtung.

»Du meinst, er versucht zu flüchten?«

Trotz seines beachtlichen Körperumfangs gelang dem Wirt eine erstaunlich schnelle Drehung. Blitzschnell passierte er das Wohnzimmer, entdeckte die offenstehende Balkontür.

Rodrigo stand noch vor dem Geländer. Er wusste nicht, wohin er flüchten sollte. Er saß in der Falle. Vielleicht wäre er bereit gewesen, Jaime zu überwältigen. Dazu aber kam es nicht mehr, denn dieser griff flink zu Floras Insektenspray, der in einem leeren Pflanzenkübel neben der Balkontür stand. Er sprühte was das Zeug hielt – eine geballte Ladung Gift in die Augen des überraschten Mannes. Anschließend drückte er ihm die Arme auf den Rücken. So wie es Sergio ihm einmal gezeigt hatte. Flora hielt das Telefon bereits in der Hand, um die Polizei zu verständigen.

Kurz nach vier führte man Rodrigo Salazar ab.

Jaime saß der Schreck noch in den Gliedern. Er hatte tatsächlich ein Attentat verhindert, hatte einen Mörder gestellt! Er selbst konnte seine Heldentat kaum fassen. Dabei war es nichts weiter als ein (un)glücklicher Zufall gewesen. Und der Zufall hatte ihn zu Flora geführt – oder aber das Telefonat mit Felicia.

Als die Beamten mit dem Mann in ihrer Mitte abzogen, legte Jaime tatsächlich den Arm um Flora. Er tat dies aus blanker Not. Es war niemand da, den er sonst hätte umarmen können, und ihm war danach. Er spürte diese tiefe Erleichterung in sich. Eine Art Wiedergutmachung für sein schlechtes Gewissen. Er hatte seinen Freund Sergio Fabulos soeben würdig vertreten.

»Was meinst du Jaí«, formulierte Flora nach einer Weile vorsichtig den Anfang einer Frage. Sie waren allein zurückgeblieben. Dabei lief ihr eine winzige Blutspur über das Gesicht. »Wars das jetzt; ist es jetzt vorbei? Können wir uns auf ein bisschen Ruhe einstellen?«

Jaime brauchte eine Weile, um zu reagieren, um eine Antwort auf ihre Frage zu finden – die noch dazu der Wahrheit entsprach.

Aber gerade interessierte ihn die Wahrheit auch nicht, und er antwortete lieber mit dem Herzen: »Ja, das können wir.«

Fünf

Arturo befand sich in einem fensterlosen Raum. Es roch ganz unerträglich nach Urin und Schimmel. Eine beißende Gestanksmischung, die nur den Untergang ankündigen konnte. So fühlte es sich an.

Die letzte Nacht hatte er auf nacktem Boden verbracht. Lediglich eine dünne, durchlöcherte Wolldecke hatte man ihm hingeworfen, als wäre er ein tollwütiger Köter.

Wie spät mochte es sein? Vielleicht stellte Felicia gerade ihr neues Geschirr auf. In freudiger Erwartung, er spaziere im nächsten Moment durch die Tür. Aber er kam nicht.

Nichts von dem, was er erwartet hatte, schien sich zu erfüllen. Mal abgesehen von der Begegnung mit Marcel. Er war mit großen Hoffnungen nach Kolumbien zurückgekehrt. Jetzt aber saß er hier, allein. Weit entfernt von *allem*. Vielleicht wäre es besser gewesen, er und Marcel hätten sich nicht getroffen, denn was würde der Junge empfinden, wenn man ihm mitteilte, dass sein Vater an einem unwürdigen Ort vor die Hunde gegangen war.

Arturo versuchte sich aufzurichten. Vielleicht ging es ihm besser, wenn er saß. Doch die Welt schien noch genauso dunkel, wie zuvor. Und es stank noch etwas penetranter.

Langsam tastete er sich durch das Dunkel, bis er die Wand erreichte. Dort lehnte er sich an, drückte sich an sie und stellte sich vor, sie wäre Felicia. Er wollte sie umarmen. Aber natürlich wies die Wand ihn ab, war eiskalt und feucht. Sie hatte nichts mit dem warmen Körper einer Frau gemein. Rohe Gewalt steckte in ihr.

Arturo tastete weiter, glitt erneut zu Boden und verharrte, gefangen in seiner grenzenlosen Wut und Enttäuschung.

Es war wieder etwas Zeit vergangen.

Schritte waren zu hören. Langsame Schritte. Das kam von draußen, außerhalb des dunklen Lochs, in das man ihn gesperrt hatte. Jemand betätigte das Schloss, die Tür öffnete sich. Schwaches Licht quoll herein. Eine Frau stand irgendwo im Türrahmen. Ihr schmächtiger Körper lag im Schatten. Der Gestalt nach, war sie schon recht alt. Sie sprach in gebrochenem Spanisch, weshalb er sie nicht gleich verstand.

»*Como*?«, fragte er in die Richtung ihres Schattens. »Was sagen Sie da, Señora?«

Vielleicht konnte er das, was er verstanden hatte auch ganz einfach nicht glauben. Wenn man voller Sehnsucht auf etwas wartete, die Hoffnung jedoch nahezu erschöpft war, weil sie immer wieder von Willkür getrieben wurde, dann waren ihre Worte wie ein unfassbares Wunder.

Sie stand noch immer an derselben Stelle und unterstrich ihre Worte mit einer Handgeste in die Richtung der geöffneten Tür: »Señor, Sie sind frei.«

Sechs

Rodrigo Salazar war in ein provisorisches Gefängnis in der Nähe von Santa Barbara gebracht worden. Sein Verhör hatte am frühen Abend begonnen und dauerte bereits einige Stunden an. Der Mann mit den dunklen, im Nacken zusammengebundenen Haaren, sah elendig aus. Seine Gesichtszüge schienen noch mehr in sich zusammengefallen zu sein, in diesen letzten Stunden.

Der andere, der das Verhör eingeleitet hatte, mochte etwas älter sein als der Gefangene. Seine Befragung wurde immer wieder von vulgären Ausbrüchen begleitet. Zwischendurch schickte er sich sogar an, gewalttätig gegenüber dem Mann zu werden, der nichts weiter als ein menschliches Wrack darstellte.

Rodrigo Salazar war nicht wirklich ein schlechter Mensch, auch wenn seine Schuldigkeit außer Frage stand. Ein mehrfacher Mörder, dabei nicht kaltblütig. Er war niemand, der aus Gier, Rache oder auch einfach nur aus Mordlust tötete. Seine Motive waren weitaus idealistischer. Er kämpfte für Gerechtigkeit. Sie war seine Triebfeder. Die Wurzeln des Übels steckten in seiner Geschichte.

Rodrigo musste sein ganzes Leben lang mit ansehen, wie Menschen kamen und ihm in kürzester Zeit all das nahmen, was er sich eben erst, mit größter Anstrengung, aufgebaut hatte.

Er war noch ein halbes Kind, als zwei Mitglieder des ELN seine Eltern regelmäßig aufsuchten. Später kamen auch die FARC, erpressten Schutzzölle und andere Leistungen. Immer ging es um Sicherheit, angebliche neue Strategien der Guerilla – zum Wohle der Bevölkerung. Schon beim ersten Besuch lag er auf der Lauer, verfolgte jede ihrer Handlungen, forschte, was sie mit dem Geld trieben. Später riss er von Zuhause aus. Er lief weg, ohne wirklich zu wissen, wohin er sollte. So hatte alles angefangen.

Sein Vater wollte ihn an die FARC verkaufen. Er aber weigerte sich, wollte sich nicht rekrutieren lassen. Seine Mutter war zu demütig, um irgendetwas durchzusetzen. Sie hätte ihn sicher auch gerne bei den Guerilleros gesehen. Unerwartet fiel sie jedoch ins Schweigen. Die FARC hatten ihre Schwester auf dem Gewissen.

Rodrigo wollte nur schreiben. Gedichte. Er wollte aufklären und vielleicht Schriftsteller oder zumindest Journalist werden. Als er den jungen Arturo Angeles traf, glaubte er in ihm einen Gleichgesinnten gefunden zu haben. Arturo arbeitete als freier Journalist. Die beiden lernten sich bei einer Recherche kennen. Arturo war an einem Händler dran, der im Verdacht stand illegale Drogengeschäfte für die FARC abzuwickeln. Beim Wühlen in den Fakten, kam ihm Rodrigo unerwartet zur Hilfe, besorgte diskret Unterlagen seines ehemaligen Geldgebers. Ein Interessenverband entstand. Man profitierte voneinander. Arturo versprach, sich um Rodrigo zu kümmern – wenn Gras über die Sache gewachsen war. Doch es lief nicht wie geplant. Rodrigo verlor seinen Job, und mehr als einen Handlangerjob konnte Arturo ihm nicht vermitteln. Seine Gedichte waren ihm nicht objektiv genug. Es steckte zu viel Emotionalität darin. Poesie und der Wille die Welt zu verbessern, waren zwar eine gute Voraussetzung für *die Sache*, reichten aber nicht, um einen fundierten Job daraus zu machen. Arturo hatte immerhin studiert.

Später kam Judith. Sie arbeiteten beim gleichen Sender. Anfänglich war sie Praktikantin. Es wurde mehr daraus. Rodrigo übernahm fortan einen Teil der Recherchen. Er suchte nach Namen und Beweismaterial, übernahm Telefonate und manches Mal auch gefährliche Spionagegänge. Das Gehalt, das er – eher unregelmäßig – erhielt, reichte knapp zum Leben, war aber dennoch eine Minimalabsicherung seiner Existenz.

Im Gegensatz zu Arturo, setzte sich Judith für Rodrigos Honorar und Anerkennung seiner Arbeit ein, was gelegentlich für Zwist sorgte. Sie hatte ein Herz für den jungen Poeten. Zwei Männer, eine Frau. Es konnte durchaus kompliziert werden. Und tatsächlich wurde es das. Mit Rodrigos steigendem Ehrgeiz, denn auch er wollte Judiths Aufmerksamkeit.

War sie der Ursprung des Übels? Dafür, dass Rodrigos Gerechtigkeitssinn plötzlich jedes Maß sprengte. Hatte er angefangen die Frau aus Deutschland zu lieben, und wollte er sie mit aller Macht für sich gewinnen, sie beeindrucken?

Als die politische Situation sich verschärfte und Arturo gezwungen war ins Exil zu gehen, profitierte Rodrigo davon. Jetzt hatte er freie Bahn, konnte seiner Angebeteten ungestört näher rücken.

Bis der neue Arturo kam. Einziger Lichtblick dieser neuen Liaison war: Arturo teilte nicht den Arbeitsplatz mit ihr. Rodrigo ging ihm weitestgehend aus dem Weg. Im Alltag gab es wenig Berührungspunkte. Situationen, in denen man miteinander zu tun hatte.

Mit der Zeit aber erhöhte sich Rodrigos Bedarf an Aufmerksamkeit, welcher ihm im gleichen Atemzug zu entgleiten drohte. Judith war oft unausgeschlafen, ihre Aufmerksamkeit litt. Nach einer Nacht des Grübelns und mit einigen Flaschen Wein, landeten sie im Bett. Eine einmalige Sache, wie sie ihm gleich am nächsten Tag unmissverständlich klarmachte.

Ihre Worte aber verpufften. Der Tiger war endlich befreit, – und wollte keinesfalls zurück in den Zwinger. Aus Rodrigos Sicht war Judiths Neuer nicht in der Lage ausreichend für ihren Schutz aufzukommen …

Dann kam der Unfall. Kurz darauf kündigte der exilierte Arturo seine Rückkehr nach Kolumbien an. Rodrigo sah sich genötigt in irgendeiner Form zu *reagieren*. Er kramte sämtliche Akten von Personen hervor, die man jemals im Visier gehabt hatte.

Erster auf seiner *Liste* war Blisovic. Gleich danach folgte Pañol. Der Arzt gab sich als Freund des Paares. Nach einer, anlässlich des Unfalls einberufenen Pressekonferenz aber, zeigte er unerwartet ein vollkommen neues Gesicht, äußerte sich kritisch über Judith, rückte sie in ein dunkles Licht. Der Verdacht lag nahe, dass Judith Dinge über den Doktor wusste, um deren Öffentlichwerden er jetzt fürchtete. Man würde ihr Büro auf den Kopf stellen.

Die Polizei hielt sich jedoch – wie (eigentlich) nicht anders zu erwarten – zurück. Doch Rodrigo fand schnell das brisante Material. Pañol verkaufte bereits abgelaufene Medikamente übers Internet, missbrauchte mit illegalen medizinischen Experimenten das Vertrauen seiner Patienten. Der Doktor galt als gut vernetzt. Er verfügte über Kontakte in prominenten

Kreisen, weshalb man ihn – im Fall einen Verfahrens – sicher gedeckt hätte. Eine Lobby, der Rodrigo nicht viel hätte entgegenstellen können.

Die Sache mit Pater Benjamín war lediglich eine Zufallsentdeckung gewesen. Den Verdacht, dass der Geistliche *sehr* junge Mädchen anfasste, hatte Judith bereits vor Jahren einmal geäußert. Es aber auf sich beruhen lassen, weil ihr neuer Mann große Stücke auf ihn hielt. Pater Benjamín war Arturos Beichtvater. Auf dem Kirchenfest in Santa Barbara dann entdeckte Rodrigo den Geistlichen mit der jungen Frau, klebte sich an dessen Fersen. Später ergab sich die spontane Gelegenheit den angefangenen Gerechtigkeitsfeldzug fortzusetzen ...

Prostituierte Flora Morales war Rodrigo schon immer ein Dorn im Auge gewesen. Sie ging mit Typen wie Blisovic ins Bett, machte ein Geschäft daraus, andere Freier für den schmierigen Anwalt zu bespitzeln. Flora sollte jedoch lediglich einen Denkzettel erhalten.

Für Rodrigo war es nicht schwierig gewesen an Waffen zu kommen. Er kannte die Mehrzahl der geheimen Lager der FARC. Bereits nach Judiths letztem Interview hatte er sich dort bedient. Ursprünglich mit dem Gedanken, sie mit einer Waffe besser beschützen zu können. Dass die Waffe schließlich einen anderen Zweck erfüllen sollte, war niemals Plan gewesen. Vielleicht hatte Judith geahnt, dass eine tickende Zeitbombe in ihm stecken könnte.

In Callín war man nicht nur dankbar für ihre Arbeit. Es gab auch Vorbehalte, und insbesondere in den letzten Wochen vor ihrem Unfall, konnte Rodrigo ihre zunehmende Nervosität spüren. Jemand war ihr auf den Fersen; ihr Mann schien gesundheitlich recht angeschlagen. Vielleicht hatte sie etwas geahnt, von der Katastrophe, auf die sie zusteuerte.

Rodrigo hatte ihre Kühle zu spüren bekommen. Sie weihte ihn nicht mehr in ihre Pläne ein, war gegen alles und jeden misstrauisch. Das bevorstehende Interview mit Lecardomi hatte sie ihm zunächst verschwiegen – bis sie ihn kurz vorher doch noch einweihte. Sie wollte Arturo den Rover in Callín übergeben und behauptete vor Ort weiter am Fall Blisovic zu recherchieren. Spontan entschied sie sich jedoch um, begleitete Arturo nach Popayán, packte schon früh morgens eilig ihre Sachen. Rodrigo hatte den Motor am Abend zuvor durchgecheckt, weil sie meinte, etwas sei nicht in Ordnung. Er wollte sie in Callín besuchen, wo er sie jedoch nicht antraf. Lediglich die Aufzeichnung zum Interview hatte sie am verabredeten Ort deponiert.

Rodrigo Salazar war nie zuvor straffällig geworden. Weder Handgreiflichkeiten noch irgendwelche Drogendelikte. Auch sonst nichts. Jetzt jedoch wuchs etwas in ihm, was bereits seit geraumer Zeit in der Tiefe gebrodelt hatte.

Rodrigo wollte mehr als nur das fünfte Rad am Wagen sein. Er wollte Beachtung, geliebt werden. Nach seiner letzten Beziehung fand er nicht mehr ausreichend Halt in der Kunst der Worte. Er brauchte etwas darüber hinaus. Anlass und Ursprung seines Unglücks war seine damalige Freundin Isabel. Isabel Aldea Fabulos. Die Tochter von Sergio und Mélia Fabulos. Nach nur wenigen Monaten ihrer Liaison, wandte sie sich − mehr aus einer Laune heraus − von ihm ab. Rodrigo verbuchte das damals auf Sergios Konto. Väter mochten es nicht, wenn die gerade mal volljährige Tochter eine Beziehung zu einem älteren Mann pflegte. Isabel war Sergios einzige Tochter. Man war sich jedoch nur ein- oder zweimal persönlich begegnet. Die Eheprobleme der Eltern waren Isabels ewiges Thema. Sergio trieb sich viel herum. Sergio hatte dem Freund seiner Tochter so wenig Aufmerksamkeit wie nur möglich geschenkt, weshalb er Rodrigo nicht gleich bei ihrem Wiedersehen erkannte.

Vermutlich aber hatte er ihn letztlich doch noch erkannt. Dort in der Einöde. Am Wegkreuz. Sergio Fabulos ging als würde er auf sein gefühltes Ende zusteuern. Einen Moment lang stiegen die alten Gefühle in Rodrigo hoch, und er sah in Fabulos die Wurzel seines gesamten Übels. Geblendet von der Sonne, zog er seine Waffe …

Der Schuss verfehlte sein Ziel, streifte lediglich Fabulos Schulter. Warum dieser dennoch zu Boden ging, war ihm in jenem Augenblick völlig schleierhaft. Rodrigo ging einfach weiter, ignorierte den zu Boden Gefallenen. Der Mann war es nicht wert, dass man eine weitere Kugel an ihn verschwendete. Sollten Staub und Hitze doch den Rest erledigen.

Rodrigos Hände zitterten, was der andere jedoch nicht bemerkte, weil er es weitestgehend unterdrückte. Er drückte die Handschellen auf den Tisch, sah dabei durch den Mann hindurch, der ihm gegenüber saß.

»Du hältst dich für was Besseres, was?! Salazar, hör mir zu. Weißt du was du bist? Ich verrat es dir. Ich sag es dir, weil du es offensichtlich noch nicht begriffen hast. Ein dreckiger Indio bist du. HÖRST DU!«, schrie er ihn an. »Deine Zeit läuft. Sie läuft ab. CARAJO, jetzt mach endlich das Maul auf!«

Die geballte Faust des Beamten donnerte auf den Tisch. Ein bulliger Typ mit deutlichem Bauchansatz. Das Gesicht des Beamten war eine hassverzerrte Fratze. Die Augen düster und ohne Aussicht auf ein gutes Ende. Seine ganze Körperhaltung drückte seine Verachtung aus.

Er aber war nicht der Angeklagte; war auch nicht der Mörder in diesem Duell. Wie viele *Morde* er in Wahrheit auch begangen hatte, ob er seine Frau schlug oder kleine Mädchen vergewaltigte. Das alles zählte nicht. Das Gesetz lag, innerhalb dieser Räumlichkeiten, in seiner Hand. Er durfte über Rodrigo richten, wie es ihm beliebte. Man hatte den Angeklagten seiner Menschlichkeit enthoben. Das machte ihn angreifbar und lieferte ihn dem hungrigen Reptil aus, das ihm gegenüber hockte, ihm auflauerte. Denn: Rodrigo war ein Mörder.

Angesichts dieser Umstände zog der Mann mit den im Nacken zusammengebundenen Haaren es vor zu schweigen. Das Verhör konnte noch etliche Stunden gehen. Er würde nicht mehr aus ihm herausbekommen. Nicht hier, nicht woanders. Unter keinen Umständen.

Sieben

Arturo kehrte nach Guajilín zurück. Felicia hatte von seiner Freilassung erfahren und erwartete ihn. Sie stand auf dem Balkon bei ihren Pflanzen ...

Das koloniale Örtchen war aus dem Dornröschenschlaf erwacht. Auf der zentralen *plaza* saßen ein paar *Aymara*-Frauen, die ihre Handarbeiten auf dem Boden ausgebreitet hatten. Eifrig feilschten sie mit Gesine und Pascal um den Preis.

Arturo schlenderte gut gelaunt an ihnen vorbei. Er fühlte sich wie ein Schiffbrüchiger nach seiner Rettung. Der Tag war hell und wartete nur auf ihn. Was auch immer es mit ihm und Felicia werden würde, er sah ein Ziel vor Augen. Jenseits der tristen politischen Realität; jenseits der Skepsis. Außerdem gab es Marcel – und dieser hatte zwischenzeitlich seine Mutter gefunden. Das wusste er bereits von Jaime. Alles würde sich zum Guten wenden. Zumindest für den Moment, und diesen wollte er auskosten. Mit ihr, mit Felicia.

Als er sie auf dem Balkon stehen sah, trug sie das Kleid, das sie an dem Abend getragen hatte, als sie sich geliebt hatten.

Er blieb einige Meter vor dem Haus auf der Straße stehen, sah zu ihr hinauf. Er wartete darauf, dass sie ihn entdeckte.

Es dauerte einen Augenblick. Sie goss ihre Rosen, schnitt welke Blüten ab. Plötzlich, aus einem Impuls heraus, legte sie die Pflanzenschere beiseite, richtete sich das Haar, strich über ihr Kleid, – und drehte sich herum.

Acht

Marcel saß in einem *chiva* nach Callín. Er war auf dem Weg zu seiner Mutter. Die Landschaft rauschte in kurzen Sequenzen an ihm vorbei. Dazwischen immer wieder dunkle Wolken, im Kontrast zu den kräftigen Farben der Natur. Laute Musik schmetterte von vorn aus dem Radio.

In wohl kaum hundert Kilometern Luftlinie befand sich Brasilien. Der Amazonas durchzog diese Landschaft mit seinen vielfältigen, feingliedrigen Armen. Marcel hatte schon immer davon geträumt einmal das Nachbarland zu bereisen. Dafür würde er jetzt Zeit finden. Zunächst wollte er sein Studium wieder aufnehmen.

Er sah aus dem Fenster und bemerkte kaum den Wechsel der Landschaft. Das Schauspiel der sich schnell bewegenden Wolken am Himmel.

Seine Gedanken waren woanders. Er dachte an das baldige Wiedersehen mit seiner Mutter. In welchem Zustand mochte er sie antreffen? Ging es ihr gut oder hatte sie sich beim Absturz des Fahrzeugs schlimme Verletzungen zugezogen? Würde er sie stark verändert antreffen?

Er sah auf seine Schuhe. Staubig waren diese, abgenutzt. Die Spuren seiner Flucht. Derweil ruckelte der *chiva* über die aufgeweichte, unebene Straße. An den Seiten spritzte das Wasser hoch.

Er sah aus dem Fenster. Seine Gedanken kehrten zu den Bildern der vergangenen Wochen zurück. Unglaublich viel war passiert. Und es würde noch mehr passieren. Darüber hinaus gab es vielleicht eine Friedensoption für Kolumbien. Hoffentlich würde es in der Zukunft gelingen einen Einigungsprozess herbeizuführen, auch wenn man sicher noch Geduld dafür aufbringen musste. Das Land war verwundet.

Marcel dachte an Billa. Irgendwann würde er nach Europa reisen, um die Heimat seiner Mutter kennenzulernen und dann könnte er sie in Dänemark besuchen. Billa hatte ihm von ihrem Land erzählt. Es gab viele Ideen und Pläne in seinem Kopf.

Je mehr sich der Bus dem Ziel näherte, desto intensiver erwachte sein Tatendrang.

Zwei Reihen vor ihm gackerten ein paar Hühner in einem viel zu kleinen Käfig. Der Käfig erinnerte an den alten Vogelkäfig von Jaime Orgunzallas. Er stand neben einer alten Frau auf dem Sitz. Diese starrte wie hypnotisiert darauf, wirkte fast etwas verwirrt. Oder träumte sie mit offenen Augen?

Der Bus nahm die letzte Abzweigung vor dem Wegkreuz. Hier hatten sie sich verabredet. Als der Bus anhielt, stieg Marcel aus.

In der Weite des Nichts war es ungeheuer still. Als das Motorengeräusch verschwunden war, blieben nur noch Hitze und Staub. Verständlich, wenn Menschen angesichts der Extreme anfingen zu fantasieren. Hier konnte man, wenn man nur auf sich selbst gestellt war, gar nicht anders als vor die Hunde gehen.

Marcel setzte sich auf den Boden. Ein paar Meter vom Wegkreuz entfernt, hatte jemand ein Loch gebuddelt. Die Erde war anschließend nicht wieder vollständig verteilt worden. Was gab es hier zu finden, außer der Trostlosigkeit? Ermattet von den Strahlen der Sonne lehnte er sich an das Wegkreuz, schloss die Augen und döste eine Weile vor sich hin. Er dachte an nichts. Der Nebel vor den geschlossenen Augen entführte seine Gedanken kurzfristig in eine andere Welt, die verwirrende Welt der Träume.

»Marcel …« Jemand sprach in seine Traumbilder, drängte sie zurück. Vorsichtig öffnete er die Augen, blinzelte gegen das Sonnenlicht. Er erkannte die Umrisse eines Gesichts. – Juan? Er lächelte benommen, schloss die Augen aber gleich wieder. »Du bists also. Bist du zurückgekehrt, ja?«, sprach er im Halbschlaf.

»Marcel«, erklang die Stimme jetzt fordernd, fast streng. Eine Frauenstimme. Dem Klang nach war es Judiths Stimme.

Ein Ruck ging durch seinen Körper. und er riss abrupt die Augen auf. »Mamá? …«

Sie lächelte, wie Mütter lächeln, wenn sie ihre Kinder lange nicht gesehen haben. Dabei aber in Gedanken nie ohne sie waren. Ihre von Tränen feuchten Augen bezeugten es. Sie

301

streckte ihre kleine blasse Hand nach ihm aus, wollte ihm aufhelfen, oder auch umarmen. »Marcel ...«

Judiths Gesicht war ebenso blass wie ihre Hand. Ansonsten aber sah sie aus wie immer, ihre blauen Augen blickten noch immer klar und selbstbewusst, auch wenn sie müde wirkte.

»*Carajo*, wo hast du gesteckt. Man hat euch gesucht – wochenlang gesucht.«

Judiths Lächeln zuckte. »Glaubst du das wirklich? Glaubst du jemand hätte mich hier oben gesucht, geschweige denn vermisst? Arturo hat es nicht überlebt. Das ist ...« Sie biss sich auf die Lippe. »Na ja, es ist so wie es ist. Wir sollten uns Zeit nehmen, um über alles zu reden, ganz in Ruhe. Du und ich.« Jetzt erst drückte sie Marcel an sich. »Mein Gott ist das schön, dich zu sehen. Geht es dir gut? Ich habe mir Sorgen gemacht.«

»Um mich?«, fragte Marcel verwundert. »Ich war derjenige, der sich gesorgt hat. Wer ist denn hier die verbissene, unnachgiebige Journalistin?!« Er lachte. »War es ein Anschlag?«

»Nein. Es waren ganz einfach die Bremsen, die versagt haben. Der Wagen war nicht in Ordnung. Ich hatte Rodrigo gebeten ihn durchzuchecken. Dabei muss er wohl etwas übersehen haben. Eine von Manuels Kühen stand plötzlich auf der Fahrbahn. Arturo konnte nicht mehr ausweichen. Die Straße war zu schmal, es ging alles sehr schnell. Als ich später im Urwald wieder zu mir kam, fühlte es sich wie ein Wunder an, überlebt zu haben. Arturo aber ...« Sie schluckte. Das, was sie noch sagen wollte, blieb unausgesprochen. »Ich konnte nichts mehr für ihn tun. So war es, ich musste das akzeptieren. Plötzlich wird dir etwas genommen. Es ist ja nicht das erste Mal. Da hast du so lange gekämpft, um letztlich festzustellen, dass du eigentlich machtlos bist. Und im nächsten Moment habe ich mich dann gefragt: Warum habe ich überlebt? Das muss einen Sinn gehabt haben.«

Marcel hätte darauf eine Antwort gehabt. Aber er sagte nichts. Stattdessen zuckte er mit den Schultern. Vielleicht kam sie von selbst darauf.

»Es war ein günstiger Moment, um unterzutauchen, dachte ich. Ich musste weg von all dem. Zumindest für eine Weile. Dein Vater hat es damals auch durchmachen müssen. Ach, was rede ich«, unterbrach sie sich selbst.

Marcel musterte seine Mutter. Sie wirkte anders. Das waren nicht die Worte, die er von ihr gewohnt war. Und es ging ihr doch gar nicht um seinen Vater. Warum sonst hatte sie sich nie bemüht, sie zusammenzubringen.

Sie blinzelte in die Sonne. »Dort drüben«, sagte sie, zu einem alten VW-Bus deutend, »das ist der Wagen. Ich nehme dich mit.«

Ein Mann kam auf sie zu, als sie vor der Hütte parkten. Er trug ein Tuch um die Stirn gebunden.

»Manuel, darf ich dir meinen Sohn vorstellen? Das ist Marcel.«

Kraushaar nickte Marcel zu, zwinkerte dabei kurz und verschwand gleich wieder. Er war kein geselliger Typ. Er hatte bewusst die Einsamkeit gewählt. Das Leben an der Seite von Ziegen, Rindern und riesigen Anbauflächen, dessen Ausläufer an den Urwald grenzten, wo man sich morgens im Fluss wusch und tagsüber der Natur das entnahm, was sie einem großzügig bot. Hier fühlte er sich wohl.

»Manuel versorgt sich selbst. Er verlässt seinen Grund und Boden selten.« Judith war bereits auf halbem Weg zur Hütte. Marcel folgte ihr.

Die wenigen Zimmer waren spärlich eingerichtet. Bilder hingen an den Wänden. Die Bayerischen Alpen, der Schwarzwald, der Spessart. Auf Judiths Bett lag eine bunte Patchworkdecke. Es gab einen Tisch mit einer Waschschüssel. Darüber hing ein Taschenspiegel. Alles war sehr einfach gehalten. Kein großer Luxus, nichts Überflüssiges.

»Ich habe diesen Raum in den letzten Wochen kaum verlassen. Es ist als wären meine Beine aus Blei. Sie haben mich regelrecht ans Bett gefesselt.«

»Du hast dich *hier* vergraben?«

Judith schwieg.

»Hmn … Und er züchtet Kühe?«

»In Deutschland war er Ökobauer. Das hier ist das Paradies für ihn, hier ist er frei und unabhängig. Jeder lebt auf seine Weise. Der eine sucht die Einsamkeit in der Natur; der andere hat sie in sich selbst«, entfuhr es ihr.

»Du müsstest nicht einsam sein«, protestierte er leise.

»Ich weiß«, erwiderte sie. Dabei griff sie nach seiner Hand, hielt sie eine Weile. »Manuel hat mich aus dem Fahrzeug gezogen«, sagte sie. »Er hat mich hier hergebracht. Einer der Urwaldindianer war der Spur gefolgt. So haben sie mich gefunden. Rodrigo hatte das Interview für mich veröffentlicht. Der Mitschnitt war in unserem Geheimversteck hinterlegt. So hat es zum Schluss nur noch funktioniert: geheime Botschaften, Symbole, verschlüsselte Hinweise. Man musste erfinderisch sein.«

»Der Heilige Antonius.«

»Ja, dort war *eine* Botschaft. Die Kette der Nachrichten war aber noch nicht vollständig. Du hast mich trotzdem gefunden. Es war schon länger in meinem Kopf unterzutauchen. Ich wollte Kolumbien verlassen, – und auch Arturo. Ich hätte ihn tatsächlich verlassen. Ich wollte niemanden länger in Gefahr bringen.«

»Du willst zurück nach Deutschland?« Marcel war enttäuscht. »Du wärst einfach so verschwunden und hättest mir nichts gesagt?«

Sie antwortete nicht gleich.

»Es lief nicht ganz so, wie ich es vorgehabt hatte, der Unfall … das war nicht geplant. Ich wusste nicht, wie krank er war, und dass wir abstürzen würden, weil die Bremsen …«

»Arturo hat die Zeichnung in der Kirche gefunden. Es war purer Zufall.«

»Arturo ist in Callín? Habt ihr euch getroffen?«

»Ja. Du weißt von den Morden? Es hat auch den Comisario erwischt.«

»Fabulos ist nicht tot. Einer von den Urwaldindianer, einer vom Stamm der *Ticuna*, hat den Comisario am Wegkreuz liegen sehen, er lebte. Als die Männer mit dem Leichentransporter kamen, ist der Mann geflüchtet. Sie müssen Fabulos mitgenommen haben.«

»Und der Mörder? Hast du eine Idee, wer es sein könnte?

Judith antwortete nicht. Sie sah an ihm vorbei. Für Marcel war es ein unverkennbares Zeichen. Sie wusste, *wer*. Möglicherweise hatte sie es die ganze Zeit über gewusst. Sie zog die Patchworkdecke zu sich, legte sie um ihre Schultern.

»Ich bin schuld. Ich habe Menschen in Gefahr gebracht«, wich sie der gestellten Frage aus.

»Warum solltest du schuld sein? Du hast recherchiert, wo es bitter nötig war. Das ist mutig.«

»Als wir nach Popayán fuhren, Arturo und ich, hatte ich plötzlich das Gefühl ihn nicht mehr zu kennen. Ich wusste nichts mehr von ihm. Dabei war er schwerkrank. Er hatte es vor mir verheimlicht. Rodrigo hat es von Pañol erfahren. Bevor ...« Sie zitterte.

Marcel verstand nicht, worum es eigentlich ging, was sie meinte.

»Rodrigo hat manchmal von Vergeltung gesprochen. Ich habe das nie ernst genommen. Er hat mich hier bei Manuel aufgespürt.«

Marcel sah seine Mutter ungläubig an: »Du meinst doch nicht, dass Rodrigo ...?«

Sie vergrub ihr Gesicht in den Händen, »Wie viele Jahre haben wir zusammengearbeitet. Aber ich habe nichts bemerkt. Ich habe die Menschen an meiner Seite nicht genügend beachtet, was in ihnen vorgeht. Ich habe gearbeitet, geschrieben. Gegen all das hier. Die Verbrechen, die Korruption, den Krieg. Aber ich habe meine Nächsten nicht gesehen. Verstehst du, worin mein Versagen besteht?«

Judith saß da, als wolle sie sich jeden Moment in Luft auflösen. Sie fuhr sich über die Stirn. »Ich habe dir nie eine richtige Familie geboten. Und ich war auch keine gute Partnerin oder Ehefrau. Rodrigo hat etwas gesucht, eine Aufgabe. Er wollte mich beschützen. Ich habe ihn unterschätzt. Ich habe das alles hier unterschätzt.«

Marcel legte den Arm um sie.

»Es ist vorbei. Sie werden Fabulos finden. Und Rodrigo.«

Marcel hielt sie mit festem Griff. Er war aufgewühlt, versuchte jedoch einen lockeren Eindruck zu vermitteln.

»Es ist egal, wie du dich entscheidest. Ich werde wieder studieren. Ich ziehe das jetzt durch«, versprach er. »Und ich werde arbeiten gehen, mir mein Studium selbst finanzieren. Mach dir keinen Kopf um mich. Darum brauchst du dich nicht zu kümmern. Ich bin erwachsen«, er lehnte seinen Kopf gegen ihren, »Mamá«.

Eine Weile verharrten sie schweigend.

Judith legte Marcels Arm behutsam beiseite, streichelte kurz seine Wange. Sie erhob sich vom Bett und ging zum Fenster.

»Ich werde es in Deutschland versuchen. Ich habe vor Wochen ein Angebot von einem deutschen Nachrichtenblatt erhalten. Als Auslandskorrespondentin. Dafür wäre ich eine Weile in Berlin. Später werde ich aus Bogotá berichten. Es ist gut etwas Abstand zu bekommen.«

»Und wenn du dich entscheidest ganz in Deutschland zu bleiben?«

Judiths Blick wanderte durch das Zimmer. Sie ging alle Ecken ab, verweilte für wenige Sekunden bei jedem kleinen Gegenstand. Für sie war es bereits eine Art Abschied.

Dann nahm sie Marcel spontan in ihre Arme.

»Du hast hier jetzt deinen Vater. Ich werde immer für dich da sein, ganz egal wo ich bin. Du kannst auch jederzeit zu mir nach Deutschland kommen. Unsere Welten rücken zusammen. Es spielt keine Rolle, ob man weder in der einen noch in der anderen Welt zuhause ist. Du bist mein Zuhause, wirst es immer sein.«

Bei ihren letzten Worten konnte sie sie nicht länger halten; Tränen kullerten über ihre Wangen.

Neun

Drei Tage später stand Judith Rauschenberg-Angeles am Flughafen von Bogotá. Es war ein einsamer Abschied. Sie hatte niemanden dabeihaben wollen. Auch Marcel nicht. Sie mochte keine Abschiede.

Judith schritt durchs Gedränge, als wären die Menschen gar nicht dort. Als fänden jene Abschiedsszenen der Paare, Familienmitglieder, Freunde nicht hier vor ihren Augen statt.

Sie hörte fremde Sprachen unter dem kollektiven Gemurmel. Spanisch, *Quechua*, Englisch, Portugiesisch, einheimische und andere, unbekannte Dialekte.

Die Rolltreppe bewegte sich abwärts. Sie starrte nur geradeaus nach vorn – dorthin, wo bunte Reklame leuchtete. Sie dachte an Rodrigo und daran, dass er an diesem Tag ebenfalls nach Bogotá überführt werden sollte. Es war also gut möglich, dass man sich auf dem Flughafen begegnete. Sie hatte noch versucht telefonisch seinen Strafverteidiger zu erreichen. Die Nummer erwies sich jedoch als dauerhaft belegt oder man endete auf einer Mobilbox.

Es war also kein Zufall, dass er plötzlich dastand, inmitten des Gewimmels, am anderen Ende der Rolltreppe. Zwei Beamte hielten ihn in ihrer Mitte. Sein Gesichtsausdruck war leer, die Augen lagen in tiefen Höhlen, die Mimik war sichtbar verhärtet. Rodrigo ließ nicht nach außen, was in ihm vorging.

Die Rolltreppe bewegte sich kontinuierlich weiter. Langsam rollte er auf sie zu. Judith schnürte es die Kehle zu. Natürlich hatte sie ihn sofort entdeckt. Aber wie sollte sie sich verhalten?

Rodrigo war über viele Jahre ein enger Gefährte gewesen. Und doch konnte sie nicht behaupten, ihn wirklich gekannt zu haben. Sie warf sich vor, sich nicht ausreichend mit ihm beschäftigt zu haben, mit seiner Geschichte. Selten hatte sie ihm Verantwortung übertragen, ihn oft kontrolliert oder gebremst, wenn er eigenmächtig entscheiden wollte. Ein deutliches Zeichen von Misstrauen? Das war es wohl. Und es war möglicherweise der Grund, weshalb sich seine Persönlichkeit veränderte.

Jetzt kam der Abschied. Rodrigo wurde abgeführt, und sie wusste nicht, was sie unternehmen sollte. Wie und ob sie sich verabschieden sollte. Es fiel ihr schwer, ihm überhaupt in die Augen zu sehen. Denn sie fürchtete sich vor dem, was sie dort entdecken konnte. Dass sie dem Mörder in seinem Blick begegnen würde.

Es war nur eine einzige Nacht gewesen. Eine Nacht, in der sie herausfand, dass nicht nur ein Poet in Rodrigo Salazar schlummerte. Er hatte sie voller Leidenschaft geliebt. Die Leidenschaft jedoch hatte sich letztlich in etwas Negatives verwandelt. War sie schuld daran?

Die Rolltreppe bewegte sich mit Judiths Gedanken weiter. Rodrigo war nur noch wenige Meter von ihr entfernt. Sie durchlebte ihre Zeit hier in Kolumbien – in Sekunden. Die beiden Männer neben Rodrigo unterhielten sich. Er stand bewegungslos zwischen ihnen, hielt den Blick gesenkt. Er hatte sie nicht gesehen.

Als sie auf eine Höhe standen, streckte Judith wie im Reflex ihre Hand nach ihm aus. Ihr Herz schlug dabei so laut, dass ihre Hand zitterte. Erschrocken und irritiert über ihr eigenes Handeln, zog sie die Hand wieder weg.

In dem Moment war es passiert. Rodrigo zog an ihr vorbei.

Der Abschied war verpasst.

Ihr Herz fühlte sich ebenso schwer an, wie es von einer Last befreit schien. Judith drehte sich weg. Es war besser so. Er hatte sie nicht gesehen. Und sie würde sich nicht noch einmal nach ihm umdrehen.

Epilog

Ein Fünkchen Hoffnung.

Sergio Fabulos betrachtete seinen Arm. Dabei zeigte sich ein angedeutetes Lächeln um seine Mundwinkel.

Das war nochmal gutgegangen. Gerade noch. Gott hatte ihn nicht in die Hölle geschickt, sondern lieber eine zweite Chance eingeräumt. Keine Selbstverständlichkeit. Verfluchtes Glück! Ein bisschen Zeit aber hatte seine Genesung in Anspruch genommen. Und während die anderen für ihn einsprangen, Jaime Orgunzallas einen Mörder stellte, pflegte Sergio seine Blessuren. Man konnte noch nicht sagen, dass er vollends kuriert war, aber es reichte schon wieder, um mit Jaime auf den Erfolg anzustoßen.

Ein einziger Schuss war am Wegkreuz gefallen. Dieser jedoch verfehlte sein vermeintliches Ziel. Rodrigo hatte Sergio nur am Oberarm erwischt, ein Streifschuss. Und offensichtlich hatte der Ex-Liebhaber seiner Tochter keine Lust verspürt, eine weitere Kugel an ihn zu verschwenden.

Sergio aber war sich ganz sicher gewesen, dass noch ein zweites Mal geschossen worden war. Ein verspätetes Echo auf den ersten Schuss? Sergio erlag einer Ohnmacht. *Das wars*, dachte er. Aber es kam anders …

Die Hand des Comisario glitt über die Holztheke, streichelte sie allzu liebevoll, als wäre sie ein Hündchen.

»*Madre de dios*, Serg, was machst du für Sachen.« Der korpulente Wirt strahlte an diesem Tag, als hätte ihn ein Sechser im Lotto ereilt.

»Das hast du nicht gedacht, was?! Dass die Hölle mich wieder hergibt.«

»Allerdings. Und dabei hast du meine tolle Rede verpasst. Aber wie war das mit der Leiche im Sarg? Die waren tatsächlich so dreist einen anderen an deiner Stelle zu beerdigen?!«

»Der Gerichtsmediziner konnte nichts dafür. Die haben ihm den Sarg unter den Händen weggerissen. *Hier hast du deine Leiche* oder so, haben sie zu ihm gesagt. *Kein großes Aufsehen, bitte.* Der Wagen, der mich am Wegkreuz aufgelesen hat, kam von der *Milica*. Sie haben die Toten eingesammelt. Es gab eine Schießerei in der Nähe. Da wurde nicht groß der Puls gefühlt, sie haben mich gleich zu den anderen Leichen gepackt, mir den Pass abgenommen, und meinen Namen in eine Liste eingetragen. *Basta!* Es lebe die Bürokratie. Wie herzlich sinnlos sie doch ist!«

»Ha, da sagst du was.« Jaime begann schallend zu lachen.

Sergio lachte mit.

»Dann bist du ihnen also entwischt und im Sarg lag diese andere Leiche?«

»So wars.«

Jaime grinste, zog zwei Gläser heran und schenkte Aguardiente ein.

»Darauf müssen wir trinken, *compadre*.«

»Und ob. Trinken wir auf Callín, auf die Bürokratie und das Ende der Verbrechen.«

Jaime drückte den Comisario an sich. Eine ausholende, herzliche Umarmung, die fast einem Würgegriff glich. Er wollte den Freund gar nicht mehr loslassen.

»So machen wirs, Serg. Wir trinken auf das Vergangene – das, was hinter uns liegt. Und auf die Zukunft. Vor allem aber trinken wir auf die Freundschaft!«

Glossar

adelante y a trabajar! (*adelante* = herein!)

Vorwärts und an die Arbeit!

aguardiente   Kolumbianischer Anisschnaps.

AUC   *Autodefensas Unidas de Colombia.*
Vereinigte Bürgerwehren Kolumbiens, rechtsgerichtete paramilitärische Gruppierung, gegründet 1997, mit dem Ziel die Guerillabewegung militärisch zu besiegen; Finanzierung u. a. durch Kokainhandel. Ihre Gewalt richtet sich auch gegen die Zivilbevölkerung, welcher sie das Anwachsen der Guerilla zuschreiben.

Awá   Oder Kwaiker; ein indigenes Volk, das in den tropischen Wäldern im Tiefland westlich der Anden, beidseitig der Grenze zwischen Kolumbien und Ecuador beheimatet ist.

Aymara   Indigenes Volk im andinen Hochland; es gibt unterschiedliche Auffassungen zum Ursprung der Kultur, die auf eine lange Tradition zurückgeht.

bagre   in Kolumbien: eine hässliche Frau.

Betancourt, Ingrid   Franco-Kolumbianerin und ehemaligen Präsidentschaftskandidatin, war bis 2008 Geisel der FARC.

Calle Dieciocho/ Carrera Cinco
Straßenbezeichnung; Straßen werden in vielen kolumbianischen Städten nummeriert.

campesino   Landbewohner, Landarbeiter.

¡carajo!   Verdammt/verdammte Scheiße!

Carnaval de Blancos y Negros
Traditioneller Karneval im südlichen Pasto.

Casa Violeta   Namensbezeichnung »violettes Haus«.

Chibcha   *Chibcha*-Sprachen; die *Chibcha*, kulturell ähnlich den Inkas, verbreiteten sich in Kolumbien auf der östlichen Andenkordillere und zum Teil am Rio Magdalena, nahe Bogotá; durch die Spanier wurden die kulturellen Strukturen weitestgehend zerstört.

chiva   In Zentralamerika weit verbreitetes Transportmittel, Überlandbus; kastenartige Form,

	oft bunt bemalt.
colectivo	Sammeltaxi.
compadre	Kumpel.
comunidad	(ländliche) Gemeinde.
cumbia	Musikalische Stilrichtung; *cumbia* ist eine Art Gassenhauer in Südamerika, populäre Musikrichtung (ähnlich dem deutschen Schlager); die Texte handeln meist von Herz, Schmerz …
consulta	Sprechstunde, Praxis.
díme	sags mir/sag mal!
ELN	*Ejército de Liberación Nacional.* Nationale Befreiungsarmee; marxistisch orientierte Guerillabewegung; 1964 gegründet. Sie finanzieren sich durch Steuern in ihren kontrollierten Gebieten, Entführungen und Schutzgelderpressung (oft Ausländer).
Escobar, Pablo Emilio	
	1949 – 1993 mächtiger Drogenhändler aus Medellín, der zu einem der weltweit reichsten Männer aufstieg.
estúpido	Idiot, Dummkopf.
FARC	*Fuerzas Armadas de Colombia.* Revolutionäre Streitkräfte Kolumbiens, Volksarmee, bis 2008 kommandiert von Manuel Marulanda; linksgerichtete marxistische Guerillabewegung, seit 1964 im bewaffneten Kampf gegen den Staat. Viele Länder bezeichnen die FARC als eine terroristische Organisation. Die Finanzierung lief hauptsächlich über Lösegeldzahlungen und Drogenhandel. Amnesty International klagte immer wieder über schlimmste Menschenrechtsverletzungen durch die FARC, darunter Entführung, Mord, Landminen. 2016 kam es zu einer – durch Kuba – vermittelten Friedensvereinbarung mit den FARC. Präsident Santos erhielt dafür den Friedensnobelpreis.
gracias a dios	Gott sei Dank.
guapa, guapo	hübsch, schön.
hablar paja	Lügen erzählen.
hasta luego	bis später, tschüss.

hijueputa	Hurensohn.
mi hijita	Mein Kindchen (wörtlich: Töchterchen).
Iglesia Santuario de las Lajas	
	Die Kirche wurde im 2o. Jh auf einer Brücke über einer beeindruckenden Schlucht erbaut; im 18. Jh. soll dort auf einem Stein, das Bildnis der Jungfrau Maria erschienen sein. Die Wallfahrtskirche ist gegen die Felsklippe gebaut und das Bildnis ziert jetzt den Hauptaltar. Über das ganze Jahr wird die Kirche von südamerikanischen Pilgern besucht.
Macondo	Fiktiver Ort aus Gabriel García Márquez Roman *Hundert Jahre Einsamkeit*.
madre de dios	Heilige Mutter Gottes.
Martí, José	Kubanischer Denker und Philosoph; *Nuestra América* ist eines seiner wichtigsten Werke.
mestizaje	Nennt man in Lateinamerika die Vermischung der einheimischen Völker mit den eingewanderten Europäern.
¡miercoles!	In Spanien: Mittwoch; in Kolumbien: scheiße!
milicia	Einheit der Armee, Miliz.
mulato, mulata	Mulatte/in, Sohn/Tochter aus einer afrikanisch-europäischen Beziehung.
nariño	Südprovinz Kolumbiens.
negra/ -o	schwarz, Schwarze/r.
padre	Vater; hier: Pater (kirchlich).
paras	Kurzform für Paramilitärs; Militäreinheiten, die ursprünglich zum Kampf gegen die Guerilla eingesetzt wurden.
pastuso	Einwohner von Pasto, im südlichen Kolumbien, nahe der Grenze zu Ecuador.
pedejo	Idiot, Arschloch.
Plan Colombia	Programm der kolumbianischen Regierung, das die Armee dazu berechtigt, für polizeiliche Zwecke in Aktion zu treten; offiziell ausgerichtet auf den »Krieg gegen Drogen« und gilt auch als Teil eines in den USA entwickelten, strategischen Sicherheitskonzepts für den amerikanischen Kontinent; Aktionen u. a. Besprühen der Kokapflanzungen der Guerilla mit Herbiziden (z. B. Glyphosat) zur Vernich-

	tung ihres Besitzes, mit vor allem umwelt- und gesundheitsschädigenden Folgen.
plaza	Platz, zentraler Marktplatz.
pues, pues entonces	dann, also dann.
Q'ero	werden als Nachkommen der Inkas bezeichnet. Die Ethnie, eine *Quechua*-sprechende Gemeinde, ist in der Provinz Paucartambo im Departement Cusco in Peru beheimatet.
Quechua	Indigene Hochlandsprache.
Qué tal?	Wie gehts?
Quindio-	Wachspalme, höchste Palmenart der Welt, wird bis zu 60 Meter hoch, ist in Kolumbien beheimatet.
Quién quiere saberlo?	Wer will das wissen?
Rivera, Diego	Mexikanischer Künstler und Ehemann von Frida Kalho.
tamales	In Bananenblätter gewickeltes Hackfleisch und Gemüse.
telenovela	Fernsehroman, spezielle lateinamerikanische Form der Fernsehserie; anfänglich aus dem vorrevolutionären Kuba. In den 1950-er Jahren in Brasilien und später in vielen anderen lateinamerikanischen Ländern.
Ticuna	Indigenes Volk, in der *Tres Fronteras*-Region: der brasilianische Bundesstaat Amazonas und angrenzende Gebiete Perus und Kolumbiens; ihre Sprache, das Tcuna, gilt als isoliert.
tinto	Kurzbezeichnung für schwarzen Café oder auch für Rotwein (*vino tinto*).
Wayúu	Die Wayúu (oder Guajiro) zählen zu den Arawak und sind ein indigenes Volk, das auf der Guajira-Halbinsel lebt, die zu Kolumbien und Venezuela gehört; bekannt sind sie durch ihr Kunsthandwerk (vor allem Taschen).

Herzlichen Dank an Christiane Saathoff (www.lektorat-saathoff.de), für den regen Gedankenaustausch zum ersten Teil meines Kolumbien-Krimis. Daraus resultieren geringfügige Änderungen und Kürzungen am Skript mit dem ursprünglichen Titel »Wegkreuzung in den Anden«.

Sergio Fabulos zweiter Fall

»GUERILLERAS«

Ein neuer Fall für Sergio Fabulos. Im kolumbianischen Callín, zwischen tropischem Regenwald und Andenhochland ...

Edwin Gallo, Musterschüler an einer privaten Eliteschule und Sohn von Vorzeigeunternehmerin Maria Gallo wird bestialisch ermordet. Grund für die aufgebrachten Frauen des Dorfes sich zu organisieren und den Aufstand zu proben. Was die Mutter jedoch verleugnet: Edwin war homosexuell.

Nach dem Frieden mit den FARC werden die alten Leitbilder hinterfragt, lang gepflegte Vorurteile kommen auf den Tisch, (politische) Meinungen spalten sich. Dem gegenüber steht die offensichtliche Willkür eines Mörders – und dieser findet schon bald sein nächstes Opfer ...

Glück für Fabulos, dass er in dieser Situation die forsche Jurastudentin Amanda als Assistentin zur Seite bekommt, die mit ihrem Tatendrang zügig die Ermittlungen vorantreibt. Sie entstaubt nicht nur Fabulos Methoden, sondern befördert auch die Frauenfrage.